《사조영웅전》 시대 연표

1115 여진의 완안아골타完顏阿骨打가 황제로 즉위하고(태조),
      국호를 금金이라 함.
1122 금, 연경 함락.
1125 금, 요의 천조제天祚帝를 사로잡고 멸망시킴.
      송 휘종徽宗이 흠종欽宗에게 왕위를 물려줌.
1126 금, 개봉성 함락.
1127 송 휘종·흠종이 금에 사로잡혀 북송 멸망(정강靖康의 변).
      고종高宗이 즉위하여 송을 부흥시킴(남송).
1130 송 고종, 온주로 도망. 한세충韓世忠·악비岳飛 항금 투쟁 시작.
      진회秦檜, 금에서 귀국.
1134 악비, 선인관 전투에서 금군에 대승하여 양양 등 6군 회복.
1138 진회가 재상이 되어 금과 화의 추진.
1140 금군 남진. 악비가 하남 각지에서 금군을 격파하고 개봉에 당도.
1141 진회가 악비 부자를 체포해 옥중에서 죽임.
1142 송과 금, 1차 화의 성립.
1149 금의 완안량完顏亮(해릉왕海陵王), 희종熙宗을 살해하고 제위에 오름.
1161 금의 완안포完顏褒가 황제를 칭함(세종世宗). 해릉왕 살해됨.
      금, 남송과 화의.
1162 남송, 효종孝宗 즉위.
1165 금과 송, 2차 화의 성립. 이후 40년간 평화가 지속됨.
1170 전진교 교주 왕중양王重陽 사망.
1183 도학道學이 금지됨.
1188 몽고의 테무친, 칸을 칭함(제1차 즉위).
1189 금, 세종 사망하고 장종章宗 즉위.
      남송, 효종이 퇴위하고 광종光宗 즉위.
1194 남송, 영종寧宗 즉위. 한탁주가 전권을 휘두름.
1196 한탁주, 주자학파를 탄압하여 주희朱熹가 파직됨.
1206 남송의 한탁주, 금을 침공하여 전쟁을 일으킴.
      테무친, 몽고 부족을 통일하고 칭기즈칸으로 추대됨(제2차 즉위).
1211 칭기즈칸, 금 침공.
1215 몽고군, 금 수도 함락.
1217 금, 남송 침공.
1218 고려, 몽고에 조공 약속.
1219 칭기즈칸, 서방 원정 시작(1224년까지).
1227 칭기즈칸, 서하를 멸망시키고 귀환 도중 병사.
      오고타이가 칸으로 즉위(태종).
1231 몽고군 장수 살리타가 고려 침입.
1234 몽고와 남송 군대의 공격을 받아 금 멸망.
1235 몽고와 남송의 교전이 시작됨.

아리마 ● 익리

합밀력 ●

서요

토번

라사 ●

필파성 ●

천축

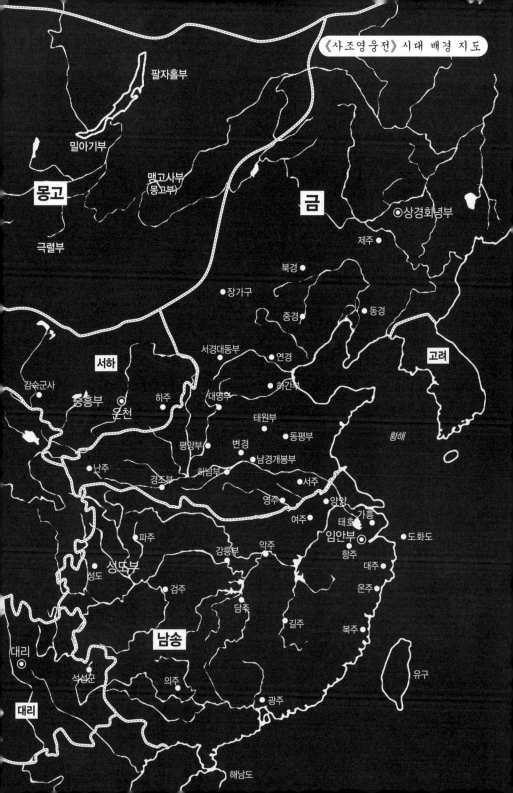

사
조
영
웅
전 5

사조영웅전 5 – 악비의 유서

1판 1쇄 발행 2003. 12. 24.
1판 23쇄 발행 2020. 1. 28.
2판 1쇄 발행 2020. 7. 8.
2판 4쇄 발행 2024. 5. 10.

지은이 김용
옮긴이 김용소설번역연구회
발행인 박강휘
편집 이한경 디자인 조명이 마케팅 김용환 홍보 반재서
발행처 김영사
등록 1979년 5월 17일(제406-2003-036호)
주소 경기도 파주시 문발로 197(문발동) 우편번호 10881
전화 마케팅부 031)955-3100, 편집부 031)955-3200 ┃ 팩스 031)955-3111

값은 뒤표지에 있습니다.
ISBN 978-89-349-9173-1 04820
      978-89-349-9168-7 (세트)

홈페이지 www.gimmyoung.com   블로그 blog.naver.com/gybook
인스타그램 instagram.com/gimmyoung   이메일 bestbook@gimmyoung.com

좋은 독자가 좋은 책을 만듭니다.
김영사는 독자 여러분의 의견에 항상 귀 기울이고 있습니다.

이 도서의 국립중앙도서관 출판예정도서목록(CIP)은 서지정보유통지원시스템 홈페이지
(http://seoji.nl.go.kr)와 국가자료종합목록 구축시스템(http://kolis-net.nl.go.kr)에서
이용하실 수 있습니다.(CIP제어번호 : CIP2020022988)

김용 소설번역연구회 옮김

김용 대하역사무협

사조영웅전

射鵰英雄傳

악비의 유서

5

곽정 郭靖

곽소천의 아들로 몽고에서 태어났다. 어릴 때 신전수 철별에게 활을 배웠고 강남칠괴에게 무공을 배웠다. 중원으로 나와서는 북개 홍칠공을 만나 항룡십팔장을 전수받았다. 그리고 평생의 반려자 황용과 함께 천하를 유랑하며 강호의 영웅호걸들을 만난다. 특히 주백통에게 〈구음진경〉과 쌍수호박술, 72로 공명권을 터득해 무공이 크게 상승했다. 타고난 두뇌와 자질은 별로지만, 순박하고 정직해 모든 것을 꾸준히 연마한다.

황용 黃蓉

도화도의 주인 동사 황약사의 딸. 아버지와 싸우고 가출했다가 우연히 곽정을 만나 사랑에 빠진다. 곽정과 함께 강호를 돌아다니다가 홍칠공에게 타구봉법을 배우고 개방의 방주 자리를 물려받는다. 타고난 성품이 활발하고 두뇌가 총명해 당대에 그녀의 재치를 당할 자가 없다.

완안홍열 完顔洪烈

금나라의 여섯 번째 왕자로 조왕에 봉해졌다. 양강의 양아버지. 포석약에게 첫눈에 반해 그녀의 남편 양철심과 곽소천을 살해하려 한다. 결국 포석약을 아내로 맞이한다. 악비 장군의 유서를 훔치기 위해 구양극, 영지상인, 후통해 등 강호의 고수들을 끌어들이지만 곽정과 황용에 의해 번번이 실패하고 만다.

양강 楊康

완안홍열의 아들로 성장하지만 훗날 양철심의 아들로 밝혀진다. 그러나 부귀영화를 탐내 친아버지보다도 원수인 완안홍열의 아들이기를 원한다. 총명함을 타고났지만 황용보다 못하고, 무공은 곽정을 이기지 못한다.

목염자 穆念慈

양철심의 양딸. 비무초친比武招親을 하다가 양강을 만난다. 그 뒤로 양강을 뒤쫓으며 일편단심 그를 사랑하게 된다.

홍칠공 洪七公

개방 제18대 방주로 북개北丐라고도 부른다. 별호는 구지신개이며, 곽정과 황용의 스승이다. 홍칠공의 무공은 개방 전통 무학으로서 그중 힘을 위주로 하는 항룡십팔장과 36로 타구봉법이 가장 유명하다. 황약사나 구양봉과 달리 인간적 성품을 지니고 있다.

왕중양 王重陽

전진교의 창시자로 중신통中神通이라 불린다. 화산논검대회에서 황약사, 구양봉, 홍칠공을 물리쳐 천하제일의 명성을 얻고 〈구음진경〉도 손에 넣었다. 그가 죽자 〈구음진경〉을 얻기 위해 강호에 다시 일대 파란이 벌어진다.

황약사 黃藥師

동해 도화도의 도주로 천하오절 중 한 명. 성격이 괴팍하고 종잡을 수 없어 사람들은 그를 동사東邪라고 부른다. 무공은 물론 천문지리, 의술, 역학, 기문오행 등에도 조예가 깊다. 그가 창안한 탄지신통, 낙영신검장, 난화불혈수, 옥소검법 등은 강호에서 당할 자가 없다.

구양봉 歐陽鋒

속칭 서독西毒이라고 부르는 서역 백타산의 주인이다. 황약사와 쌍벽을 이루는 일대 무학의 대가이며 수단 방법을 가리지 않고 자신의 목적을 이루는 음험한 악당이다. 합마공이란 독보적 무공을 지녔고 화산논검대회에 대비해 연피사권법을 만들기도 했다.

주백통 周伯通

항렬을 무시하고 곽정과 의형제를 맺는 등 갖은 기행을 일삼아 사람들은 그를 늙은 장난꾸러기라는 뜻에서 노완동老頑童이라고 부른다. 원래는 전진교 문하였으나 도사가 되지는 못했다. 황약사에 의해 15년 동안 도화도에 갇혀 있다가 곽정을 만나면서 스스로 깨달은 바가 있어 다시 중원으로 나온다. 공명권, 쌍수호박술 등 기상천외한 무공을 만들어냈다.

구양극 歐陽極

서역 곤륜 백타산의 작은 주인. 서독 구양봉의 조카로 알려졌으나 사실은 그의 아들이다. 여색을 밝히는 인물로 특히 황용을 흠모한다.

사통천 沙通天

황하방 방주로 귀문용왕鬼門龍王이라 불린다. 후통해와 함께 완안홍열에게 투신해 온갖 악행을 저지르지만 번번이 곽정과 황용에게 저지당한다.

후통해 侯通海

머리에 혹이 세 개나 있다고 해서 별호가 삼두교三頭蛟이다. 사통천의 사제로 나쁜 짓만 골라서 하는 악한이다. 머리가 아둔해 줄곧 황용에게 골탕만 당한다.

양자옹 梁子翁

장백산 일대를 호령하는 인물. 사통천 등과 함께 완안홍열의 사주를 받아 온갖 나쁜 짓을 일삼는다.

팽련호 彭連虎

천수인도千手人屠로 불리는 완안홍열의 수족이다. 하북과 산서 일대를 주름잡는 도적으로 눈 하나 깜짝하지 않고 사람을 죽이는 인물이다.

영지상인 靈智上人

서장 밀종의 대고수로 별호는 대수인大手印이다. 그의 장력은 철각선 왕처일에 버금갈 정도로 세지만 사람이 워낙 아둔하고 안하무인이라 구양봉, 황약사, 곽정 등에게 번번이 당하고 만다. 완안홍열의 수족이다.

육승풍 陸乘風

귀운장 장주로 오호폐인五湖廢人이란 별명을 갖고 있다. 진현풍과 매초풍이 〈구음진경〉을 훔쳐 달아난 바람에 황약사에 의해 다리가 분질러지고 도화도에서 쫓겨났다. 후에 황약사가 다시 제자로 받아들인다.

육관영 陸冠英

육승풍의 아들로 고목대사에게 소림파 무공을 배웠다. 태호 도둑 무리의 총두령이다.

구처기 邱處機

전진칠자의 한 사람으로 도호는 장춘자長春子이다. 우가촌에서 곽소천과 양철심을 만나 곽정과 양강의 이름을 지어주었다. 한때 양강의 스승이었다.

손불이 孫不二

전진칠자 중 유일한 여성으로 도호는 청정산인淸淨散人이다. 원래는 마옥의 아내였으나 마옥을 따라 출가했다.

윤지평 尹志平

전진교의 문하로 장춘자 구처기의 제자다. 무공은 그리 대단하지 않지만, 성격이 담대하고 민첩하다.

정요가 程瑤迦

정가의 큰아가씨로 전진칠자 중 청정산인 손불이를 스승으로 모셨다. 구양극에게 납치되었다가 곽정의 도움으로 구출된다.

◀ 〈악비상岳飛像〉

대만 고궁박물관에 소장되
어 있다. 금나라에 대항해
송의 기개를 세운 악비는 중
국인이 가장 존경하는 사람
중 한 명이다.

◀ 송나라 〈고종상〉

고종의 이름은 조구趙構, 휘종의 아들이며 흠종의 동생이다. 이 그림은 고종의 만년 모습이다.

▼ 한간의 〈목마도牧馬圖〉

한간韓幹은 당 현종 때 궁중 화가였다. 이 그림을 통해 당시 사람들의 복장과 용모를 알 수 있다. 왼쪽의 제자는 송 휘종의 필체다. 대만 고궁박물관 소장.

▲ 송나라 고종의
〈사악비수칙賜岳飛手勅〉

악비 장군의 공로를 찬양한 글이다. 끝에 옥새가 찍혀 있다. 왼쪽 위편의 글은 청나라 건륭 황제의 시.

가을이 한창인 때, 군사를 일으켜 변방에 머무니.

바람과 서리가 이미 차가워 정벌의 길이 참으로 고생스러울 것이오.

무슨 일이 있을 시에는 밀서를 보내 아뢰도록 하시오.

조정은 회서군의 난이 일어난 후,

장강 상류 일대가 더욱 걱정스럽기만 하오.

상황이 화급한 이때,

경의 군대를 믿고 맡기는 바이오.

남은 군마의 정비에 더욱 힘쓸 것이며

적이 코앞에 닥친 듯, 훈련을 일사불란하게 하시오.

또한 양주陽州와 강주江州 두 군데의 수군을 아껴

언제든 움직일 수 있게 하여 만약의 사태에 대비해야 할 것이오.

경이 있어 나라를 지키니 어찌 여러 말이 필요하리오.

악비에게 부치다

▲ 하와의 〈서호도西湖圖〉

하와夏娃는 송나라 영종 때 궁중 화가로 곽정과 같은 시대의 인물이다. 그의 그림을 통해 고상한 기질을 엿볼 수 있다. 곽정과 황용이 이런 모습을 보며 서호를 유람했을 것이다.

▶ 일러두기

1. 이 책은 김용의 2쇄 판본(1976년 출간)을 원 텍스트로 번역했으며 3쇄 (2003년 출간) 판본을 수정 반영한 것이다. 2002년부터 시작한 2쇄본의 번역이 끝나갈 무렵인 2003년 말, 새롭게 출간된 3쇄본을 홍콩 명하출판유한공사로부터 제공받아 핵심 수정 사항인 여문환呂文煥이 양양襄陽을 지키는 부분을 이전李全 부부가 청주靑州를 지키는 부분으로 수정 반영했다.
2. 원문에 충실하게 번역하되, 불필요한 상투어들은 오늘의 독자들에게 맞게 최대한 현대화해 다시 가다듬었다.
3. 본 책의 장 구분은 원서를 참조해 국내 편집 체제에 맞게 다시 나누었다.
4. 본문의 삽화는 홍콩의 이지청李志淸 화백이 그린 삽화를 저작권 계약해 사용했다.

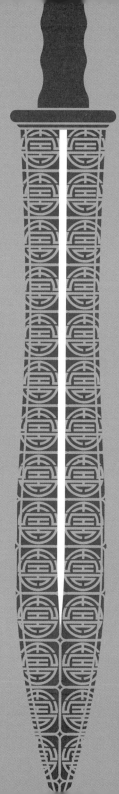

5권

악비의 유서

동남쪽 지세는 아름답고, 강호는 도회지,
전당강은 자고로 번화한 곳.
하늘거리는 버드나무 그림 같은 다리,
주렴과 비취가 걸려 있는 이곳은
도합 10만 인가가 넘는다네.
구름 같은 나무는 호수를 에워싸고,
성난 파도는 흰 포말을 일으키니,
천지 호수가 아득히 끝이 없네.
시장엔 호화로운 보석이 진열되어 있고,
집집마다 비단이 넘쳐 부를 다투네.
호수 너머 호수요, 겹겹이 산봉우리며,
깊은 가을 계수나무에 10리 연꽃이 만발하네.

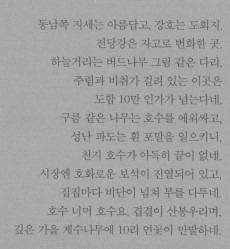

東南形勝 江湖都會 錢塘自古繁華
煙柳畫橋 風簾翠幕 參差十萬人家
雲樹繞堤沙 怒濤捲霜雪 天塹無涯
市列珠璣 戶盈羅綺競豪奢
重湖疊巘淸佳 有三秋桂子 十里荷花
羌管弄晴 菱歌泛夜 嬉嬉釣叟蓮娃
千騎擁高牙 乘醉聽簫鼓 吟賞烟霞 異日圖將好景 歸去鳳池誇

유영의 〈망해조望海潮〉

함정

　홍칠공과 곽정은 구양봉과 구양극이 주백통과 함께 뒤쪽 선실로 들어가는 것을 보고 앞 선실로 들어가 옷을 갈아입었다. 흰옷을 입은 네 명의 소녀가 시중을 들어주었다.

　"거지 주제에 시중을 다 받아보는군그래."

　홍칠공은 웃으며 옷을 벗었다. 소녀들 중 한 명이 다가와 마른 수건으로 홍칠공의 벗은 몸을 닦아주었다. 곽정은 얼굴을 붉힌 채 감히 옷을 벗지 못했다.

　"뭐가 무서운 거냐? 누가 잡아먹기라도 한다더냐? 어서 옷을 벗어라."

　홍칠공이 곽정을 놀려댔다. 두 명의 소녀가 다가와 곽정의 신을 벗기고 허리띠를 풀어주었다. 곽정은 급히 양말과 겉옷을 벗고 이불 속으로 들어가 속옷을 갈아입었다. 홍칠공과 시중을 들던 네 명의 소녀는 그 모습을 보고 웃음을 참지 못했다. 막 옷을 갈아입고 나니 두 명의 소녀가 밥과 술, 반찬이 담긴 접시를 들고 들어왔다.

　"많이 드십시오."

"나가 있거라. 난 아름다운 아가씨들을 보면 밥을 먹을 수가 없거든."

홍칠공이 손짓을 하자 소녀들은 웃으며 문을 닫고 나갔다. 홍칠공은 접시를 들고 냄새를 맡아보았다.

"술과 반찬은 먹지 않는 게 좋겠다. 서독은 간교한 사람이니 조심하는 게 상책이야. 우선 흰밥만 좀 먹자꾸나."

그는 등에 지고 있던 호로병을 내려 마개를 벗기고 꿀꺽꿀꺽 마셨다. 홍칠공과 곽정은 반찬을 모두 바닥에 쏟아버리고 밥만 먹었다.

곽정이 목소리를 낮추어 물었다.

"주백통 형님께 무슨 일을 시키려는 걸까요?"

"틀림없이 좋은 일은 아닐 거야. 주백통이 이번엔 제대로 걸린 것 같다."

선실 문이 천천히 열리더니 소녀 하나가 들어왔다.

"주백통 나리께서 곽정 나리께 하실 말씀이 있다고 뒤쪽 선실로 오시랍니다."

곽정은 홍칠공을 한 번 바라보고는 소녀를 따라 나갔다. 왼쪽 뱃전을 지나 뒤쪽으로 돌아가니 선실이 보였다. 소녀가 선실 문을 세 번 가볍게 두드리자, 잠시 후 문이 열렸다.

"곽 나리께서 오셨습니다."

곽정이 안으로 들어가자 문이 닫혔다. 그런데 뜻밖에 선실 안에는 아무도 없었다. 이상하다 생각하고 있는데 갑자기 왼쪽의 작은 문이 열리더니 구양봉과 구양극이 걸어 나왔다.

"주백통 형님은요?"

그런데 구양봉이 문을 잠그더니 순식간에 다가와 곽정의 왼쪽 손목의 맥문을 잡았다. 동작이 워낙 빠르고 전혀 예상치 못한 공격이라 피할 여지가 없었다. 곽정은 손목을 잡힌 채 꼼짝도 하지 못했다. 구양극이 곽정에게 다가와 부채를 뻗더니 등의 요혈要穴을 찍으려 했다. 곽정은 순간 머리가 혼란스러웠다. 도대체 이들의 의도가 무엇인지 이해할 수 없었다. 구양봉이 냉소를 지으며 입을 열었다.

"주백통은 내기에 졌으면서도 내 부탁을 들어주지 않는군."

"네?"

"내가 시키는 대로 하겠다더니, 〈구음진경〉을 써달라는 부탁을 거절하는데?"

'당연하지. 형님이 〈구음진경〉을 써줄 리가 있겠는가?'

곽정은 구양봉의 요구가 어이없다는 생각이 들었지만 아무 말도 하지 않았다. 그제야 그들이 바다에 빠진 곽정 일행을 구해준 이유가 무엇인지 깨달았다.

"형님은요?"

"이긴 사람의 요구를 들어주지 않으면 상어 밥이 되겠다더니, 역시 무림의 고수답게 자기가 한 말에 책임을 지더군."

구양봉의 냉소 섞인 말을 듣고 곽정은 깜짝 놀랐다.

"뭐라고요?"

곽정은 밖으로 뛰어나가려 했으나 구양봉이 손목을 잡은 손에 힘을 주자 움직일 수가 없었다. 구양극도 곽정의 지양혈至陽穴을 누르고 있는 부채에 서서히 힘을 주었다. 곽정은 등이 마비되는 것만 같았다. 구양봉은 책상 위에 놓여 있는 종이와 붓, 벼루를 가리키며 말했다.

"이제 이 세상에서 〈구음진경〉의 전문을 모두 아는 사람은 너 하나

뿐이다. 어서 종이 위에다 〈구음진경〉의 내용을 써라."

곽정은 고개를 저었다.

"너와 네 사부가 방금 먹고 마신 술과 요리에 독약을 타두었다. 여섯 시진 내에 숙부님의 해독약을 먹지 않으면 발작을 일으켜 아까 그 상어 떼처럼 죽게 될 것이다. 자, 어서 쓰거라. 〈구음진경〉의 내용을 쓰기만 하면 너와 사부의 목숨을 살려주겠다."

곽정은 홍칠공의 예리함에 내심 감탄했다.

'역시 사부님이시군. 사부님이 아니었으면 여지없이 저들에게 당했을 것 아닌가? 무학의 대종사 신분으로 이런 비열한 짓을 하다니……'

곽정은 구양봉을 노려보기만 할 뿐 아무 대답도 하지 않았다. 구양봉은 곽정을 달래려 했다.

"넌 이미 〈구음진경〉의 내용을 모두 외우고 있으니 내게 한 번 써준다 해도 손해 볼 것은 없지 않으냐? 뭘 그리 망설이는 거냐?"

"당신은 내 형님의 목숨을 해쳤으니 이제부터는 내 원수요! 죽으면 죽었지 당신 부탁을 들어줄 수는 없소. 내가 당신의 위협에 굴복하리라 생각한다면 꿈 깨는 게 좋을 것이오."

"흥! 그래도 의리는 있군. 네가 죽는 거야 그렇다 치더라도, 사부님까지 죽게 만들 작정이냐?"

곽정은 여전히 아무 말도 하지 않았다. 그때 문득 등 뒤에서 우지끈하는 소리가 나더니 선실 문이 부서지면서 나무 파편이 사방으로 튀었다. 구양봉이 고개를 돌려보니 홍칠공이 양손에 각각 큰 물통을 하나씩 들고 뛰어 들어와 구양봉과 구양극 두 사람을 향해 물을 퍼부었다. 물기둥의 기세는 그야말로 대단했다. 구양봉은 두 발로 땅을 박차고 뛰어올라 곽정의 왼쪽으로 피했다. 그러나 곽정의 맥문을 잡은 손은 여전히 놓지 않았다. 선실 사방으로 물이 튀면서 구양극의 비명 소리가 들렸다. 홍칠공은 구양극의 뒷덜미를 잡아채고 큰 소리로 웃어댔다.

"서독, 당신이 아무리 그래도 날 이기지는 못할 것이오!"

구양봉은 조카가 홍칠공에게 잡힌 것을 보고 즉시 웃는 얼굴로 말했다.

"홍 형, 조카의 무공을 시험해보시려는 겁니까? 뭍에 올라가서 해도 늦지 않습니다."

"제 제자와 퍽 다정해 보이시오. 손목을 꼭 잡고 안 놓는 이유가 무엇이오?"

"저와 주 형이 내기를 했는데, 제가 이긴 건 알고 계시지요? 홍칠공께서 증인 아니십니까? 주 형이 약속을 지키지 않으니 홍 형께 물을 수밖에 없겠군요. 그렇지요?"

홍칠공은 고개를 끄덕거렸다.

"그야 당연하지요. 그런데 주백통은 어디에 있소?"

곽정이 나서서 대답했다.

"형님이…… 형님이 저들 때문에 바다에 뛰어드셨답니다."

홍칠공은 깜짝 놀라 구양극을 들고 갑판으로 나가 사방을 둘러보았다. 망망대해에 철썩이는 파도뿐 주백통의 모습은 어디에도 보이지 않았다. 구양봉도 곽정의 손을 이끌고 갑판으로 나왔다.

"무공이 아직 멀었군. 이렇게 쉽게 손목을 잡히다니……. 한 10년 더 배우고 강호로 나오너라."

구양봉은 곽정을 비웃으며 그제야 손을 놓아주었다. 곽정은 주백통이 걱정되어 구양봉의 말에 대꾸도 하지 않고 돛대로 올라가 사방을 살펴보았다. 홍칠공은 구양극을 들어 구양봉을 향해 던졌다.

"서독, 주백통을 죽게 만들다니……. 전진교가 원수를 갚으려 할 텐데, 당신의 무공이 아무리 강하다 해도 전진칠자를 이길 수는 없을 것이오."

구양극은 땅에 떨어지기 전에 오른손으로 땅을 짚고 순식간에 반듯하게 일어나 홍칠공을 향해 욕을 퍼부었다.

"더러운 거지 영감, 내일 이맘때쯤이면 독이 퍼져 내 앞에서 살려달라고 빌게 될걸."

구양봉은 미묘한 웃음을 띠고 홍칠공을 바라보았다.

"그때 가서도 이렇게 당당할 수 있을지 두고 봐야겠군요."

"좋소이다. 한번 두고 보십시다."

홍칠공은 말을 마치고 선실로 들어갔다. 곽정은 한참을 살펴보았으나 아무것도 찾지 못하자 하는 수 없이 선실로 되돌아왔다. 곽정은 홍칠공에게 구양봉이 〈구음진경〉을 쓰라고 강요했던 일을 말했다. 홍칠공은 고개만 끄덕일 뿐 아무 말도 하지 않았다.

'서독은 무슨 일이든지 포기하는 법이 없지. 〈구음진경〉을 얻지 못하면 끝까지 정이를 물고 늘어질 텐데, 잘못 걸려들었군.'

곽정은 주백통이 죽었다는 생각에 견딜 수 없이 비통했다. 급기야 통곡을 하며 울었다. 홍칠공 역시 비통함을 금할 수 없었다. 배가 쏜살같이 서쪽을 향해 달리니, 이틀 정도 지나면 육지에 도착할 것 같았다.

홍칠공은 구양봉이 독을 넣었을까 걱정되어 그들이 가져다주는 음식은 일체 손대지 않았다. 그리고 밤에 몰래 주방으로 가 음식을 훔쳐 곽정과 함께 배불리 먹고 잠이 들었다.

다음 날 오후, 구양봉과 구양극은 예닐곱 시진이 지났는데도 홍칠공과 곽정이 아무런 이상 반응을 일으키지 않자 이상한 생각이 들었다. 구양봉은 그들이 체내에서 독성이 발작을 일으키는데도 억지로 눌러 참고 있는 것은 아닌지 걱정되었다. 홍칠공이 죽는 것이야 바라던 바지만, 곽정까지 죽으면 큰일이었다. 그러면 이 세상에서 〈구음진경〉이 완전히 사라지게 되는 것이다. 몰래 문틈으로 들여다보니 두 사람은 아무렇지도 않은 듯 한가로이 담소를 나누고 있었다. 게다가 홍칠공의 목소리는 정기가 넘쳐 쩌렁쩌렁 울리기까지 했다.

'교활한 거지 영감 같으니……. 틀림없이 음식을 먹지 않은 거야.'

구양봉이 비록 독에 정통하긴 하지만 홍칠공만 죽이고 곽정은 죽지 않는 방법은 쉽게 떠오르지 않았다.

홍칠공은 곽정에게 개방에 대해 이야기해주었다.

"개방 사람들은 비록 구걸로 먹고살기는 하지만, 의를 행하고 어려운 사람을 돕는다. 선을 행하는 데 남에게 뒤지지 않고, 할 수 있는 한 자신의 선행을 남에게 알리지 않지."

홍칠공은 또 개방의 방주 계승에 관한 규율을 설명해주었다.

"네가 거지가 되는 것을 원치 않으니 참으로 아쉽구나. 인품으로 볼 때 너만 한 사람이 없으니 내 이 타구봉打狗棒을 네게 물려주면 좋으련만……."

한창 신이 나서 이야기하고 있는데, 문득 선실 벽에서 도끼나 끌 같은 것으로 벽을 부수는 소리가 났다.

홍칠공이 펄쩍 뛰어 일어났다.

"큰일 났다! 놈들이 배를 가라앉히려는 모양이야."

홍칠공은 급히 선실 입구를 향해 뛰어나가며 곽정에게 소리쳤다.

"빨리 배 뒤쪽의 소선小船을 가져오너라."

홍칠공이 말을 마치기도 전에 픽, 하는 소리가 나더니 선실 벽에 구멍이 뚫렸다. 그런데 뜻밖에도 바닷물이 아니라 수십 마리의 뱀이 기어 들어왔다.

"서독이 뱀으로 우릴 공격하려나 보다."

홍칠공이 오른손을 연이어 흔들며 강침을 던지자, 수십 마리의 뱀이 벽에 꽂혔다. 강침에 꽂힌 뱀들은 고통스러운지 이상한 소리를 내며 몸을 비틀어댔다. 곽정은 이 모습을 보고 감탄이 절로 나왔다.

'용이도 강침을 쓸 줄 알지만 사부님과 비교하면 아직 멀었구나.'

벽에 뚫린 구멍을 통해 계속해서 수십 마리의 뱀이 기어 들어왔다. 바깥에서는 뱀을 부리는 피리 소리가 끊임없이 들렸다. 비록 들어오는 족족 홍칠공이 던진 강침에 맞아 바닥에 꽂히기는 했지만 뱀의 수는 점점 많아졌다. 홍칠공은 태연자약하게 강침을 던져댔다.

"강침술을 연습할 수 있는 기회를 주다니, 정말 고맙군."

그러고는 손을 주머니에 넣어 강침을 한 움큼 집어 들었다. 그러나 순간, 남은 강침이 많지 않다는 사실을 깨달았다. 강침이 다 떨어지면 계속해서 밀려드는 뱀을 어떻게 처리해야 할지 당황스럽지 않을 수 없었다. 그때 갑자기 쾅, 하는 소리가 나며 선실 문이 넘어지더니 강한 장풍이 홍칠공의 등을 공격했다.

홍칠공 곁에 서 있던 곽정은 맹렬한 장풍의 기세에 미처 몸을 돌려 피하지 못하고 두 손을 뻗어 막아냈다. 장풍의 기세가 어찌나 대단하던지 그야말로 젖 먹던 힘까지 다 내야만 했다. 구양봉은 곽정이 쓰러지지 않고 자신의 장풍을 막아내는 것을 보고 깜짝 놀라며 좀 더 다가가 횡으로 내리쳤다. 곽정은 정면으로 막아낼 수 없다는 것을 알고 우선 왼손으로 적을 유인했다. 그리고 오른손을 사용해 거짓으로 공격하는 척하다가 구양봉의 오른쪽 옆구리를 가격했다.

구양봉은 어깨를 낮추며 곽정의 손목을 내리쳤다. 곽정은 상황이 위급해지자 조급한 생각이 들었다. 구양극이 선실 문을 막고 있는 데다 뱀이 끊임없이 쏟아져 들어오기 때문에 이대로 가다간 사부님과 자신은 죽은 목숨이 될 터였다. 곽정은 주백통에게 배운 무공을 사용해 왼손으로 구양봉의 공격을 막아내며 오른손으로 연이어 공격을 했다.

구양봉은 이처럼 왼손과 오른손을 완전히 구별해서 사용하는 권법을 본 적이 없어 잠시 멈칫거렸다. 사실 정식으로 무공을 겨룬다면 설사 곽정이 한 명 더 있어 둘이 함께 구양봉을 상대한다 해도 구양봉의 적수가 될 수는 없었다. 다만 구양봉은 곽정이 사용하는 권법을 한 번도 본 적이 없기 때문에 잠시 불리한 상황에 처했을 뿐이다. 서독 구양봉은 잠시 당황하기는 했으나 금세 막아낼 방법을 생각해냈다. 구양봉은 아잇, 하며 소리를 지르더니 두 손을 함께 앞으로 뻗었다. 왼손 하나만으로는 도저히 막아낼 수 없는 초식이었다. 곽정은 구양봉의 기세에 눌려 뒤로 물러서려 했으나 등 뒤에는 벌써 뱀들이 가득 차 있었다. 그때 갑자기 홍칠공이 소리쳤다.

"대단하군, 대단해. 내 제자 하나도 물리치지 못하는 주제에 무슨 영웅이라는 거요?"

홍칠공은 비룡재천을 써 두 사람의 머리 위를 넘어 문 앞을 가로막고 있는 구양봉을 걷어차고, 다시 방향을 바꾸어 구양봉의 등을 공격했다. 구양봉은 몸을 비스듬히 돌려 홍칠공의 다리를 피했다. 곽정을 공격하던 장력은 당연히 힘이 없어졌다.

곽정은 부쩍 용기가 났다.

'사부님과 구양봉은 무공이 비슷한데, 그의 조카 구양극은 내 적수가 안 되고 부상까지 입은 몸이니 넷이서 정면으로 싸우면 틀림없이 우리가 이길 거야.'

홍칠공이 구양봉과 겨루는 틈에 언뜻 보니 뱀 떼가 이미 곽정의 몸 바로 뒤까지 기어가 곧 곽정을 물려 하고 있었다.

"정아, 빨리 피해라!"

홍칠공은 손에 더욱 힘을 주며 구양봉의 초식을 모두 받아냈다. 구양봉은 앞뒤로 적의 공격을 받으니 힘에 부쳤다. 하는 수 없이 몸을 비켜 곽정을 선실 밖으로 보내줄 수밖에 없었다. 구양봉과 몇 초식을 겨루다 보니 순식간에 수백 마리의 뱀이 몰려들었다. 홍칠공이 소리쳤다.

"축생의 힘을 빌려 이기려 들다니, 파렴치하군."

뱀이 갈수록 많아지자 홍칠공도 소름이 끼쳤다. 오른손으로 타구봉을 휘둘러 10여 마리의 뱀을 죽이고는 곽정을 끌고 돛대를 향해 달렸다.

'안 돼! 저들이 돛대로 올라가면 손쓸 방법이 없잖아.'

구양봉은 날 듯이 다가가 두 사람을 막으려 했다. 홍칠공이 장력을 발하니 바람을 가르는 소리가 휙, 휙, 지나갔다. 구양봉은 주먹을 뻗어 홍칠공의 공격을 막아냈다. 곽정이 나서서 도우려 하자, 홍칠공이 만류했다.

"어서 돛대 위로 올라가거라."

"아닙니다. 제가 저자의 조카를 죽여 주백통 형님의 원수를 갚겠습니다."

"뱀! 뱀을 보아라."

곽정도 사방을 둘러싼 뱀을 보자 더 이상 고집을 부릴 수 없었다. 저쪽에서 구양극이 비연은사를 날려 공격해왔다. 곽정은 한 손으로 비연은사를 받아내며 훌쩍 뛰어올라 다른 한 손으로 돛대를 잡았다. 그러자 등 뒤에서 암기가 바람을 가르며 날아오는 소리가 들려왔다. 곽정은 구양극이 날린 비연은사를 다시 그에게 던졌다.

쨍! 두 개의 비연은사가 허공에서 부딪치더니 바닷속으로 떨어졌다. 곽정은 두 손으로 돛대를 감싸 안고 돛대 중간까지 기어 올라갔다. 구양봉은 홍칠공도 돛대로 올라가려는 것을 알아채고 더욱더 빨리 공격을 해댔다. 홍칠공은 비록 태연히 구양봉의 공격을 막아내고 있었지만 몸을 돌려 돛대로 올라가기는 어려웠다. 곽정은 뱀들이 홍칠공의 발밑으로 몰려드는 것을 보고 다급한 나머지 두 발로 돛대를 감싸 안고 주르르 미끄러져 내려갔다.

홍칠공은 왼손으로 바닥을 박차고 위로 뛰어올라 오른발로 구양봉의 얼굴을 공격했다. 곽정은 홍칠공 손에 있는 죽봉을 위로 휙 잡아챘다. 홍칠공의 몸이 위로 솟구치더니 웃음소리와 함께 곽정보다 더 높은 활대에 매달렸다. 두 사람이 위에서 아래를 내려다보는 형세가 되니 상당히 유리한 입장이었다. 만약 구양봉이 돛대를 잡고 기어 올라와 싸운다면 틀림없이 크게 불리할 것이었다.

"좋아, 잘해보시지. 동쪽을 향해 배를 돌려라!"

배는 서서히 동쪽을 향해 방향을 틀었다. 사방은 망망대해였고, 돛대 아래에는 수없이 많은 독사가 꾸물대고 있었다. 홍칠공은 활대 위에 앉아 큰 소리로 거지들이 구걸할 때 부르는 각설이타령을 흥얼거렸다. 겉보기에는 태연자약해 보였지만 사실 속으로는 걱정이 이만저만 아니었다.

'여기 앉아서 얼마나 버틸 수 있을까? 서독이 돛대를 베어버리지 않는다 해도 독사들을 물리쳐주지 않는 한 내려갈 수 없지 않은가? 저들은 돛대 밑에서 먹고 마시고 편히 잘 텐데, 우린 여기서 바람이나 먹고 오줌이나 싸는 수밖에 없군! 아, 맞다!'

홍칠공은 문득 오줌에 생각이 미치자 즉시 일어나 바지를 내렸다.

"정아, 저놈들에게 우리 오줌 맛을 보여주자꾸나."

곽정은 사부님의 말에 신이 나 맞장구를 쳤다.

"좋지요."

두 사람은 나란히 서서 아래를 향해 오줌을 누었다. 구양봉이 급히 뒤로 물러나며 구양극을 향해 소리쳤다.

"빨리 뱀을 물려라."

구양봉은 다행히 몸놀림이 빨라 몸에 오줌이 튀지는 않았지만 구양극은 숙부의 소리에 깜짝 놀라 미처 피하지 못하고 얼굴과 목에 그만 오줌 몇 방울을 맞고 말았다. 평소 매우 깔끔한 성격인 구양극은 펄펄 뛰다가 문득 뱀이 가장 두려워하는 것이 바로 오줌이라는 사실이 떠올랐다. 구양극은 급히 피리를 불어 뱀을 물리려 했지만 돛대 아래 있던 뱀의 상당수가 이미 오줌에 젖은 뒤였다.

이 뱀들은 모두 서역의 백타산 뱀골에서 여러 마리의 독사를 교배해 얻은 것들로 맹독을 가지고 있었다. 구양봉은 이 뱀들을 대나무 통에 담아 수백 필의 낙타를 동원해 멀리 중원까지 데려왔던 것이다. 이 뱀들을 이용해서 중원의 무림에 위세를 떨칠 참이었다. 그러나 뱀들이 가장 두려워하는 것이 있었으니, 바로 사람이나 동물의 분뇨였다. 돛대 아래 있던 수십 마리 독사는 뜨거운 오줌에 젖자 고통을 참지 못하고 몸부림을 치며 서로를 물어뜯었다. 아무리 피리를 불어도 통제되지 않았다. 홍칠공과 곽정은 그들이 우왕좌왕하는 것을 보고 크게 웃어댔다. 곽정은 문득 슬픈 생각이 들었다.

'만약 주백통 형님이 계셨다면 기뻐하셨을 텐데. 아, 그렇게 무공이 강한데도 바다에 빠져 허무하게 죽다니……. 형님이 계셨으면 저놈들 머리에 오줌을 갈겨주었을 텐데.'

두 시진쯤 지나자, 날이 점차 어두워졌다. 구양봉은 배에 탄 사람 모두를 갑판으로 불러들여 술과 고기를 실컷 먹고 마시게 했다. 술 냄새, 고기 냄새가 위로 올라왔다. 구양봉은 이 방법이 아주 효과가 있을 거라는 사실을 알고 있었다. 홍칠공은 식탐이 많은 사람이기 때문에 술과 고기의 유혹을 견디기 힘들 것이다. 홍칠공은 등에 지고 있던 호로병을 꺼내 그 안에 있던 술을 모조리 마셔버렸다.

그날 밤, 두 사람은 번갈아가며 망을 보았다. 그러나 수십 명의 사람이 손에 등을 들고 갑판을 지키고, 뱀들이 돛대 밑을 에워싸고 있기 때문에 도저히 내려갈 수가 없었다. 계속해서 오줌을 쌀 수도 없는 노릇이었다.

홍칠공은 구양봉의 조상까지 들먹거리며 실컷 욕을 퍼부어댔다. 심지어 있는 말 없는 말 만들어가며 심한 욕을 해댔지만 구양봉은 선실에서 나오지 않았다. 홍칠공은 한참 욕을 하다 제풀에 지쳐 그만 잠이 들고 말았다.

다음 날 아침, 구양봉은 사람을 시켜 돛대 아래에서 큰 소리로 말하게 했다.

"홍 방주님! 곽 나리! 구양봉 나리께서 풍성한 술상을 차려놓고 기다리고 계십니다. 내려와서 함께 드시지요."

"구양봉에게 나와서 우리 오줌이나 마시라고 전해라."

조금 지나자 돛대 아래에서 또 한차례 술상이 벌어졌다. 뜨끈뜨끈한 밥과 맛있는 요리에서 풍기는 냄새가 돛대 위까지 전해졌다. 술상 앞에는 두 개의 의자가 놓여 있었다. 아마도 홍칠공과 곽정의 자리인 듯싶었다.

홍칠공은 몇 차례나 내려가 음식을 빼앗아오고 싶었지만 음식에 독이 있을지도 모른다는 생각에 억지로 참았다. 화가 난 나머지 또 한차례 실컷 욕을 퍼부어댔다.

셋째 날이 되자 두 사람은 배가 고프고 목이 말라 머리가 어지러울 지경이었다.

"영리하고 똑똑한 용이가 있었으면 틀림없이 좋은 방법을 생각해낼 텐데, 지금은 용이도 없고 우리 둘뿐이니 그저 눈 뜨고 앉아 굶는 수밖에 없구나."

홍칠공의 말에 곽정도 한숨을 푹 내쉬었다. 정오쯤 되자 햇빛이 강하게 내리쬐었다. 그때 저 멀리에서 두 개의 하얀 그림자가 움직이는 것이 보였다. 처음엔 구름이려니 생각했는데 그도 아닌 듯싶었다. 조금 있으니 하얀 그림자가 점점 커지면서 가까이 다가왔다. 두 마리의 수리였다. 곽정은 반가운 마음에 왼손 식지를 입에 넣고 길게 휘파람을 불었다. 두 마리의 흰 수리는 배 위에 멈춰서 두 차례 큰 원을 그리며 날더니 곽정의 어깨에 내려앉았다.

"사부님, 용이도 배를 타고 온 게 아닐까요?"

"그렇다면 좋겠지만, 아쉽게도 이 수리들이 너무 작아서 우릴 물고 날 수가 없구나. 수리를 이용해서 우리가 어려움에 처한 것을 황용에게 알리거라. 무언가 좋은 방법을 생각해낼지도 모르지."

곽정은 비수를 꺼내 들고 배의 돛을 조금 잘라내어 "도와줘"라 쓰고 그 밑에 호로병 모양을 그린 다음 수리 다리에 묶었다.

"빨리 날아가서 용이를 이리 데려오너라."

두 마리의 흰 수리는 한동안 곽정의 곁에 머물러 있다가 긴 울음소리를 남기고 높이 날아올랐다. 공중에서 크게 원을 그리더니 저 멀리 서쪽 하늘의 구름 위로 사라져갔다. 수리가 떠난 후 한 시진이 되지 않아 구양봉은 또 돛대 아래에 술상을 차려놓고 홍칠공과 곽정을 유혹했다.

"난 먹는 걸 가장 좋아하는데 하필이면 사람 약점을 이용해 괴롭히다니……. 내가 비록 무공은 많이 익혔지만 수양은 쌓지 못해서 참을성이 없거든. 정아, 우리 내려가서 저놈들을 혼내주고 금방 올라오자. 어떠냐?"

"수리가 편지를 가지고 갔으니 용이가 도와줄 수 있을지도 몰라요. 조금만 더 참아봐요."

"세상에서 가장 맛없는 것이 무엇인 줄 아느냐?"

"모르겠는데요, 그게 뭐죠?"

"언젠가 아주 추운 북쪽 지역에 간 적이 있었지. 눈밭에서 한 8일쯤 굶었을까, 다람쥐는 물론이고 나중에는 나무껍질조차 찾을 수가 없었단다. 너무 배가 고파 무작정 눈밭을 파헤치다가 그것 다섯 마리를 잡았지. 그러지 않았으면 그날 굶어 죽었을 거야. 그다음 날 다행히 이리를 잡아 배불리 먹을 수가 있었지."

"다섯 마리 잡았다는 그게 뭔데요?"

"지렁이. 아주 살찐 지렁이였단다. 차마 씹을 수가 없어 산 채로 삼켰지."

곽정은 지렁이가 꿈틀대는 모습을 상상하니 구역질이 났다. 홍칠공은 크게 웃었다. 징그럽게 꿈틀거리며 넘어오는 지렁이를 상상하며 식욕을 억제하려 했던 것이다. 홍칠공은 곽정에게 말을 걸었다가, 구양봉을 욕했다가 안절부절못했다.

"정아, 지금 만약 지렁이가 있다면 난 아마 먹었을 거다. 그런데 아무리 배가 고파도 내 발가락을 씹어 먹었으면 먹었지 죽어도 먹을 수 없는 것이 있는데, 그게 무엇인지 아느냐?"

곽정은 큰 소리로 웃었다.

"알아요. 똥!"

"그것보다 더 더러운 거야."

곽정은 이것저것 생각나는 대로 대답했지만 모두 맞히지 못했다.

"알려주지. 이 세상에서 가장 더러운 것은 바로 서독 구양봉이지."

"하하하! 맞아요, 맞아."

해 질 녘이 되자 더 이상 배고픔을 견딜 수가 없었다. 구양극이 뱀 무리에 둘러싸인 채 서서 위를 바라보았다.

"홍칠공 어르신! 곽 형! 숙부님은 〈구음진경〉을 딱 한 번만 보고 싶어 하실 뿐 다른 목적은 없습니다."

"저런, 교활한 놈 같으니!"

홍칠공은 버럭 화가 치밀었다. 그때 문득 좋은 생각이 났다.

"좋다. 내가 네놈의 교활한 숙부에게 진 셈 치자. 우선 술과 고기를 내놓아라. 〈구음진경〉의 일은 내일 이야기하자꾸나."

구양극은 홍칠공이 자기가 한 말은 반드시 책임을 지는 사람이라는 것을 알기 때문에 뛸 듯이 기뻐하며 당장 뱀을 물렸다. 홍칠공과 곽정은 돛대에서 내려와 선실로 들어갔다. 구양극은 하인들을 시켜 산해진미로 술상을 차리게 해 선실로 들여보냈다. 홍칠공은 선실 문을 잠그고 병에 담긴 술을 꿀꺽꿀꺽 들이켠 뒤 닭 다리를 집어 들고 먹기 시작했다. 곽정이 목소리를 낮추어 물었다.

"독이 있지는 않을까요?"

"멍청한 녀석! 저놈들의 목적이 네게 〈구음진경〉을 써달라는 건데, 독을 넣어 널 해칠 리가 있겠느냐? 우선 배불리 먹은 다음에 방법을 생각해보자꾸나."

곽정의 생각에도 홍칠공의 말이 일리가 있는 것 같았다. 곽정은 결국 밥을 네 그릇이나 먹었다. 홍칠공은 술과 밥을 배불리 먹은 후 입가에 묻은 기름기를 닦아냈다.

홍칠공이 곽정의 귀에 대고 속삭였다.

"서독이 너에게 〈구음진경〉을 써달라고 저렇게 난리이니, 네가 그에게 〈구음가경 九陰假經〉을 써주어라."

곽정은 홍칠공의 말이 무슨 뜻인지 이해가 가지 않아 낮은 목소리로 되물었다.

"〈구음가경〉이라니요?"

"그래, 〈구음가경〉. 이 세상에서 〈구음진경〉을 아는 사람은 너밖에 없다. 네가 맞게 쓰든 틀리게 쓰든 아무도 모를 것 아니냐? 네가 〈구음진경〉의 내용을 적당히 바꾸어서 써주거라. 서독이 그걸 보고 무공을 익히면 100년을 배워도 헛수고겠지?"

곽정도 장난기가 동했다.

'정말 괜찮은 생각인걸. 서독도 이번에는 단단히 당하겠군.'

그러나 문득 걱정이 되었다.

"사부님, 구양봉은 무공이 강할 뿐 아니라 영리하고 교활한데 제가 마음대로 쓴다고 그걸 눈치채지 못할까요?"

"그러니까 진짜처럼 비슷하게 써야지. 세 마디는 사실대로 쓰고 두 마디는 네 마음대로 쓰거라. 연공법이 쓰여 있는 부분에서는 조금씩 더하기도 하고 빼기도 하면 되지 않느냐? 숨을 여덟 번 내쉬라고 되어 있는 부분은 여섯 번이나 열 번 내쉬라고 쓰면 서독이 아무리 영리해도 절대 못 알아볼 거야. 일주일 동안 밥을 못 먹는다고 해도 구양봉 놈이 〈구음가경〉을 익히느라 애쓰는 모습을 지켜보고야 말 테다."

홍칠공은 자기도 모르게 웃음이 터져 나왔다.

"만약 그런 식으로 무공을 익히면 헛수고를 하게 될 뿐 아니라 몸을 상하게 될 거예요."

"어서 빨리 어떻게 바꾸면 좋을지를 잘 생각해두어라. 그래야 의심을 받지 않지. 구양봉이 일단 의심했다 하면 모든 게 끝장이다."

"〈구음진경〉 하권의 첫 부분은 황약사의 부인이 옮겨 적은 적이 있단다. 구양극 그 짐승 같은 놈이 도화도에서 읽은 적이 있지. 그러니 그 부분은 너무 많이 고치면 안 된다. 그냥 한두 글자만 바꿔서 눈치채지 못하게 해야지."

곽정은 속으로 어떻게 바꾸는 것이 좋을지 생각했다. 감히 자기 마음대로 바꿀 생각은 하지 못하고 사부님이 알려주신 방법대로 조금씩 바꿀 생각이었다. 예를 들어 〈구음진경〉에 '손을 위로 향하고'라고 되어 있으면 '발을 위로 향하고'로 바꾸고, '발을 땅에 대고'라고 쓰여 있으면 '손으로 땅을 짚고'라고 바꿀 생각이었다. 또 '기를 단전에 모으고'라고 쓰인 부분은 '기를 가슴에 모으고'라고 바꾸면 될 것 같았다. 곽정은 문득 긴 한숨을 내쉬었다.

'이런 일은 용이나 주백통 형님이 잘하시는데 하나는 살아 있어도 만날 수가 없고, 또 하난 이미 죽어 곁에 없으니……. 용이는 언젠가는 다시 만날 수 있겠지만, 형님은 영원히 만날 수 없겠지…….'

다음 날 아침, 홍칠공이 구양극을 향해 큰 소리로 말했다.

"난 무공이 높아 눈앞에 진짜 〈구음진경〉이 있다 해도 쳐다볼 생각도 없는데, 어떤 놈들은 무공에 얼마나 자신이 없는지 〈구음진경〉인지 뭔지 훔쳐보려고 난리가 아니구먼. 가서 네 숙부에게 이르거라. 〈구음진경〉을 써줄 테니 가서 열심히 연습한 후에 나와 다시 겨루자고. 〈구음진경〉이 비록 대단한 것이긴 하나 내 눈엔 차지도 않는 것을. 어디 구양봉이 〈구음진경〉을 익힌 후에 무공이 얼마나 늘지 한번 보자꾸나. 〈구음진경〉을 익히면 원래 가지고 있던 무공은 폐하는 셈이 될 테니,

결국 마찬가지 아닌가? 쓸데없는 짓 하고 있는 거지."

선실 옆에 서서 이 말을 듣고 있던 구양봉은 크게 기뻤다.

'거지 영감은 자존심 강하기로 유명한데, 역시나 그렇군. 그래서 내게 〈구음진경〉을 줄 생각을 한 것이야. 그러지 않는다면 그 강직한 성격에 뱀이 아무리 무섭고, 배가 아무리 고파도 〈구음진경〉을 써줄 리가 없지.'

구양극이 홍칠공의 말을 반박하고 나섰다.

"그 말씀은 옳지 않습니다. 저희 숙부님의 무공은 이미 경지에 이르셔서 홍칠공 어른께서도 저희 숙부님을 이기지 못하지 않았습니까? 그런데 무슨 〈구음진경〉을 익히실 필요가 있겠습니까? 숙부님께서는 평소 〈구음진경〉의 명성이 사실과 다를 것이라고 말씀하셨습니다. 그렇지 않으면 왕중양이 〈구음진경〉을 얻고도 별달리 이름을 날리지 못한 이유가 무엇이겠습니까? 숙부님께서는 〈구음진경〉 중에 잘못된 부분을 찾아내 〈구음진경〉의 헛된 명성을 무림의 고수들에게 알리고자 하시는 것입니다. 무림을 위해 좋은 일이 아닙니까?"

"하하하! 입은 살아 허풍은 잘 떠는군. 정아, 저놈들에게 책 내용을 써주어라. 만약 서독이 〈구음진경〉 중 틀린 부분을 정말 찾아낸다면 내 그에게 절이라도 하지."

구양극은 곽정을 큰 선실로 데려갔다. 그러곤 종이와 붓을 내어주고 자기는 옆에서 먹을 갈았다. 곽정은 별로 글을 배운 적이 없기 때문에 서법書法이 형편없었다. 게다가 중간중간 바꿔가면서 쓰려니 속도가 매우 느렸고, 모르는 글자도 많아 수시로 구양극의 도움을 받아야만 했다. 오전 내내 끙끙댔지만 상권의 절반 정도밖에 쓰지 못했다.

구양봉은 나와보지 않고 곽정이 한 장씩 쓸 때마다 구양극을 시켜 가져오게 했다. 구양봉이 읽어보니, 곽정이 써준 〈구음진경〉에는 이해할 수 없는 부분이 많았다. 그러나 문체가 고풍스러운 것이 깊은 뜻이 내포되어 있는 듯싶었다. 자신의 총명한 머리로 나중에 서역으로 돌아가 천천히 연구하면 틀림없이 그 뜻을 알아낼 수 있으리라 생각했다. 수십 년 동안 품어온 꿈을 이룬 구양봉은 천하를 얻은 듯한 기분이 들었다.

곽정은 둔하고 명청한 데다 글씨도 비뚤비뚤 형편없어서 그런 머리로 이런 구절을 지어낼 수는 없다는 생각을 했다. 조카의 말을 들어보니 어떤 글씨는 음만 알고 어떻게 쓰는지 모르는 것도 있었다 하니, 더욱더 확신이 들었다. 곽정이 사부의 지시를 받아 글자 순서를 바꾸거나 한두 글자씩 빼거나 더해가며 쓸 것이라고는 상상조차 하지 못했다.

상권 중에서 마치 저주라도 하는 것 같은 이상한 구절이 있는데, 곽정은 그 부분을 더욱더 이상하게 고쳐 말도 안 되는 문장으로 써버렸다. 곽정은 날이 어두워질 때까지 쉬지 않고 써 내려가 하권도 거의 다 완성해가고 있었다. 날이 어두워졌지만 구양봉은 감히 곽정을 선실로 돌려보낼 수가 없었다. 홍칠공이 갑자기 생각을 바꿀까 봐 두려웠던 것이다. 비록 대부분의 내용을 손에 넣기는 했지만 그래도 빠진 부분이 있어서는 안 되겠다는 생각에 술상을 성대하게 차려 대접하면서 곽정에게 끝까지 써달라고 했다.

홍칠공은 밤늦도록 곽정이 돌아오지 않자 은근히 걱정이 앞섰다.

'〈구음진경〉을 위조한 것을 눈치채고 정이를 해치려는 것은 아닐까.'

선실에서 나오니 하인 두 명이 입구를 지키고 있었다. 홍칠공이 왼손을 휘두르니 돛을 묶어둔 밧줄이 장풍을 받아 소리를 냈다. 홍칠공은 두 명의 하인이 소리나는 쪽을 바라보는 틈에 오른쪽으로 몰래 빠져나왔다. 몸놀림이 어찌나 빠른지 그야말로 귀신도 눈치채지 못할 정도였다.

불빛이 새어나오는 선실 쪽으로 다가가 안을 들여다보니, 곽정이 책상 앞에 앉아 글씨를 쓰고 있었다. 흰옷을 입은 두 명의 소녀가 옆에서 차를 따라주기도 하고 먹을 갈아주기도 하면서 세심하게 시중을 드는 모습도 보였다. 홍칠공은 그 광경을 보자 겨우 안심했다. 방 안에서 좋은 술 냄새가 풍겨왔다. 방 안을 들여다보니 곽정 앞에 놓인 잔속에 호박색의 술이 있었다. 향이 기가 막혔다. 홍칠공은 속으로 투덜거렸다.

'약아빠진 놈들, 정이가 〈구음진경〉을 적어준다고 정이한테는 저렇게 좋은 술을 주고, 나한테는 그저 그런 술을 주다니……'

홍칠공같이 식탐 많은 사람이 이런 좋은 술을 보고 그냥 넘길 리 없었다.

'술은 틀림없이 선실 바닥에 숨겨놓았을 거야. 찾아내서 실컷 마신 다음 술독에 오줌을 싸두면 재미있겠군. 저놈들에게 내 오줌 맛을 보여주지. 뭐, 설사 정이가 희생양이 되더라도 오줌을 마시고 죽지는 않을 테니까.'

장난칠 일을 생각하니 기분이 들떴다. 술이나 음식을 훔쳐 먹는 것은 원래 홍칠공이 가장 자신 있어 하는 기술이었다. 임안 황실 주방의 대들보에서 3개월을 지내며 황제가 먹는 음식과 술을 모두 먼저 맛보았던 그가 아닌가? 황궁의 경비가 그토록 삼엄한데도 자유롭게 다녔는데, 이깟 작은 배의 선실에서 술을 훔치는 것은 눈을 감고도 할 수 있는 일이었다.

그는 곧장 갑판으로 나가 사방에 아무도 없는 것을 확인하고 선실 지하로 내려가는 문을 열고 아래로 내려간 뒤 문을 다시 원래대로 닫아두었다. 냄새를 킁킁 맡아보니 음식이 있는 장소를 금세 알 수 있었다. 칠흑같이 컴컴한 선창 안에서 홍칠공은 오로지 음식 냄새에 의지해 식량 창고를 찾아냈다. 등불을 켜자 한쪽 벽에 예닐곱 개의 나무통이 세워져 있는 것이 보였다. 홍칠공은 기뻐 어쩔 줄 모르며 깨진 사발 하나를 주워 들고 등불을 끈 다음 다시 품에 넣었다.

나무통으로 다가가 몇 번 흔들어보니 묵직한 것이 꽉 차 있는 것 같았다. 홍칠공이 왼손으로 통의 나무 마개를 잡고 오른손으로는 그릇을 들고 막 마개를 따려는 순간이었다. 어디선가 발소리가 들렸다. 두 사람인 것 같았다. 홍칠공은 발소리가 가볍고 민첩한 것으로 미루어 구양봉과 구양극이라는 것을 직감했다. 그 두 사람이 아니면 이런 경공법을 쓸 줄 아는 사람은 이 배 안에 아무도 없었다.

홍칠공은 두 사람이 이런 야심한 밤에 몰래 식량 창고로 오다니, 필시 음식에 독을 넣어 죽이려는 음모를 꾸미는 것이라 짐작하고 즉시 나무통 뒤에 숨어서 몸을 움츠렸다. 문 열리는 소리가 나더니 불빛이 새어 들어왔다. 둘은 홍칠공이 숨은 나무통 앞에 와서 섰다.

'혹시 술 안에 독을 넣으려는 것일까?'

그때 구양봉의 목소리가 들렸다.

"모든 창고의 기름과 유황은 준비되었느냐?"

"모든 준비를 마쳤습니다. 불만 붙이면 이 대선은 눈 깜짝할 사이에

잿더미로 변할 것입니다. 이번에야말로 그 망할 거지 놈을 태워 죽이게 되었습니다!"

홍칠공은 대경실색했다.

'배를 태운다고?'

다시 구양봉의 목소리가 들려왔다.

"잠시 기다렸다가 곽가 놈이 잠들면 너 먼저 작은 배로 옮겨 타거라. 거지 놈한테 들키지 않도록 조심, 또 조심해야 한다. 나는 여기에서 불을 붙이겠다."

"그럼 첩들과 뱀 부리는 자들은 어떻게 할까요?"

구양봉은 차가운 웃음을 흘렸다.

"그 거지 놈은 무림 최고의 고수이니 함께 순장해줘야 명성에 어울리지 않겠느냐?"

말이 끝남과 동시에 두 사람은 즉시 나무통들의 마개를 뽑았다. 기름 냄새가 코를 찔렀다. 나무통에 가득 들어 있던 것은 바로 오동나무 기름과 유채 기름이었던 것이다.

구양봉과 구양극은 나무 상자에서 유황을 한 포 한 포 꺼내고 장작 더미를 위로 쌓아 올린 다음 그 위에 대팻밥도 쏟아부었다. 잠시 뒤, 모든 기름을 다 쏟아붓고 나서야 두 사람은 문을 나섰다. 구양극이 웃으며 말하는 소리가 들렸다.

"숙부님, 한 시진만 지나면 곽가 놈은 영원히 바다에 묻히게 되겠군요. 그럼 이 천하에 〈구음진경〉을 아는 사람은 숙부님밖에 없게 됩니다."

"아니다, 두 사람이지. 설마 너한테 전수해주지 않겠느냐?"

구양극은 크게 기뻐하며 창고 문을 닫았다. 홍칠공은 놀라움과 분노로 치를 떨었다. 만약 술을 훔쳐 먹으려고 지하에 내려오지 않았더라면 두 사람의 악랄한 음모를 전혀 몰랐을 것이다. 불길이 갑자기 치솟으면 피하지도 못하고 꼼짝없이 당할 수밖에 없을 것이다.

홍칠공은 두 사람이 멀리 사라지는 소리를 듣고 조용히 길을 더듬어 선실로 돌아왔다. 곽정은 이미 잠에 빠져 있었다. 곽정을 깨워 어떻게 할지 의논해보려는 순간, 갑자기 문밖에서 인기척이 들렸다. 구양봉이 두 사람의 동정을 염탐하러 온 것이다. 홍칠공은 크게 소리를 질렀다.

"술맛이 참 좋군, 참 좋아. 여기 열 주전자 더 가져와!"

홍칠공이 아직도 술을 마시고 있다니 구양봉은 어안이 벙벙할 뿐이었다. 그때 다시 홍칠공이 소리를 질렀다.

"구양봉! 다시 1천 초식을 겨루어 누가 더 센지 승부를 내자. 음, 음…… 착한 녀석. 좋아, 좋아!"

구양봉은 홍칠공이 횡설수설하는 것으로 보아 잠꼬대를 하는 것이라 짐작했다.

'망할 거지 놈! 곧 죽을 목숨인데 태평하게 술 마시고 싸우는 꿈이나 꾸고 있군.'

홍칠공은 입으로는 아무 말이나 지껄이면서도 귀를 기울여 밖의 동정을 살피고 있었다. 구양봉의 경공이 높기는 하나 오른쪽 뱃전으로 가는 발소리는 들을 수 있었다. 홍칠공은 곽정의 어깨를 가볍게 흔들며 작은 목소리로 말했다.

"정아!"

곽정은 놀라 잠에서 깨어났다.

"이유는 묻지 말고 그냥 나를 따라오너라. 아무도 눈치채지 못하게 조용히 나오거라."

그 말에 곽정은 자리에서 벌떡 일어났다. 홍칠공은 천천히 문을 연 후 곽정의 소매를 잡고 배의 왼쪽 끝으로 갔다. 구양극에게 들킬까 봐 배 후미로 곧장 갈 수는 없었다. 홍칠공은 왼손으로 배의 가장자리를 잡고 오른손으로 곽정에게 손짓하더니 배 밖으로 몸을 걸쳤다. 곽정은 영문을 몰라 어리둥절했지만 감히 소리 내어 묻지 못하고 홍칠공을 따라 배 밖으로 몸을 걸쳤다. 홍칠공은 열 손가락으로 배 가장자리를 꽉 움켜잡고 천천히 아래로 내려갔다. 배가 미끄러워 곽정이 실수로 손을 놓치고 바다로 떨어지면서 소리를 낼까 봐 그를 주시했다.

배 가장자리는 기름을 칠한 듯 미끄럽고 축축한 데다 그 모양마저 안으로 기울어져 있었다. 거기다 넘실대는 파도에 배가 마구 요동치는 터라 손가락으로 가장자리를 잡고 아래로 내려가기가 쉽지 않았다. 그러나 다행히 곽정은 마옥과 함께 밤낮으로 절벽을 오르내린 경험이 있고, 공력도 크게 정진되어 그다지 힘들 것 같지 않았다. 곽정은 손가락으로 쇠못과 나무를 잡기도 하고, 배의 갈라진 틈을 메우는 떡밥 사이에 손가락을 끼우기도 하면서 안정감 있게 내려갔다. 홍칠공은 몸 절반을 바다에 담그고 천천히 배 후미로 더듬어갔다. 곽정도 그 뒤를 바짝 따랐다. 배 후미에 도착하자 과연 소선이 밧줄에 묶여 있었다.

홍칠공이 배에서 손을 놓자마자 배는 홍칠공을 남겨두고 멀어져갔다. 밧줄에 묶인 소선도 쏜살같이 앞으로 내달렸으나 홍칠공이 이미 재빨리 소선의 뱃전을 잡은 뒤였다. 조금의 소리도 내지 않고 배에 올라타는 홍칠공을 뒤따라 곽정도 소선에 올랐다.

"밧줄을 잘라라."

홍칠공의 말에 따라 곽정이 비수로 배 후미에 묶여 있던 밧줄을 잘라내자 소선은 중심을 잡지 못하고 일시에 어지러이 빙빙 돌았다. 홍칠공은 노를 꼭 끌어 잡았다. 배는 천천히 어둠 속에 잠겨갔다. 이때였다. 갑자기 대선 뱃머리에 불이 번쩍해서 보니 구양봉이 손에 등을 들고 고함을 지르고 있었다. 분노와 공포가 섞인 고함 소리였다. 홍칠공은 단전으로 기를 토해내며 긴 웃음을 날렸다. 그때 별안간 오른쪽 뱃전 쪽에서 경주輕舟 한 척이 파도를 헤치며 나타나더니 쏜살같이 대선을 향해 다가갔다.

"엉? 저건 무슨 배지?"

홍칠공의 말이 채 끝나기도 전에 허공에서 흰색 수리 두 마리가 날아와 대선의 돛대 주위를 어지러이 선회했다. 경주에서 어른거리던 흰옷을 입은 그림자가 대선으로 솟구쳐 올라갔다. 희미한 별빛 아래로 머리에 꽂힌 장식이 반짝 빛을 발했다. 곽정은 낮은 소리를 내뱉었다.

"용아!"

비열한 살수

황용은 도화도를 떠나기 전, 숲속에서 이리저리 날뛰는 홍마를 보며 생각했다.

'바다에서 말은 아무 소용이 없을 거야. 하지만 흰 수리들은 곽정 오빠를 찾는 데 도움이 되지 않을까?'

황용은 휘파람을 불어 수리를 불러들였다. 수리의 눈은 매우 날카롭고 나는 속도도 빨라서 망망대해에서도 곽정이 탄 배를 쉽게 찾아냈다. 황용은 수리의 발에 달린 '도와줘'라는 곽정의 서신을 보고 반가우면서도 못내 불안했다. 그 즉시 배를 몰고 수리를 따라 이곳까지 왔지만 한발 늦고 말았다. 홍칠공과 곽정은 이미 대선을 떠난 후였다.

황용은 '도와줘'라는 서신 때문에 조바심이 났다. 혹시 너무 늦게 온 것은 아닐까 걱정되어 견딜 수 없었다. 그때 수리들이 대선 위를 빙글빙글 돌자 지체 없이 대선에 바짝 배를 대고 올라탔다. 그때 구양극은 엉덩이에 불붙은 송아지처럼 미쳐 날뛰고 있었다. 황용이 다급히 물었다.

"곽정 오빠는요? 오빠를 어쨌어요?"

구양봉은 배 밑에 불을 붙이고 난 후에야 소선이 흔적도 없이 사라져버린 것을 알고 연신 비명을 질러댔다. 그때 홍칠공의 웃음소리가 멀리서 들려왔다. 다른 사람을 해치려다 오히려 자신이 해를 입었다는 것을 알고 당혹감에 어찌할 바를 모르던 구양봉은 황용의 배를 보고 반가운 마음에 황급히 선창으로 올라가 소리쳤다.

"어서 저 배에 타자!"

그러나 황용의 배를 몰던 벙어리 어부는 황용이 잠시 자리를 비우자 도망칠 수 있는 절호의 기회라 생각하고 배를 돌려 멀리 달아나버렸다.

홍칠공과 곽정은 멀리서 황용이 대선에 올라타는 것을 보았다. 그때 대선 후미에는 이미 불꽃이 일어나고 있었다. 곽정은 무슨 영문인지 모르고 놀라 소리 질렀다.

"불이야, 불!"

"맞다. 구양봉이 불을 질러 우리를 태워 죽이려고 한 거야."

곽정은 다급해졌다.

"그럼 빨리 용이를 구해야지요."

"가까이 가보자!"

곽정은 있는 힘껏 노를 저어갔다. 대선은 방향타를 돌려 황용이 탔던 배를 추격했고, 곽정의 소선과도 가까워졌다. 갑판 위에서 남녀가 이리저리 뒤엉켜 아우성 치는 모습이 보였다. 홍칠공이 큰 소리로 외쳤다.

"용아! 나와 정이는 여기에 있다. 어서 이 배로 헤엄쳐 오너라!"

바다에는 파도가 거세게 몰아치고 더군다나 칠흑 같은 밤이라 수영을 하는 것은 아주 위험해 보였다. 하지만 홍칠공은 황용의 수영 실력을 잘 알고 있었다. 게다가 사태가 워낙 위급해 모험을 강행하라고 할 수밖에 없었다. 황용은 사부의 목소리를 듣고 반가움에 어쩔 줄 몰랐다. 구양봉, 구양극 두 사람은 거들떠보지도 않고 뱃전으로 가서 바다로 몸을 날리려는 순간, 누군가에게 손목이 잡히는 느낌이 들었다. 황용은 크게 놀라 뒤를 돌아보았다. 바로 구양봉이었다. 황용은 왼손으로 주먹을 날리며 외쳤다.

　"빨리 놔줘요!"

　구양봉은 번개같이 손을 뻗어 다시 황용의 손목을 낚아챘다. 황용이 탔던 배는 이미 멀리 사라져 쫓아갈 수 없었고, 대선에는 불길이 치솟아 돛대와 돛이 미친 듯 춤을 추며 그야말로 아수라장이 되었다. 곧 배가 침몰할 것 같았다. 구양봉은 자신들이 살 수 있는 유일한 길은 홍칠공이 타고 있는 소선밖에 없다고 생각했다.

　"이 비렁뱅이야! 황 낭자는 나한테 있다. 보이느냐?"

　구양봉은 말을 끝내자마자 황용을 두 손으로 번쩍 들어 보였다. 배의 불길에 바다가 온통 붉은빛으로 물드니, 황용의 모습이 똑똑히 보였다. 홍칠공은 노해 소리쳤다.

　"그런 간교한 꾀로 우리 배에 타려고? 흥! 내가 용이를 데려오겠다."

　곽정은 대선의 불길이 점점 거세지는 것을 보고 따라나섰다.

　"저도 가겠습니다."

　"아니다. 너는 배를 지키고 있어라. 구양봉에게 빼앗기면 안 된다."

　"네!"

곽정은 힘껏 노를 움켜쥐었다. 대선은 이미 소선에 바짝 접근해 있었다. 홍칠공은 두 발로 뱃머리를 힘껏 차서 앞으로 날아간 후, 다시 오른손을 뻗어 대선에 구멍 다섯 개를 뚫고 그 힘으로 몸을 날려 갑판에 올라섰다. 구양봉은 황용의 두 손목을 움켜쥐고 비열한 웃음을 지었다.

"이 거지 놈아! 어쩔 셈이냐?"

"자, 다시 1천 초식을 겨루자."

홍칠공은 구양봉을 향해 획, 획, 획 세 장을 날렸다. 그러나 구양봉이 황용의 몸을 방패 삼아 공격을 막자 홍칠공은 손을 거둘 수밖에 없었다. 구양봉은 황용의 옆구리 혈도를 찍었다. 황용은 몸이 축 늘어지면서 꼼짝도 할 수 없게 되었다.

"구양봉! 이 늙은 독물아! 부끄럽지도 않느냐? 빨리 황용을 소선으로 보내고 나와 승부를 내자."

그러나 구양봉이 쉽게 놓아줄 리 없었다. 그때 구양극이 불길을 피해 계속 뒷걸음질 치자 황용을 그에게 던지며 소리쳤다.

"너희들 먼저 소선에 타거라!"

구양극은 황용을 받아 들고 뛰어내리려 했다. 그러나 곽정이 지키고 있는 소선을 보니 너무 작아서 황용까지 안고 그냥 뛰어내리면 배가 뒤집힐 것 같았다. 그래서 굵은 밧줄을 돛대에 묶고 왼손으로 황용을 안은 뒤 오른손으로 밧줄을 타고 내려갔다.

곽정은 황용이 배에 오르자 그제야 안심이 되었다. 그러나 혈도가 찍힌 줄 전혀 모른 채 불빛 속에서 사부와 구양봉이 싸우는 것만 지켜보았다.

홍칠공과 구양봉은 각자 상승 무공을 펼치며 싸웠다. 이글거리는 화염 속에서 사방으로 떨어져 내리는 통나무며 밧줄을 피하는 동시에 상대방의 공격을 받아내고 있었다. 홍칠공은 아까 소선으로 헤엄쳐 가느라 온몸이 흠뻑 젖은 상태여서 구양봉처럼 쉽게 몸에 불이 붙지 않아 다소 유리했다. 두 사람의 무공은 막상막하였지만 홍칠공이 약간 유리한 상황이 되자 승패가 금세 기울었다.

구양봉은 수염과 머리카락이 온통 불길에 그을렸고, 옷에도 불이 붙었다. 화염이 이글거리는 선창을 피해 점점 후퇴하면서 바닷속으로 뛰어들려는데, 홍칠공이 계속 압박하며 공격해왔다. 만약 방어하지 않고 바다에 뛰어든다면 공격을 당할 게 분명했다. 구양봉은 어쩔 수 없이 전력을 다해 공격을 막으면서 벗어날 궁리를 했다. 홍칠공은 점점 승리를 확신하면서 득의양양해졌다.

'구양봉이 너무 쉽게 죽어버리면 재미없지. 구양봉이 〈구음진경〉을 얻고 한번 써보지도 못하고 죽으면 죽어서도 미련이 남을 테지. 이런 큰 덫을 그냥 놓칠 수는 없지.'

이런 생각에 홍칠공은 하하, 크게 한번 웃고 말했다.

"구양봉, 오늘은 너를 용서해주겠다. 배에 타라."

구양봉은 이상하다는 표정을 지으며 즉시 바다로 뛰어들었다. 홍칠공도 따라서 뛰어내리려는데 구양봉이 소리쳤다.

"잠시 멈추어라. 나도 옷이 다 젖었으니 다시 공평하게 승부를 겨루자."

구양봉은 뱃전에 늘어진 쇠사슬을 잡고 몸을 날려 다시 갑판으로 올라왔다.

"좋아, 좋아! 오늘 시원하게 한번 싸워보자고."

두 사람은 장권과 장풍을 날리며 더욱 맹렬히 싸우기 시작했다.

"용아, 서독 구양봉은 참 무서운 사람이다. 그렇지?"

곽정의 물음에 황용은 아무 소리도 내지 못했다. 다소 무딘 곽정은 황용의 상태를 아직도 파악하지 못했다.

"내가 가서 사부님을 모셔올게. 알았지? 저 배가 곧 가라앉을 것 같아."

황용은 여전히 대답이 없었다. 그제야 이상한 생각이 들은 곽정이 고개를 돌려보니 구양극이 황용의 팔목을 잡고 있는 게 눈에 띄었다. 순간 화가 치밀어 소리 질렀다.

"손을 놓아라!"

그러나 교활한 구양극이 어렵게 잡은 황용의 손을 순순히 놓아줄 리 없었다.

"조금만 움직이면 일장으로 황용의 머리를 날려버리겠다."

곽정은 생각할 겨를도 없이 노를 옆으로 날렸다. 구양극은 머리를 살짝 낮추어 피했다. 곽정은 두 손을 함께 뻗어 장풍으로 구양극의 얼굴을 공격하려 했다. 구양극은 어쩔 수 없이 황용을 내려놓고 고개를 옆으로 돌려 번개같이 피했다. 곽정은 두 주먹을 위아래로 휘두르며 정신없이 치고 들어갔다. 구양극은 작은 배 안이라 손발을 놀리는 것이 자유롭지 못한 데다 상대방이 워낙 맹렬한 기세로 공격해오자 금세 수세에 몰렸다.

구양극은 즉시 자리에서 일어나 주먹을 뻗어 영사권靈蛇拳을 날렸다. 곽정이 급히 왼팔을 뻗어 막았으나 구양극은 팔을 굽혀 곽정의 뺨을 내리쳤다. 곽정은 순간 뒤로 물러나며 숨을 가다듬었다.

'시간을 오래 끌수록 위험해. 빨리 결판을 내야지.'

구양극이 여유를 주지 않고 공격해왔다. 곽정은 또 왼팔을 뻗어 막았다. 구양극은 조금 전에 썼던 방법으로 다시 팔을 굽혀 얼굴을 치려했다. 곽정은 고개를 뒤로 젖히며 오른팔을 앞으로 뻗었다. 원래 뒤로 물러나면서 동시에 오른팔로 공격한다는 것은 쉽지 않은 무공이었지만, 주백통에게 무공을 전수받은 뒤 오른손과 왼손을 자유자재로 움직일 수 있었다. 곧 구양극의 오른팔은 곽정의 양손 사이에 잡혔고 곽정은 주저하지 않고 왼손을 안으로, 오른손을 밖으로 밀었다. 뼈가 부러지며 구양극은 뱃머리에 쓰러지고 말았다.

곽정은 그를 거들떠보지도 않고 황용을 부축했다. 황용은 온몸에 힘이 없는지 쉽게 일어나지 못했다. 곽정은 황급히 황용의 혈도를 풀어주었다. 다행히 구양봉이 그녀의 혈도를 찍을 때 홍칠공이 옆에서 공격하고 있었기 때문에 혈도에 내공이 그리 많이 실려 있지 않았다. 만약 구양봉이 제대로 힘을 실어 혈도를 찍었더라면 곽정의 무공으로는 풀 수 없었을 것이다. 황용이 재촉했다.

"빨리 가서 사부님을 도와요."

곽정이 고개를 들어 바라보니, 홍칠공과 구양봉이 화염 속에서 맹렬한 격투를 벌이고 있었다. 목재가 타는 소리에 두 사람이 격투를 벌이는 소리까지 더해져 그야말로 아수라장이었다.

그때 우지끈하는 소리와 함께 배의 용골이 반으로 부러지면서 배가 서서히 가라앉기 시작했다. 배 주변으로 굵은 소용돌이가 몰아쳤다. 이제 곧 배의 나머지 절반마저 물에 잠길 터였다. 곽정은 전력을 다해 노를 저어 다가갔다. 홍칠공의 옷은 이미 거의 말랐지만 구양봉의 옷은 아직도 젖어 있었다. 이제는 구양봉이 훨씬 유리했다. 그러나 홍칠공은 한 치의 양보도 없이 공격했다. 그런데 갑자기 불붙은 돛대가 허공에서 떨어지더니 두 사람 사이를 가로막았다. 돛대 위로 불길이 맹렬히 타올랐다.

구양봉이 홍칠공에게 지팡이를 던지자 홍칠공도 죽봉을 꺼내 맞받았다. 처음에는 맨손으로 싸우다가 무기를 사용하자 기세가 더욱 맹렬해졌다. 곽정은 홍칠공이 걱정되어 열심히 노를 저어 다가가면서도 두 사람의 싸움이 좀 더 지속되었으면 하는 생각도 들었다. 그만큼 두 사람의 싸움 속에는 무궁무진한 비결이 담겨 있었다.

무공을 닦는 사람들 사이에는 "백 일 동안 칼을 익히고, 천 일 동안 창을 익히고, 만 일 동안 검을 익힌다"라는 말이 있다. 그 말에서 검을 제대로 익힌다는 게 쉽지 않음을 알 수 있다. 많은 사람이 무공을 어느 정도 익히면 검술을 배우곤 하는데, 각자 자기 나름대로의 절묘한 초식이 있기 때문에 어느 검법이 더 좋다거나 나쁘다고 평가하기는 쉽지 않다.

20년 전, 화산논검대회가 열렸을 때 홍칠공과 구양봉은 다른 사람의 무공을 보고 경탄을 금치 못했다. 만약 검술을 논한다면 그들을 이길 수 없다는 것을 알고 두 사람은 그때부터 검을 버리고 사용하지 않았다.

홍칠공은 그 후 죽봉을 무기로 사용했다. 이 죽봉은 개방의 역대 방주들에게 대대로 전해지는 것으로, 부드럽고도 질긴 재질로 만들어졌는데 길이는 단검보다 1척 정도 길었다. 강함을 특징으로 하는 무공을 익힌 홍칠공은 이 무기를 통해 강剛과 유柔가 어우러져 더욱 위력을 발휘할 수 있었다.

구양봉은 지팡이로 봉법棒法, 곤법棍法, 장법杖法을 모두 쓸 수 있고 초식 또한 변화무쌍했다. 독이 묻은 지팡이 머리 부분에는 입을 벌린 채 웃고 있는 사람의 머리가 새겨 있는데, 날카로운 이빨을 드러낸 입 때문인지 표정이 냉혹하고 공포스러워 마치 마귀가 지팡이에 달라붙어 있는 것처럼 보였다. 더 무서운 것은 지팡이를 둘둘 감고 있는 두 마리의 뱀이었다. 구양봉이 지팡이를 휘두를 때마다 목을 쳐들고 공격하는 뱀의 기세를 그 누구도 쉽게 막아낼 수 없었다.

두 사람은 무기를 들고 각자 자신의 절묘한 초식을 선보였다. 무기만 놓고 볼 때 구양봉이 다소 유리했다. 그러나 홍칠공은 거지의 우두머리이기 때문에 뱀을 잡는 데 아주 익숙했다. 죽봉을 뻗어 적을 공격하는 동시에 지팡이에 감겨 있는 뱀의 급소를 공격하려 했다. 구양봉은 지팡이를 빠른 속도로 휘둘러 홍칠공이 정확하게 조준할 수 없도록 했다. 구양봉의 생각에 홍칠공 같은 고수는 이런 무기를 사용해 쉽게 제압할 수 없으니 차라리 쓰지 않는 게 좋을 것 같았다.

홍칠공은 아직 개방의 최고 무술인 타구봉법을 구양봉에게 보여주지 않았다. 타구봉법은 초식의 변화가 아주 절묘해 쓰기만 한다면 금방 승기를 잡을 수 있을 터였다. 그러나 지금 싸움에서 지지만 않는다면 굳이 타구봉법을 쓸 필요가 없었다. 홍칠공이 지금 타구봉법을 쓰면 구양봉이 그 초식을 볼 텐데, 그렇게 되면 내년에 있을 화산논검대회에서 내놓을 비장의 무기가 없어지는 것이다.

곽정은 뱃머리에 서서 몇 차례나 뛰어올라가 사부님을 도우려 했으나 두 사람의 격투가 워낙 치열해 자기의 무공 실력으로는 가까이 접근할 수 없을 것 같았다. 마음만 급할 뿐 어쩔 도리가 없었다.

이때 구양봉은 몸이 점점 뜨거워지는 것을 느꼈다. 배가 심하게 요동치는 게 이제 가라앉는 것도 시간문제였다. 그러나 홍칠공은 개의치 않는 듯 전혀 공격을 늦추지 않았다. 지금 살수殺手를 쓰지 않는다면 생명이 위태로울 게 뻔했다. 구양봉은 오른손에 들고 있던 지팡이를 뒤로 당기고 왼팔에 힘을 주어 내리쳤다. 홍칠공은 죽봉으로 구양봉의 지팡이를 저지하고 왼손으로 구양봉의 팔을 막았다. 생과 사의 결투가 전개되었다. 이때 구양봉의 팔이 갑자기 구부러지더니 홍칠공의 오른쪽 태양혈을 공격해왔다. 이 영사권법은 구양봉이 오랜 연구와 노력 끝에 만들어낸 것으로 원래는 다음 화산논검대회에서 처음으로 선보일 계획이었다. 그래서 도화도에서 홍칠공과 1천여 초식이 넘게 겨루면서도 이 권법만은 사용하지 않은 것이다.

이 권법은 뱀이 꿈틀꿈틀 움직이는 모습에 착안해 만들었다. 뱀은 비록 뼈가 있기는 하나 마치 없는 듯 유연하게 움직일 수 있다. 바로 이 권법의 비결은 팔을 움직일 때 구부릴 수 없는 부분을 구부리는 데 있다. 일반적으로 팔을 뻗어 공격할 때 적은 이미 방향을 판단해 방어하게 된다. 그러나 이 권법은 팔이 적의 몸에 닿기 직전 팔을 구부려 적이 전혀 예상치 못하는 방향에서 공격을 가하는 것이다. 사실 팔의 모든 관절을 마음대로 굽힌다는 것은 불가능한 일이다. 다만 주먹을 내뻗는 방위가 워낙 특이하고 기이해서 상대방에게는 마치 팔이 뱀처럼 자유롭게 움직이는 것처럼 보이는 것이다.

구양봉이 이런 위급한 상황에서 갑자기 이 같은 독특한 권법을 선보이자, 홍칠공은 제대로 막아낼 수 없었다. 설사 큰 부상을 입지는 않는다 해도 크게 놀랄 수밖에 없었다. 그러나 홍칠공은 전혀 당황하는 기색을 보이지 않았다. 구양극이 보응寶應에서 곽정과 겨룰 때 이 권법을 사용하는 것을 본 적이 있기 때문이다. 그날 홍칠공은 여생 등 개방의 무리가 마련한 잔치에 참석하지 않고 혼자서 영사권법을 이길 수 있는 권법을 연구해냈던 것이다.

홍칠공은 구양봉이 영사권법을 사용하는 것을 보고 은근히 기뻤다. 손목을 갈고리처럼 구부리고 손가락을 뻗어 금나수법을 전개해서 구양봉의 손목을 잡았다. 그 손놀림이 어찌나 빠르고 교묘한지 그야말로 영사권법의 상극이라 할 만했다. 언뜻 보기에는 우연히 막아낸 것처럼 보이지만, 사실 홍칠공이 몇 날 며칠 동안 주야로 연구하고 연습한 끝에 익힌 초식이었다. 물론 영사권법의 전체 초식을 다 막아낼 수는 없었지만, 일단 적이 생각지도 못한 초식이기 때문에 기습 효과를 얻을 수 있었다.

구양봉은 홍칠공이 자신의 특이한 권법에 깜짝 놀라 당황하는 사이 살수를 펼칠 생각이었는데, 뜻밖에도 적의 절묘한 방어에 도리어 자신이 당황하고 말았다. 자기도 모르게 뒤로 몇 걸음 물러서는데, 갑자기 공중에서 불덩이가 떨어져 그의 몸을 덮쳤다. 불붙은 돛이 돛대와 함께 구양봉 머리 위로 떨어진 것이다.

홍칠공도 깜짝 놀라 훌쩍 뛰어 물러났다. 구양봉의 무공으로 볼 때 돛대의 넘어지는 속도가 아무리 빠르다고 해도 가볍게 피할 수 있을 듯했다. 그러나 구양봉은 몇 년 동안 심혈을 기울여 연구하고 익힌 권법이 너무나 쉽게 무너지자 그 충격에 망연자실한 나머지 미처 피하지 못했다.

돛이 크고 두꺼운 데다 활대까지 같이 넘어졌기 때문에 무게가 수백 근이 넘었다. 그제야 정신을 차린 구양봉은 몸을 일으키려 안간힘을 썼다. 그러나 몸을 덮고 있는 돛을 벗겨낼 수 없었다. 구양봉은 위험에 처하기는 했으나 침착하게 벗어날 방도를 생각했다. 지팡이를 세워 돛을 받치려는데, 지팡이가 돛대에 눌려 꺼낼 수도 없었다. 그는 속으로 한숨을 내쉬었다.

'관두자, 관둬. 결국 이렇게 죽는구나.'

그런데 갑자기 몸이 가벼워지는 것 같았다. 고개를 들어보니 홍칠공이 쇠로 만든 닻으로 활대를 받쳐 들어 올리고 있었다. 차마 구양봉이 불에 타 죽는 모습을 지켜볼 수 없었던 것이다. 구양봉은 즉시 옷과 머리카락에 옮겨 붙은 불을 끄기 위해 바닥에 누워 이리저리 굴렀다. 그러나 위기는 계속되었다. 절반으로 부러진 배의 몸체가 기울어지면서 굵은 쇠사슬이 빠른 속도로 구양봉을 향해 떨어졌다.

"이런!"

홍칠공이 소리를 지르며 몸을 날려 손으로 쇠사슬을 받아냈다. 불에 타 벌겋게 달아오른 쇠사슬을 맨손으로 잡았으니 손이 무사할 리 없었다. 손이 타 들어가면서 고기 타는 냄새가 났다. 홍칠공은 급히 바다를 향해 쇠사슬을 던졌다. 뒤이어 자신도 바다로 뛰어들려는데, 갑자기 목덜미가 마비되는 것 같았다. 문득 스치는 생각에 홍칠공은 분노와 놀라움을 금치 못했다.

'내가 서독의 생명을 구해주었는데, 설마 날 암습했겠는가?'

반신반의하며 고개를 돌려보니 과연 두 마리 뱀이 감겨 있는 구양봉의 지팡이가 눈앞을 스쳐 지나가고 있었다. 그중 한 마리의 입에 빨간 피가 묻어 있었다. 홍칠공은 분노에 떨며 손을 뻗어 구양봉을 내리쳤다.

획! 획!

바람을 가르는 소리가 났다. 구양봉은 음산한 표정을 지으며 얼른 몸을 날려 피했다. 홍칠공의 장력에 배에 있던 작은 돛대가 반으로 부러지고 말았다. 구양봉은 자신의 기습 공격에 홍칠공이 부상을 입자 크게 기뻤다. 그러나 홍칠공이 무서운 기세로 장력을 발하는 모습을 보자 두려운 마음이 들어 감히 직접 응수하지 못하고 이리저리 몸을 피했다.

"사부님, 사부님!"

곽정이 큰 소리로 홍칠공을 부르며 배로 올라왔다. 홍칠공은 문득 머리가 핑 돌면서 쓰러질 것만 같았다. 구양봉은 기회를 놓치지 않고 가까이 다가가 홍칠공의 등에 일장을 가했다. 사실 구양봉의 지팡이에 감겨 있는 독사의 독은 그야말로 맹독이어서 일단 물렸다 하면 즉시 목숨을 잃었다. 그러나 다행히도 며칠 전 상어를 죽이기 위해 독을 모두 빼냈기 때문에 뱀들이 아직 기력을 회복하지 못한 상태였다. 그런 까닭에 홍칠공이 독사에 물리고도 죽지 않은 것이다.

그래도 독사는 독사인지라 아무리 무공이 강한 홍칠공도 점차 정신이 혼미해질 수밖에 없었다. 홍칠공은 구양봉의 공격을 미처 막아내지 못하고 그만 입에서 피를 토하며 쓰러지고 말았다. 그러나 구양봉은 홍칠공의 무공이 워낙 대단하기 때문에 이 정도의 공격으로 그를 죽일 수 없다는 사실을 잘 알고 있었다. 만약 그를 살려두었다가 나중에 기력을 회복하고 나면 엄청난 후환이 기다리고 있을 터였다. 정을 생각하면 더 이상 공격하지 말아야 하지만 일단 손을 댔으니 어쨌든 끝장을 봐야 했다.

구양봉은 몸을 날려 홍칠공의 등 한복판을 노리고 일격을 가하려 했다. 막 배로 올라오던 곽정이 이 광경을 보았다. 미처 손쓸 틈이 없다는 것을 깨닫고 무작정 쌍장을 휘두르며 쌍룡취수雙龍取水 장법으로 구양봉의 허리를 공격했다. 구양봉은 곽정의 무공이 결코 만만치 않다는 것을 알고 있었지만 그다지 신경 쓰지 않았다. 왼손을 가볍게 뒤로 돌려 곽정의 공격을 막아내는 동시에 적의 어깨를 공격하면서 발로 홍칠공의 등을 내리쳤다.

곽정은 사부 홍칠공을 구하려는 마음에 자신의 안위를 돌보지 않고 몸을 날려 구양봉의 머리를 안으려 했다. 구양봉은 곽정이 자신을 향해 팔을 벌리며 다가오자 그 틈을 노려 곽정의 겨드랑이를 공격했다. 비록 구양봉이 전력을 다해 공격하지는 않았지만 일단 공격이 적중하기만 하면 얼마든지 상대의 목숨을 빼앗을 수 있었다. 구양봉의 그 일격은 성공을 거두었다. 다행히 곽정의 내공이 심후했기에 망정이지 그렇지 않았다면 중상을 입었을 것이다. 곽정은 큰 부상을 입지는 않았지만 겨드랑이에 심한 통증을 느끼면서 상반신이 마비되는 듯했다.

곽정은 더욱 맹렬한 기세로 구양봉에게 달려들어 그의 머리를 껴안았다. 구양봉은 자신의 공격을 받고 당장 물러나리라 예상했는데, 곽정이 뜻밖에도 자신의 생명을 돌보지 않고 뛰어드는 것을 보고는 홍칠공의 등을 공격하던 발을 거둘 수밖에 없었다. 동시에 그는 몸을 돌려 허리를 굽히고 곽정을 공격했다. 두 사람의 싸움은 거의 육탄전에 가까웠다. 합마공, 영사권 등의 상승 무공은 아예 쓸 수가 없었다.

본래 무공이 강한 사람일수록 적이 가까이 오는 것을 용납하지 않는 법이다. 적이 주먹이나 발을 쓰기 전에 제압해서 승리를 거두기 위해서다. 지금처럼 무작정 끌어안고 치고받으며 마음대로 주먹을 휘둘러대는 것은 어떤 무공의 초식에도 없었다.

곽정은 구양봉의 목을 움켜쥐었다. 구양봉이 손을 뻗어 공격해봤지만 곽정이 왼쪽으로 피해버리는 바람에 헛손질을 하고 말았다. 구양봉은 점차 호흡이 곤란해졌다. 목을 움켜쥔 손이 점점 죄어들었다. 구양봉은 왼팔 팔꿈치로 뒤에서 목을 조르는 곽정을 냅다 후려쳤다. 곽정은 하는 수 없이 구양봉의 목을 잡고 있던 왼손을 놓고 오른쪽으로 피했다. 동시에 몽고의 씨름 기술을 사용해 왼손을 구양봉의 겨드랑이 밑으로 끼운 뒤 팔을 뒤로 돌려 목을 내리눌렀다. 구양봉의 무공이 강하기는 하나 곽정이 워낙 빠르고 맹렬한 기세로 목을 눌렀기 때문에 근육에 상당한 충격이 왔다. 이것은 몽고 씨름의 기술 중 낙타반駱駝扳이라는 것으로 낙타처럼 큰 동물도 이 기술을 사용해 목을 누르면 목뼈가 부러진다는 뜻이다. 사실 낙타의 목뼈가 정말 부러질 리야 없겠지만 그만큼 대단한 기술이어서 몽고 씨름의 고수가 아니면 도저히 이를 당해낼 수가 없었다.

구양봉은 몽고 씨름의 기술을 전혀 모르기 때문에 하는 수 없이 오른팔을 뒤로 힘껏 밀었다. 곽정은 구양봉의 오른팔 겨드랑이가 비자얼른 오른손을 구양봉의 오른쪽 겨드랑이 밑으로 끼워 팔을 목뒤로 돌렸다. 곽정은 왼손과 오른손을 교차해 잡은 채 소리를 크게 지르며 구양봉의 목을 눌렀다. 이것은 단산교斷山絞라는 기술인데, 공격을 당한 사람은 이미 죽은 목숨이라 해도 과언이 아니었다. 그만큼 일단 적이 양손을 교차해서 목을 누르기만 하면 팔 힘이 아무리 세다고 해도 항복하는 수밖에 없었다. 만약 상대가 힘을 주어 누른다면 결국 목뼈는 부러지고 만다. 그러나 구양봉의 무공은 몽고의 씨름 선수들에게 비할 바가 아니므로 그 위급한 상황에서도 곽정의 공격을 피할 수 있었다. 곽정이 자신의 목을 누르자, 상승의 경공을 사용해 몸을 앞으로 굽혀 곽정의 가랑이 사이로 빠져나왔다.

사실 구양봉 같은 무학 대종사의 신분으로 후배의 가랑이 사이를 기어서 빠져나온다는 것은 있을 수 없는 일이었다. 만약 생명이 위태로운 상황이 아니었다면 무슨 일이 있어도 그런 행동을 했을 리 만무했다. 구양봉은 단산교의 공격을 피하자마자 즉시 공세를 취했다. 그는 참을 수 없는 모욕감으로 인해 제정신이 아니었다. 구양봉은 무작정 곽정의 등을 향해 주먹을 뻗었다. 순간적으로 곽정은 그의 팔을 움켜쥐며 비틀었다. 곽정은 정식으로 무공을 겨루면 구양봉을 이길 수 없다는 사실을 잘 알고 있었다. 다행히 두 사람이 가까이 붙어 육탄전을 벌였고, 그가 씨름을 할 줄 알기 때문에 우위를 점할 수 있었던 것이다. 게다가 곽정은 생사를 전혀 염두에 두지 않은 상태라 두려울 것이 없었다. 곽정의 생각은 오직 하나, 구양봉과 바짝 붙어 싸운다면 구양봉이 사부님을 공격하는 걸 막을 수 있다는 것뿐이었다.

배의 남은 절반이 심하게 흔들리기 시작했다. 갑판이 점점 기울어져 똑바로 서 있을 수조차 없었다. 두 사람은 동시에 넘어져 굴렀다. 옷과 머리카락에 불이 옮겨 붙었다. 이를 지켜보는 황용은 애가 타 죽을 지경이었다. 홍칠공은 뱃전에 몸을 걸친 채 전혀 움직이지 않는 데다, 곽정과 구양봉은 몸 여기저기에 불길이 붙은 채 싸우고 있으니 그야말로 위급한 상황이 아닐 수 없었다.

황용은 다급한 나머지 노를 들어 구양극의 머리를 치려 했다. 구양극은 비록 오른팔이 부러지기는 했지만 무공이 강해 이 공격을 쉽게 피하고 오히려 왼손을 뻗어 황용의 팔목을 잡으려 했다. 황용이 있는 힘껏 발을 구르자 작은 배가 심하게 요동쳤다. 수영을 전혀 할 줄 모르는 구양극은 몸이 중심을 잡지 못하고 흔들리자 두려운 나머지 얼른 손을 움츠렸다. 황용은 자기가 서 있는 쪽 뱃전이 흔들리며 올라오는 기세를 빌려 바다로 뛰어들었다.

황용은 대선을 향해 다가갔다. 남아 있던 배의 절반도 이미 반 이상 물에 잠긴 상태였다. 물 위에 떠 있는 부분이 얼마 되지 않아 쉽게 배에 오를 수 있었다. 배에 올라선 황용은 허리춤에서 아미강자를 꺼내 들었다. 기회가 되면 곽정을 도와 구양봉을 공격할 심산이었다.

둘은 서로 뒤엉켜 엎치락뒤치락 계속 싸우더니 무공이 훨씬 강한 구양봉이 어느덧 곽정의 몸 위에 올라앉았다. 그러나 곽정 역시 그의 양팔을 꼭 붙잡고 있었기 때문에 구양봉도 더 이상 공격할 수 없었다. 황용은 불길과 연기를 무릅쓰고 가까이 다가가 구양봉의 등을 향해 다짜고짜 강자를 찔렀다.

구양봉은 비록 곽정과 싸우고 있는 중이긴 했지만 아미강자가 등에 닿기 전에 이미 공격의 낌새를 눈치채고 곽정을 안은 채 한 바퀴 굴러 곽정을 위로 가게 했다. 황용은 다시 허리를 굽혀 그의 머리를 공격하려 했으나 구양봉이 어찌나 빨리 이리저리 피하는지 찌를 수가 없었다.

세 번 모두 실패한 황용은 결국 마지막에 배의 바닥을 찌르고 말았다. 검은 연기가 계속 불어와 눈조차 뜰 수 없었다. 막 눈을 비비려는 순간, 구양봉의 발에 다리를 맞아 주저앉고 말았다. 황용은 너무 아파 몇 바퀴를 구른 후 겨우 일어났다. 머리카락이 불에 그을렸다. 재차 공격을 시도하려는데 곽정이 소리를 질렀다.

"우선 사부님부터 구해, 어서!"

황용은 곽정의 말에 일리가 있어 급히 홍칠공에게 달려가 그를 안고 함께 바다로 뛰어들었다. 머리와 옷에 튀었던 불똥이 금세 꺼졌다. 황용은 홍칠공을 등에 업고 작은 배를 향해 헤엄쳐 갔다. 구양극이 배에 서서 노를 쳐든 채 두 사람을 노려보고 있었다.

"그 늙은 거지를 내려놓고 낭자만 올라오시오!"

황용이 강자를 꺼내 들고 위협했다.

"좋아요. 우리 물속에서 한번 겨뤄보죠."

황용은 배 한쪽을 붙잡고 힘을 주어 흔들었다. 배가 심하게 흔들리며 뒤집힐 것만 같았다. 구양극은 깜짝 놀라 가장자리를 꼭 붙잡았다.

"흔, 흔들지 마시오. 뒤집히려 하지 않소?"

"어서 우리 사부님을 끌어 올려주세요. 조심하는 게 좋을걸요. 조금이라도 허튼수작을 부리면 물맛을 실컷 보게 해줄 테니."

구양극은 하는 수 없이 손을 뻗어 홍칠공의 등을 잡아서 배 위로 끌어올렸다. 황용이 구양극을 향해 미소를 지었다.

"당신을 만난 후 처음으로 착한 일을 하는 걸 보는군요."

구양극은 문득 마음이 설레 뭐라 대꾸하고 싶었으나 결국 아무 말도 하지 못했다. 황용이 막 몸을 돌려 다시 대선을 향해 헤엄쳐 가려는데, 갑자기 산이 무너지는 듯한 큰 꽝음이 들렸다. 동시에 물기둥이 크게 치솟더니 황용의 머리 위를 덮쳤다.

황용은 깜짝 놀라 숨을 크게 들이쉰 채 잠시 호흡을 멈췄다. 물벼락이 지나간 후 이마 위로 어지럽게 헝클어진 머리를 뒤로 쓸어 올렸다. 배가 있던 쪽을 바라보니 큰 소용돌이만 맴돌고 있을 뿐 배는 이미 침몰하고 보이지 않았다. 배 위에서 싸우던 곽정과 구양봉도 어디론가 사라지고 없었다.

황용은 순간 머리가 멍해지면서 아무 생각도 할 수 없었다. 마치 이 세상과 자기 자신조차도 어디론가 사라져버린 듯한 느낌이 들었다. 갑자기 입에 짠물이 가득 들어왔다. 깜짝 놀라 정신을 차려보니 몸이 점차 가라앉고 있었다. 황용은 급히 손을 휘저어 물 위로 떠올랐다. 사방에 보이는 것이라곤 망망대해뿐, 작은 배 한 척 외에는 아무것도 없었다. 바다가 모든 것을 삼켜버린 것 같았다.

황용은 다시 물속으로 들어가 소용돌이 쪽을 향해 헤엄쳐 갔다. 물살이 거세게 휘감기고 있었지만 수영에 능숙한 황용은 물결을 따라 헤엄칠 수 있었다. 황용은 몇 바퀴를 돌며 곽정을 찾았으나 그림자도 보이지 않았다. 구양봉 역시 찾을 수 없었다. 아마도 소용돌이에 휩싸여 깊은 바닷속으로 빨려 들어간 모양이었다.

한참을 헤엄치다 보니 황용은 지칠 대로 지쳤다. 그러나 여전히 포기하지 못하고 이리저리 헤엄쳐 다니며 애타게 곽정을 찾았다.

'혹시 하늘이 가엾게 여겨 곽정 오빠를 만나게 해주지 않을까.'

그러나 보이는 것은 파도뿐, 곽정은 그 어디에도 없었다. 반 시진 정도 지났을까, 황용은 더 이상 버틸 수가 없었다. 배에서 조금 쉬었다가 다시 찾아봐야겠다는 생각에 작은 배를 향해 헤엄쳐 다가갔다. 구양극이 손을 뻗어 황용을 잡아 끌어 올려주었다. 구양극도 숙부의 모습이 보이지 않아 마음이 불안했다.

구양극이 다급한 목소리로 물었다.

"숙부님, 숙부님은 어디 계시오?"

그러나 황용은 너무 지친 나머지 대답할 기운조차 없었다. 갑자기 눈앞이 캄캄해지더니 그만 기절하고 말았다. 얼마나 지났을까, 황용은 천천히 의식이 돌아왔다. 그러나 마치 허공에 붕 떠 있는 듯한 느낌이 들었다. 구름 위에 떠 있는 것 같기도 하고 물 위에 둥둥 떠 있는 것 같기도 했다. 귓가에 바람 소리, 파도 소리가 들려왔다. 정신을 차리고 일어나 앉아보니 배가 해류의 방향을 따라 앞으로 나아가고 있었다. 큰 배가 가라앉았던 지점에서 얼마나 멀어졌는지도 알 수 없는 상황에서 곽정을 찾는다는 것은 거의 불가능에 가까웠다. 황용은 마음이 찢어지는 것처럼 아파 또다시 의식을 잃고 말았다.

한편 구양극은 배 가장자리를 꼭 잡고 양다리를 바닥에 찰싹 붙인 채 꼼짝 않고 앉아 있었다. 파도에 배가 흔들리는 통에 바다로 떨어질까 봐 한 발짝도 움직일 수 없었다.

잠시 후, 황용이 다시 깨어났다. 곽정이 이미 죽었다고 생각하니 더 이상 살아갈 의미가 없다는 생각이 들었다. 흙빛이 된 얼굴로 부들부들 떨고 있는 구양극의 모습을 보니 문득 혐오감이 치밀어 올랐다.

'저 짐승 같은 놈과 함께 죽을 수는 없지.'

황용은 벌떡 일어나 구양극을 향해 고함을 질렀다.

"빨리 바다로 뛰어들어요!"

"뭐라고요?"

"빨리 뛰어들지 않으면 이 배를 뒤집어버리겠어요."

황용은 좌우로 발을 크게 구르기 시작했다. 배가 심하게 요동치기 시작했다. 구양극의 겁에 질린 비명 소리를 듣자 비애 섞인 희열 같은 것이 느껴졌다. 황용은 더 힘주어 좌우로 뛰었다. 구양극은 무서워 죽을 지경이었다. 황용이 조금만 더 심하게 뛰면 배가 곧 뒤집힐 것 같았다. 문득 좋은 생각이 떠올랐다. 구양극은 두려움을 무릅쓰고 황용이 뛰는 반대 방향으로 동시에 뛰기 시작했다. 황용이 오른쪽으로 뛰면 왼쪽으로, 왼쪽으로 뛰면 오른쪽으로 뛰었다. 두 사람이 동시에 뛰니 배가 아래로만 가라앉을 뿐 흔들리지는 않았다.

"좋아요. 그럼 바닥에 구멍을 뚫어버릴 거예요. 능력 있으면 이번에도 막아보시죠."

막 아미강자를 꺼내 배 바닥을 찌르려는데 문득 홍칠공의 모습이 눈에 들어왔다. 곽정 생각에 너무 몰두한 나머지 전혀 움직이지 않고 누워 있는 홍칠공을 잠시 잊고 있었던 것이다. 황용은 깜짝 놀라 급히 몸을 굽혀 홍칠공의 호흡을 확인했다. 미약하기는 하나 아직 숨을 쉬고 있었다. 그제야 마음이 조금 놓였다.

홍칠공을 부축해 일으켜보니 얼굴은 백지장처럼 하얗게 질려 있고 두 눈은 꼭 감은 채 미동도 하지 않았다. 황용은 사부님이 걱정되어 구양극을 상대할 여유가 없었다. 즉시 홍칠공의 웃옷을 풀어 헤치고 상처를 살폈다. 그때 갑자기 배가 크게 요동치며 요란한 소리가 났다. 고개를 들어보니 저쪽에 울창한 숲이 보였다.

"육지에 도착했다. 육지에 도착했어!"

구양극은 좋아서 어쩔 줄 몰랐다. 그런데 배가 전혀 움직이지 않는 것으로 보아 암초에 부딪쳐 걸린 것 같았다. 육지에 닿으려면 좀 더 가

야 했지만 바다 밑을 바라보니 물이 그다지 깊지는 않은 듯했다. 구양
극은 얼른 바다로 뛰어내렸다. 그는 물이 가슴까지밖에 차지 않는 걸
확인하자 희색이 만연해 몇 걸음 걸어가다 고개를 돌려 황용을 바라
보았다. 그 자리에 선 채 잠시 망설이던 구양극은 다시 배로 돌아왔다.

황용은 홍칠공의 등을 살펴보았다. 우갑골右胛骨 쪽에 검게 손바닥
자국이 나 있었다. 마치 불에 달군 쇠로 새긴 것처럼 피부 깊숙이 찍혀
있었다. 황용은 그만 가슴이 서늘해졌다.

'서독의 장력이 정말 이렇게 독하단 말인가?'

오른쪽 뒷목에도 가는 이빨 자국이 나 있었다. 주의 깊게 살펴보지
않으면 잘 보이지 않을 만큼 가늘었다. 그러나 황용은 이빨 자국에 손
을 대어보고 기겁했다. 상처 부위가 너무나 뜨거워 저도 모르게 얼른
손을 뗐다.

"사부님, 괜찮으세요?"

홍칠공은 끙, 하고 한 차례 신음 소리를 내더니 아무 대답도 하지 않
았다. 황용이 구양극을 노려보았다.

"해독약을 줘요!"

그러나 구양극은 손바닥을 하늘로 향한 채 어깨를 으쓱하며 모른다
는 표정을 지어 보였다.

"약은 모두 숙부님이 가지고 계시오."

"거짓말 말아요."

"직접 찾아보시오."

구양극은 옷을 풀어 헤치고 가지고 있던 물건을 모두 왼손에 올려
놓았다. 과연 약이라고는 하나도 없었다.

"사부님을 부축해주세요."

두 사람은 각각 홍칠공의 팔을 자기 어깨에 둘러 부축해 일으켰다. 황용은 오른손으로 구양극의 왼손을 잡고 홍칠공을 두 사람의 팔 위에 앉힌 후 천천히 육지를 향해 걸어갔다. 황용은 사부님의 몸이 계속해서 부들부들 떨리고 있음을 느끼고 매우 걱정스러웠다. 한편 구양극은 이 순간이 너무나 즐거웠다. 작고 부드러운 황용의 손을 잡아보다니, 이 얼마나 꿈에 그리던 일인가? 곧 있으면 뭍에 도착한다는 것이 아쉬울 뿐이었다.

뭍에 도착하자 황용은 몸을 낮추어 홍칠공을 땅에 내려놓았다.

"빨리 가서 배를 이리로 끌고 오세요. 파도에 실려 떠내려가면 안 되잖아요?"

구양극은 황용의 손을 잡았던 왼손을 입술에 댄 채 멍하니 넋을 놓고 있었다. 황용의 말을 듣고서도 달콤한 생각에 젖어 있느라 제대로 알아듣지 못했다. 그가 무슨 생각을 하고 있는지 알 길이 없는 황용은 눈을 치켜뜨며 다시 한번 배를 가져오라고 재촉했다. 구양극이 배를 끌고 돌아와보니 황용은 홍칠공을 풀밭에 눕히고 치료할 방법을 궁리하고 있었다.

새로운 방주의 탄생

'대체 여기가 어디일까?'

구양극은 작은 언덕으로 뛰어올라가 사방을 살펴보았다. 동서남북 사방에 보이는 것이라곤 망망대해뿐이었다. 알고 보니 이곳은 바다에 떠 있는 작은 섬이었다.

구양극은 놀라우면서도 은근히 기쁨을 감추지 못했다. 섬은 수목이 울창한 숲을 이루고 있었지만 사람이 사는 흔적은 보이지 않았다. 구양극이 놀란 것은 이런 무인도에서 먹을 것도 없고 잠잘 곳도 없는데 어떻게 살아남을 수 있을까 싶어서였다. 반면 그가 기쁜 까닭은 이렇게 선녀같이 아름다운 여자와 함께 무인도에 있게 된 데다 보아하니 홍칠공의 병세도 치료할 방법이 없는 듯했기 때문이다.

'이런 미인과 함께 있으면 무인도라도 좋다. 여기가 바로 천당이 아닌가. 내일 죽는다 해도 더 이상 바랄 것이 없다.'

구양극은 기분이 좋아 덩실덩실 춤이라도 추고 싶은 심정이었다. 그러나 막 팔을 들어 올리려 하자 갑자기 극심한 고통이 느껴졌다. 그제야 오른팔이 부러졌다는 게 생각났다. 구양극은 오른팔 소매를 찢었다. 그리고 왼손으로 나뭇가지를 주위 오른팔에 대고 단단히 붙들어맨 다음 소매의 천을 가늘게 찢어 오른팔을 목에 걸었다. 황용은 홍칠공의 뱀에 물린 상처에서 몇 차례 독을 짜냈다. 그러나 어떻게 해야 사부님을 구할 수 있을지 더 이상 아무 방법도 생각나지 않았다. 겨우 사부님을 큰 바위 위로 옮겨 눕히고 편히 쉬도록 하는 수밖에 별도리가 없었다.

황용은 목소리를 높여 구양극을 찾았다.

"가서 여기가 어딘지, 그리고 근처에 객점이 있는지 알아보세요."

"여긴 섬이오. 객점은 있을 리 없고, 혹 인가가 있을지도 모르지만 그건 우리 운에 달렸소."

황용은 깜짝 놀랐다.

"어서 가서 인가가 있는지 찾아보세요."

구양극은 황용이 자기한테 말을 걸고 무언가를 시키자 기분이 날아갈 듯 좋았다. 경공술을 써서 동쪽으로 달려가보았으나 가시덤불만 무성할 뿐 인가는 흔적도 없었다. 그는 토끼가 뛰어다니는 것을 발견하고, 돌을 던져 두 마리를 잡았다. 그리고 북쪽으로 방향을 틀어 섬을 크게 한 바퀴 돌아 다시 황용에게로 돌아왔다.

"무인도인 듯싶소."

황용은 구양극이 입가에 미소를 띠고 있는 것을 보자 불끈 화가 치밀었다.

"무인도라고요? 그게 그렇게 재미있어요?"

구양극은 혀를 날름거릴 뿐 아무 말도 하지 않았다. 잠시 후, 구양극이 토끼의 껍질을 벗겨 황용에게 건네주었다. 황용은 품속에서 부시와 부싯돌, 부싯깃을 꺼내 들었다. 그나마 부싯깃이 기름종이에 싸여 있었기 때문에 물에 젖지 않은 게 다행이었다. 황용은 불을 피우고 토끼 두 마리를 구워 한 마리는 구양극에게 던져주고 나머지 한 마리는 다리를 뜯어 사부님께 드렸다. 독사에게 물리고 서독의 장력에 당해 정신이 혼미해 있던 홍칠공은 갑자기 고기 냄새를 맡자 정신이 번쩍 들었다.

황용이 토끼 고기를 입에 넣어주자 맛있게 먹기 시작했다. 다리 한쪽을 다 먹고 나더니 더 달라는 시늉을 했다. 황용은 그가 잘 먹는 모습을 보니 마음이 놓였다. 얼른 다른 한쪽 다리를 뜯어 입에 넣어주었다. 홍칠공은 절반쯤 먹더니 많이 피곤했는지 입에 고기를 문 채 그만 잠이 들고 말았다.

황용은 그제야 고기를 먹기 시작했다. 그러나 몇 점 먹지 않아 문득 바다에 빠져 죽은 곽정 생각에 마음이 아프고 목이 메어 더 이상 먹을 수가 없었다. 날이 점점 어두워지고 있었다. 황용은 동굴을 찾아 홍칠공을 그 속으로 옮겼다. 구양극도 황용을 도와 풀과 나뭇가지를 이용해 잠자리를 만들어 홍칠공을 눕힌 후 다시 황용과 자신을 위해 잠자리를 마련했다. 황용은 시종일관 냉정한 표정으로 바라보고 있었다.

잠자리를 다 만든 구양극은 허리를 뒤로 젖히고 길게 기지개를 켜더니 히죽히죽 웃으며 잠자리에 누우려 했다. 그때 황용이 갑자기 아미강자를 꺼내 들더니 구양극을 노려보았다.

"동굴에서 나가요!"

"이쪽에서 자면 낭자한테 방해될 일도 없을 텐데, 뭘 그리 독하게 구는 거요?"

황용은 눈을 치켜뜨며 화를 냈다.

"어서 꺼지지 못해요?"

"얌전히 잠만 잘 테니 걱정일랑 하지 마시오. 나가서 잘 필요까지 있겠소?"

황용은 불이 붙어 있는 나뭇가지를 들어 구양극이 막 누우려던 자리의 마른풀에 불을 붙였다. 불이 타오르면서 마른풀들은 순식간에 재로 변해버렸다. 구양극은 결국 쓴웃음을 지으며 동굴 밖으로 나갈 수밖에 없었다. 그는 독충이나 맹수가 있을까 봐 나뭇가지 위로 올라가 누웠다.

이날 밤, 그는 몇 번이나 나무 위를 오르내렸는지 모른다. 동굴 입구에는 불이 피워져 있고, 그 너머 아련히 새근새근 잠든 황용의 모습이 보였다. 구양극은 몇 번이나 뛰어 들어가고 싶었지만 차마 그러지 못했다. 용기 없는 자신이 원망스러울 뿐이었다.

지금까지 강제로 범한 여자가 한둘이 아니건만 어찌 이 어린 여자아이에게는 이토록 마음이 약해지는지 알다가도 모를 일이었다. 비록 팔이 부러진 상태이긴 하지만 마음만 먹으면 한 팔로도 얼마든지 황용을 무너뜨릴 수 있었다. 홍칠공은 생명이 위독한 상태라 신경 쓸 필요도 없었다. 그러나 매번 모닥불 앞까지 갔다가 다시 풀이 죽어 되돌아오곤 했다.

한편 황용 역시 편히 눈을 붙일 수가 없었다. 구양극이 허튼수작을 부리지 않을까 걱정되는 데다, 사부님의 병세가 염려되어 깊은 잠을 이루지 못했다. 새벽녘이 되어서야 겨우 한 시진 정도 눈을 붙였다가 잠결에 사부님의 신음 소리를 듣고 깜짝 놀라 일어났다.

"사부님, 괜찮으세요?"

홍칠공이 입을 가리키며 무언가 씹는 시늉을 해 보였다. 황용은 웃음을 지으며 어제 먹다 남은 토끼 고기를 가져와 홍칠공에게 주었다. 홍칠공은 고기를 먹고 나니 기운이 많이 회복되어 천천히 일어나 앉아 운기조식했다. 황용은 감히 아무 말도 하지 못하고 홍칠공의 안색을 살폈다. 홍칠공의 얼굴이 붉게 달아올랐다가 잠시 후 열기가 가라앉는 듯싶더니 다시 잿빛으로 변했다. 이렇듯 얼굴색이 변하기를 몇 차례 반복하더니 머리에서 증기가 뿜어나오면서 땀을 비 오듯 흘리며 온몸을 부들부들 떨었다.

그때 동굴 입구에서 인기척이 났다. 구양극이 동굴 안으로 들어오고 싶어 고개를 내밀었다. 상승 내공으로 부상을 치료하고 있는 홍칠공은 생사의 기로에 놓여 있다 해도 과언이 아니었다. 그런데 만약 구양극이 소란을 피워 홍칠공의 정신이 흐트러진다면 생명을 잃게 될지도 몰랐다. 황용은 구양극을 흘겨보았다.

"어서 나가요!"

"앞으로 함께할 날들이 많은데 이 무인도에서 어떻게 살아야 할지 의논해보아야 하지 않겠소?"

구양극은 히죽히죽 웃으며 동굴 안으로 들어왔다. 홍칠공이 눈을 가늘게 뜨고 물었다.

"여기가 무인도란 말이냐?"

"사부님, 신경 쓰지 마세요."

황용은 고개를 돌려 구양극을 바라보며 말했다.

"나가서 이야기해요."

구양극은 뛸 듯이 기뻐하며 황용을 따라 동굴을 나섰다. 날씨가 아주 맑고 청명했다. 고개를 들어 멀리 바라보니 바다와 하늘이 만나는 저 멀리쯤 하얀 구름이 유유히 흐르고 있을 뿐, 어디에도 육지의 모습은 찾아볼 수 없었다. 황용은 어제 섬에 도착했던 자리에 가보고 깜짝 놀랐다.

"배는요? 배는 어디에 있지요?"

"이런, 배가 어디로 갔을까? 파도에 쓸려갔나 보오. 거참, 큰일이군."

황용은 구양극의 짐짓 놀란 듯한 표정을 보고 그가 일부러 배를 바다로 밀어 보냈다는 것을 눈치챘다. 그 속셈은 너무나 뻔했다. 황용은 구양극의 비열함에 치가 떨렸다. 어차피 곽정도 죽어버린 마당에 살아 돌아가겠다는 생각은 일찌감치 포기했다. 설사 배가 있다고 해도 그 작은 배에 세 사람이 타고 험한 바다를 헤쳐 집으로 돌아간다는 것은 불가능한 일이었다.

그렇지만 구양극이 하는 짓을 그대로 두고 볼 수는 없었다. 사부님의 부상이 다 치료된 후 구양극을 처리하려고 했지만 그때까지 기다리자니, 놈의 태도가 계속 눈에 거슬렸다. 황용은 무표정한 얼굴로 구양극을 응시하며 어떻게 이자를 죽이고 사부님을 구할지 생각했다. 구양극은 황용이 자신을 빤히 바라보자 고개를 들 수가 없었다. 황용은 바닷가에 있는 큰 바위에 앉아 팔로 무릎을 감싼 채 먼 바다를 바라보았다.

'지금이 좋은 기회야. 이 틈을 타서 친해져야지.'

구양극은 바위로 올라가 황용 곁에 앉았다. 잠시 후, 구양극은 황용이 화를 내지도 피하지도 않는 것을 보고 용기가 생겨 조금 더 가까이 다가갔다.

"누이, 우리 둘이 이곳에서 신선처럼 지내며 늙어가는 것도 좋지 않소? 내가 전생에 무슨 덕을 쌓았기에 이런 복을 누릴꼬?"

황용이 하하, 웃어댔다.

"사부님까지 세 사람뿐인데 외롭고 쓸쓸하지, 좋긴 뭐가 좋아요?"

구양극은 황용이 웃으면서 대꾸하는 것을 보고 기뻐서 어쩔 줄 몰랐다.

"내가 옆에 있는데 뭐가 쓸쓸하단 말이오? 게다가 나중에 아이라도 하나 낳으면 쓸쓸할 리가 없지 않겠소?"

"누가 아이를 낳아요? 전 그런 거 몰라요."

"내가 가르쳐주면 되지 않소?"

구양극은 능글맞게 웃으며 왼팔을 뻗어 황용을 끌어안으려 했다. 그런데 황용이 도리어 손을 뻗어 자기의 왼손을 꼭 잡는 것이었다. 구양극은 가슴이 두근거리며 황홀한 기분에 정신을 차릴 수가 없었다. 황용은 왼손을 천천히 옮겨 구양극의 왼쪽 손목의 맥문이 있는 자리를 누르며 나지막이 말했다.

"누가 그러는데, 목염자 언니가 당신한테 정조를 빼앗겼다면서요? 정말이에요?"

구양극은 큰 소리로 웃어젖혔다.

"그 어리석은 여자가 내 청을 거절하더군요. 그러나 내가 누구요? 어찌 여자를 억지로 범할 수 있겠소?"

황용이 한숨을 내쉬었다.

"그렇다면 누군가 언니를 모함한 거로군요. 언니랑 언니 낭군 되실 분이 그 일로 크게 다투었거든요."

"젊은 사람이 그런 일에 연연하다니, 명성과 다르군. 거참, 안타깝게 됐군요."

"어머, 저게 뭐지요?"

황용이 갑자기 손을 뻗어 바다를 가리켰다. 구양극은 황용이 가리키는 곳으로 시선을 돌렸지만 아무것도 보이지 않았다. 막 황용에게 되물어보려는데, 갑자기 손목에 힘이 느껴지면서 몸을 움직일 수가 없었다. 황용이 그 틈을 타 구양극의 맥문을 꼭 잡았던 것이다.

황용은 오른손으로 아미강자를 꺼내 구양극의 배를 찌르려 했다. 두 사람 사이의 거리가 아주 가깝고 구양극이 황용에게 정신이 팔려 혼미한 데다 맥문이 잡히고 오른팔까지 부러진 상태였으니, 황용에겐 구양극을 제거할 절호의 기회였다.

그러나 다행히 구양극은 무림 고수로부터 무공을 전수받았고, 백타산에서 20년간 열심히 무공을 닦은 것이 헛되지 않아서 이런 위기 상황에도 신속하게 대처했다. 그는 몸을 앞으로 굽혀 가슴으로 황용의 등을 힘껏 밀었다. 황용은 중심을 잡지 못하고 이내 바위 밑으로 떨어지고 말았다. 황용은 비록 아미강자로 구양극의 배를 찌르지는 못했지만 떨어지면서 그의 오른발을 찔렀다. 구양극의 발에 반 촌寸 정도의 상처가 났다.

바위에서 뛰어내린 구양극은 황용이 아미강자를 손에 들고 웃고 있는 것을 보았다. 문득 가슴에 통증이 느껴져 고개를 숙여보니 앞가슴 부분의 옷이 찢겨진 채 피가 뚝뚝 흐르고 있었다. 가슴으로 황용을 밀어 목숨은 건졌지만, 황용이 입고 있는 연위갑의 가시에 앞가슴이 찔려 온통 상처투성이가 된 것이다.

"한창 이야기하다가 갑자기 사람을 밀다니, 당신하고 다신 말 안 해요."

몸을 돌려 걸어가는 황용의 뒷모습을 보면서 구양극은 화가 나면서도 너무나 사랑스러워 어찌할 바를 몰랐다. 가슴 가득 달콤하고 짜릿한 생각에 넋을 잃고 서서 아무 말도 하지 못했다. 황용은 동굴로 돌아가면서 스스로에게 화가 나 견딜 수가 없었다. 이렇게 좋은 기회를 놓치다니, 좀 더 열심히 무공을 배우지 못한 것이 후회스러웠다.

홍칠공은 이미 잠들어 있었다. 그런데 그 옆 땅바닥에 검은 피가 흥건히 고여 있는 것이 아닌가. 황용은 깜짝 놀라 급히 홍칠공을 살펴보았다.

"사부님, 어떠세요? 좀 나아지셨나요?"

홍칠공은 가늘게 숨을 내쉬었다.

"술을 좀 다오."

그러나 이 황량한 무인도에서 어떻게 술을 구한단 말인가. 황용은 당황했으나, 겉으로는 사부님을 위로하기 위해 알았다고 대답했다.

"제가 어떻게 해서든 술을 구해볼게요."

황용의 눈에서 갑자기 눈물이 흘러내렸다. 그 난리를 겪으면서도 전혀 울지 않았는데 한번 눈물이 나오기 시작하자 서러움이 복받쳐 더 이상 참을 수가 없었다. 황용은 홍칠공의 품에 엎드려 통곡하며 울었다.

홍칠공은 한 손으로 황용의 머리를 쓰다듬으며 다른 한 손으로는 등을 두드려주었다. 홍칠공은 수십 년 동안 강호를 떠돌아다니며 숱한

영웅호걸들과 어울렸지만, 여자나 아이들을 상대해본 적은 거의 없었다. 그런데 황용이 갑자기 자기 품에 엎드려 통곡을 하자 어찌할 바를 몰랐다.

"착하지, 울지 마라. 우리 착한 용아, 울지 마라. 술 달라고 안 할 테니 울지 마."

한바탕 울고 난 황용은 마음이 조금 후련해졌다. 고개를 들어보니 홍칠공의 옷이 자신의 눈물로 흠뻑 젖어 있었다. 황용은 부끄러운 듯 미소를 지으며 머리카락을 쓸어 올렸다.

"방금 그 나쁜 놈을 죽일 수 있었는데, 정말 아까워 죽겠어요."

황용은 조금 전 바위 위에서 구양극을 죽이려다 실패한 이야기를 했다. 홍칠공은 고개를 숙인 채 아무 말도 하지 않고 묵묵히 듣기만 했다. 그가 한참 만에 입을 열었다.

"내가 아무런 힘도 되어줄 수 없구나. 그놈의 무공이 너보다 훨씬 뛰어나니 지혜로 겨루어야지, 힘으로 겨루어서는 안 된다."

"사부님께서 며칠 동안 잘 쉬셔서 원기를 회복하고 나면 한 방에 그놈을 보낼 수 있을 텐데요, 뭘."

그러나 홍칠공은 처량한 표정을 지었다.

"글쎄…… 독사한테 물리고 서독의 합마공 장력에 당했으니, 모든 내공을 동원해도 독사의 독을 다 해소하는 못할 테고……. 몇 년 더 살 수 있을지는 모르겠으나 무공은 이미 폐했다고 봐야지. 네 사부는 이제부터 평범한 늙은이에 불과하단다. 다시는 무공을 쓰지 못할 거야."

황용은 깜짝 놀랐다.

"아니에요, 아니에요, 사부님. 그럴 리가 없어요."

홍칠공이 미소를 지었다.

"나도 성격이 급한 사람이나 상황이 이렇게 변했으니 조용히 받아들여야지 어찌하겠느냐?"

홍칠공은 잠시 말을 멈추더니 갑자기 엄숙한 표정을 지으며 입을 열었다.

"애야, 내 너에게 부탁할 것이 있는데 들어줄 테냐? 네 성격과 맞지 않는 어려운 일이긴 하다만……."

"들어드리고말고요. 말씀해보세요."

홍칠공은 긴 한숨을 내쉬었다.

"내 비록 너의 사부라고는 하나, 함께한 시간이 많지 않아서 이렇다 할 무술을 전수해주지 못했구나. 그런데도 사부랍시고 네게 이렇게 어려운 짐을 지우려 하다니……."

황용은 홍칠공이 오늘따라 호탕하고 시원시원한 성격답지 않게 쉽게 말을 꺼내지 못하고 머뭇거리는 모습을 보고 그가 부탁하려는 일이 매우 중대한 사안이라는 것을 짐작할 수 있었다.

"사부님, 어서 말씀하세요. 사부님께서 이렇게 다치신 것도 따지고 보면 저를 위해 도화도에 오셨기 때문 아니겠어요? 어떻게 해서든 그 은혜를 갚아야지요. 다만 제가 너무 어리고 불민해서 사부님의 부탁을 들어드리지 못할까, 그것이 걱정될 뿐이에요."

홍칠공의 얼굴에 안도의 기색이 감돌았다.

"그럼 승낙하는 거냐?"

"그렇고말고요. 말씀만 하세요."

홍칠공은 몸을 부들부들 떨며 자리에서 일어나 두 손을 가슴에 교차해서 섰고 북쪽을 향해 절을 했다.

"조사祖師님, 조사님께서 개방을 세우신 후 불민한 제자가 이어받았으나 무능하고 덕이 없어 개방을 빛내지 못했습니다. 이제 상황이 다급해 이 아이에게 중책을 넘기고자 하니, 하늘에 계신 혼령께서 이 아이를 보우하사 어려운 일 당하지 않게 하시고, 복된 일만 있게 하시옵소서. 또한 고통받는 개방의 무리를 위해 맡은 일을 잘 해낼 수 있도록 도와주소서."

홍칠공은 말을 마치자 또 한 차례 절을 했다. 황용은 처음에는 무슨 영문인지 몰라 어리둥절해하다가 홍칠공의 말뜻을 이해하고는 놀라움을 금치 못했다.

"얘야, 꿇어앉거라."

황용이 시키는 대로 꿇어앉자, 홍칠공은 가지고 있던 녹죽봉을 꺼내 두 손으로 받쳐 머리 위로 높이 들어 올렸다가 공손히 황용에게 건네주었다. 황용은 당혹스러워 몸 둘 바를 몰랐다.

"사부님, 저더러 개방의 방주…… 방주가 되라는 말씀이신가요?"

"그렇다. 난 개방의 제18대 방주였다. 이제 네게 방주 자리를 물려주었으니 지금부터 네가 개방의 제19대 방주다. 자, 이제 조사님께 절을 올리자꾸나."

황용은 감히 거역하지 못하고 홍칠공이 하는 대로 가슴에 손을 얹고 북쪽을 향해 절했다. 홍칠공이 갑자기 심하게 기침을 하더니 그만 황용의 옷에 가래를 토해내고 말았다. 황용은 은근히 걱정이 앞섰다.

'가래를 뱉는 데 이리 힘들어하시다니 병세가 깊으신 모양이야.'

황용은 옷에 묻은 가래를 닦아내지 않고 일부러 못 본 체했다. 홍칠공이 크게 한숨을 내쉬었다.

"나중에 모든 거지들이 정식으로 네게 인사를 할 때, 더럽고 지저분한 일을 겪어야 할 텐데…… 이것 참, 미안하구나."

황용은 아무 말도 하지 않고 그저 미소만 지었다.

'거지라는 게 원래 더럽고 지저분한 것을……. 앞으로 그런 일이 어디 한두 가지뿐이겠는가?'

홍칠공은 또 한 차례 긴 한숨을 내쉬었다. 얼굴에 피곤한 기색이 역력했다. 그러나 마음의 큰 짐을 내려놓았기 때문인지 기분은 매우 좋아 보였다. 황용은 홍칠공을 부축해 뉘었다.

"이제 네가 방주고, 난 개방의 장로로구나. 장로는 비록 방주의 존경을 받기는 하나, 개방의 모든 일을 결정하고 명령을 내리는 것은 방주가 하도록 되어 있다. 이것이 역대 개방의 규율이니 절대로 어기는 일이 있어서는 안 될 것이야. 방주의 명령이 떨어지기만 하면 천하의 거지들이 모두 네 명령을 따를 것이다."

황용은 걱정스러운 마음에 조바심마저 났다.

'언제 이 무인도를 빠져나가 다시 중원으로 돌아갈 수 있을지 모르는데……. 게다가 곽정 오빠도 죽었으니 나 역시 살아갈 의미도 없고……. 그런데 난데없이 나보고 개방의 방주가 되어 천하의 거지들을 통솔하라 하시니 이 일을 어쩐다지?'

그러나 홍칠공의 병세가 워낙 위중한지라 차마 거역하지 못하고 사부님의 분부를 따를 수밖에 없었다.

"금년 7월 15일, 개방의 4대 장로와 각 수령들이 동정洞庭 호수 옆 악양성岳陽城에서 집회를 갖는다. 원래 내가 그 모임에서 후계자를 지정하도록 되어 있었지. 네가 이 죽봉만 보이면 모두들 내 뜻을 이해할 게다. 개방 내의 모든 일은 4대 장로들이 도와줄 터이니 내가 뭐라 당부할 필요도 없을 것 같다마는……. 다만 너를 더럽고 지저분한 거지들 무리 속으로 보낼 생각을 하니 마음이 무겁고 미안하구나.”

홍칠공은 말을 마치자 하하, 하고 큰 소리로 웃었다. 그런데 크게 웃느라 상처에 무리가 갔는지 웃음소리가 끝나기도 전에 기침을 하기 시작했다. 황용이 가볍게 등을 두드려주었다. 한참이 지나서야 겨우 기침이 멎었다.

“후유! 이젠 정말 쓸모없는 늙은 거지가 되어버렸구나. 이러다 언제 죽을지 모르니 어서 네게 타구봉법打狗棒法을 전수해주어야 할 텐데…….”

황용은 홍칠공의 말을 듣고 이상한 생각이 들었다.

‘타구봉법이라니, 이름 한번 이상하네. 아무리 사납고 용맹한 개狗라고 해도 일장 한 번이면 죽일 수 있을 텐데, 하필이면 개를 이용해 이름을 붙였을까?’

그러나 홍칠공의 태도가 사뭇 진지한지라 아무 말도 하지 않았다.

“네 비록 방주가 되었다고는 하나, 너의 타고난 천성을 억지로 바꿀 필요는 없다. 지금처럼 네가 하고 싶은 대로 하면 된다. 우리가 거지가 되려는 것도 모두 아무런 구속이나 구애 없이 자유롭게 살려는 것 아니겠느냐? 만약 이렇게 해도 안 되고, 저렇게 해도 안 되고, 이것저것 구속받는 게 많다면 차라리 관리가 되거나 부자가 되고 말지. 네 이 녀석, 속으로 타구봉법을 무시하는 거지? 어서 솔직히 말해보거라.”

황용이 빙긋 웃으며 대답했다.

"글쎄요, 얼마나 대단한 개인지는 모르지만 왜 하필 개가 들어가는 이름을 붙였을까 생각하는 중이었어요."

"너도 이제 거지들의 우두머리가 되었으니 거지 입장에서 모든 일을 생각해야 한다. 너야 이렇게 좋은 옷에 부잣집 낭자 차림을 하고 있으니 개들이 널 보면 꼬리를 흔들며 반기겠지만, 거지들은 개를 만나면 골치 아프거든. 거지들 사이에 전해오는 속담이 있는데, '몽둥이가 없으면 개에게도 업신여김을 받는다'는 거야. 하긴, 넌 가난해본 적이 없으니 어찌 거지들의 처지를 이해할 수 있겠냐마는."

"이번엔 사부님이 틀리셨는데요."

"틀리다니, 뭘?"

"올해 3월, 제가 도화도에서 나와 북쪽 지역을 돌아다닐 때 거지 차림을 하고 있었거든요. 한번은 길에서 무섭게 생긴 개가 절 물려고 한 적이 있었어요. 전 그때 몽둥이를 가지고 있진 않았지만 발로 그놈의 엉덩이를 사정없이 차주었더니, 꼬리를 감추고 도망가던걸요."

"그렇지. 그러나 만약 개가 아주 독하고 무서운 놈이면 발로 차는 것 정도로는 안 된다. 반드시 몽둥이를 써야만 할 때가 있지."

"그렇게 독하고 무서운 개가 있을까요?"

황용은 잠시 생각에 잠겼다. 그러다 문득 생각이 났는지 무릎을 탁, 쳤다.

"아하, 맞아요. 나쁜 짓을 일삼는 무리들을 개라고 부르잖아요?"

홍칠공이 흡족한 듯 미소를 지었다.

"역시 총명하구나. 만약……."

원래는 만약 곽정이었으면 아직도 깨닫지 못했을 것이라 말하려 했으나 문득 곽정이 죽고 없다는 사실이 떠올라 그만 코가 시큰해져 입을 다물고 말았다. 황용은 비록 홍칠공의 말을 끝까지 듣지 못했으나 표정을 보고 그의 생각을 짐작할 수 있었다. 문득 가슴이 견딜 수 없이 아파오면서 눈물이 쏟아질 것만 같았다. 예전 같았으면 당장 통곡을 했겠지만, 지금은 자신이 사부님을 돌봐드리고 있는 처지였다. 마치 자기가 어른이 되고 사부님은 약한 어린아이가 되어버린 것 같았다. 자기가 사부님을 보살펴야 하는 막중한 책임을 맡고 있는데 어찌 아이처럼 울 수 있겠는가. 하는 수 없이 억지로 눈물을 삼켜봤지만, 고개를 돌린 황용의 볼에는 저도 모르게 눈물이 흘러내리고 있었다.

홍칠공도 마찬가지로 마음이 아팠다. 황용이 우는 것을 알았지만 지금 상황에서는 어떤 말로 위로해도 소용이 없을 터였다. 홍칠공은 다시 조금 전의 대화를 이어가기 시작했다.

"이 서른여섯 가지 타구봉법은 개방의 조사께서 만드신 것이다. 대대로 방주에게만 전수할 뿐, 절대 다른 사람에게 전수하지 않는 것이 규칙이란다. 개방의 제3대 방주께서는 무공이 조사님보다 더 강해 기존의 타구봉법에 많은 기묘한 변화를 가미하셨다. 수백 년 동안 우리 개방이 어려움에 부딪힐 때마다 방주가 직접 나서서 이 타구봉법으로 적을 물리치곤 했지."

황용은 문득 아쉬운 생각에 가볍게 한숨을 내쉬었다.

"사부님, 배에서 서독과 싸울 때 왜 타구봉법을 쓰지 않으셨어요?"

"타구봉법은 개방에 중요한 일이 생겼을 때만 쓰는 기술이란다. 게다가 사실 타구봉법을 쓰지 않아도 서독이 날 이길 수는 없지. 그놈이 그렇게 비열한 짓을 하리라고 누가 생각이나 했겠느냐? 내가 그놈의 목숨을 구해주었는데 도리어 등 뒤에서 나를 해치려 들다니……."

황용은 홍칠공의 안색이 어두워지자 얼른 화제를 돌렸다.

"사부님, 제게 타구봉법을 가르쳐주세요. 제가 서독을 죽여 복수해 드릴게요."

홍칠공은 마른 웃음을 뱉으며 땅바닥에서 나뭇가지를 하나 집어 들었다. 몸을 비스듬히 벽에 기댄 채 입으로는 무공의 비결을 읊으며 손으로는 초식의 자세를 취해 보였다.

홍칠공은 타구봉법의 서른여섯 가지 봉법을 황용에게 모두 알려주었다. 그는 그녀가 매우 총명하고, 자신 또한 언제 죽을지 알 수 없었기 때문에 그 자리에서 모두 전수해주려 마음먹었다.

타구봉법은 비록 이름은 이상했지만 변화무쌍한 데다 초술招術이 특이하고 오묘해 당대 최고 무공이라 할 만했다. 그렇지 않고서야 어찌 개방 방주에게 대대로 전해지는 비결이 될 수 있었겠는가? 영리한 황용은 사부님이 알려준 초식을 대충 기억하기는 했으나, 역시 그 심오한 뜻을 완전히 파악할 수는 없었다. 일단 모든 초식을 다 알려주고 나자 홍칠공은 숨을 거칠게 몰아쉬며 온몸에서 땀을 비 오듯 쏟았다.

"이렇게 간단하게 가르쳐서는 안 된다만 지금으로서는 어쩔 수가 없구나."

그러더니 갑자기 아이고, 하는 가벼운 비명 소리와 함께 옆으로 쓰러지고 말았다. 황용은 깜짝 놀라 가까이 다가가 홍칠공을 부축하려 했다.

"사부님, 사부님!"

그러나 손발이 차디차게 식어 있고, 끊어질 듯 끊어질 듯 가는 숨을 내쉬는 것이 아무래도 어려울 듯싶었다. 황용은 며칠 동안 갑작스러운 변고를 많이 만나 이번에는 아예 눈물조차 나오지 않았다. 사부님의 가슴에 귀를 대어보니 미세하나마 심장 뛰는 소리가 들렸다. 황용은 호흡을 되찾을 수 있도록 홍칠공의 가슴에 몇 차례 압박을 가했다.

그런데 이 위급한 순간에 문득 등 뒤에서 인기척이 들리더니 누군가 황용의 손목을 잡았다. 황용은 사부님 때문에 정신이 없어 구양극이 들어오는 것을 미처 깨닫지 못했다. 그녀는 구양극이 어떤 사람인지 잠시 잊은 채 고개를 돌려 그를 바라보며 사정했다.

"사부님 좀 살려주세요. 빨리 어떻게 좀 해보세요."

구양극은 두 눈에 눈물이 가득 고인 채 가여운 모습으로 자기를 바라보는 황용을 보자 그만 심장이 요동치는 것만 같았다. 홍칠공을 바라보니 얼굴이 백지장처럼 창백하고 눈동자는 뒤집혀 있었다. 이때 구양극과 황용의 거리는 반 척도 되지 않았다. 황용의 부드럽고 가려린 숨결이 느껴졌다. 황용의 몸에서 나는 향기에 정신을 차릴 수가 없었다. 이마 위에 흐트러진 부드러운 머리카락을 보며 더 이상 참을 수 없어 황용의 가는 허리를 덥석 껴안았다.

황용은 깜짝 놀라 팔꿈치에 힘을 주어 구양극을 밀어냈다. 그녀는 구양극이 고개를 돌려 피하는 틈을 타 훌쩍 몸을 일으켰다. 구양극은 원래 홍칠공이 두려워 황용에게 함부로 다가가지 못하고 있었는데, 홍칠공이 죽어가는 모습을 보니 더 이상 거리낄 것이 없었다. 그는 동굴 입구를 막고 서서 능글맞게 웃으며 황용을 바라보았다.

"예쁜 누이야, 난 원래 힘으로 여자를 탐하진 않지만 누이가 너무 예뻐서 참을 수가 없군. 자, 이리 와봐. 우리 입맞춤 한번 해볼까."

구양극은 두 팔을 벌리고 한 걸음 한 걸음 황용을 향해 다가갔다. 황용은 깜짝 놀라 심장이 쿵쿵 뛰었다.

'조왕부에서 싸울 때보다 훨씬 위험한 상황이구나. 오늘 내가 죽든, 저놈이 죽든 결판을 내야겠군.'

황용은 품속에서 아미강자와 강침을 꺼내 들었다. 구양극은 히죽히죽 웃으며 방패로 삼기 위해 겉옷을 벗어 들고 다시 몇 발짝 가까이 다가갔다. 황용은 그 자리에 서서 움직이지 않고 구양극을 노려보았다. 잠시 후 구양극이 또 다가오려고 발을 떼자, 그의 발이 아직 땅에 닿지 않은 틈을 타서 몸을 왼쪽으로 피했다. 구양극도 왼쪽으로 다가왔다. 황용이 강침을 던지자 구양극은 겉옷을 휘둘러 막아냈다. 황용은 그 틈에 동굴 입구를 향해 쏜살같이 몸을 날렸다. 그러나 황용의 몸놀림도 빨랐지만 구양극은 더 빨랐다. 황용은 등 뒤에서 바람 소리가 난다 싶더니 등에 장력이 느껴졌다.

그녀는 연위갑을 입고 있었기 때문에 적의 공격에 다치지 않을까 걱정할 필요가 없었다. 게다가 어차피 죽을 각오를 하고 있었기 때문에 전혀 방어를 하지 않고 공격에만 집중했다. 황용은 다시 한번 구양극의 가슴을 향해 강자를 찔렀다. 구양극은 사실 황용을 해칠 생각이 없었기 때문에 장력을 발할 때도 힘을 전혀 싣지 않았다. 그저 한차례 격투를 벌여 황용이 지치기를 기다릴 속셈이었다. 구양극은 팔을 뻗어 황용의 손목을 가볍게 밀어 공격을 피하는 동시에 몸을 날려 다시 동굴 입구를 막아섰다.

그러나 동굴 입구가 매우 좁아 몸을 자유롭게 움직일 수 없는 데다 황용이 목숨을 걸고 독하게 덤벼드니 쉽사리 당해낼 수가 없었다. 전혀 방어를 하지 않고 공격에만 집중하는 황용의 무공은 훨씬 강하게 느껴졌다. 게다가 구양극 자신이 황용을 해칠 생각이 없으니 제대로 공격이 이뤄질 리 없었다. 순식간에 50~60초식을 겨뤘다.

황용은 이미 여러 차례 위험한 고비를 넘겼다. 그녀는 아버지 황약사에게서 무공을 배웠고, 구양극은 숙부 구양봉에게 무공을 배웠다. 황약사와 구양봉의 무공 실력이 막상막하인 것을 감안하면 황용과 구양극의 무공 실력도 비슷할 것이나, 황용은 이제 겨우 열다섯 살인 데 반해 구양극은 이미 서른이 넘은 나이였다. 무공을 연마한 시간으로 따지면 20년 넘게 차이가 났다.

게다가 황용은 여자인지라 아무래도 체력이 구양극보다 훨씬 달릴 수밖에 없었다. 어디 그뿐인가. 황용은 무공을 익힐 때도 구양극처럼 열심히 배우지 않았다. 그나마 홍칠공에게 몇 가지 초식을 배우기는 했지만 그것도 배우기만 하고 따로 연마하지 못했다. 사정이 이러하니 황용이 부상을 입은 구양극을 이기지 못하는 것은 당연했다.

한창 격렬하게 싸우던 중 황용이 갑자기 앞으로 달려들더니 손을 돌려 강침을 던졌다. 구양극은 옷을 휘둘러 이를 막아냈다. 황용은 그 틈을 타 구양극에게 다가가 오른쪽 어깨에 아미강자를 찌르려 했다. 구양극은 오른팔이 부러진 상태였기 때문에 힘을 쓸 수 없어 급히 왼팔을 돌려 막으려 했다. 그런데 아미강자가 황용의 손바닥 안에서 반원을 돌아 방향을 바꾸더니 순식간에 오른팔의 부러진 부위에 꽂히고 말았다. 성공했다는 생각에 기쁜 마음도 잠시 문득 손목이 마비되어오는 것을 느꼈다. 강자가 땅에 떨어지며 쨍하는 소리가 났다. 이미 손목의 혈도가 찍힌 상태였다.

황용은 급히 몸을 돌려 도망가려 했으나 구양극이 가만둘 리 없었다. 구양극은 순식간에 왼팔을 뻗어 황용의 왼발 복사뼈 위 3촌 되는 곳에 있는 현종혈懸鍾穴과 오른발 안쪽 복사뼈 7촌 되는 곳에 있는 중도혈中都穴을 찍었다. 황용은 한두 발짝을 더 옮기다 그만 쓰러지고 말았다. 구양극은 몸을 날려 다가가 우선 손에 들고 있던 겉옷을 바닥에 깔았다.

"이런, 다치면 안 되지."

황용은 얼른 일어나 왼손으로 강침을 던져 구양극이 다가오는 것을 막으려 했으나 다리가 마비되어 도저히 움직일 수 없었다. 몸을 일으키려 했으나 곧 다시 넘어지고 말았다.

구양극은 얼른 손을 뻗어 부축했다. 황용은 왼손밖에 움직여지지 않아 주먹으로 구양극을 치려 했으나 그나마도 힘이 없어 제대로 때릴 수 없었다. 구양극은 귀엽다는 듯이 빙그레 웃으며 황용의 왼손 혈도마저 찍었다. 이렇게 되자 황용은 마치 밧줄에 꽁꽁 묶인 것처럼 사지를 움직일 수 없었다.

'조금 전 차라리 강자로 내 목을 찌를 것을……. 이제 죽고 싶어도 죽을 수가 없구나.'

후회막급이었다. 황용은 별안간 오장이 타들어가는 것 같더니 눈앞이 캄캄해지며 그만 의식을 잃고 말았다. 구양극은 부드러운 목소리로 황용을 달랬다.

"괜찮아. 무서워할 것 없어."

구양극은 천천히 다가와 황용을 껴안으려 했다. 그때 갑자기 머리 위에서 누군가 냉랭한 목소리로 물었다.

"죽고 싶으냐?"

구양극이 깜짝 놀라 고개를 돌려보니 홍칠공이 동굴 입구에 서서 차가운 눈초리로 노려보고 있었다. 구양극은 문득 왕중양이 죽은 척하고 관까지 들어갔다가 방심하고 있는 적을 불시에 공격했다는 숙부님의 말이 생각나 혼비백산했다.

'이런, 죽은 척했던 모양이로군. 난 이제 죽었구나.'

홍칠공의 무공은 익히 알고 있는 바였다. 결코 자신이 상대할 수 있는 실력이 아니었다. 구양극은 너무 놀라 그 자리에서 무릎을 꿇었다.

"그저 장난을 좀 친 것뿐, 다른 의도는 없었습니다. 노여워 마십시오."

"흥! 천하의 나쁜 놈. 어서 빨리 혈도를 풀어주지 못할까? 내가 직접 풀라 이 말이냐?"

구양극은 급히 황용의 혈도를 풀어주었다. 홍칠공은 더욱 목소리를 깔고 고함을 쳤다.

"한 번만 더 동굴 안으로 들어오면 그땐 가만두지 않겠다. 어서 꺼지지 못해!"

구양극은 살았다 싶어 얼른 동굴 밖으로 줄행랑을 놓았다. 황용은 어렴풋이 정신이 돌아왔다. 마치 꿈을 꾼 것만 같았다. 구양극이 동굴을 나가자 홍칠공은 더 이상 버티지 못하고 쓰러지고 말았다.

황용은 사부님의 모습을 보고 너무 기뻐 얼른 다가가 부축했다. 그러나 홍칠공이 계속해서 피를 토하고 이가 세 개나 부러진 모습을 보니 놀랍고 두려울 뿐이었다.

'사부님은 천하제일이라 해도 과언이 아닐 만큼 무공이 강하신데, 한번 넘어졌다고 이렇게 이가 부러지시다니……'

홍칠공은 이 세 개를 손바닥에 놓고 처량하게 웃었다.

"이빨아, 평생 날 위해 온갖 산해진미를 씹어왔는데 이제 내 명이 길지 않음을 알고 너 먼저 날 떠나는구나."

사실 홍칠공의 상태는 그야말로 심각했다. 구양봉의 일장을 받고 등의 근육이 완전히 엉망으로 끊어져버린 것이다. 이제 홍칠공의 기력은 무공이 없는 일반인보다도 더 약한 상태였다. 과거의 위세를 의지해서 구양극을 윽박질러 황용의 혈도를 풀게 했으니 망정이지 지금의 내공으로는 황용의 혈도를 풀어줄 기력조차 없었다. 홍칠공은 울상이 된 황용을 위로했다.

"걱정 마라. 그래도 아직 내 위풍은 살아 있어서 저놈이 감히 다시 들어오지는 못할 것이야."

'동굴 안에 있을 때는 그렇다 치더라도 물이며 음식을 구해오려면 밖으로 나가야 할 텐데 그땐 어쩌지…….'

평소 기지가 넘쳤던 황용도 조금 전 위험한 고비를 넘기고 나니 가슴이 뛰고 불안해졌다. 홍칠공은 황용이 무언가 골똘히 생각하는 모습을 보고 물었다.

"음식을 구할 방법을 생각하고 있는 거로구나?"

황용은 고개를 끄덕였다.

"날 부축해다오. 바닷가로 가서 햇볕을 좀 쬐고 싶구나."

황용은 금세 홍칠공의 의도를 깨닫고 손뼉을 치며 좋아했다.

"좋아요. 우리 물고기 잡으러 가요."

황용은 홍칠공을 부축해서 천천히 바닷가로 나갔다.

섬에서 보낸 시간

아주 맑고 청명한 날씨였다. 마치 비단 이불처럼 끝없이 펼쳐진 바다는 상쾌한 미풍에 잔잔히 흔들리고 있었다.

밝은 햇빛 아래 푸른 바다를 바라보노라니 두 사람 모두 기분이 상쾌해졌다. 구양극은 동굴 밖 멀리 바위 위에 서 있다가 두 사람이 나오는 것을 보고 더 멀찌감치 도망갔다. 두 사람이 쫓아오지 않는 것을 확인하고서야 멈춰 서서 둘을 뚫어지게 바라보았다.

황용은 근심으로 마음이 답답했다.

'저놈이 당분간은 말을 잘 듣겠지만 머잖아 곧 눈치챌 텐데……'

그러나 지금은 더 이상 이것저것 생각할 여력이 없었다. 홍칠공은 바위에 기대어 앉았다. 황용은 나뭇가지를 꺾어 낚싯대를 삼고 나무껍질을 벗겨 길게 꼬아 낚싯줄을 만들었다. 낚싯바늘을 만들 강침이라면 얼마든지 있었다. 황용은 강침을 구부려 낚싯바늘을 만들고 갯벌에서 작은 새우며 게를 잡아 미끼로 삼았다. 바닷속에 물고기가 얼마나 많은지 오래지 않아 상당히 많은 고기를 잡았다. 황용은 물고기를 푹 삶

아서 사부님과 함께 배불리 먹었다.

잠시 휴식을 취한 후 홍칠공은 황용에게 타구봉법의 초식을 하나하나 써보도록 하고 자신은 바위에 기대어 앉아 그때그때 지도를 해주었다. 황용은 타구봉법의 여러 가지 오묘한 변화를 상당히 많이 깨달았다. 해 질 무렵이 되자 타구봉법의 초식을 제법 능숙하게 사용할 수 있었다. 황용은 겉옷을 벗고 바다에 뛰어들어 목욕을 했다. 파도의 움직임을 따라 헤엄을 치던 황용은 문득 바보 같은 생각이 들었다.

'바다 밑에는 용궁이 있고 바다 용왕의 딸은 절세의 미녀라던데, 곽정 오빠가 용궁으로 간 건 아닐까?'

황용은 바닷속으로 잠수해 들어갔다. 문득 왼발 복사뼈가 아파왔다. 급히 발을 움츠리려 했으나 왼발이 무엇인가에 잡혀 있는 듯 전혀 움직이지 않았다. 어려서부터 바다에서 자주 놀았던 황용은 그것이 금세 조개라는 것을 알고 크게 놀라지는 않았다. 그러나 허리를 굽혀 만져보고는 자기도 모르게 기겁을 했다. 조개가 작은 원탁 크기만 했던 것이다.

도화도의 바다에서도 이렇게 큰 조개는 본 적이 없었다. 황용은 두 손을 뻗어 조개껍질을 잡고 힘을 주어 양쪽으로 벌렸다. 그러나 조개의 힘이 얼마나 센지, 양손으로 아무리 당겨도 열리지 않았다. 도리어 조개껍질이 갈수록 굳게 다물어지는 바람에 왼발의 통증이 점점 심해졌다.

황용은 차라리 다리를 물린 채 조개를 바다 위로 끌고 나가는 게 낫겠다는 생각에 팔을 움직여 물 위로 떠오르려 했다. 그러나 뜻밖에도 조개의 무게가 200~300근에 달할 정도로 무거워서 헤엄을 칠 수가 없었다. 게다가 조개가 암초의 일부처럼 굳은 상태라 꼼짝도 하지 않았다. 황용은 몇 차례 몸부림을 쳐보았지만 발의 고통만 심해질 뿐 아무 소용이 없었다. 와락 두려운 마음이 드는 순간, 자기도 모르게 바닷물을 두어 모금 삼켜버렸다.

'이대로 죽는다 해도 상관없지만 사부님 혼자 섬에 남아 그 나쁜 놈에게 괴롭힘이라도 당한다면 죽어서도 눈을 감지 못할 거야.'

황용은 큰 돌을 집어 들고 조개껍질을 내리쳐보았다. 그러나 물속이라 제대로 힘을 주어 내리칠 수가 없었다. 도리어 공격을 받은 조개가 더 굳게 껍질을 닫는 바람에 다리만 더 아플 뿐이었다. 황용은 숨이 너무 막혀 자기도 모르게 입을 벌리는 바람에 바닷물을 또 몇 모금 들이켰다. 그때 문득 좋은 생각이 났다. 황용은 얼른 모래를 한 움큼 쥐어서 조개껍질 안으로 던졌다. 과연 어패류는 가는 모래 따위가 몸 안으로 들어오는 것을 가장 두려워하는지라 얼른 껍질을 벌려 모래를 토해냈다. 황용은 다리가 풀리는 느낌이 들자 얼른 다리를 움츠리고 양발을 사용해 물 위로 헤엄쳐 올랐다. 바다 위로 고개를 내민 황용은 참았던 호흡을 길게 내쉬었다.

잠수한 황용이 너무 오랫동안 올라오지 않자 홍칠공은 은근히 걱정하고 있던 차였다. 무언가 위험한 상황에 맞닥뜨린 게 틀림없다는 생각이 들어 바닷속으로 들어가 구해주고 싶었지만 몸을 제대로 움직이지 못하고 수영 실력도 변변치 못한지라 양손만 비벼댈 뿐이었다. 그런데 마침 황용이 물 위로 떠오르자 겨우 마음을 놓았다.

황용은 홍칠공을 향해 손을 흔들고는 다시 바다 밑으로 들어갔다. 이번에는 조개가 있는 위치에 신경을 쓰며 잠수해 들어갔다. 황용은 조개 가까이 다가가 껍질을 잡고 좌우로 흔들었다. 여러 차례 흔들어 조개와 암초 사이를 헐겁게 만든 후 조개를 끌고 수면 위로 올라와 뭍으로 다가갔다. 그러나 조개의 몸이 모래에 닿으면서 부력을 잃자 중량이 크게 더해져 황용의 힘으로는 더 이상 옮길 수가 없었다.

해안으로 올라온 황용은 큰 돌을 가져다가 조개껍질을 내리쳐 산산조각을 냈다. 황용은 그제야 분이 풀린 듯 씩씩거렸다. 조개에게 물린 황용의 다리에는 길고 깊은 상처가 나 있었다. 황용은 조금 전 조개한테 물려 죽을 뻔했던 상황을 떠올리자 소름이 돋았다. 그날 밤, 홍칠공과 황용은 조갯살을 구워 저녁 식사를 했다. 신선한 조갯살은 맛이 꽤 좋았다.

다음 날 새벽, 잠에서 깬 홍칠공은 어쩐지 온몸의 통증이 훨씬 가벼워진 것을 발견했다. 몇 차례 운기해보니 가슴도 훨씬 편했다.

"거참, 이상하군."

그 소리에 황용도 잠이 깼다.

"사부님, 왜 그러세요?"

"하룻밤 자고 나니 몸이 훨씬 좋아졌구나."

황용은 그 말을 듣고 너무 기뻤다.

"조갯살이 사부님 부상에 효험이 있는 것 아닐까요?"

홍칠공은 황용의 천진난만한 말에 미소를 지었다.

"글쎄, 조갯살이 상처를 치료할 수는 없을 테고…… 아마도 신선하고 맛이 좋아 내 입맛을 돋우다 보니 원기가 많이 회복된 모양이다."

황용은 피식 웃고는 어제 먹다 남긴 조갯살을 마저 가져오려고 동굴 밖으로 달려 나갔다. 그런데 기분이 너무 좋은 나머지 그만 구양극을 경계해야 한다는 사실을 깜박 잊고 말았다. 황용이 조갯살을 칼로 자르고 있는데 갑자기 땅바닥에 사람 그림자가 비쳤다. 그림자는 천천히 황용을 향해 다가오고 있었다. 황용은 깨어진 조개껍질 조각을 집어 들고 그림자를 향해 던지면서 몸을 훌쩍 날려 멀찍이 떨어져 섰다.

구양극은 하루 동안 두 사람의 동정을 유심히 살펴보았다. 겉으로 보기에 홍칠공은 부상이 심해 잘 움직이지 못하는 것 같았다. 하지만 동굴 안으로 들어갈 엄두는 나지 않았다.

구양극은 짐짓 온유한 웃음을 띠며 황용을 향해 천천히 다가갔다.

"착하지. 누이, 가지 말아요. 할 말이 있어서 그래."

"상대방은 거들떠보지도 않는데 그렇게 애걸복걸하다니 창피하지도 않아요?"

황용은 양손으로 눈과 입을 당겨 혀를 날름대며 구양극을 놀려댔다. 구양극은 전혀 두려워하는 기색도 없고 아이처럼 천진한 황용의 모습을 보자, 가슴이 두근거려 견딜 수가 없었다.

"모두 낭자 잘못이오. 누가 이렇게 아름답게 생기라 했소? 그러니 누구든 낭자를 보면 애걸복걸할 수밖에."

"당신이 뭐라 아부해도 난 상대하지 않을 테니 그리 아세요."

"정말 그런지 한번 시험해봐야겠는걸."

황용의 얼굴이 굳어졌다.

"한 걸음만 더 다가오면 사부님을 부르겠어요."

구양극이 히죽히죽 웃었다.

"당신 사부님은 잘 걷지도 못하던데, 내가 가서 업고 나올까요?"

황용은 뒤로 두어 발짝 물러났다. 겉으로는 여전히 태연한 척하고 있었지만 내심 두려움이 일었다.

"바닷속으로 뛰어들려면 뛰어드시오. 나야 뭐, 여기서 천천히 기다리면 되니까. 바닷속에 있는 낭자가 더 오래 버틸지, 여기 앉아 기다리는 내가 더 오래 버틸지 두고 봐야겠군요."

"좋아요. 당신이 내게 이렇게 함부로 대하면 정말 당신을 상대하지도 않을 거예요."

황용은 몸을 돌려 달리기 시작했다. 그러나 몇 발짝 달리기도 전에 그만 큰 돌에 걸려 넘어지고 말았다.

"아야!"

구양극은 황용이 꾀를 부린다고 생각하고 능글맞은 웃음을 지었다.

"당신이 그럴수록 더 마음에 든단 말이야."

구양극은 황용이 강자를 날릴 경우를 대비해 겉옷을 벗어 들고 천천히 다가갔다.

"가까이 오지 말아요!"

황용은 겨우 몸을 일으켜 다시 도망가려 했으나 또다시 넘어지고 말았다. 이번에는 정말 심하게 넘어졌는지 상반신이 물에 잠긴 채 기절이라도 한 듯 한참 동안 움직이지 않았다. 구양극은 그 자리에 서서 동정을 살폈다.

'황용은 꾀가 많은 아이니 속아서는 안 되지. 그래도 무공을 할 줄 아는 사람인데, 저리 쉽게 넘어져 기절할 리가 있겠어?'

그러나 한참을 기다려도 황용은 움직이지 않았다. 황용은 머리까지 모두 물속에 잠긴 상태였다. 구양극은 슬슬 걱정이 되기 시작했다.

'정말 기절한 모양인데……. 멀쩡한 미인을 죽게 놔둘 수는 없지.'

구양극은 급히 다가가 손을 뻗어 그녀의 다리를 잡아끌었다. 그런데 황용의 다리가 딱딱한 게 마치 온몸이 다 굳어버린 것 같았다. 구양극은 깜짝 놀라 물 위로 몸을 구부리고 황용을 안아 일으키려 했다. 황용의 몸을 막 안아 들었는데, 갑자기 황용이 눈을 번쩍 뜨더니 구양극의 양다리를 끌어당겼다. 구양극은 그만 중심을 잃고 물 위로 쓰러지고 말았다. 황용은 구양극을 끌고 물속으로 들어갔다. 일단 몸이 바닷속으로 들어가자 구양극의 뛰어난 무공도 아무 소용이 없었다.

'그렇게 조심을 했는데도 결국 속고 말았군. 이번엔 정말 죽게 생겼는걸.'

황용은 자신의 계략이 적중하자 매우 기뻤다. 황용은 계속해서 구양극을 깊은 곳으로 밀고 가 머리를 물속으로 밀어 넣었다. 구양극은 정신을 차릴 수가 없었다. 짠 바닷물이 꿀꺽꿀꺽 목 안으로 넘어왔다. 머리가 빙빙 돌면서 의식을 잃을 것만 같았다. 구양극은 황용을 잡으려고 몸부림을 쳤다. 그러나 황용은 물에 빠진 사람들의 특징을 잘 알기 때문에 미리 구양극에게서 어느 정도 거리를 두고 떨어져 있었으니 잡힐 리가 없었다.

구양극은 또 몇 차례 바닷물을 마셨다. 몸이 점점 가라앉더니 마침내 바다 밑바닥에 발이 닿았다. 구양극은 본디 무공이 뛰어나고 영리한 사람이었다. 단지 수영을 못하기 때문에 바닷속에서 무공을 펼치지 못한 것뿐인데, 일단 발이 바닥에 닿자 정신이 번쩍 들었다.

그러나 막 정신이 드는 순간 몸이 또 붕 뜨려 했다. 구양극은 급히 허리를 굽혀 바다 밑의 바위를 꼭 잡았다. 그는 내공을 써서 호흡을 멈춘 채 섬 쪽으로 가는 방향을 찾으려고 사방을 살펴보았다. 그러나 사방은 온통 해초와 암초뿐 동서남북을 구분할 수 없었다. 그는 앞뒤 좌우로 몇 걸음 걸어보았다. 일단 무조건 지대가 높은 쪽으로 걸어가면 틀림없을 것 같았다.

구양극은 손에 큰 돌을 든 채 높은 쪽을 향해 천천히 발을 옮겼다. 바다 밑은 곳곳에 산호석이 있어 걷기가 매우 힘들었다. 그러나 그는 내공이 강했기 때문에 어렵지 않게 걸어갈 수 있었다.

황용은 구양극이 밑으로 가라앉은 후 다시 떠오르지 않자 급히 잠수해 들어가 살펴보았다. 그녀는 구양극이 바다 밑을 걸어가는 것을 보고 깜짝 놀라 조용히 구양극의 뒤로 헤엄쳐 내려갔다. 그리고 바다 물살에 따라 그의 등을 향해 아미강자를 찔렀다. 구양극은 물살이 갈라지는 것을 느끼고 몸을 돌려 피한 후 더욱 속력을 내어 걸었다. 숨이 막혀 더 이상 버틸 수 없게 되자 물 위로 떠올라 숨을 들이마신 후 다시 바다 밑으로 가라앉아 걷기 시작했다. 물위로 고개를 내밀었을 때 보니 해안이 가까이에 있었다.

황용은 더 이상 어쩔 도리가 없다는 것을 알고 한숨을 내쉰 후 다시 잠수를 했다. 구양극은 온몸이 물에 흠뻑 젖은 채 해안으로 올라왔다. 구사일생으로 살아나긴 했으나 머리가 빙빙 돌고 어지러워 모래사장에 엎드린 채 움직일 수가 없었다. 잠시 후 배 속의 바닷물을 토해내기 시작했는데 끝내는 신물까지 나왔다. 어찌나 피곤한지 큰 병을 앓은 것 같았다. 한참 숨을 헐떡이며 누워 있다 보니 문득 분노가 치밀면서 잔인한 생각이 떠올랐다.

'두고 보라지. 그 거지 영감만 죽여버리면 제 년이 내 말을 안 듣고 배길 수 있나!'

그러나 홍칠공에 대한 두려움을 완전히 떨쳐버릴 수는 없었다. 구양극은 눈을 감고 한참 동안 호흡을 가다듬고 휴식을 취한 후에야 겨우 기력을 찾을 수 있었다. 그는 짧고 튼튼한 나뭇가지를 하나 꺾어 평소 혈을 찍을 때 사용하던 부채 대신으로 삼고 발걸음을 가볍게 해 동굴 벽 쪽으로 살금살금 다가갔다. 귀를 기울여 동굴 안의 동정을 살피니 아무 소리도 나지 않았다.

한참이 지나 살짝 고개를 내밀고 동굴 안을 살펴보니, 홍칠공이 가부좌를 틀고 앉아 운공運功하고 있었다. 햇빛을 비스듬히 받으며 앉아 있는 모습이 안색도 나쁘지 않고 부상을 입은 사람 같아 보이지도 않았다.

'움직일 수 있는지 없는지 시험이나 한번 해보지, 뭐.'

"홍 선배님, 큰일났어요! 큰일났어요!"

홍칠공이 눈을 뜨고 물었다.

"무슨 일이냐?"

구양극은 짐짓 크게 당황한 척하며 말했다.

"황용이 토끼를 쫓다가 깊은 계곡에 빠졌는데, 큰 부상을 입었는지 기어 나오지 못하고 있습니다."

홍칠공은 깜짝 놀랐다.

"어서 구해오거라."

구양극은 이 말을 듣고 적이 안심했다.

'만약 움직일 수 있다면 당장이라도 떨쳐 일어나 구하러 갔을 테지.'

구양극은 의기양양해져 동굴 입구로 천천히 걸어갔다.

"황용은 항상 어떻게 하면 날 죽일까 궁리하는데, 제가 뭐 하러 구해줍니까? 칠공께서 직접 가서 구해주시지요."

홍칠공은 구양극의 태도를 보고 거짓말이라는 사실을 알아챘다.

'쥐새끼 같은 놈, 내게 무공이 없다는 걸 눈치챈 모양이군. 드디어 죽을 때가 된 모양이다.'

그에게 마지막으로 남은 방법은 구양극과 함께 죽는 길밖에 없었다. 홍칠공은 온몸의 기와 힘을 오른팔에 모았다. 구양극이 다가오면 있는 힘을 다해 쳐서 죽이고 자기도 죽을 생각이었다. 그러나 기를 모으려 하자 등의 상처가 저려오면서 온몸의 뼈가 산산이 부서지듯 아팠다. 바로 눈앞에는 구양극이 비열하고 잔인한 웃음을 지으며 한 발 한 발 다가오고 있었다. 체념한 홍칠공은 죽음을 맞으려는 듯 긴 한숨을 내쉬고 눈을 감았다.

황용은 구양극이 모래사장에 닿은 것을 보고 무척 걱정되었다.

'이렇게 된 이상 저놈이 더 경계를 할 테니 더 이상 속임수도 통하지 않을 테고, 일이 더 어려워졌군.'

그녀는 바다 멀리까지 잠수해 갔다가 다시 떠올라 숨을 크게 한 번 쉰 후 왼쪽으로 방향을 바꿔 또 잠수를 했다. 한참을 가다 다시 물 위로 떠올라보니 모래사장은 없고 나무가 무성한 것이 원래 있던 곳과 크게 달랐다. 그녀는 문득 도화도가 생각나 슬프고 처량한 마음이 들었다.

'이곳에 은밀한 처소를 만들어 사부님을 모셔올 수 있으면 좋겠다. 여기 숨어 있으면 당분간은 그놈이 우릴 찾지 못할 테지.'

황용은 스스로도 이것이 그다지 좋은 생각이 아니라는 것을 잘 알면서도 어떻게든 시간을 끌며 천천히 치료하다 보면 혹 하늘이 가엾게 여겨 사부님의 부상을 치료해주지 않을까 싶었다. 황용은 뭍에 올라 섬을 살폈다. 만에 하나 구양극에게 들킬까 봐 섬 안쪽으로 들어가지는 못하고 바닷가를 따라 걸었다. 문득 후회스러운 생각이 들었다.

'전에 아버지가 오행술을 가르쳐주실 때 얌전히 배웠더라면 지금쯤 좋은 방법이 생각났을지도 모르는데……. 하긴 아버지가 도화도의 지도를 주었으니 영리한 구양극이 금세 알아낼 거야.'

한참 멍하니 생각에 잠겨 있던 황용은 왼발에 무슨 넝쿨 같은 것이 감기는 것을 느꼈다. 그 순간 머리 위에서 흙과 돌이 우수수 쏟아졌다. 급히 옆으로 피했다. 사방은 모두 큰 나무뿐이었다. 황용은 큰 나무를 등지고 섰다. 어깨에 몇 개의 돌을 맞았지만 다행히 연위갑을 입고 있어 다치지는 않았다. 무슨 일인지 고개를 들어본 황용은 그만 깜짝 놀라 가슴이 쿵쿵 뛰었다. 머리 위는 위험하기 그지없는 절벽이었다. 절벽 끝으로 삐죽 작은 산 정도는 되어 보이는 큰 바위가 걸쳐져 있는데, 절반은 이미 절벽 끝에 나와 금방이라도 떨어질 듯 좌우로 흔들렸다. 바위 밑에는 넝쿨이 어지럽게 얽혀 있었다.

조금 전 황용이 밟았던 넝쿨이 바로 바위 밑의 넝쿨과 연결되어 있었던 것이다. 만약 좀 더 제대로 밟았다면 저 바위가 떨어져 내렸을 것이고, 그렇게 되면 황용은 그야말로 뼈도 못 추렸을 것이다.

그 커다란 바위는 좌우로 흔들리긴 했지만 떨어지지는 않았다. 황용은 너무 겁이 나 넝쿨이 없는 곳을 골라 조심조심 발을 디디며 멀찍이 물러나서야 겨우 마음을 가라앉힐 수 있었다. 다시 한번 절벽 위의 바위를 올려다본 황용은 그야말로 조물주의 신비에 감탄했다. 손가락으로 조금만 건드리면 즉시 떨어질 바위인데, 저 절벽 위에 저렇게 걸쳐져 떨어지지 않은 채 수천 년을 흔들려온 것이다. 절벽 주변의 높은 봉우리들이 거친 바닷바람을 막아주고 있었다. 저 바위는 앞으로도 수천 년 동안 거기 그 자리에서 미풍을 받아 좌우로 흔들리며 세월을 이겨낼 터였다.

황용은 넋이 나가 한참 바라보다가 그만 사부님께 돌아가려고 몸을 돌렸다. 그런데 얼마 가지 않아 문득 좋은 생각이 머리를 스쳤다.

'그래, 하늘이 내게 그놈을 죽이라고 이렇게 좋은 함정을 알려주신 거로구나.'

황용은 너무 기뻐 혼자서 껑충껑충 뛰었다. 그녀는 다시 절벽 밑으로 되돌아가 지세를 잘 살폈다. 주변엔 모두 오래된 고목들이 버티고 있어서 아무리 피하려 해도 한 번에 4~5척밖에 뛸 수 없었다. 그녀는 강자를 꺼내 들고 조심조심 다가가 바위 밑에 있는 넝쿨과 직접 연결되어 있는 넝쿨이 어느 것인지를 잘 살핀 후, 그것들만 남기고 나머지 넝쿨을 모두 잘라냈다. 넝쿨을 한 가닥 자를 때마다 황용은 숨도 크게 쉬지 못했다. 만약 조금만 잘못 건드리면 구양극은커녕 자기 자신이 산산조각 날 판이었다.

수십 가닥의 넝쿨을 모두 자르고 나자 황용은 지칠 대로 지쳤다. 마치 격렬한 싸움을 끝낸 것 같았다. 황용은 잘라낸 넝쿨을 둘둘 말아 마른 건초와 함께 쌓아두어 표지를 삼았다. 황용은 앞뒤를 잘 살펴 정확한 길을 잘 파악한 후에야 동굴로 돌아갔다. 마음이 뿌듯하고 기뻐 콧노래가 나왔다.

동굴에 거의 다 도착할 때까지도 구양극의 모습은 보이지 않았다.

그런데 막 동굴 입구에 도착한 순간, 뜻밖에도 안에서 구양극의 목소리가 들렸다.

"천하를 호령하던 홍칠공께서 오늘 제 손에 죽게 됐으니, 기분이 어떠십니까? 좋습니다. 연세도 있으시니 제가 세 초식 동안은 반격을 하지 않도록 하겠소. 항룡십팔장을 한번 써보시지요."

황용은 깜짝 놀랐으나 상황이 너무 다급해 앞뒤 생각할 겨를도 없이 무조건 큰 소리를 질렀다.

"아버지, 여길 어떻게 찾으셨어요? 아, 서독께서도 오셨네요!"

구양극은 동굴 속에서 홍칠공에게 실컷 모욕을 준 후 막 손을 쓰려는 찰나, 황용의 목소리를 듣고 깜짝 놀랐다.

'숙부님과 황약사가 오시다니!'

그러나 다시 생각해보니 이상했다.

'틀림없이 이 거지 영감을 구하려고 수작을 부리는 거야. 날 동굴 밖으로 나오게 하려는 모양인데……. 하긴 어차피 이자를 죽이는 건 시간문제일 뿐이니 한번 속아주지 뭐.'

구양극은 소매를 떨치며 돌아서 동굴 밖으로 나갔다. 황용이 동굴 밖에 서서 해안가를 향해 손을 흔들고 있었다.

"아버지, 아버지!"

구양극이 고개를 들어 멀리 살펴보니 역시나 사람이라곤 그림자도 없었다. 구양극은 능글맞은 웃음을 지으며 황용에게 다가갔다.

"누이, 날 속여서 불러내려고? 누이가 부르는데 내 안 나올 리 있나?"

"속이긴 누가 속여요?"

황용은 바닷가를 향해 달려갔다. 구양극은 여전히 능글맞게 웃으며 대꾸했다.

"또 한 번 날 바다에 빠뜨리려 해도 이번엔 안 속지. 얼마든지 해보시지."

구양극은 황용을 쫓아가기 시작했다. 경공술이 뛰어난 그는 순식간에 황용을 따라잡았다.

'이런, 절벽 밑에 도착하기 전에 잡히면 큰일인데.'

수십 장을 달리자 구양극이 더 바짝 쫓아왔다. 황용은 왼쪽으로 방향을 틀었다. 바다로부터 몇 장 떨어지지 않는 거리였다. 구양극은 황용이 바다로 다가가자 감히 가까이 접근하지는 못하고 히죽히죽 웃으며 황용을 달래려 했다.

"좋아, 우리 숨바꼭질이나 할까?"

구양극은 황용을 향해 달려가면서도 마음속으로 경계를 늦추지 않았다. 황용이 걸음을 멈추고 뒤를 돌아보며 웃었다.

"저 앞에 큰 벌레가 있는데 계속 쫓아오면 그 벌레를 시켜 당신을 물게 할 거예요."

"내가 바로 큰 벌레지. 내가 누이를 물어줄 거야."

구양극은 훌쩍 뛰어 황용을 안으려 했다. 그러나 황용은 간드러진 웃음소리를 내며 빠져나가 다시 앞을 향해 달렸다. 이렇게 쫓고 쫓기며 어느덧 절벽 근처까지 왔다. 황용은 점점 빠른 속도로 달렸다. 그러다 갑자기 방향을 틀더니 구양극을 향해 큰 소리로 외쳤다.

"덤벼보시지!"

황용은 드디어 절벽 밑에 도착했다. 그런데 언뜻 보니 해변가에 사람의 모습이 보였다. 그것도 두 명이나……. 깜짝 놀랐지만 중요한 순간인지라 깊이 생각할 겨를도 없이 넝쿨을 끊어 표시해둔 곳을 빠른 속도로 지나갔다. 구양극이 웃으며 화살처럼 빠른 속도로 황용의 뒤를 쫓았다.

"벌레는 어디 있지?"

황용이 함정을 파놓았다는 사실을 알 리 없는 구양극은 그만 절벽 위 바위 넝쿨과 연결되어 있는 넝쿨 줄기를 힘껏 밟고 말았다. 바위를 있는 힘껏 잡아당긴 것과 마찬가지였다.

구양극이 쿠궁 쿵, 하는 소리에 고개를 들어보니 머리 위에서 커다란 바위가 자신을 향해 굴러 내려오고 있었다. 아직 거리가 있었지만 굴러 떨어지는 기세가 어찌나 강한지 불어오는 바람에 숨조차 쉬기 힘들었다. 혼비백산한 구양극은 급히 뒤로 훌쩍 뛰어 물러나려 했지만 등 뒤가 온통 나무로 둘러싸여 멀리 갈 수 없었다.

구양극은 큰 나무에 등을 단단히 부딪쳐 그만 땅에 넘어지고 말았다. 얼마나 세게 부딪쳤는지 나무가 부러지면서 그 조각들이 등에 꽂혔다. 구양극은 통증을 느낄 겨를도 없이 벌떡 일어났다. 그러나 바위는 이미 3척 거리에 있었다.

구양극은 너무 놀라 기절할 뻔했다. 그런데 그 순간 누군가 자기의 뒷덜미를 잡더니 바깥으로 끌어내려 했다. 그러나 때는 이미 늦었다. 쾅, 하는 엄청난 굉음이 나더니 눈앞에 온통 흙먼지가 부옇게 일었다. 구양극은 처절한 비명 소리를 길게 지르며 기절하고 말았다.

황용은 자신의 계책이 성공한 것을 보고 너무나 기쁜 나머지 미처 피하지 못해 바위가 떨어질 때 일어난 강렬한 바람에 밀려 땅바닥에 쓰러지고 말았다. 머리 위로 흙이며 돌들이 우두둑 쏟아졌다. 그녀는

구양극은 처절한 비명을 내지르며 황용이 파놓은 함정에 빠지고 말았다.

땅바닥에 무릎을 대고 앉아 양손으로 머리를 감싸고 엎드렸다. 한참이 지나 사방이 잠잠해진 후 고개를 들어보니 희뿌연 먼지 속에 두 사람이 서 있었다.

꿈인지 생시인지 분간이 가지 않아 눈을 비비고 다시 바라보니 한 사람은 서독 구양봉이고, 또 한 사람은 자신이 꿈에도 그리던 곽정이었다. 황용은 기쁨의 비명을 지르며 벌떡 일어났다. 곽정도 뜻밖에 이곳에서 황용을 만나자 놀랍고 반가워 단숨에 달려가 꼭 껴안았다. 두 사람은 너무나 기쁜 나머지 곁에 적이 있다는 사실도 그만 까맣게 잊어버렸다.

곽정과 구양봉은 불붙은 배 위에서 한참을 싸우다 배가 가라앉는 바람에 함께 바다에 빠지고 말았다. 바다 깊은 곳의 물살이 어찌나 강한지 두 사람 모두 눈, 코, 입으로 정신없이 바닷물이 쏟아져 들어와 여간 고통스러운 것이 아니었다. 서로 뒤엉켜 싸우던 두 사람은 곧 서로 떨어져 손으로 코와 입을 막아야만 했다.

바다 깊은 곳에 빠른 속도로 흐르는 해류가 있는데, 바다 표면의 해류와 정반대로 흘렀다. 두 사람은 눈 깜짝할 사이에 해류에 말려들어 배가 가라앉은 곳에서 멀리 밀려나게 되었다. 곽정은 거의 한밤중이 되어서야 겨우 바다 위로 고개를 내밀 수 있었다. 수면 위로 고개를 들고 보니, 황용이 타고 있던 작은 배는 이미 저 멀리 까만 점처럼 보였다.

황용은 그때 마침 바닷속을 헤엄치며 정신없이 곽정을 찾고 있었다. 곽정은 큰 소리로 황용을 불러보았지만 거리가 먼 데다 거센 파도에 가로막혀 소용이 없었다. 한참 애타게 황용을 부르는데 갑자기 누군가가 왼발을 확 잡아당기더니 바로 곁 수면 위로 고개를 내밀었다. 바로 구양봉이었다. 구양봉은 수영을 조금 할 줄 알았지만 갑자기 바다에 빠지게 되니 당황하지 않을 수 없었다. 정신없이 손발을 휘두르며 허우적대다 문득 곽정의 다리가 손에 잡혔던 것이다. 구양봉은 곽정의 다리를 꼭 잡고 놓지 않았다. 곽정은 구양봉을 떨쳐내려고 몸부림쳐보았지만 결국 오른발마저 구양봉에게 붙잡히고 말았다. 두 사람은 바닷속에서 몇 차례 몸싸움을 벌이다 결국 또 밑으로 가라앉고 말았다. 수면 위로 두 번째 떠올랐을 때 곽정이 말했다.

"당신 곁에 있을 테니 우선 이 다리부터 좀 놓으세요."

구양봉도 계속 이런 식으로 나가다간 둘 다 죽을 것이라는 생각에 곽정의 발을 놓았다. 그러나 곧 곽정의 오른팔을 꼭 잡았다. 곽정이 팔을 뻗어 구양봉의 겨드랑이를 받쳐주자, 두 사람은 겨우 물 위에 안정되게 떠 있을 수 있게 되었다. 그때 파도 위를 떠다니던 큰 나무 하나가 곽정의 어깨에 부딪쳤다. 구양봉이 소리쳤다.

"조심해!"

곽정은 얼른 손을 돌려 나무를 붙잡았다.

"어서 이 나무를 꼭 잡아요. 놓치면 안 돼요."

그 나무는 바로 배의 돛대였다. 두 사람은 돛대에 의지한 채 사방을 둘러보았다. 사방은 넓고 푸른 바다뿐 아무것도 보이지 않았다. 구양봉의 지팡이도 어디로 사라졌는지 보이지 않았다. 구양봉은 은근히 걱정이 되었다.

'만약 상어 떼라도 만나게 되면 주백통처럼 하나하나 때려 죽이는

수밖에 없는데……. 주백통은 내가 구해줬다 치더라도, 나는 누가 구해주지?'

두 사람은 장력으로 주변을 헤엄치는 물고기를 잡아먹으며 바다 위를 떠다녔다. 옛말에 "한배를 타고 강을 건넌다"라고 했던가. 얼마 전까지 서로 목숨 걸고 싸우던 두 사람이 지금은 함께 돛대 하나에 의지해서 그 넓은 바다를 표류하고 있었다.

며칠이 지났을까, 그동안 다행히도 별다른 어려운 일을 만나지 않았다. 해류는 바로 홍칠공과 황용이 있는 무인도 방향으로 흘렀다. 황용 등이 탔던 작은 배도 바로 이 해류를 타고 무인도 쪽으로 밀려온 것이다. 머지않아 곽정과 구양봉도 무인도에 도착했다.

두 사람은 모래사장에 누워 한참 동안 숨을 헐떡였다. 문득 멀리서 웃음소리가 들려왔다. 구양봉이 벌떡 일어나 소리가 들리는 쪽을 향해 다가갔다. 그런데 뜻밖에도 그 순간에 구양극이 황용이 만들어놓은 함정에 걸려든 것이다. 구양봉이 보니 절벽 위의 바위가 막 구양극의 머리 위로 떨어지려는 찰나였다. 구양봉은 전력을 다해 날아가 구양극의 뒷덜미를 잡아당겼다. 그러나 한발 늦어 결국 구양극의 두 다리가 바위에 깔리고 말았다. 구양극은 극심한 고통을 이기지 못하고 그만 정신을 잃었다.

깜짝 놀란 구양봉은 우선 사방을 살펴 또 다른 위험이 있지는 않은지 살핀 후 조카에게 다가가 코밑에 손을 대보았다. 다행히 아직 숨을 쉬고 있었다. 구양봉은 바위를 두세 차례 밀어보았지만 꼼짝도 하지 않았다. 그는 바위 곁에 쪼그려 앉아 두 손을 바위에 대고 합마신공으로 세 차례 전력을 다해 밀었다. 그야말로 대단한 힘이었다. 그러나 바위의 무게가 어찌나 무거운지 전혀 꿈쩍도 하지 않았다.

구양극이 눈을 떴다.

"숙부님!"

목소리가 죽어가는 듯했다.

"조금만 참아라."

구양봉은 조카의 상반신을 일으켜 살살 당겨보았다. 구양극은 미친 듯이 비명을 지르더니 또다시 기절해버렸다. 큰 바위가 양다리를 누르고 있는데 상반신을 끌어당겼으니 몸이 빠져나오기는커녕 통증이 더 심해질 수밖에 없었다. 땅바닥도 바위라 마땅한 도구 없이는 밑을 팔수도 없었다. 구양봉은 어찌할 바를 몰랐다.

곽정은 황용의 손을 잡고 물었다.

"사부님은?"

"저기 계세요."

황용이 손을 들어 동굴 쪽을 가리켰다. 곽정은 사부님이 무사하다는 말을 듣고 안심이 되었다. 막 사부님을 뵈러 가려는데 구양극의 처참한 비명 소리가 들렸다. 곽정은 차마 자리를 뜨지 못하고 구양봉에게 다가갔다.

"제가 도와드리지요."

황용이 곽정의 옷소매를 잡아당겼다.

"상대하지 말고 어서 사부님이나 뵈러 가요."

구양봉은 설마 이것이 황용이 파놓은 함정이라고는 생각지도 못했다. 그가 직접 바위가 절벽 위에서 굴러떨어지는 모습을 봤는데, 바위의 무게나 절벽의 높이로 보아 사람이 일부러 옮겨놓을 수 있는 게 아니었다. 그러나 황용이 도와주려는 곽정을 말리는 것을 보자 버럭 화가 치밀었다. 동시에 홍칠공이 여기에 있다는 말을 듣고 깜짝 놀랐다.

'내 일장에 맞고 독사에게도 물렸는데 아직 죽지 않고 살아 있다니 정말 대단하군. 그러나 살았다 해도 머지않아 죽게 될 테니 두려워할 것이 없지.'

구양봉은 황용과 곽정이 떠나는 뒷모습을 바라보다 다시 구양극 곁에 앉았다. 열심히 바위를 미는 척하다가, 황용과 곽정이 모퉁이를 돌아 사라지자 작은 목소리로 말했다.

"걱정하지 마라. 내가 어떻게 해서든 널 살려낼 테니 넌 천천히 운식運息해서 심맥이 끊기지 않도록 하고 있거라. 다리가 어떻게 될지 그런 것은 생각하지 말고."

구양봉은 말을 마친 후 조심조심 곽정과 황용의 뒤를 따랐다. 두 사람은 서로 상대방의 허리에 팔을 감고 귀에 대고 뭔가를 속삭이며 한껏 즐거운 모양이었다. 구양봉은 은근히 화가 났다.

'내가 저것들을 그냥 두면 서독이 아니지. 사는 게 고통스러워 죽고 싶어도 죽을 수 없게 만들어 줄테다.'

황용은 곽정을 데리고 동굴 입구에 도착했다. 곽정은 동굴 안으로 뛰어 들어갔다.

"사부님!"

그런데 동굴 벽에 기대어 앉아 있는 홍칠공의 안색이 창백한 게 혈색이 전혀 없었다. 조금 전 구양극 때문에 화를 내다 보니 병세가 더 악화한 것이었다. 황용이 급히 다가가 옷의 앞섶을 풀어주었다. 곽정은 부지런히 사부님의 팔과 다리를 주물러댔다. 홍칠공은 곽정을 보고 놀라움과 기쁨을 감출 수 없었다.

"정아, 너도 왔구나."

홍칠공은 입가에 잔잔한 미소를 띠었다. 곽정이 막 대답을 하려는데 등 뒤에서 고함 소리가 들렸다.

"거지 영감, 나도 왔소이다."

마치 금속이 부딪치는 것처럼 귀를 자극하는 목소리였다. 곽정은 몸을 돌려 동굴 입구를 막아섰다. 황용도 홍칠공에게서 받은 죽봉을 들고 곽정 옆에 섰다.

"거지 영감, 이리 나오시오. 당신이 나오지 않으면 내가 들어가겠소."

곽정과 황용은 서로 마주 보았다. 둘의 마음은 똑같았다.

'죽는 한이 있어도 저놈이 사부님을 해치게 놓아둘 수는 없지.'

구양봉이 껄껄껄, 하고 길게 웃더니 몸을 날려 동굴 입구로 다가왔다. 곽정이 일장을 뻗었다. 구양봉은 몸을 옆으로 돌려 곽정의 날카로운 장풍을 피했다. 막 곽정의 오른쪽을 뚫고 지나가려는데 죽봉이 얼굴을 향해 날아왔다. 죽봉이 흔들거리는 게 상반신을 공격하는 것 같기도 하고, 하반신을 공격하는 것 같기도 해 얼른 판단하기가 어려웠다.

구양봉은 순간 간담이 서늘했다. 일단 왼손을 위로 휘젓고 오른발을 들어 하반신을 막아 적이 어느 쪽을 공격하든 모두 방어할 수 있도록 했다. 그런데 뜻밖에도 황용의 손에 들려 있던 죽봉이 흔들리더니 허리를 향해 공격해 들어왔다. 구양봉은 크게 놀라 뒤로 몸을 날려 피했다.

황용은 처음으로 써본 타구봉법이 효력을 발휘하자 상당히 의기양양해졌다. 구양봉은 황용이 이미 홍칠공의 타구봉법을 배웠으리라고는 짐작도 못 했다. 구양봉은 콧방귀를 뀌고는 다시 공격을 시작했다.

구양봉은 손을 뻗어 황용이 들고 있는 타구봉을 빼앗으려 했다. 그러나 황용은 새로 배운 타구봉법을 십분 활용해 상대방을 찌르고, 때리고, 순식간에 방향을 바꿔가며 공격을 해댔다. 비록 구양봉을 다치게 할 수는 없었지만 그의 공격을 훌륭하게 방어할 수는 있었다. 곽정은 감탄했다.

"대단한 봉법이군. 굉장한데!"

칭찬을 연발하며 좌장우권左掌右拳을 뻗어 협공을 가했다. 구양봉은 두어 차례 성난 사자처럼 울부짖더니 몸을 웅크렸다가 갑자기 쌍장을 발했다. 장력이 아직 두 사람에게 닿기도 전에 땅바닥의 먼지가 크게 일어났다.

곽정은 장력의 위력이 맹렬한 것을 보고 걱정했다. 만약 황용이 피하지 않고 장력을 받아낸다면 크게 다칠 것이 뻔했다. 곽정은 황용을 밀면서 함께 옆으로 피해 구양봉의 합마공 공격을 무산시켰다.

구양봉은 두어 걸음 더 다가와 또다시 쌍장을 발했다. 이 합마공의 위력은 대단했다. 홍칠공마저도 도화도에서 무공을 겨룰 때 이 합마공을 이겨내지 못하고 결국 비기지 않았던가. 곽정과 황용의 무공은 홍칠공보다 훨씬 못하니 합마공을 이겨내기는커녕 점점 동굴 안으로 후퇴하는 형국이었다.

구양봉은 동굴 안으로 들어와 왼손으로 벽 쪽에 일장을 가했다. 벽의 돌이며 자갈이 우르르 떨어졌다. 오른손을 들어 홍칠공의 머리를 공격할 자세를 취하다 말고 그의 반응을 살폈다.

"사부님이 당신의 목숨을 구해주었는데, 도리어 사부님을 해치려

하다니…… 비겁한 인간!"

구양봉은 손을 뻗어 홍칠공의 가슴을 가볍게 밀어보았다. 가슴의 근육이 푹 들어가는 느낌이었다. 평소 같았으면 내공과 외공이 모두 상당한 경지에 다다른 홍칠공을 이렇게 밀면 미는 사람의 손이 밖으로 튕겨 나갈 터였다. 그런데 뜻밖에도 미는 대로 안으로 꺼지는 것으로 보아 과연 그의 무공이 완전히 없어진 게 틀림없었다. 구양봉은 크게 기뻤다. 즉시 홍칠공의 몸을 잡아 일으켰다.

"빨리 가서 내 조카를 구해주어라. 그러지 않으면 이 늙은이를 죽여 버리겠다."

황용이 놀라 대꾸했다.

"하늘이 바위를 굴려 벌하는 것을 당신도 두 눈으로 똑똑히 봤잖아요? 누가 그를 구할 수 있겠어요? 계속해서 이렇게 나쁜 짓을 하면 하늘이 당신도 용서하지 않을걸요!"

곽정은 구양봉이 홍칠공을 높이 쳐든 채 그대로 땅바닥에 찍어버릴 자세를 취하자 자신들을 위협하기 위해서라는 걸 잘 알면서도 은근히 걱정이 되었다.

"어서 사부님을 내려놓으세요. 가서 구해주면 될 것 아니에요?"

구양봉은 조카가 마음에 걸려 한시바삐 조카에게 되돌아가고 싶었으나, 얼굴에는 조급함을 전혀 내색하지 않은 채 천천히 홍칠공을 내려놓았다. 황용이 단호한 어조로 말했다.

"가서 당신 조카를 구해주는 것은 어렵지 않지만, 그 전에 세 가지를 약속해주세요."

"무슨 약속을 하라는 거냐?"

"당신 조카를 구한 후 우리 모두 당분간 이 섬에서 살아야 할 텐데, 다시는 우리 세 사람에게 나쁜 짓을 하지 않겠다고 약속하세요."

구양봉은 말없이 고개를 끄덕였다.

'나와 조카는 수영을 못하기 때문에 여길 빠져나가려면 어차피 이들이 필요할 테지.'

"좋다. 적어도 이 섬에 있는 동안은 너희를 해치지 않으마. 그러나 일단 이 섬을 빠져나간 후에는 아무것도 약속할 수 없다."

"당연하죠. 그때는 당신이 우릴 죽이지 않아도 우리가 먼저 당신을 죽일 거예요. 두 번째, 저희 아버지께서는 이미 저를 곽정 오빠에게 시집보내겠다고 약속하셨어요. 당신도 직접 들으셨죠? 다시는 조카와 저를 연결시키지 마세요. 그러지 않으면 당신은 개돼지만도 못한 짐승이 되는 거예요."

"흥! 좋다. 그것 역시 이 섬에서 나갈 때까지만 약속하는 거다. 이 섬을 벗어나면 그땐 다시 상황을 봐야겠다."

황용은 미소를 지었다.

"세 번째, 최선을 다해 조카를 살리는 걸 돕긴 하겠지만 만약 조카가 죽게 된다고 해도 딴짓을 하면 안 돼요."

이번에는 구양봉이 눈을 부라리며 대꾸했다.

"만약 조카가 죽는다면 너희 셋도 살려둘 수 없지. 계집애가 무슨 말이 그리 많은 거냐? 어서 우리 조카를 구하러 가자."

구양봉은 동굴을 나서서 절벽이 있는 쪽을 향해 전속력을 내어 달렸다. 곽정이 막 뒤를 따르려는데 황용이 당부했다.

"조금 있다가 서독이 바위를 밀어내는 데 전력하는 틈을 타 등 뒤에서 일장을 가해 없애버리세요."

"하지만 등 뒤에서 공격하는 건 너무 비겁하잖아. 약속은 지켜야지. 일단 구양극을 구해낸 다음 다시 사부님을 위해 복수하면 돼."

곽정이 그런 비열한 방법으로 사람을 해칠 리 없다는 생각에 황용은 자기도 모르게 미소가 떠오르며 탄식이 새어나왔다.

바다에 빠져 죽었다고 생각했던 곽정을 다시 만나니 황용은 가슴이 터질 것처럼 기뻤다. 곽정이 설사 죽을죄를 지었다고 해도, 혹은 말도 안 되는 억지를 부린다고 해도 무조건 그를 따를 판이었다. 게다가 뒤에서 사람을 공격하는 것은 비겁하다며 신의를 중요시하니 얼마나 사내대장부다운가? 황용은 따뜻한 미소를 지으며 곽정을 바라보았다.

"좋아요. 원하는 대로 하세요. 제가 따르죠."

두 사람은 절벽 쪽을 향해 다가갔다. 저 멀리서부터 구양극의 고통에 찬 신음 소리를 들을 수 있었다.

"빨리 오지 못해!"

구양봉이 기합을 넣자 두 사람은 발걸음을 재촉했다. 세 사람이 나란히 서서 각각 양손을 바위 위에 얹었다.

"자!"

구양봉의 고함 소리에 세 사람이 함께 장력을 발했다. 커다란 바위가 약간 움직이더니 다시 제자리로 돌아왔다. 구양극은 고통에 찬 비명을 지르더니 눈에 흰자위를 드러내며 기절했다. 죽었는지 기절했는지 구분이 가지 않았다. 구양봉은 깜짝 놀라 급히 조카의 코밑에 손을 대어보았다. 미약하나마 아직 숨을 쉬고 있었다. 고통을 참기 위해 어찌나 이를 악물었는지 그의 입안은 피로 가득했다.

구양봉의 무공은 천하에서 둘째가라면 서러울 만큼 대단했지만 이 순간만큼은 조카를 위해 해줄 수 있는 일이 아무것도 없었다. 다시 바위를 밀 엄두가 나지 않았다. 만약 한 번 밀어서 성공하면 모르지만 자꾸 이런 식으로 밀었다 눌렀다를 반복하면 조카의 다리만 더 망가질 터였다. 어찌할 바를 모르고 있는데 갑자기 왼발이 젖은 모래 안으로 푹 빠져들었다. 다리를 들자 신발이 모래 속에 파묻혀 발만 빠져나왔다.

신발을 줍던 구양봉은 깜짝 놀랐다. 바닷물이 점점 차올라 이미 바위 있는 곳으로부터 5~6장 떨어진 곳까지 물이 올라왔던 것이다. 구양봉은 마음이 급해졌다.

"야! 이 계집애야, 사부님을 살리고 싶으면 어서 빨리 우리 조카를 살릴 방법을 생각해내란 말이다."

황용은 생각에 잠겼다. 더 이상 도와줄 사람이 없는 상황에서 이렇게 무거운 바위를 밀어낸다는 것은 거의 불가능했다. 몇 가지 방법을 생각해봤지만 모두 신통치 않았다. 황용은 구양봉이 위협하는 말을 듣자 버럭 화가 났다.

"만약 사부님이 부상을 입지 않았다면 간단히 해결되었을 것 아니에요? 사부님의 외공과 장력을 합하면 네 사람이 이 정도 못 밀어내겠어요? 모두 당신 탓이죠!"

황용은 결국 아무런 방법이 없다는 듯 양손을 펼쳐 보이며 어깨를 으쓱했다. 비록 황용이 화가 난 김에 아무렇게나 내뱉은 말이기는 하지만 한마디 한마디가 구양봉의 가슴을 찔렀다.

'모든 일에는 하늘의 뜻이 있는 법이라더니. 만약 거지 영감이 다치지 않았더라면 의협심 강한 사람이라 필시 도와주었을 테지. 거지 영감에게 일장을 가한 것이 결국 내 아들을 죽게 만들다니. 아아······.'

구양극은 구양봉의 조카로 알려져 있었다. 하지만 사실은 구양봉이 형수와 간통해 낳은 아들이었다. 평소 잔인하고 악독한 서독이라도 아들의 죽음을 눈앞에 두고 마음이 아프지 않을 수 없었다. 바닷물이 점차 가까이 차오르고 있었다.

"숙부님, 차라리 일장으로 절 죽여주세요. 더 이상······ 더 이상 못 견디겠어요."

구양봉이 품속에서 비수를 꺼내 들었다.

"좀 참아라. 다리가 없어도 얼마든지 살아갈 수 있다."

구양봉은 가까이 다가가 구양극의 다리를 절단하려 했다. 구양극이 깜짝 놀라 숙부를 말렸다.

"안 돼요, 숙부님. 그러지 마시고 그냥 그 칼로 저를 죽여주세요."

구양봉이 버럭 화를 냈다.

"어찌 이리 기개가 없느냐? 내가 그렇게 가르쳤더냐?"

구양극은 손으로 가슴을 움켜쥔 채 극심한 고통을 참았다. 구양봉이 화를 내자 차마 뭐라 더 말할 수가 없었다. 구양봉은 바위가 거의 허리 부분까지 누르고 있는 것을 보곤, 다리를 자른다고 해도 살 수 있을지 모르겠다는 생각이 들어 순간 망설였다. 황용은 숙질간에 처량하고 비장하게 서로 바라만 보고 있는 모습을 보자 마음이 약해졌다. 문득 아버지 황약사가 도화도에서 큰 바위를 운반할 때 쓰던 방법이 생각났다.

"잠깐 기다려요! 좋은 생각이 있어요. 잘될는지는 모르지만 한번 해보죠."

구양봉은 뛸 듯이 기뻤다.

"그게 뭐지? 어서 말해봐라. 낭자가 생각해낸 방법이라면 반드시 효과가 있을 거야."

황용은 피식 웃음이 나왔다.

'조카를 구해준다니 이제야 예의 바르게 구는군. 언제는 계집애라더니 이제 와서 낭자라고 부르네.'

"좋아요. 내가 시키는 대로 하세요. 나무껍질을 벗겨서 이 바위를 끌어당길 밧줄을 만드세요."

"누가 그 줄을 끈단 말이냐?"

"배에서 닻을 감는 것처럼."

"맞아, 맞아. 도르래를 이용하면 되겠구나."

곽정은 무엇에 쓰려고 밧줄을 만들라고 하는지 알 수 없었지만, 황용의 말이 떨어지자마자 단검을 꺼내 들고 뛰어가 나무껍질을 벗기기 시작했다. 구양봉과 황용도 거들기 시작했다. 순식간에 수십 그루의 나무껍질을 벗겨냈다. 문득 구양봉이 조카를 바라보더니 길게 한숨을 내쉬었다.

"더 이상 벗길 필요 없겠어."

황용과 곽정이 고개를 돌려보니 구양극의 몸이 이미 절반 이상 바닷물에 잠겨 있었다. 밧줄과 도르래를 만들기는커녕 나무껍질을 벗기기도 전에 바닷물이 완전히 구양극을 삼킬 것 같았다. 구양극은 바닷물에 잠긴 채 꼼짝도 하지 않았다.

"포기하지 말고 빨리 벗겨요!"

황용이 큰 소리로 재촉하자, 천하를 호령하던 구양봉도 얌전히 황용의 말에 따라 다시 나무껍질을 벗기기 시작했다. 황용은 큰 돌을 몇 개 가져다가 구양극의 상반신을 일으켜 등 뒤에 돌을 괴어주었다. 상반신이 조금 높아지자 얼굴이 바닷물에 잠기지 않았다. 구양극은 끊어질 듯, 끊어질 듯 겨우 숨을 내쉬고 있었다.

"낭자, 고맙소. 아무래도 난 틀린 것 같소. 그러나 낭자가 날 구해주려 애쓰는 모습을 보니 기쁘게 죽을 수 있겠군요."

황용은 미안한 마음이 들었다.

"내게 고마워할 필요 없어요. 내가 함정을 만들어 바위가 떨어지게 한 거예요. 알고 있나요?"

"그렇게 큰 소리로 말하지 마시오. 숙부님께서 알게 되면 당신을 가만두지 않을 거요. 난 이미 알고 있었어요. 그러나 당신 손에 죽는다 해도 당신을 원망하지는 않을 거요."

황용은 한숨을 내쉬었다.

'참 나쁜 사람이긴 하지만 나에 대한 마음은 진심이었나 보군.'

황용은 나무 밑으로 돌아가 나무껍질로 새끼를 꼬아 밧줄을 만들기 시작했다. 처음에는 세 가닥으로 새끼를 꼬다가 다시 여섯 가닥으로 굵고 튼튼한 밧줄을 만들었다. 그런 다음 다시 이 굵은 밧줄을 몇 가닥 꼬아 거대한 밧줄을 만들었다. 구양봉과 곽정은 나무 위로 올라가 끊임없이 나무껍질을 벗겨댔고, 황용은 쉬지 않고 밧줄을 만들었다. 그러나 세 사람이 아무리 손발을 빨리 놀려도 바닷물이 차오르는 속도를 따라잡지는 못했다.

밧줄의 길이가 1장이 되기도 전에 이미 바닷물이 구양극의 입까지 찼다. 밧줄을 조금 더 만들고 나자 이미 입술이 잠기고 물 위로 코만 나와 겨우 숨을 쉬고 있었다. 구양봉은 그 모습을 보고 체념한 듯 나무에서 내려왔다.

"그만들 하고 가보게. 마지막으로 조카에게 할 말이 있네. 어쨌든 진심으로 도와주었으니 그 마음은 고맙게 받겠네."

구양봉은 이미 마음을 정리한 듯 침착한 모습이었다. 곽정도 가망이 없다고 생각해 구양봉을 따라 나무에서 내려와 황용과 함께 자리를 피해주었다. 조금 걸어가자 황용이 조용히 말했다.

"저쪽 바위 뒤로 가서 구양봉이 무슨 말을 하는지 들어봐요."

"우리랑 상관있는 일도 아닌데 뭐. 게다가 구양봉이 우리가 엿듣는 걸 모를 리 있겠어?"

"조카가 죽고 나면 반드시 사부님을 해치려 할 거예요. 우리가 미리 그의 계획을 알면 조심할 수 있잖아요. 만약 들키면 구양극에게 작별 인사를 하러 되돌아왔다고 하면 돼요."

곽정도 고개를 끄덕였다. 두 사람은 모퉁이를 꺾어 살금살금 나무 뒤로 돌아간 후 큰 바위 뒤에 몸을 숨겼다. 구양봉의 목멘 소리가 들렸다.

"편안히 가거라. 네가 얼마나 황용을 아내로 맞이하고 싶어 했는지 내가 다 안다. 내가 꼭 네 소원을 이루어주마."

황용과 곽정은 둘 다 이상한 생각이 들었다.

'구양극이 곧 죽어가는 마당에 어떻게 소원을 들어준다는 거지?'

그러나 이어지는 구양봉의 말을 듣고 두 사람은 온몸에 소름이 돋았다.

"내가 곧 황용을 죽여 너와 함께 장사를 지내주마. 사람은 누구나 죽게 마련인 법. 네 비록 살아서는 황용과 한방을 쓰지 못했지만 죽어서라도 함께 누울 수 있으면 편안히 눈을 감을 수 있을 것 아니냐?"

황용은 곽정의 손을 꼬집어 돌아가자는 신호를 보내고는 살금살금 몸을 돌려 그 자리를 빠져나왔다. 구양봉은 슬픔에 잠긴 나머지 전혀 눈치채지 못했다. 모퉁이를 돌아 나오자 곽정이 화를 냈다.

"가서 저놈과 한바탕해야겠어. 저놈이 죽든지 내가 죽든지 둘 중 하나겠지."

"힘으로는 안 돼요. 머리를 써야 이길 수 있어요."

"머리를 쓰다니?"

"내게 생각이 있어요."

두 사람은 산모퉁이를 돌아 내려갔다. 산기슭에 갈대밭이 있었다. 황용은 문득 좋은 생각이 났다.

"구양봉이 심보를 나쁘게 쓰지만 않는다면, 구양극을 구할 방법이 있는데."

"그게 뭔데?"

황용은 칼을 꺼내 갈대 하나를 잘라낸 다음 한쪽 끝을 입에 대고 허공을 향해 몇 차례 불었다. 곽정도 황용의 뜻을 알아채고 손뼉을 치며 좋아했다.

"아하! 그러면 되겠구나. 어쩌면 이렇게 좋은 방법을 생각해냈지? 어떻게 할 거니? 구양극을 구해줄까?"

황용이 입을 삐죽거렸다.

"당연히 안 구해주죠. 서독이 날 죽이려 하는데 내가 왜 그의 조카를 구해줘요? 흥! 날 죽일 테면 죽여보라지, 누가 겁낼 줄 알고?"

구양봉의 악랄하고 잔인한 성격이 떠올라 자기도 모르게 몸서리가 쳐졌다. 구양봉은 구양극보다 무공만 뛰어난 게 아니라 머리도 훨씬 영리했다. 꾀를 써서 구양봉을 속인다는 것은 정말이지 쉽지 않을 터였다. 곽정은 아무 말도 못 하고 멍하니 서 있었다. 황용이 곽정의 손을 잡았다.

"오빠 구양극을 구해주자는 말인가요? 내가 걱정되어 그러는 거죠? 그렇지만 우리가 구양극을 살려준다고 해도 여전히 우리를 해치려 들지 몰라요."

"그렇긴 해. 그래도 너랑 사부님이 걱정돼서……. 서독도 무학의 종사宗師인데, 설마 자기가 한 말을 그렇게 쉽게 어기려고?"

"좋아요. 일단 구해주고 보죠, 뭐."

두 사람은 절벽이 있는 곳으로 되돌아갔다. 구양봉이 물에 잠긴 구양극을 부축하고 서 있었다. 곽정과 황용을 보자 구양봉의 눈에 살기가 돌았다. 마치 당장이라도 죽이려고 덤벼들 것만 같았다.

"가보라고 했는데, 왜 또 돌아왔느냐?"

황용이 근처 바위에 앉아 웃으며 대꾸했다.

"죽었는지 살았는지 보려고 왔지요."

"그게 너와 무슨 상관이냐?"

황용이 한숨을 푹 쉬었다.

"죽었다면 할 수 없지요."

구양봉은 황용의 말을 듣고 벌떡 일어났다.

"낭…… 낭자, 아직 죽지 않았어. 구할 방법이 있으면 제발…… 제발 알려주게."

황용이 손에 들고 있던 갈대 줄기를 내밀었다.

"이 갈대 줄기를 그의 입에 꽂아주세요. 죽지는 않을 거예요."

구양봉은 얼굴이 환해지더니 갈대를 받아들고 다시 물속으로 뛰어들어 구양극의 입에 물려주었다. 바닷물은 이미 구양극의 코를 넘어서고 있었다. 구양극은 마침 가슴에 남아 있던 마지막 숨을 내쉬던 참이었다. 그러나 귀는 아직 잠기지 않아 황용과 구양봉의 대화를 모두 들을 수 있었다. 그는 숙부가 가까이 다가오자 급히 입을 벌려 갈대 줄기를 물고 숨을 내쉬었다. 막혔던 숨이 트이자 다리의 통증마저도 잠시 사라진 듯 가슴이 편안해졌다.

"어서, 어서 밧줄을 만듭시다."

황용이 피식 웃으며 말했다.

"구양봉 아저씨, 나를 죽여 당신 조카와 함께 장사 지낼 생각이시라고요?"

구양봉은 깜짝 놀라 안색이 변했다.

'어떻게 알았지?'

"만약 날 죽였다가 당신도 이런 재난을 만나면 누가 당신을 구해주지요?"

지금으로서 조카를 살릴 수 있는 사람은 황용밖에 없기 때문에 구양봉은 아무 대꾸도 할 수가 없었다. 그저 못 들은 척하고 다시 나무 위로 올라가 나무껍질을 벗기기 시작했다. 세 사람은 한참을 분주히 움직인 끝에 30여 장 길이의 굵은 밧줄을 만들어냈다. 바닷물은 이미 절벽 밑까지 차올랐다.

구양극의 다리를 짓누르고 있는 바위도 절반 이상이 물에 잠겼다.

구양극은 이미 머리까지 물속에 잠긴 지 오래였다. 갈대 줄기에 의지해 겨우겨우 숨을 쉬고 있었다. 구양봉은 마음이 놓이지 않아 수시로 구양극에게 다가가 맥박이 뛰고 있는지 확인해보곤 했다. 또 반 시진 정도가 지나자 물이 점점 빠지기 시작했다. 구양극의 머리카락이 천천히 물 위로 나오기 시작했다. 황용은 밧줄의 길이를 재보았다.

"충분해요. 이제 나무를 이용해 도르래를 만들어야겠어요."

구양봉은 막막한 생각이 들었다. 이런 무인도에서 망치며, 도끼, 끌 같은 연장은 관두고라도 큰 칼 하나조차도 없는데 어떻게 나무로 도르래를 만들 수 있단 말인가?

"어떻게 만들지?"

"걱정 말고 나무나 찾아오세요."

구양봉은 그녀가 성질이라도 부릴까 봐 더 이상 아무 말도 묻지 못하고 나무를 찾아나섰다. 구양봉은 사방을 둘러보다가 굵은 나무 곁으로 다가가 쭈그려 앉았다. 합마공으로 장력을 발하니 몇 번 만에 나무가 쓰러졌다. 곽정과 황용은 구양봉의 내공을 보고 혀를 내둘렀다.

구양봉은 크고 평평한 돌을 찾아 나뭇가지를 제거한 후 황용에게 건네주었다. 황용과 곽정은 큰 밧줄의 한쪽을 바위 왼쪽에 있는 세 그루의 커다란 나무에 단단히 묶은 후 큰 바위 아래쪽을 감아서 오른쪽에 있는 큰 소나무까지 끌고 갔다. 그 소나무는 수백 년 묵은 고목으로 세 사람이 함께 팔을 벌리고 에워싸도 부족할 만큼 굵었다. 황용이 물었다.

"이 나무가 저 바위를 버텨낼 수 있을까요?"

구양봉이 고개를 끄덕였다. 황용은 구양봉을 시켜 아홉 가닥의 나무껍질로 밧줄을 만들게 했다. 우선 네 개의 나무 기둥을 이용해 고목 주변에 우물 정井 자 모양을 만들고 밧줄로 단단히 묶은 다음 굵은 밧줄의 끝을 우물 정 자 모양의 나무 기둥에 고정시켰다.

"그 아비에 그 딸이라더니, 참으로 영리하군. 대단해!"

"댁의 조카만 하겠어요? 자, 도르래를 당겨보죠."

세 사람이 함께 고목을 주축으로 삼아 우물 정 자 모양의 나무 기둥을 천천히 밀자 굵은 밧줄이 조금씩 감기면서 짧아졌다. 그에 따라 바위도 서서히 움직였다.

어느덧 해가 뉘엿뉘엿 지고 있었다. 노을은 바다를 온통 금빛으로 물들여 그야말로 장관을 연출했다. 바닷물은 이미 다 빠지고 구양극은 갯벌에 묻힌 채 세 사람의 움직임을 지켜보았다. 나무 기둥이 삐그덕 삐그덕, 힘겨운 소리를 내자 바위가 조금씩 움직였다. 마음이 조급했던 구양극은 살아날 희망이 보이자 마음이 놓였다.

우물 정 자 모양의 나무 기둥이 한 바퀴 돌자 바위가 반 촌 정도 움직였다. 고목에 미치는 충격이 엄청난지 그 굵은 나무줄기가 부들부들 떨리면서 솔잎이 우수수 떨어졌다. 구양봉은 원래 천도天道나 귀신을 믿지 않지만 이때만큼은 진심으로 하늘을 향해 기도를 올렸다. 그러나 기도가 채 끝나기도 전에 굵은 밧줄이 그만 툭, 하고 끊기고 말았다. 나무껍질이 사방으로 튀면서 바위도 제자리로 주저앉았다. 구양극은 어찌나 아픈지 소리조차 낼 수 없었다. 도르래가 빠른 속도로 반대로 도는 기세에 황용도 뒤로 나가떨어졌다. 이렇게 되자 구양봉의 실망이 이만저만 아니었다. 황용의 표정도 심각해졌다.

"이 밧줄을 연결한 다음 밧줄을 하나 더 만들어 더 굵고 단단하게 만들면 어떨까요?"

곽정의 말에 구양봉은 고개를 저었다.

"더 굵게 만들기는 힘들어. 우리 셋이서는 역부족이야."

"누군가 도와주면 좋을 텐데!"

곽정의 혼잣말에 구양봉은 눈을 부라리며 소리쳤다.

"헛소리 집어치워!"

구양봉은 곽정이 선의에서 한 말이라는 것을 알고 있었지만 너무 낙담한 나머지 화가 폭발했다. 그때 황용이 잠시 생각에 잠기더니 갑자기 깡충 뛰며 박수를 쳤다.

"맞다. 도와줄 사람이 있어요!"

곽정이 기뻐하며 반문했다.

"누가 도와주러 올 수 있어?"

"그런데 구양극이 하루 더 고생해야 해요. 내일 조수가 차오를 때가 되어야 빠져나올 수 있어요."

곽정은 영문을 몰라 멍하니 황용을 바라보았다.

'조수가 밀려들 때 누군가 도와주러 온다는 말인가?'

"하루 더 고생하려면 배가 고플 거예요. 먼저 음식을 좀 먹고 다시 이야기해요."

영문을 모르기는 구양봉도 마찬가지였다.

"낭자, 내일 누가 도와주러 온다니…… 그게 무슨 말인가?"

"내일이면 구양극의 몸을 누르고 있는 돌을 반드시 옮길 수 있을 거예요. 하지만 지금은 천기를 누설하면 안 돼요."

구양봉은 황용의 말에 반신반의했지만 믿지 않는다 해도 다른 방도가 없으니 그저 조카의 곁을 지키고 있을 수밖에 없었다. 곽정과 황용은 토끼 몇 마리를 잡아서 불에 구운 후 한 마리를 구양봉과 구양극에게 주고 동굴로 돌아갔다. 두 사람은 홍칠공과 함께 토끼 고기를 먹었다. 세 사람은 그동안 있었던 일들을 이야기하며 오랜만에 회포를 풀었다.

곽정은 황용이 함정을 만든 이야기를 듣고 그녀의 기지에 다시 한 번 감탄했다. 오늘 밤에는 구양봉도 조카를 돌보느라 공격할 여력이 없을 것이다. 세 사람은 맹수가 들어오지 못하도록 동굴 입구에 마른 장작을 피워놓고 곤히 잠이 들었다.

아버지와 아들

다음 날 새벽, 곽정은 눈을 뜨자마자 동굴 입구에 사람 그림자가 어른거리는 것을 보고 황급히 일어났다. 구양봉이 동굴 입구에 서서 낮은 소리로 말했다.

"황 낭자, 일어났나?"

황용은 곽정이 일어나기도 전에 이미 잠에서 깨어났으나 구양봉이 부르는 소리를 듣고 다시 자는 체했다. 곽정이 낮은 목소리로 대답했다.

"아직 자고 있습니다. 무슨 일이십니까?"

"황 낭자가 일어나면 어서 와서 조카를 구해달라고 전해주게."

"알겠습니다."

홍칠공이 말을 받았다.

"내가 황용에게 백일취百日醉라는 술을 먹이고 혼수혈을 찍었으니 3개월 안에는 깨어나지 못할 텐데."

구양봉은 순간 깜짝 놀라 멍하니 넋을 잃었다. 홍칠공이 그 모습을 보고 대소를 터뜨렸다. 그제야 구양봉은 홍칠공이 농담한 것을 알고 화가 나서 가버렸다. 황용은 자리에 일어나 웃으며 말했다.

"지금이 아니면 언제 또 서독을 놀려보겠어요?"

황용은 천천히 머리를 빗고 옷매무새를 가다듬은 후 물고기와 토끼를 잡아 구워서 아침을 먹었다. 구양봉은 그사이 예닐곱 차례를 왔다 갔다 하며 마치 끓는 솥처럼 안절부절못했다.

"용아, 바닷물이 들어오면 정말 도와줄 사람이 오는 거니?"

"도와줄 사람이 올 거라고 생각해요?"

곽정은 고개를 저었다.

"설마, 그럴 리가 있겠니?"

"내 생각도 그래요."

황용의 웃음 띤 대답에 곽정은 깜짝 놀랐다.

"그럼 서독을 속인 거야?"

"속인 건 아니고요. 일단 바닷물이 차오르면 내게 다 생각이 있어요."

곽정은 황용의 총명함을 익히 알기에 더 이상 묻지 않았다. 그들은 바닷가에서 형형색색의 예쁜 조개껍질을 주우며 오랜만에 둘만의 시간을 가졌다. 누가 더 예쁜 조개를 많이 줍는지 시합도 하고 모래사장에 누워 큰 소리로 웃기도 하면서 행복을 만끽했다. 두 사람은 어깨를 나란히 하고 큰 바위 위에 앉았다.

"오빠, 머리가 너무 헝클어졌네요. 자, 내가 빗겨줄게요."

황용은 품속에서 금과 옥이 박힌 작은 빗을 꺼내 곽정의 머리를 잘 빗겨주었다. 그러다 문득 긴 한숨을 내쉬었다.

"아, 어떻게 하면 서독과 구양극을 내쫓고 오빠와 사부님, 셋이서 이곳에서 평안하게 살 수 있을까요? 우리 셋이 함께 있다면 이 섬에서 나가지 못한다 해도 여한이 없을 것 같은데……. 그렇지 않아요?"

"그러게 말이야. 그리고 사부 여섯 분만 함께 있으면 딱 좋을 텐데."

"참, 우리 아버지도요."

잠시 후, 황용이 또 입을 열었다.

"목염자 언니는 어떻게 되었을까요? 그리고 사부님께서 나한테 개방의 방주 자리를 물려주셔서 그런지 그 거지들도 보고 싶어요."

"하하! 역시 어떻게 해서든 돌아가는 게 좋겠군."

황용은 곽정의 머리를 단정히 빗기고 상투를 틀어주었다.

"이렇게 머리를 빗겨주니까 꼭 우리 엄마 같다."

"그럼 어디 엄마라고 불러봐요."

곽정은 웃기만 할 뿐 아무 말도 하지 않았다. 황용은 손을 뻗어 곽정의 겨드랑이를 간질였다.

"이래도 안 부를 거예요?"

곽정은 웃으며 벌떡 일어났다. 머리가 다시 헝클어졌다.

"안 부를 테면 관둬요. 오빠 아니면 뭐, 나중에 나한테 엄마라고 부를 사람 없을까 봐? 어서 앉아요."

곽정은 황용 옆에 앉았다. 황용은 다시 곽정의 머리를 빗기고 머리카락에 묻은 모래를 털어주었다. 바라보고 있자니 너무나 사랑스러운 마음에 곽정의 목에 가볍게 입을 맞추었다.

문득 어제 구양봉과 겨룰 때 자기가 처음 배운 타구봉법을 훌륭하게 구사하자 곽정이 기뻐하며 칭찬하던 일이 생각났다. 황용은 사실 곽정의 무공 실력이 느는 게 자신의 무공 실력이 느는 것보다 더 뿌듯했다. 절세 무공의 아버지를 둔 황용은 어려서부터 온갖 신기하고 절묘한 무공의 초식을 수도 없이 보아왔다. 그러니 부잣집 자식이 금은 보화를 탐내지 않는 것처럼, 그런 고강한 무공에 대해 황용은 그다지 관심을 보이거나 신기해하지 않았다. 황용은 당장 자기가 배운 타구봉법을 곽정에게 가르쳐주고 싶었다. 그러나 한 가지 걸리는 게 있었다.

'타구봉법은 개방의 방주에게만 전수해주는 건데…… . 내 마음대로 오빠한테 가르쳐주면 안 되겠지.'

"오빠, 개방의 방주가 되고 싶지 않아요?"

"사부님이 너에게 방주 자리를 물려주셨는데 왜 내게 그걸 묻지?"

"나같이 어린 여자가 개방의 방주가 된다는 건 정말이지 합당하지 않아요. 방주 자리를 오빠에게 넘겨주면 어떨까 싶어서요. 오빠가 이렇게 위엄 있게 서 있으면 모든 거지들이 다 오빠를 따를 거예요. 게다가 개방의 방주가 되면 이 절묘한 타구봉법도 오빠에게 전수해줄 것 아니겠어요?"

곽정이 연이어 고개를 저었다.

"안 돼, 안 돼. 난 방주가 될 자격이 없어. 난 머리가 너처럼 총명하지 못해서 개방 내의 큰일뿐만 아니라 사소한 일도 제대로 결정하지 못할걸."

황용은 곽정의 말에 수긍했다. 사부님이 이런 위험한 시기에 방주 자리를 자신에게 넘겨준 것은 어쩔 수 없는 상황 때문이기도 했지만, 나름대로의 생각이 있었기 때문이라고 짐작했다. 사실 홍칠공은 비록 황용이 나이는 어리나 총명하고 영리해 사건을 해결하거나 결정하는 데 여느 장로들에게 결코 뒤지지 않을 것이라고 판단했다. 그렇지 않으면 황용을 시켜 타구봉을 가지고 가 다른 사람을 방주로 세우고 그

에게 봉법을 전수하게 했으면 될 터였다. 그러나 방주는 단순히 항룡
십팔장과 타구봉법에만 의지해 감당해낼 수 있는 자리가 아니었다.

"싫으면 할 수 없지만, 그렇다면 어쨌든 타구봉법은 가르쳐드릴 수
가 없네요."

"네가 할 줄 아는 게 내가 할 줄 아는 거나 마찬가지지."

곽정의 말에 황용은 마음이 흡족해졌다.

"사부님의 부상이 다 치료되고 나면 오빠에게 방주 자리를 물려줄
텐데, 그런 다음…… 그런 다음……."

황용은 원래 그런 다음 결혼해서 부부가 되자고 하고 싶었으나 차
마 입 밖에 내지는 못했다. 황용은 화제를 바꾸어 곽정에게 물었다.

"오빠, 어떻게 하면 아이를 낳을 수 있는지 알아요?"

"당연히 알지."

"어떻게요?"

"결혼해서 부부가 되면 아이를 낳는 거지."

"그거야 당연하죠. 하지만 결혼한 다음에 어떻게 하면 아이를 낳는
지 아느냐고요?"

"그건 잘 모르는데……, 어떻게 하면 되지?"

"나도 잘 몰라요. 아빠에게 물어봤는데 아이가 배꼽에서 나온다나?"

곽정이 다시 자세히 물어보려는데 갑자기 등 뒤에서 갈라지는 듯한
목소리가 들렸다.

"아이 낳는 일은 나이가 들면 자연히 알게 되는 법. 조수가 밀려오고
있으니 어서 가자."

"어머!"

황용은 깜짝 놀라 자리에서 벌떡 일어났다. 구양봉이 가까이에서 엿듣고 있으리라고는 짐작도 못 했다. 황용은 자기도 모르게 얼굴이 붉게 달아올랐다. 그러고는 부끄러운지 먼저 절벽을 향해 뛰어갔다. 곽정과 구양봉이 뒤를 따랐다.

꼬박 하루 동안 바위에 짓눌려 있던 구양극은 끊어질 듯 말 듯 힘겹게 숨을 내쉬고 있었다. 구양봉이 정색을 하고 황용을 바라보았다.

"조수가 밀려오면 누군가 도와주러 온다고 했는데, 설마 농담은 아니겠지?"

"저희 아버지는 음양오행에 정통하신 분이에요. 그래서 저도 아버지만큼은 아니지만 조금은 알고 있죠."

구양봉도 황약사의 무공 실력과 해박한 지식에 대해서는 익히 알고 있었다.

"황약사께서 오신단 말인가? 그것 정말 잘됐군."

"흥! 이런 작은 일로 아버지가 움직이실 리가 있어요? 게다가 당신이 우리 사부님을 해치려 하는 걸 알면 아버지가 가만히 있지 않으실걸요. 아버지에 우리 둘까지 합세하면 당신이 이길 수 있을 것 같아요? 뭐가 잘됐다는 거예요?"

구양봉은 말문이 막혀 아무 말도 할 수 없었다.

"오빠, 가서 어제처럼 나무줄기를 끊어오세요. 굵은 것으로, 많으면 많을수록 좋아요."

곽정이 즉시 뛰어갔다. 황용은 어제 끊겼던 밧줄을 연결한 다음 다시 나무껍질을 벗겨 밧줄을 만들기 시작했다. 구양봉은 대관절 누가 온다는 것인지 몇 차례 물었으나 황용은 그저 콧노래를 흥얼거릴 뿐 상대해주지 않았다. 구양봉은 기분이 조금 상하기는 했으나 황용의 태도가 워낙 자신만만해 보이는지라 무언가 방법이 있는 듯싶어 다소 안심되었다.

구양봉은 곽정과 함께 나무를 부러뜨렸다. 그는 곽정이 항룡십팔장을 써서 상당히 굵은 측백나무를 쉽게 부러뜨리는 것을 보고 은근히 놀랐다.

'무공이 이미 상당한 수준에서 〈구음진경〉까지 외우고 있으니, 이 녀석을 살려두면 큰 후환이 될 거야.'

구양봉은 조카가 죽든 살든 곽정을 살려두어서는 안 되겠다고 생각했다. 그는 약 3척 정도 떨어져 있는 두 그루의 측백나무 사이에 쭈그려 앉아 양손을 나무에 대고 괴성을 지르며 뻗었다. 두 그루의 측백나무가 한꺼번에 부러졌다. 곽정은 감탄했다.

"대단하십니다. 언제쯤 저도 그런 무공을 가질 수 있을까요?"

구양봉은 표정이 굳은 채 아무 말도 하지 않았다. 그의 얼굴 근육이 가늘게 떨렸다.

'저승에 가서 열심히 연습해보시게나.'

두 사람은 10여 개의 나무를 껴안고 절벽 아래로 되돌아왔다. 구양봉은 바닷가를 살펴보았으나 배나 사람 그림자는 전혀 찾아볼 수 없었다. 황용이 대뜸 물었다.

"뭘 보는 거예요? 아무도 오지 않았어요."

구양봉은 실망과 분노로 버럭 소리를 질렀다.

"아무도 오지 않았다고?"

"당연하죠. 여긴 무인도인데 누가 오겠어요?"

구양봉은 분노로 가슴이 막혀 일순 말도 나오지 않았다. 그는 곧 오른손을 쳐들어 황용을 치려 했다. 황용은 구양봉을 거들떠보지도 않고 곽정을 향해 말했다.

"오빠, 최대한 몇 근까지 들 수 있어요?"

"글쎄, 한 400근 정도?"

"600근 무게의 돌은 절대로 들 수 없다는 말씀이시죠?"

"600근은 못 들지."

"만약 물속에서라면요?"

구양봉은 그제야 황용의 의도를 깨닫고 뛸 듯이 기뻐했다.

"맞아, 맞아. 그러면 되겠구나."

곽정은 아직도 무슨 뜻인지 깨닫지 못했다. 구양봉이 설명했다.

"조수가 밀려와 이 바위가 절반 이상 물에 잠기면 바위가 가벼워질 것 아닌가? 그때 도르래로 들어올리면 반드시 성공할 수 있을 거야."

"그땐 나무도 절반 이상 물에 잠길 텐데, 나무 밑에서 도르래를 끌수 있겠어요?"

황용의 목소리에서 냉정함과 비웃음이 묻어났다. 구양봉이 정색을 하며 대답했다.

"목숨 걸고 해보는 거지."

"흥! 그렇게 무식하게 덤빌 필요 없어요. 이 나무줄기를 바위 위에 묶으세요."

이 말을 듣자 곽정도 드디어 무슨 말인지 이해했다. 곽정은 탄성을 지르며 구양봉과 함께 밧줄을 이용해 10여 개의 나무줄기를 바위 주변에 묶었다. 구양봉은 물의 부력이 부족할까 봐 다시 예닐곱 개를 더 가져와 바위에 묶었다. 그런 다음 곽정과 함께 어제 끊긴 밧줄을 연결했다. 황용은 미소를 띤 채 옆에 서서 바삐 움직이는 두 사람을 바라보고 있었다.

한 시진이 되지 않아 만반의 준비가 갖추어졌다. 이제 조수가 밀려오기만 기다리면 되었다. 황용과 곽정은 잠시 사부님을 뵈러 갔다. 오후가 되어 태양이 서쪽으로 서서히 기울면서 바닷물이 밀려들기 시작했다. 구양봉은 얼른 달려가 곽정과 황용을 데려왔다.

한참을 기다리니 바닷물이 배꼽까지 차올랐다. 세 사람은 물속에서 바삐 움직였다. 우선 밧줄을 큰 소나무에 감은 후 우물 정 자 모양의 도르래를 돌리기 시작했다. 바위에 나무를 많이 묶었기 때문에 부력이 훨씬 세졌다. 각각의 나무가 마치 여러 명의 장사가 물속에서 함께 바위를 들어 올리는 효과를 냈다. 게다가 바위 자체도 물속에 있기 때문에 훨씬 가벼워진 상태였다. 세 사람은 크게 힘들이지 않고 도르래를 움직일 수 있었다.

몇 차례 도르래를 움직인 후, 구양봉은 물속으로 들어가 바위 밑에서 조심스럽게 구양극을 빼냈다. 마침내 구양봉이 조카를 안고 물 위로 떠올랐다. 곽정은 결국 구양극을 구해냈다는 사실에 너무나 기뻐 소리를 질렀다. 사실 함정을 만들어 구양극을 그렇게 만든 사람은 황용 자신이었지만, 그 사실을 까맣게 잊어버리기라도 한 듯 황용도 함께 손뼉을 치며 좋아했다.

구양봉은 가까스로 조카를 끌어 올렸다. 황용은 구양봉의 그 음험한 얼굴에 잠시 기쁜 빛이 번지는 듯하면서도 자신과 곽정에게 고맙다는 말 한마디 없는 것을 보고는 슬며시 곽정의 소매를 잡아끌었다.

두 사람은 그길로 동굴로 돌아왔다. 곽정은 황용의 얼굴빛이 어두운 것이 마음에 걸렸다.

"무슨 생각을 해?"

"세 가지 일이 걱정스럽네요."

"너는 똑똑하니까 어떻게든 방법이 있을 거야."

황용은 가볍게 웃어 보였지만 이내 표정이 다시 어두워졌다. 홍칠공이 입을 열었다.

"첫 번째 일은 그만 됐다. 하지만 두 번째, 세 번째 일은 전진교도 속수무책일 거다."

곽정은 깜짝 놀랐다.

"어? 사부님께서 용이가 무슨 생각을 하는지 어떻게 아시죠?"

"용이의 걱정이 무엇인지 생각해보았지. 첫 번째는 내 상처를 어떻게 치료할까 하는 것일 테지. 이곳에는 약도, 의원도 없고 나를 도와줄 만한 내공을 가진 사람도 없으니 그저 하늘의 뜻을 기다리며 두고 볼 수밖에 없다. 두 번째는 구양봉의 독수毒手를 어떻게 막느냐 하는 것인데…… 그자의 무공이 대단하니 너희 둘은 절대 적수가 되지 못할 게다. 세 번째 문제는 어떻게 살아 돌아가느냐 하는 것. 용아, 그렇지 않으냐?"

"그래요, 지금 가장 급한 일은 노독물을 상대하는 거예요. 적어도 나쁜 짓을 하는 것은 막아야 할 텐데."

"사실 이제는 머리로 싸워야 할 것이야. 노독물이 교활하기는 하지만 지나치게 자만하는 경향이 있지. 그러다 보면 종종 깊이 생각하지 못하고 패착을 두게 된단다. 그런 사람을 속이는 것은 그렇게 어려운 일만은 아니다. 하지만 그가 그렇게 속아 임기응변으로 위험을 넘기고 나면 실로 가공할 만한 반격을 해올 것이다."

두 사람은 할 말을 잃고 생각에 잠겼다. 황용은 서독과 아버지, 그리고 사부가 줄곧 무공의 우열을 가리지 못하고 있음을 알고 있었다. 설사 아버지가 이곳에 있다고 해도 그를 이길 거라고 장담할 수 없을 텐데, 자신이 어떻게 그를 상대할 수 있단 말인가? 일거에 그의 목숨을 빼앗지 못한다면 몇 번 속여 넘기는 것은 소용이 없을 터였다.

홍칠공은 신경을 많이 쓴 나머지 기력이 소모되어 갑자기 가슴에 통증을 느끼며 기침을 토했다. 황용이 급히 그를 부축해 자리에 눕히는 순간, 누군가 동굴 입구에 쏟아지는 햇빛을 가리고 섰다. 고개를 들어보니 구양봉이 구양극을 안고 험악한 목소리로 고함을 질렀다.

"너희들은 모두 나가거라. 이 동굴은 내 조카에게 넘겨줘야겠다!"

곽정은 화가 치밀었다.

"이곳은 제 사부님께서 지내는 곳입니다!"

"옥황상제가 지낸다고 해도 비켜줘야겠다."

곽정이 뭔가 더 말하려고 하는데, 옆에서 황용이 그의 옷자락을 끌며 홍칠공을 부축해 동굴을 나섰다. 막 구양봉 곁을 지나려는데 홍칠공이 가늘게 눈을 뜨고 웃음을 지었다.

"대단한 위세로군. 아주 살기등등한걸."

구양봉의 얼굴이 보일 듯 말 듯 붉어졌다. 지금 손을 쓰면 홍칠공은 맥없이 쓰러지고 말 테지만, 어찌 된 일인지 범접할 수 없는 기운이 느껴져 자기도 모르게 고개를 돌려 홍칠공의 시선을 외면했다.

"조금 있다가 먹을 것을 가져와라. 너희 애송이들, 혹 음식에 무슨 수작이라도 부렸다가는 세 사람 목숨이 온전치 못할 것이다.”

세 사람은 산 쪽을 향해 발걸음을 옮겼다. 곽정이 분을 참지 못하고 욕을 퍼부어대는 동안에도 황용은 침묵을 지켰다.

“사부님, 여기서 잠시 쉬고 계십시오. 제가 가서 지낼 만한 곳을 찾아보겠습니다.”

곽정이 앞서간 사이, 황용은 홍칠공을 부축해 커다란 소나무 아래 자리를 잡았다. 다람쥐 두 마리가 나뭇가지로 올라갔다가 도로 미끄러져 내려와서는 두 눈을 동그랗게 뜨고 황용을 말똥말똥 바라보았다. 황용은 그 모습이 재미있어 솔방울을 주워 다람쥐에게 내밀었다. 다람쥐 한 마리가 다가와 솔방울의 냄새를 맡아보더니 앞발로 받아 들고 천천히 돌아갔다. 또 다른 한 마리는 아예 홍칠공의 옷소매 위로 올라왔다. 황용은 한숨이 나왔다.

“여기는 사람이 온 적이 없나 봐요. 다람쥐들이 사람을 전혀 무서워하지 않네요.”

황용의 목소리에 다람쥐는 다시 나무 위로 쪼르르 올라갔다. 그 모양을 지켜보던 황용의 눈도 다람쥐를 따라 나무 위를 올려다보았다. 소나무 가지의 울창한 초록 잎이 마치 지붕처럼 하늘을 가리고 있었다. 황용은 불현듯 뭔가 생각난 듯 곽정을 불러 세웠다.

“오빠! 갈 것 없어요. 우리, 나무 위로 올라가요!”

곽정은 걸음을 멈추고 고개를 들어 나무 위를 보았다. 과연 몸을 숨기기에 적합해 보였다. 두 사람은 다른 나무에서 가지를 잘라 큰 소나무 가지 사이에 이리저리 얽어 평평한 자리를 만들었다.

“우리는 나무 위에 둥지를 튼 새가 되고, 동굴에 있는 사람들은 산짐승이 되는 셈이네요."

황용의 말에 곽정은 구양봉의 말이 떠올라 물었다.

"용아, 그들에게 먹을 것을 가져다줘야 할까?"

"지금으로서는 별다른 묘책이 없고, 그렇다고 서독을 이길 수도 없으니 하라는 대로 할 수밖에요."

곽정은 가슴이 답답했다. 두 사람은 산에서 양을 한 마리 잡아 불에 구운 후 반으로 나누었다. 황용이 반쪽을 땅바닥에 던졌다.

"오빠, 여기에 오줌을 눠요."

곽정은 쿡쿡 웃음이 나왔다.

"그들이 알아챌 거야."

"상관 말고 그냥 눠요."

곽정은 얼굴이 붉어졌다.

"안 돼!"

"왜요?"

"네가 옆에 있으니까, 오줌이 안 나온단 말이야."

황용은 배를 잡고 깔깔 웃어댔다. 이때 나무 위에서 홍칠공의 목소리가 들렸다.

"가지고 오너라. 내가 오줌을 갈겨주지!"

곽정은 웃으며 양 반 마리를 들고 나무 위 평평한 자리로 올라갔다. 홍칠공의 오줌 세례를 받은 양고기를 들고 웃음을 터뜨리며 동굴로 가려는데, 황용이 그를 불러 세웠다.

"오빠, 이걸 가져가요."

곽정은 어리둥절해하며 머리를 긁적였다.

"그건 깨끗한 거잖아."

"맞아요. 깨끗한 걸 가져다줘요."

곽정은 영문을 알 수 없었지만 황용이 시키는 대로 깨끗한 양고기로 바꿔 들었다. 황용은 오줌에 흠뻑 젖은 양고기를 훈김이 쬐도록 불결에 두고 산열매를 따러 갔다. 홍칠공도 황용이 왜 그러는지 알 수 없어 답답했다. 고기를 먹고 싶어 입에 침이 고였지만 자신이 방금 오줌을 싸놓은 터라 어쩌지 못하고 참을 수밖에 없었다.

구양봉은 양고기의 구수한 냄새가 코를 찌르자, 곽정이 석굴에 닿기도 전에 밖에 나와 있다가 곽정의 손에서 고기를 낚아채듯 가져갔다. 자못 흡족한 표정이더니 갑자기 뭔가 짚이는 데가 있는 듯 곽정을 쏘아보았다.

"다른 반쪽이 있나?"

곽정은 손가락으로 뒤쪽을 가리켰다. 구양봉은 성큼성큼 소나무 아래까지 달려와 오줌으로 더럽혀진 양고기를 빼앗아 들더니 가지고 온 깨끗한 것을 던져놓고 차갑게 웃으며 가버렸다.

곽정은 구양봉이 수상한 기색을 눈치채게 해서는 안 된다고 생각했지만, 천성이 남을 속일 줄 모르는지라 그저 고개를 모로 돌리고 구양봉과 눈이 마주치지 않도록 할 뿐이었다. 구양봉이 멀어지자 곽정은 황용에게 달려갔다.

"이렇게 될 줄 어떻게 알았어?"

"병법에도 허허실실이라는 게 있잖아요? 서독은 우리가 음식에 수작을 부릴 것이라 생각하고 속지 않으려 잔뜩 신경 쓰고 있었을 거예요. 그걸 이용해서 속인 거죠."

곽정은 연신 감탄하며 양고기를 끌고 나무 위로 올라갔다. 세 사람은 맛있게 고기를 먹었다. 문득 곽정이 진지한 표정으로 입을 열었다.

"용아, 아까 네가 쓴 방법이 묘책이기는 하지만 정말 위험했어."

"왜요?"

"만일 노독물이 바꾸러 오지 않았다면 우리는 사부님 오줌을 먹었을 거 아냐?"

나뭇가지 한편에 앉아 있던 황용은 곽정의 말을 듣고 허리가 끊어질 듯 웃어대다가 그만 나무 아래로 떨어지고 말았다. 그래도 곧바로 나무 위로 올라와서 정색을 하고 맞장구를 쳤다.

"맞아요, 맞아. 정말 위험했네요."

듣고만 있던 홍칠공이 한숨을 내쉬었다.

"에라이, 멍청한 놈아. 바꾸러 오지 않으면 그 더러운 양고기는 안 먹으면 그만 아니냐?"

곽정은 멀뚱히 있다가 크게 웃더니 역시 나무 아래로 거꾸로 곤두박질쳤다.

한편 구양봉은 양고기를 먹으면서 그저 야생 양이라 누린내가 난다고 여겼을 뿐, 별다른 의심 없이 맛나게 먹었다. 게다가 짭짤하게 간까지 맞추었다며 황용의 고기 굽는 솜씨를 칭찬하기도 했다.

한참 후 해가 뉘엿뉘엿 저물어가는데, 갑자기 구양극이 상처에 통증이 오는지 신음 소리를 냈다. 구양봉은 그길로 소나무 아래로 가 고함을 질렀다.

"이봐! 내려와!"

황용은 구양봉이 자기네를 어찌하려는 줄 알고 적잖이 겁을 먹었다.

"왜 그러세요?"

"우리 조카가 아픈 모양이야. 가서 시중을 들어줘야겠는데……."

나무 위에 있던 세 사람은 이 말에 화가 치밀었다.

"빨리 내려와. 뭐 하고 있는 거야?"

곽정이 가만히 속삭였다.

"우리, 지금 한번 붙어보지요."

홍칠공이 나섰다.

"너희들은 뒷산으로 도망가거라. 나는 상관 말고."

황용은 앞으로 어떻게 해야 할지 이미 생각해둔 바가 있었다. 맞서 싸우든 도망을 가든 사부님은 죽을 수밖에 없는 상황이었다. 지금으로 서는 잠시 몸을 낮추어 목숨을 부지하는 게 낫겠다 싶어 황용은 나무 아래로 내려갔다.

"알았어요. 제가 가서 살펴보지요."

구양봉은 코웃음을 치더니 또 고함을 쳤다.

"곽가 놈아, 너도 내려와. 너만 다리 뻗고 잘 생각이었더냐? 아주 속도 편하구나!"

곽정은 끓어오르는 화를 삼키며 훌쩍 뛰어내렸다.

"오늘 밤 땔감으로 100그루의 나무를 해놓아라. 하나가 모자라면 네 다리를 하나 분지르고, 두 개가 모자라면 둘 다 분질러놓을 테다."

황용이 대들었다.

"땔감은 어디에 쓰려고요? 게다가 한밤중에 어디 가서 나무를 해요?"

"이 계집애가 어디서 입을 놀려! 네가 상관할 바 아니니 너는 내 조카 시중이나 들어! 제대로 하지 않으면 아주 뜨거운 맛을 보여줄 테다!"

황용은 곽정에게 실수 없이 잘하라고 손짓을 보냈다. 구양봉과 황용의 뒷모습이 어둠 속으로 사라지는 것을 바라보며 곽정은 머리를 감싸쥐고 주저앉았다. 분노에 몸을 떨며 눈물을 글썽이는 곽정에게 홍칠공의 나지막한 목소리가 들려왔다.

"내 조부님, 아버지, 그리고 나 자신도 어린 시절에는 금나라의 노예였다. 이 정도 괴로움은 아무것도 아니야."

곽정은 정신이 번쩍 들었다.

'사부님도 과거에는 노예의 몸이었지만 지금은 천하를 호령하는 무공을 연마하셨구나. 내 잠시 동안의 굴욕도 이겨내지 못하면 안 되지.'

분연히 일어나 나뭇가지에 불을 붙여 뒷산으로 올라갔다. 곽정의 항룡십팔장에 작은 나무들이 힘없이 부러져 나갔다. 곽정은 황용의 기지가 남다르다는 것을 알고 있었다. 조왕부에서 여러 사람에게 둘러싸여 곤경에 처했을 때도 위기를 넘겼으니, 이번에도 스스로 어려움을 견뎌낼 수 있을 것이라 믿고 땔감을 마련하는 데 정신을 집중했다. 그러나 항룡십팔장은 힘을 많이 소모해야 하는 장법이었다. 한참을 하고 나니 무쇠처럼 단단한 곽정도 지치지 않을 수 없었다.

반 시진이 못 되어 스물한 그루의 나무를 부러뜨렸으나 스물두 그루째부터는 힘에 부쳤다. 현룡재전을 사용해 쌍장을 날렸지만 나무가 흔들리며 나뭇잎 스치는 소리만 날 뿐 정작 나무는 부러지지 않고 오히려 가슴에 뜨끔하게 통증이 밀려왔다. 힘이 손바닥을 통과하지 못하고 반대로 역류한 것이었다. 이러한 상황은 홍칠공이 가장 경계하는 금기였다. 항룡십팔장은 매우 강력한 장법이었으나 만일 힘을 잘못 사용할 경우, 자신에게도 큰 부상을 입힐 수 있었다.

곽정은 화들짝 놀라 그 자리에 앉아 정신을 집중하고 기를 다스렸다. 반 시진 정도 운기를 하고 나서야 다시 장법을 사용해 나무를 쓰러뜨릴 수 있었다. 그러나 힘을 쓸 때마다 전신이 노곤해지며 팔다리가 저려왔다. 여기서 계속 힘을 소진했다가는 일을 마치지 못할 뿐 아니라 스스로도 내상을 입는다는 것을 뻔히 알았지만 이 섬에 칼이나 도끼가 있는 것도 아니니 다른 방도가 없었다. 땔나무 100그루를 하려면 아직도 70~80그루가 남아 있는데 두 다리로 서 있는 것조차 힘이 들었다.

'조카가 두 다리를 다치고 나니 내 수족이 온전한 게 화가 난 모양이군. 오늘 100그루를 하고 나면 내일 밤에는 1천 그루를 해내라고 할 텐데, 그럼 또 어떻게 한단 말인가? 싸우려 해도 이런 섬에 도와줄 사람도 없을 테고…….'

생각이 여기에 미치자 절로 긴 한숨이 나왔다.

'하긴 섬이 아니더라도 누가 도와줄 수 있을까……. 사부님은 이미 무공을 잃으신 데다 목숨도 장담할 수 없지, 용의 아버지는 나를 죽도록 미워하시지, 전진칠자나 여섯 사부님은 서독의 적수가 될 수 없으니……. 혹시 의형이신 주백통 형님이라면 모르지만…… 벌써 바다에 뛰어들어 돌아가셨고…….'

주백통이 떠오르자 구양봉이 더욱 미워졌다.

'〈구음진경〉에 정통하고 쌍수호박이라는 기술을 만들어내고도 구양봉에게 그렇게 괴롭힘을 당하셨으니……. 가만…… 〈구음진경〉? 쌍수호박?'

곽정의 머리에 뭔가 번뜩 스치는 생각이 있었다. 마치 깊은 밤 칠흑

같이 까만 하늘에 별이 하나 반짝 떠오르는 것 같았다.

'내 무공이 서독에 미치지는 못하지만 〈구음진경〉은 천하무공의 비기요, 쌍수호박은 무공을 두 배로 강하게 해줄 수 있으니 용이와 밤낮으로 연습해서 노독물과 죽기 살기로 맞서볼 수 있지 않을까? 그렇지만 어떤 무공이든 하루아침에 되는 것이 아닌데, 어떻게 하면 좋을까?'

곽정은 숲속에 선 채로 한참 동안 생각에 잠겼다.

'바보! 사부님께 여쭤보면 될 것을……. 무공을 잃기는 하셨지만 머릿속의 무학이 없어진 것은 아니니까 좋은 방법을 일러주실 수 있을 거야.'

곽정은 그길로 나무 위로 돌아와 홍칠공에게 자신의 생각을 자세히 설명했다.

"〈구음진경〉을 천천히 내게 들려주려무나. 빨리 익힐 수 있는 강력한 무공이 있는지 봐야겠다."

홍칠공의 말에 곽정은 〈구음진경〉을 한 구절 한 구절 외워 내려갔다.

"사람은 잠시 앉아 쉬는 것을 덕으로 생각할지니라. 이치에 통달한 사람들은 안정을 통해 지혜를 얻었고圓通定慧, 동시에 두 가지 수행을 쌓았으니體用雙修, 동動 중에 정靜을 찾고卽動而靜, 어지러운 가운데서도 안녕을 추구할 것이다雖攖而寧."

"아!"

홍칠공이 갑자기 몸을 떨며 소리쳤다.

"왜 그러십니까?"

홍칠공은 대답하지 않고 그 몇 구절을 한참 동안 되새겨보았다.

"아까 그 구절을 다시 외워보아라."

'이 구절 중에서 노독물을 이길 수 있는 방법을 생각해내신 거야.'

곽정은 들뜬 마음에 당장 그 구절을 천천히 외웠다. 홍칠공은 고개를 끄덕였다.

"그래, 계속 외워보거라."

곽정은 계속해서 외웠다. 경문의 상권이 막 끝나가려는 때였다.

"마한사각아, 품특곽기은, 금절호사, 가산니극……."

"무슨 소리냐?"

홍칠공이 의아한 얼굴로 물었다.

"저도 모르겠습니다. 주백통 형님도 모르겠다고 하셨고요."

"계속하거라."

"별아법사, 갈라오리……."

이어서 외워 내려가는데, 전부 무슨 말인지 알 수 없는 소리였다. 홍칠공이 쳇, 하고 혀를 찼다.

"〈구음진경〉 중에 귀신을 쫓는 주문도 있었나?"

생각 같아서는 사람의 눈을 현혹하는 거짓말뿐이라고 덧붙이고 싶었으나, 원래 〈구음진경〉이 지닌 오묘한 깊이를 감안할 때 자신이 모르는 다른 뜻이 있을지도 몰라 목구멍까지 올라온 말을 도로 삼켰다. 한참 동안 생각에 잠겼던 홍칠공이 고개를 저으며 입을 열었다.

"정아, 경문에는 오묘한 무공이 참으로 많이 담겨 있다만 모두 짧은 기간에 익힐 수 있는 것이 아니구나."

곽정은 그만 실망하고 말았다.

"어서 가서 네가 부러뜨린 20여 그루 나무로 뗏목을 만들어 도망가는 것이 상책이겠다. 나와 용이는 여기서 그때그때 상황을 봐가며 구양봉을 상대하겠다."

"안 됩니다. 제가 어떻게 사부님을 두고 떠나겠습니까?"

홍칠공이 한숨을 푹 내쉬었다.

"서독은 황약사를 두려워하니까, 용이를 어찌하지는 못할 거다. 나는 어차피 틀렸으니 어서 떠나거라!"

곽정은 끓어오르는 분노를 참지 못하고 나뭇가지를 내리쳤다. 그 힘이 어찌나 강력한지 내리친 소리가 계곡까지 울렸다가 은은하게 되돌아왔다. 홍칠공은 깜짝 놀랐다.

"정아, 아까 그 일장은 무슨 장법을 쓴 게냐?"

"예?"

"그렇게 엄청난 힘으로 치는데도 어떻게 나무가 전혀 흔들리지 않는단 말이냐?"

곽정은 부끄러워하며 대답했다.

"아까 나무를 쓰러뜨리느라 어깨가 저려 힘을 쓰지 않았습니다."

홍칠공은 고개를 저었다.

"아니다, 아니야. 아까 그 일장은 참으로 이상하구나. 다시 쳐보거라!"

곽정은 사부님이 시키는 대로 손을 번쩍 들어 나무를 내리쳤다. 소리는 온 숲을 뒤덮을 듯 울리는데도 나무는 전혀 흔들리지 않았다. 그제야 곽정은 어찌 된 영문인지 알 수 있었다.

"이건 주백통 형님께서 가르쳐주신 72로 공명권입니다."

"공명권? 처음 듣는 권법이구나."

"예, 주백통 형님께서 도화도에 갇혀 있는 동안 혼자 심심해서 이 권법을 만들게 되었다고 합니다. 제게 열여섯 자의 요결을 가르쳐주셨어요. 공몽동송, 풍통용몽, 충궁중롱, 동용궁충이라는 것입니다.”

홍칠공은 피식 웃음이 나왔다.

“거, 무슨 소리를 하는 거냐?”

“이 열여섯 자는 글자마다 이치를 담고 있습니다. 송鬆이란 주먹을 낼 때 허虛가 있어야 한다는 말이고요, 충蟲이란 몸이 벌레처럼 부드러워야 한다는 말입니다. 또 몽朦이란 권법을 펼칠 때 모호한 부분이 있어야지, 지나치게 분명하게 드러나서는 안 된다는 뜻입니다. 제가 한번 보여드릴까요?”

“어두워서 보이지도 않는다. 듣고 보니 일리가 있는 듯하구나. 이런 상승 무공은 몸으로 보일 필요가 없다. 내용이나 자세히 좀 들려다오.”

곽정은 제1로 공완성반空碗盛飯, 제2로 공옥주인空屋住人부터 시작해 권로의 변환, 힘을 쓰는 방법 등을 홍칠공에게 설명했다. 주백통의 사람됨이 원래가 장난스러워 모든 권로에 이같이 익살스러운 이름을 붙여 놓은 것이었다. 홍칠공은 제18로까지 듣고 나서는 감탄을 금치 못했다.

“됐다, 더 할 것 없다. 우리 서독과 사생결단을 내보자꾸나.”

“공명권으로요? 제가 아직 수련이 부족한 듯합니다만……”

“나도 안 될 줄 알고 있다. 그러나 죽을 고비에서 목숨을 구하자면 위험을 무릅쓸 수밖에 없는 법이다. 지금 구처기가 준 비수를 지니고 있느냐?”

곽정이 비수를 빼어 들자 어둠 속에서 한 줄기 빛이 번쩍 스치는 듯싶었다.

“공명권이 있으니 이 비수로 나무를 벨 수 있을 거다.”

곽정은 1척이 될까 말까 한 비수를 들고 머뭇거렸다.

"내가 네게 전수해준 항룡십팔장은 외가外家의 절세 무공이다. 공명권은 또한 내가內家 무공의 정수라고 할 만하다. 네가 가진 그 비수는 금을 자르고 옥을 깎을 수 있는 칼이니 나무 베는 것쯤이야 힘들 것이 없다. 중요한 것은, 힘을 펼치는 데 있어 공空 자와 송鬆 자의 이치를 잘 지키는 것이다."

곽정은 한참을 갸우뚱거리다 홍칠공의 상세한 설명을 듣고 나서야 좀 알아들은 듯한 얼굴이 되었다. 말없이 나무 아래로 내려가 중간 정도 크기의 삼나무를 골라 공명권을 써서 부드럽게, 힘을 쓰는 듯 마는 듯 칼로 그어보았다. 비수의 날이 나무 속 깊숙이 박혔다. 그대로 힘을 유지하며 한 바퀴 돌자 삼나무가 쿵, 하고 쓰러졌다.

곽정은 기뻐 어쩔 줄 몰랐다. 이 방법을 사용해 잇따라 10여 그루의 나무를 쓰러뜨렸다. 이대로 하면 날이 밝기 전에 얼추 100그루를 맞출 수 있을 것 같았다. 한창 신나게 나무를 하고 있는데 홍칠공의 목소리가 들렸다.

"정아, 올라오너라."

곽정은 얼른 올라가 벙글벙글 기쁜 기색을 감추지 못했다.

"정말 됩니다! 조금도 힘이 들지 않아요."

"힘을 쓰면 오히려 안 되지?"

"예! 공몽동송이라는 말이 바로 이런 뜻이었군요. 주백통 형님께서도 오랜 시간 자세히 설명해주셨지만 그때는 제대로 이해하지 못했습니다."

"이 무공을 나무 베는 데 사용하는 것은 물론 쉬운 일이다. 그러나 만일 서독과 겨루려 한다면 아직 한참이나 부족하지. 〈구음진경〉을 더욱 연마해야 뭔가 이길 수 있는 기회도 생길 거야. 뭔가 시간을 끌 수 있는 방법을 좀 생각해보자꾸나."

그러나 뭔가를 생각해낸다는 것은 곽정이 할 수 있는 일이 아니었다. 그저 한쪽에 멀거니 앉아 홍칠공만 멀뚱멀뚱 바라보고 있었다. 한참이 지나 홍칠공도 고개를 절레절레 흔들고 말았다.

"나도 모르겠구나. 내일 용이에게 생각해보라고 해야겠다. 정아, 아까 네가 〈구음진경〉을 외우는 것을 들으며 생각난 것이 있다. 곰곰이 궁리해보았는데, 아마 맞을 것 같구나. 나를 부축해 나무 아래로 내려다오. 내 무공을 연습해야겠다."

곽정이 놀라 펄쩍 뛰었다.

"안 됩니다! 몸도 성치 않으신데, 무공이라니요?"

"아니다. 〈구음진경〉에서도 '이치에 통달한 사람은 안정을 통해 지혜를 얻었고, 동시에 두 가지 수행을 쌓았으니, 동 중에 정을 찾고, 어지러운 가운데서도 안녕을 추구할 것이다'라 하지 않았느냐? 그 말을 듣고 크게 깨달은 바가 있어 그러니 함께 내려가자꾸나."

곽정은 그 말의 뜻을 잘 이해할 수는 없었지만 사부님의 뜻을 거역할 수 없어 홍칠공을 안고 천천히 나무를 내려왔다. 홍칠공은 정신을 집중하고 자세를 바로잡은 후 일장을 뻗었다. 어둠 속에서 그의 그림자가 앞으로 쏠리더니 넘어질 듯 흔들렸다. 곽정이 얼른 뛰어가 부축했지만 홍칠공은 이미 스스로 자세를 바로잡고는 숨을 헐떡이며 뛰어온 곽정에게 짧게 한마디를 내뱉었다.

"놔둬라."

잠시 후 왼손으로 또 일장을 뻗었다. 곽정의 눈에는 홍칠공이 비틀 거리며 걸음이 엉켜 힘겨워하는 듯 보였다. 여러 차례 그만두시라 말리고 싶었으나 홍칠공은 연습을 거듭할수록 점차 기운을 되찾는 듯 보였다. 처음 일장을 뻗고는 한참 동안 숨을 헐떡이더니 이제는 자유 자재로 몸을 놀리며 장력을 뻗어냈다. 걸음도 차츰 안정되어 시작할 때보다 훨씬 나아진 듯했다. 항룡십팔장을 모두 끝내고는 내친김에 복호권伏虎拳까지 연습했다. 홍칠공이 연습을 마치고 손을 모으며 자세를 거두자 곽정이 다가갔다.

"몸이 좋아지셨군요!"

"올라가자."

곽정은 한 팔로 홍칠공을 안고 나무 위로 올라갔다. 마음이 더할 수 없이 기뻤다.

"정말 잘됐어요, 정말로……."

홍칠공은 한숨을 내쉬었다.

"잘된 것도 없다. 이런 무공은 보기에는 좋아도 쓸모는 없어."

곽정은 무슨 말인지 알 수가 없었다.

"몸을 다친 후 기를 조절할 줄만 알았지, 우리 외문의 무공이 심하게 움직일수록 유익한 것인 줄은 몰랐구나. 좀 일찍 움직이기 시작했으면 좋았을걸. 이제는 생명이야 건지겠지만, 무공은 되찾지 못할 것 같다."

곽정은 뭔가 위로의 말을 하고 싶었지만 무슨 말을 해야 좋을지 몰 랐다.

"가서 나무를 마저 해야겠어요."

묵묵히 고개를 떨구고 있던 곽정이 몸을 일으키는데, 홍칠공이 그를 불러 세웠다.

"정아, 서독을 놀라게 할 계책이 생각났는데 어떤지 들어보거라."

홍칠공이 한참 뭔가를 설명해주었다.

"될 거예요. 틀림없어요."

곽정은 기뻐서 어쩔 줄 몰라 경중거리며 나무를 내려가 홍칠공의 계책에 맞추어 준비를 했다.

홍칠공을 치료해줄 사람

다음 날, 구양봉이 일찌감치 나무 아래로 와 곽정이 쌓아놓은 땔나무를 세어보았다. 땔나무는 90개뿐이었다. 구양봉은 차갑게 웃으며 곽정을 불렀다.

"이놈아, 이리 기어 나오너라. 나머지 열 개는 어딜 갔느냐?"

황용은 밤새 구양극의 온갖 수발을 다 들었다. 그의 앓는 소리를 들으며 미운 마음도 어느 정도 가셨다. 어느새 날이 밝고 구양봉이 동굴을 나서는 것을 보고 얼른 따라나섰다. 그런데 구양봉의 고함 소리를 듣자 황용은 곽정이 적잖이 염려되었다. 구양봉이 서서 대답을 기다리는데, 어찌 된 영문인지 나무 위에서는 전혀 인기척이 없고 산 뒤쪽에서 누군가 무공을 연마하는 듯 바람 소리가 일었다. 급히 소리를 따라 발걸음을 옮겼다.

막 산모퉁이를 돌아선 순간, 구양봉은 놀라 하마터면 기절할 뻔했다. 홍칠공이 초식을 전개하며 곽정과 겨루고 있었다. 서로 공방전을 벌이는 모습이 제법 긴박해 보였다. 황용은 제 사부가 혼자서 움직일 수 있을 뿐만 아니라 무공도 회복된 것을 보고는 기쁜 마음에 어쩔 줄 몰랐다.

"정아, 이번에는 조심해야 한다!"

홍칠공의 외침과 함께 일장이 뻗어나왔다. 곽정이 손을 들어 이를 막는데, 아직 공격이 닿기도 전에 몸이 뒤로 붕 떠오르더니 곁에 있던 소나무에 쿵, 하고 부딪쳤다. 제법 굵은 나무였는데도 곽정의 몸이 닿자마자 우지끈, 부러져 땅에 떨어졌다. 그리 대단한 공격은 아니었지만 구양봉은 놀라 입이 딱 벌어졌다. 황용이 감탄하며 외쳤다.

"사부님, 벽공장이 대단하네요."

"정아, 장력에 몸이 상하지 않도록 운기로 몸을 보호하거라."

"예, 알고 있습니다."

말을 마치자마자 홍칠공의 장력이 또 펼쳐졌다.

쿵! 곽정이 또 다른 나무로 날아가 부딪쳤다. 한 명은 공격하고, 다른 한 명은 그 힘을 받아내는 것이었다. 이렇게 해서 잠깐 사이 홍칠공은 곽정을 날려 나무 열 그루를 부러뜨려놓았다.

"열 개, 다 되었네요."

곽정이 숨을 헐떡이며 일어섰다.

"제자, 숨 돌릴 새도 없습니다."

홍칠공이 자세를 거두며 미소를 지었다.

"〈구음진경〉의 무공이 과연 신묘하구나. 중상을 입어 이제는 무공을 회복할 수 없을 거라 여겼는데, 경문 내용에 따라 수련하고 나니 아주 좋아졌어."

구양봉은 도무지 믿을 수가 없었다. 몸을 굽혀 나무의 잘린 면이 매

끈한 것을 보고는 더욱 놀랐다.

'〈구음진경〉의 무학이 정말 이처럼 신묘하단 말인가? 늙은 거지 놈의 무공도 오히려 전보다 나아진 것 같으니…… 저 셋이 힘을 합친다면 내가 어찌 상대할 수 있단 말인가? 더 꾸물거릴 새가 없다. 나도 어서 경문의 무공을 연마해야지.'

구양봉은 세 사람을 흘깃 쳐다보고는 나는 듯 동굴로 돌아가 품속에서 곽정이 써준 책을 꺼내 들었다. 기름종이와 기름 헝겊으로 겹겹이 싸인 경문을 읽으며 어느덧 연구에 몰두하게 되었다. 한편, 홍칠공과 곽정은 구양봉의 모습이 사라지자 마주 보며 웃음을 터뜨렸다.

"사부님, 〈구음진경〉이 정말 대단한가 봐요."

황용의 말에 홍칠공은 웃으며 아무런 대답이 없었다.

"용아, 우리가 속인 거야."

곽정이 대신 대답하며 일의 자초지종을 들려주었다. 사실은 곽정이 미리 비수로 나무줄기에 홈을 깊이 파놓고 중심 부분만 남겨둔 것이었다. 이렇게 해서 홍칠공이 가볍게 장력을 쓰면 곽정이 제 힘으로 뒤로 솟구쳐 나무에 부딪치고, 또 나무가 두 동강이 나도록 했던 것이다. 공명권을 써서 비수로 나무를 미리 잘라놓은 사실을 구양봉은 알아챌 도리가 없었다.

환하게 웃던 황용의 얼굴이 곽정의 설명을 들으며 다시 어두워졌다. 그런 황용의 어깨를 홍칠공이 웃으며 다독거렸다.

"이제 다시 걸을 수 있으니 그것만 해도 다행이다. 진짜 무공, 가짜 무공 가릴 것이 무에 있느냐? 용아, 서독이 속임수를 알아챌까 걱정되는 거냐?"

황용이 고개를 끄덕였다.

"눈치 빠른 노독물을 오래 속일 수는 없겠지. 하지만 세상일이란 알 수 없는 것. 가만히 앉아 걱정만 하는 것은 소용이 없다. 정이가 외운 경문 중에 역근단골편易筋鍛骨篇이 상당히 재미있더구나. 이제 별로 할 일도 없는데 함께 해보자꾸나."

홍칠공은 여유 있게 말했지만 황용은 상황이 긴박하게 돌아가고 있다는 것을 느낄 수 있었다. 사부님이 굳이 한 부분을 찍어 연마하자는 것도 모두 그럴 만한 이유가 있을 것이란 생각이 들었다.

"그래요, 사부님. 얼른 해요."

홍칠공은 곽정에게 역근단골편을 두 번 외우게 했다. 그리고 두 사람에게 쓰여 있는 내용에 따라 연마할 수 있는 방법을 일러주고 자기는 짐승과 물고기를 잡다가 불을 피워 구웠다. 곽정과 황용이 몇 번이나 와서 거들려 했지만 홍칠공이 한사코 마다했다.

그럭저럭 7일이 흘렀다. 곽정과 황용은 무공 연마에 정진했고, 구양봉은 동굴 속에서 경문을 탐독하느라 여념이 없었다. 8일째 되는 날, 홍칠공이 웃으며 말을 건넸다.

"용아, 이 사부가 손수 구운 양고기 맛이 어떠냐?"

황용은 웃으면서도 입을 실쭉거리며 고개를 저었다. 홍칠공도 너털웃음을 지었다.

"나도 영 넘어가지가 않는구나. 너희 둘은 일단 연습이 끝났으니 오늘은 좀 쉬려무나. 안 그러면 기가 통하지 않아 오히려 몸이 상할 거야. 자, 용이는 먹을 것을 준비하고 정이는 나와 뗏목을 만들자꾸나."

"뗏목요?"

곽정과 황용이 동시에 물었다.

"그래, 이 무인도에서 노독물과 평생 함께 살 수는 없지 않느냐?"

곽정과 황용은 환호성을 지르며 부지런히 몸을 놀리기 시작했다. 곽정이 일전에 마련해놓은 목재는 한쪽에 잘 쌓여 있었다. 나무껍질을 엮어 만든 밧줄로 이들을 단단히 묶기만 하면 뗏목은 쉽게 만들 수 있었다. 그러나 정작 묶으려고 힘을 주어 당기면 밧줄이 툭툭 끊어져버렸다. 곽정은 밧줄을 잘못 엮었나 싶어 더 굵은 것으로 바꾸어보았지만 조금만 힘을 주어도 두 동강이 났다. 곽정은 얼떨떨해 밧줄만 바라볼 뿐이었다.

저쪽에서 황용이 요란하게 떠들어대며 양손으로 양 한 마리를 들고 뛰어오고 있었다. 사냥을 나설 때만 해도 황용은 돌로 양의 머리를 맞히려고 했는데, 어찌 된 일인지 몇 걸음 뛰다 보니 양을 앞질러 달리는 자신을 발견할 수 있었다. 어느덧 자신도 모르게 몸놀림이 훨씬 민첩해져 있었던 것이다. 홍칠공이 흐뭇한 듯 미소를 지었다.

"〈구음진경〉이 과연 대단한가 보구나. 그 많은 영웅호걸이 손에 넣기 위해 목숨을 버릴 만도 하다."

황용도 웃으며 맞장구를 쳤다.

"사부님, 가서 노독물을 흠씬 두들겨줄까요?"

"아직 멀었다. 적어도 10년은 연마해야 할 것이야. 구양봉의 합마공도 대단한 무공이다. 왕중양의 일양지 외에는 당해낼 무공이 없을 정도야."

홍칠공이 고개를 가로젓자 황용은 입을 삐죽거렸다.

"그러면 10년 동안 수련을 쌓는다고 해도 반드시 이길 수 있는 건 아니네요?"

"글쎄다. 하지만 〈구음진경〉에 쓰인 무공이라면 내가 생각하는 것보다 강할 수도 있으니까……."

곽정이 나섰다.

"용아, 급할 것 없어. 어쨌든 우리는 계속 수련을 쌓아야 하잖아."

며칠이 더 지나자 곽정과 황용은 역근단골편 두 번째 부분의 연습을 마쳤고 뗏목도 거의 완성되었다. 세 사람은 나무껍질을 엮어 돛까지 짜놓고 마실 물과 음식물도 뗏목에 옮겨 실었다. 구양봉은 세 사람의 분주한 모습을 아무 소리 없이 차가운 시선으로 주시했다. 이날 밤, 모든 준비를 끝내놓고 다음 날 배를 띄우기로 했다. 잠자리에 들기 전, 황용이 입을 열었다.

"내일 저들에게 작별 인사를 해야 하나요?"

"10년 후에 꼭 다시 만나자는 약속을 해야지. 이런 고생을 하고 그냥 놓아줄 수는 없잖아."

곽정의 말에 황용이 손뼉을 쳤다.

"맞아요. 신령님, 우선 저 나쁜 놈들이 무사히 중원으로 돌아갈 수 있게 보살펴주시고, 다음으로는 노독물의 명이 길어 10년 후까지 살아 있도록 해주세요. 아니면 사부님의 무공이 빨리 회복되어 1~2년 후에 직접 노독물을 혼낼 수 있게 해주시면 더 좋겠네요."

다음 날 날이 채 밝기도 전에 홍칠공이 번쩍 눈을 떴다. 바닷가에서 뭔가 움직이는 소리가 어렴풋이 들려왔다.

"정아, 바닷가에서 들리는 게 무슨 소리냐?"

곽정은 훌쩍 나무 아래로 내려가 얼른 뛰어갔다. 바닷가를 살펴보던 곽정은 갑자기 큰 소리로 욕을 퍼부으며 달리기 시작했다. 황용도 잠에서 깨어 따라갔다.

"오빠, 무슨 일이에요?"

"저 나쁜 놈들이 우리 배에 탔어!"

황용은 가슴이 철렁 내려앉는 듯했다. 그러나 두 사람이 바닷가에 닿았을 때는 이미 늦었다. 구양봉은 제 조카를 뗏목에 태우고 돛을 올려 바닷가에서 멀리 벗어나 있었다. 곽정은 화가 머리끝까지 치밀어 바다로 뛰어들 기세였다. 황용이 곽정의 소매를 잡고 말렸다.

"늦었어요."

멀리서 구양봉의 웃음소리가 들려왔다.

"뗏목 고맙네!"

곽정은 불같이 화를 내며 마침 옆에 있던 자단나무를 힘껏 걷어찼다. 그 모습을 바라보던 황용의 머릿속에 반짝 떠오르는 생각이 있었다.

"그래, 이거야!"

황용은 커다란 돌을 주워 들고 바다 쪽을 향하고 있는 자단나무 가지에 댔다.

"오빠, 힘껏 당겨요. 대포를 쏘는 거예요."

곽정이 얼른 다가와 두 다리로 나무 뿌리를 밟고 두 손으로 나뭇가지를 감싸쥔 채 뒤로 힘껏 당겼다. 자단나무는 원래 성질이 단단하면서도 질겨 뒤쪽으로 한껏 구부러져도 부러지지 않았다. 곽정이 손을 놓자 쉬익, 하는 바람 소리를 내며 돌이 바다를 향해 날아가 뗏목 옆에 떨어졌다.

"아깝다!"

황용이 외마디 비명을 지르며 다시 돌을 놓았다. 이번에는 제대로 조준이 되었는지 뗏목을 정통으로 맞혔다. 그러나 뗏목이 워낙 튼튼해 돌 포탄 정도로는 끄떡도 하지 않았다. 두 사람은 연달아 돌 포탄을 쏘아댔지만 모두 바다로 빠져버렸다. 황용은 포탄 공격이 수포로 돌아가자 다른 엉뚱한 생각을 해냈다.

"어서, 나를 쏘세요."

곽정은 무슨 소리인지 몰라 잠시 멀뚱해졌다.

"나를 바다로 쏘라니까요. 내가 상대할 거예요."

곽정 생각에도 황용은 수영 솜씨와 경신술이 뛰어나 별 위험이 없을 듯했다. 얼른 비수를 뽑아 황용의 손에 쥐여주고는 다시 힘을 써서 나뭇가지를 뒤로 당겼다.

"조심해야 돼."

황용은 나뭇가지 위에 자리를 잡고 앉자 큰 소리로 외쳤다.

"발사!"

곽정이 손을 놓자 황용의 몸이 앞으로 튕겨 나가더니 곧장 날아올랐다. 공중에서 몇 바퀴 공중제비를 돈 황용은 뗏목에서 몇 장 떨어진 지점에 가볍게 떨어졌다. 입수하는 모습이 더없이 아름다웠다.

구양봉은 그녀의 의도를 알 수 없어 그저 멍하니 바라볼 뿐이었다. 황용은 물에 들어가기 전에 미리 숨을 깊이 들이마셨기 때문에 오랫동안 밖으로 나오지 않았다. 즉시 뗏목 밑으로 헤엄쳐 머리 위에 떠 있는 뗏목의 위치를 확인했다. 구양봉은 노로 물을 이리저리 휘둘렀지만 황용을 맞히지 못했다.

황용은 비수를 꺼내 들었다. 원래는 뗏목의 밧줄을 모조리 끊어버릴 심산이었는데, 갑자기 생각이 바뀌어 몇 군데 중요한 부분만 살짝 끊어놓았다. 이렇게 조금씩만 잘라 놓으면 얼마 못 가 산산조각이 날 것이었다.

황용은 다시 깊이 잠수해 순식간에 10여 장을 헤엄쳐 수면으로 머리를 내밀고 고래고래 소리 지르며 뗏목을 따라잡지 못해 분한 척했다. 구양봉은 크게 웃어젖히더니 돛을 한껏 올렸다. 얼마 지나지 않아 뗏목은 멀리멀리 흘러갔다.

황용이 해변에 도착하니 홍칠공도 곽정과 함께 욕을 퍼붓고 있었다. 두 사람은 황용이 득의양양한 표정을 지으며 자기가 한 일을 설명하자, 누가 먼저랄 것도 없이 배를 잡고 웃으며 탄성을 질렀다.

황용이 입을 열었다.

"그 두 놈은 바다에 수장되겠지만, 우리는 일을 처음부터 다시 해야 해요."

세 사람은 일단 배부르게 식사를 하고 다시 뗏목을 만들기 시작했다. 며칠 걸리지 않아 뗏목 하나를 만들 수 있었다. 세 사람은 동남풍이 강해지기를 기다렸다가 나무껍질로 엮어 돛을 올리고 섬을 떠났다. 황용은 점점 멀어지는 섬을 바라보며 한숨을 지었다.

"우리 모두 저 섬에서 죽는 줄만 알았는데, 이렇게 떠나게 되는군요. 조금 서운하기도 하네요."

"다음에 다시 오면 되잖아."

곽정의 말에 황용은 금세 손뼉을 치며 즐거워했다.

"그래요, 꼭 오는 거예요. 그때 가서 약속 어기면 안 돼요. 우리 이 섬에 이름이라도 붙여줘요. 사부님, 뭐라고 하면 좋을까요?"

"네가 큰 바위로 그 나쁜 녀석을 눌러놓았으니, 압귀도壓鬼島라고 하면 되겠구나."

황용이 고개를 가로저었다.

"너무 고상한 맛이 없어요."

"고상하고 싶으면 애초에 이 거지에게 묻지를 말았어야지. 생각 같아서는 노독물에게 내 오줌을 먹였으니, 식뇨도食尿島라고 하면 딱 좋겠다마는……."

황용은 손을 내저으며 깔깔거렸다. 그러다 문득 하늘을 바라보니 선명한 노을이 눈부시게 빛나며 작은 섬 위로 드리워져 있었다.

"명하도明霞島라고 하겠어요."

이번에는 홍칠공이 고개를 저었다.

"안 돼, 안 돼. 그건 너무 고상하지 않으냐?"

곽정은 두 사람의 논쟁을 들으며 그저 가만히 미소만 짓고 있었다. 섬 이름이 속되든 고상하든 곽정은 특별히 생각나는 것이 없었다. 그저 압귀나 식뇨라는 이름이 명하보다는 재미있는 것 같다고 느낄 뿐이었다.

순풍에 돛을 맡긴 채 이틀이 흘렀다. 바람은 방향도 바꾸지 않고 뗏목의 길을 순탄하게 열어주었다. 사흘째 되던 날 저녁, 홍칠공과 황용은 잠이 들고 곽정 혼자서 노를 잡고 밤을 지켰다. 바람 소리, 파도 소리만 귓전을 때렸다. 그때 어디선가 다른 소리가 섞여왔다.

"사람 살려! 사람 살려!"

쇳조각이 서로 부딪치는 듯한 날카로운 비명이 바람 소리와 파도 소리를 뚫고 뚜렷하게 들려왔다. 황용이 일어나 한 손으로 홍칠공의

작
劇
壓鬼
吃尿
明霞島
李志
清畵

"식뇨도라고요? 싫어요. 저는 저 섬을 명하도라고 부르겠어요."

팔을 붙잡고 벌벌 떨기 시작했다.

"귀신이에요, 귀신!"

홍칠공도 일어나 앉아 나직이 중얼거렸다.

"서독이로구나……."

비명이 또다시 밤하늘을 갈랐다. 달도 뜨지 않고 별만 드문드문 반짝이는 칠흑 같은 어둠 속, 그 끝을 알 수 없는 망망대해에서 갑자기 들려오는 비명 소리에 세 사람은 머리카락이 쭈뼛 서는 듯 모골이 송연해졌다.

홍칠공이 소리쳤다.

"노독물이시오?"

그는 내공을 잃어 소리가 멀리까지 퍼지지 못했다. 곽정이 단전을 조절하고 외쳤다.

"구양 선배님이십니까?"

멀리서 대답이 들려왔다.

"구양봉이오, 살려주시오!"

황용은 낯빛이 창백해져 어찌할 바를 몰랐다.

"사람이든 귀신이든 우리는 그냥 방향을 바꿔 다른 쪽으로 가요."

홍칠공이 황용의 말을 잘랐다.

"가서 구해주어라!"

"안 돼요, 무섭단 말이에요!"

"귀신이 아니다."

"사람이라도 안 돼요."

"위급한 자를 구해주는 것이 우리 개방의 방규幇規 아니더냐? 게다가 너와 나는 방주의 신분이다. 어찌 규율을 어기겠느냐?"

"개방의 규칙이 잘못된 거죠! 구양봉 같은 사악한 자는 죽어서 귀신이 되어도 나쁜 짓만 할 게 분명해요. 사람이든 귀신이든 구해줘서는 안 된다니까요!"

"방규가 그러하니 할 수 없다."

황용은 화가 나 어쩔 줄 몰랐다. 구양봉이 멀리서 외치는 소리가 들려왔다.

"홍 형! 죽어가는 사람을 그냥 둘 셈이오?"

"그럼 구양봉이 보이거든 오빠가 몽둥이로 때려죽여요. 오빠는 개방이 아니니까 그런 말도 안 되는 규칙을 지킬 필요가 없잖아요?"

황용의 말에 홍칠공이 호통을 쳤다.

"다른 사람의 위기를 이용하는 것이 어디 의로운 행동이더냐?"

황용은 더 이상 대꾸할 말이 없어 곽정이 노를 저어 다가가는 모습만 물끄러미 바라보았다. 어두운 밤바다 위로 두 사람의 머리가 파도에 밀려 이리저리 흔들리는 것이 희미하게 보였다. 그들 옆에는 커다란 나무토막이 떠 있었다. 뗏목이 부서져버린 뒤 이 나무 한 토막에 의지해 지금까지 버틴 듯했다.

"우리를 해치지 않겠다는 맹세를 단단히 받고 나서 구해줘요."

홍칠공이 황용을 바라보며 한숨을 쉬었다.

"너는 노독물이 어떤 사람인지 모른다. 차라리 죽을지언정 그런 맹세는 하지 않을 거다. 정아, 구해주어라."

곽정은 허리를 구부려 구양극의 뒷덜미를 잡고 배 위로 끌어 올렸다. 홍칠공은 그들을 구하려는 마음에 이미 무공을 잃어버린 것도 잊고 손을 뻗어 도우려 했다. 구양봉은 홍칠공의 손을 잡더니 힘껏 당기며 뗏목 위로 올라섰다. 그 서슬에 홍칠공은 중심을 잃고 바다에 풍덩 빠지고 말았다. 곽정과 황용은 깜짝 놀라 동시에 바다로 뛰어들어 홍칠공을 구했다. 황용이 화가 나 구양봉에게 쏘아붙였다.

"사부님께서 넓은 마음으로 당신을 구해주었는데, 어떻게 바다에 빠뜨릴 수가 있죠?"

구양봉은 이로써 홍칠공이 무공을 완전히 잃었다는 것을 확인했다. 그러지 않았다면 그 정도 힘에 뗏목에서 떨어질 홍칠공이 아니었다. 그러나 물속에서 여러 날을 버틴 구양봉도 이미 기력이 쇠할 대로 쇠한 터였다. 황용의 말에 뭐라 더 반박하지 않고 고개를 숙였다.

"나…… 나도 고의로 그런 것은 아니오. 홍 형, 사죄하겠소."

홍칠공은 웃어넘겼다.

"괜찮소. 이 거지 놈 본색이 드러나버렸구려."

구양봉이 황용을 돌아보았다.

"낭자, 뭐 먹을 것 좀 주시게. 우리는 이미 며칠을 굶었어."

"이 배에 식량과 물은 세 사람 몫밖에 없어요. 줄 수야 있지만, 그럼 우리는 뭘 먹으라는 거죠?"

"알겠네. 그럼 우리 조카에게 조금만이라도 나누어주게. 다리의 상처가 심해 버티기 힘들 듯하니……."

"그렇군요. 그럼 우리, 거래를 하죠. 우리 사부님이 당신 독사에게 물려 아직 완전히 낫지 않았으니 해독약을 넘겨줘요."

구양봉은 품 안에서 작은 병 두 개를 꺼내 황용의 손에 올려놓았다.

"병 속에 물이 들어가 해독약이 모두 휩쓸려가 버렸다네."

황용이 병을 받아 몇 번 흔들어 코에 대고 냄새를 맡아보았다. 정말 병 속에 있는 것은 바닷물뿐이었다.

"그렇다면 할 수 없군요. 해독약을 만드는 처방을 알려줘요. 우리가 육지에 닿으면 만들 테니……."

"내가 낭자를 속여 음식을 얻겠다 마음먹고 아무렇게나 알려줘도 낭자는 알지 못할 거야. 그러나 나 구양봉, 그런 사람은 아니지. 사실대로 말하자면 내 독사는 세상에 둘도 없는 뱀으로 그 독이 무섭기 짝이 없어. 그 뱀에게 물리면 바로 죽지 않는다 해도 64일 후면 반신불수가 되고 평생 불구로 살게 돼. 해독약의 처방이야 말해주어도 별 상관은 없지만 그 재료를 모으기가 극히 어렵고, 3년을 꼬박 고생해야 만들어낼 수 있으니 어찌 됐든 그때는 너무 늦은 것 아니겠나? 나는 더 이상 할 말이 없군. 내 목숨을 홍 형의 목숨과 바꾸라고 한다면 그 또한 낭자 마음대로 하는 거지."

황용은 구양봉의 말에 내심 탄복했다.

'비록 악독하기는 하지만 죽을 고비 앞에서도 무학 대종사의 풍모를 잃지 않는구나.'

이때 묵묵히 듣고만 있던 홍칠공이 끼어들었다.

"용아, 그의 말이 사실이다. 사람의 목숨이란 정해진 것이니 나는 상관없다. 먹을 것을 좀 주도록 해라."

황용은 마음이 아팠다. 사부님이 나아질 수 없다는 것은 분명했다. 할 수 없이 사부님의 명에 따라 구운 양 다리를 가져다 구양봉에게 던져주었다. 구양봉은 우선 몇 조각을 찢어 구양극에게 주고 자신은 그 다음에 먹기 시작했다. 황용이 차갑게 한마디 던졌다.

"구양 아저씨, 우리 사부님에게 상처를 입히셨으니 다음 화산논검 대회에서는 일등을 차지하시겠네요?"

구양봉이 고기를 씹으며 대답했다.

"꼭 그렇지도 않아. 아직 홍칠공의 상처를 치료할 수 있는 사람이 한 명 있으니까."

곽정과 황용이 동시에 벌떡 일어났다. 그 바람에 뗏목이 흔들렸지만 두 사람은 아랑곳하지 않고 동시에 외쳤다.

"정말요?"

구양봉은 여전히 고기를 우물우물 씹으며 말했다.

"단지 그 사람을 찾기가 좀 어려워서 그렇지. 자네들 사부도 알고 있을걸."

두 사람이 바라보자 홍칠공은 미소를 지었다.

"찾기가 어렵다는데 더 말해 무얼 하겠느냐?"

황용이 홍칠공의 소매를 당기며 재촉했다.

"사부님, 말씀해주세요. 아무리 힘든 일이라도 우리가 꼭 해내겠어요. 아버지를 찾아가면 분명히 방법이 있을 거라고요."

옆에 있던 구양봉이 콧방귀를 뀌었다.

"왜 콧방귀를 뀌는 거예요?"

황용이 쏘아붙였지만 구양봉은 대답이 없었다. 홍칠공이 대신 입을 열었다.

"네 아버지가 뭐든 할 수 있는 것처럼 말해서 비웃는 거란다. 그러나 그는 평범한 사람이 아니야. 네 아버지라고 해도 어떻게 할 도리가 없을 거다."

"그 사람이 누군데요?"

황용은 더더욱 궁금해졌다.

"무공이 대단한 것은 둘째 치고, 설사 닭 잡을 힘조차 없는 사람이라 해도 내가 좋자고 다른 이에게 해를 끼치는 일은 하고 싶지 않구나."

"무공이 대단하다고요? 아, 알겠어요. 남제, 단황야시군요? 그런데 사부님, 그분께 상처를 치료해달라고 하는 게 어째서 다른 이에게 해를 끼치는 일인가요?"

"더 묻지 말고 그만 자거라. 그리고 그 일은 더 이상 꺼내지 말아라. 알겠느냐?"

홍칠공이 잘라 말하자 황용도 더 이상 물을 수가 없었다. 그녀는 구양봉이 음식물을 훔쳐갈까 봐 수통과 식량을 쌓아놓은 짐 더미 위에 올라가 잠을 잤다. 다음 날 아침 눈을 뜬 황용은 구양봉과 구양극을 살펴보고는 화들짝 놀랐다. 두 사람 모두 안색이 백지장처럼 창백한 채 온몸이 퉁퉁 부어올라 있었다. 아마도 바닷물에 여러 날 잠겨 있던 탓인 듯했다.

항해를 계속해 신시申時쯤 되자 멀리 검은 선이 보이기 시작했다. 아련히 보이는 것이 육지인 듯했다. 곽정이 먼저 환호성을 질렀다. 그렇게 조금 더 배를 몰아가자 육지의 윤곽이 확실히 눈에 들어왔다. 다행히 바람이 없고 파도도 잔잔해 무사히 다가갈 수 있었다. 단지 작열하는 햇볕이 너무나 뜨거워 견디기 힘들었다.

구양봉이 갑자기 일어섰다. 몸이 잠시 흔들리는가 싶더니 어느새 두 손을 뻗어 한 손에 한 명씩, 곽정과 황용을 붙잡았다. 동시에 발끝을 들어 홍칠공의 혈도를 찍었다. 곽정과 황용은 전혀 예상치 못하고 있다가 구양봉에게 맥문을 잡혀 반신이 마비되고 말았다.

"무슨 짓이에요?"

구양봉은 교활한 웃음만 지을 뿐 대답이 없었다. 홍칠공이 깊은 탄식을 내뱉었다.

"노독물 위인이 오만해 평생 다른 사람의 은혜를 입을 줄 몰랐더니라. 우리가 제 생명을 구해주었으니 그 은인을 없애버리지 않고는 마음이 편치 않겠지. 아, 내 그날 밤 사람 목숨을 구하느라 마음이 급해 그 점을 잊은 탓에 어린 두 아이까지 목숨을 잃게 되었구나."

"아시니 다행이오. 게다가 〈구음진경〉이 이미 내 손에 들어왔으니 이 곽가 놈의 머릿속에 있는 또 다른 한 부는 남겨둘 수가 없소. 아예 화근을 없애야지."

구양봉이 〈구음진경〉에 대해 하는 말을 듣고 홍칠공은 뭔가 떠오르는 생각이 있었다.

"노이칠육努爾七六, 합과아哈瓜兒, 영혈계잡寧血契卡, 평도아平道兒……."

구양봉은 잠시 멍하니 할 말을 잊었다. 홍칠공의 입에서 흘러나온 말은 곽정이 써준 경서 중에서 아무리 생각해도 그 뜻을 풀 수 없는 괴문怪文이었다. 홍칠공이 이렇게 외우고 있는 것을 보면 아무래도 그 숨은 뜻을 알고 있는 것 같았다.

'이 괴문이야말로 경서 전체 내용의 열쇠일 거야. 이들을 죽여버리면 그 뜻을 아는 사람은 세상에 아무도 없는 것 아닌가? 그렇다면 경서를 가지고 있어도 아무 소용이 없지.'

구양봉은 홍칠공을 뚫어지게 노려보았다.

"그게 무슨 뜻이오?"

"혼화찰찰混花察察, 설근허팔토雪根許八吐, 미이미이米爾米爾······."

홍칠공은 대답 없이 계속 괴문을 외워 내려갔다. 그도 곽정이 〈구음진경〉의 괴문을 외우는 것을 듣기는 했지만 이를 암기하지는 못했다. 그저 이렇게 입으로는 아무렇게나 외워가면서도 얼굴 표정은 진지하기 짝이 없었다. 구양봉은 그 말 중에 숨어 있는 깊은 뜻을 알아내는 데 온 정신을 쏟고 있었다. 이때 홍칠공이 소리쳤다.

"정아, 공격해라!"

곽정은 왼손을 끌어당기는 동시에 오른손의 장력을 뿜어내며 왼발로 몸을 솟구쳤다. 그는 구양봉의 기습에 맥문을 잡혀 어찌 덤벼볼 도리가 없었지만, 구양봉이 홍칠공의 말에 정신이 팔린 틈을 타 그의 손아귀에서 빠져나왔다.

곽정은 경서 중 역근단골편을 두 번째 단계까지 연습한 상태였다. 새로운 초식의 권법을 배우지는 않았지만 원래 가지고 있던 공력이 크게 강화되어 있었다. 곽정의 몸놀림, 손놀림, 발동작은 보기에는 평범하기 그지없었지만 그 위력이 대단했다. 구양봉은 깜짝 놀랐으나 뗏목이 좁아 피할 곳이 없는지라 하는 수 없이 손을 들어 공격을 막았다. 그러면서도 한 손은 황용을 꼭 잡은 채 놓지 않았다. 곽정은 주먹과 장력을 동시에 내뻗으며 폭풍 같은 공세를 펼쳤다.

뗏목 위에서 벌이는 싸움이고 보니, 만일 구양봉이 합마공이라도 쓰게 되면 세 사람 모두 죽을 수밖에 없는 상황이었다. 신속한 공격으로 일단 구양봉이 반보 정도 밀려났다. 황용이 몸을 기울이더니 어깨로 구양봉에게 달려들었다. 구양봉은 슬며시 웃었다.

'이 계집애 봐라. 제 힘이 얼마나 된다고 내게 덤벼? 보기 좋게 바다

에 빠뜨려주마.'

구양봉이 비웃는 사이, 황용의 어깨가 구양봉에게 부딪쳤다. 구양봉은 피하지도, 막지도 않고 내버려두었는데 가슴이 뜨끔하며 통증을 느꼈다. 그제야 황용이 도화도의 보물인 연위갑을 입고 있다는 것이 생각났다. 아차 싶었지만 뗏목 끄트머리에 서 있던 구양봉은 더 이상 물러날 곳이 없었다. 또 연위갑에는 가시가 수도 없이 돋아 있으니 손으로 잡을 수도 없었다. 구양봉은 급한 마음에 왼손으로 잡고 있던 황용의 맥문을 놓고 반동을 이용해 바깥쪽으로 내쳤다.

황용이 순간 중심을 잃고 기우뚱하며 바다에 빠지려 하자, 곽정이 그녀를 붙잡으며 왼손으로 구양봉을 공격했다. 황용도 비수를 뽑아 덤벼들었다. 구양봉은 뗏목 끄트머리에 서서 물보라에 무릎을 흠뻑 적시면서도 곽정과 황용의 공격에 잘 버텨냈다.

홍칠공과 구양극은 꼼짝도 못 하고 눈앞에서 벌어지는 사투를 마음 졸이며 바라보고 있었다. 그들은 양쪽의 힘이 대등해 생사가 어찌 될지 장담할 수 없는 터라 뛰어들어 힘을 보태주지 못하는 것이 한스러울 따름이었다.

원래 곽정과 황용이 힘을 합쳐도 구양봉의 무공은 당해낼 재간이 없었다. 그러나 지금 구양봉은 바다에 며칠간 빠져 있었던 터라 제 힘을 다 발휘할 수 없는 상황이었다. 지금 황용의 연위갑과 손에 들고 있는 예리한 비수는 그에게 상당히 두려운 무기였다. 게다가 곽정은 항룡십팔장에 72로 공명권, 쌍수호박, 그리고 최근에 연마한 〈구음진경〉의 역근단골편으로 몸을 다져 위력이 예사롭지 않았다.

시간이 길어지자 구양봉의 장법이 한층 거세졌다. 곽정과 황용은 점차 힘이 부치는 듯 밀리기 시작했고, 홍칠공은 마음이 급해져 어찌할 바를 몰랐다. 장법을 펼치면서도 왼발로 공격을 시도하는데, 바람을 가르는 소리가 섬뜩했다. 황용은 공격을 감당하지 못하고 공중제비를 돌며 바다로 뛰어들었다. 곽정은 혼자서 강적을 상대하느라 애를 먹었다.

황용은 뗏목 왼쪽으로 들어간 뒤 아래로 헤엄쳐 오른쪽으로 돌아 솟구쳐 올랐다. 황용이 갑자기 뛰어나와 비수로 등을 겨누고 공격해오자, 곽정과의 싸움에서 우위를 점하고 있던 구양봉이 다시 조금 밀리며 대등한 형세를 이루게 되었다. 황용은 구양봉과 맞서면서도 끊임없이 머리를 굴렸다.

'이렇게 계속 싸우다가는 우리가 힘이 달려 지고 말겠어. 물속으로 들어가 싸우는 것이 낫겠다.'

마음을 굳히고는 곧장 비수를 휘둘러 돛을 매단 줄을 끊었다. 돛이 떨어져 내리자 뗏목은 파도에 휩쓸려 이리저리 흔들리며 더 나아가지 못했다. 황용은 두어 걸음 물러서서 돛에 매단 줄을 끌어다 홍칠공의 몸을 몇 번 감더니 그것을 뗏목의 가운데 부분의 나무에도 감았다. 이렇게 홍칠공이 뗏목에서 떨어지지 않도록 단단히 묶어놓았다.

황용이 싸움에서 빠지자 곽정은 더더욱 힘이 부쳤다. 잇따른 세 차례의 공격을 힘겹게 막아냈지만 네 번째 공격에는 어찌해볼 도리 없이 밀리기 시작했다. 구양봉은 인정사정 볼 것 없이 공격을 늦추지 않고 장력을 잇따라 날렸다. 곽정은 계속 뒷걸음치면서도 어약어연魚躍於淵을 써 구양봉의 공격을 막았다. 그러나 그다음 공격은 막지 못하고 또 뒤로 밀리며 왼발이 허공을 디디고 말았다. 그 와중에도 곽정은 침착하게 오른발을 날려 구양봉이 곧장 달려들지 못하도록 퇴로를 확보한 뒤 풍덩 물속으로 뛰어들었다.

뗏목이 몇 차례 흔들리자 황용은 그 탄력을 이용해 몸을 솟구쳐서 역시 물속으로 뛰어들었다. 두 사람이 각각 뗏목 끝을 잡고 번갈아가며 흔들어대자 뗏목은 금방이라도 뒤집힐 것 같았다. 이대로 뒤집힌다면 구양극은 꼼짝없이 물에 빠져 죽을 것이고, 구양봉도 물속에서는 두 사람을 상대하기 힘들 것이었다. 그러나 몸이 뗏목에 묶여 있는 홍칠공만은 비교적 안전할 터였다. 구양봉은 이런 속셈을 간파하고 발을 들어 홍칠공의 머리를 겨눈 채 외쳤다.

"두 애송이는 듣거라. 계속 뗏목을 흔들면 이대로 밟아버리겠다!"

황용은 애초에 생각한 계책을 쓸 수 없게 되자 곧바로 다른 계책을 생각해냈다. 일단 크게 숨을 들이마시고 뗏목 밑으로 들어가 비수로 뗏목을 엮은 밧줄을 끊어버렸다. 지금 위치가 육지에서 그리 멀리 떨어져 있지 않으므로 구양봉을 처치하면 뗏목의 나무를 붙잡고 해안에 닿을 수 있으리라는 계산이었다.

뗏목 가운데가 삐걱거리는가 싶더니 두 조각으로 갈라졌다. 구양극만 혼자서 떨어져나가고 구양봉과 홍칠공이 다른 한 조각에 남게 되었다. 구양봉은 덜컥 겁이 나 일단 손을 뻗어 조카를 잡아끌어다 제 쪽으로 옮겨놓았다. 그러고는 허리를 구부려 물속을 노려보며 황용이 나오기만 기다렸다. 황용이 머리를 내밀기만 하면 그대로 붙잡아 뗏목 위로 끌어 올릴 속셈이었다.

황용은 물속에서 구양봉의 모습을 똑똑히 지켜보고 있었다. 자신을 노리는 구양봉의 공격이 매우 예리하고 정확할 텐데, 그렇다면 이번에는 정말 당해내기 힘들 것 같았다. 그렇게 한참을 서로 꼼짝 않고 노려보기만 했다. 황용이 먼저 움직였다. 그녀는 뗏목에서 조금 떨어진 곳으로 헤엄쳐 수면으로 떠올라서는 숨을 몰아쉬었다. 그리고 다시 잠수해 물속에서 기회를 엿보았다.

양쪽 모두 온 정신을 적에게 쏟고 있었다. 한바탕 싸움으로 출렁이던 바다가 언제 그런 일이 있었냐는 듯 고요하기만 했다. 수면 위는 한껏 햇볕을 받으며 파도도 없이 평온했다. 그러나 두 동강 난 뗏목을 사이에 두고 하나는 위에서, 하나는 아래에서 엄청난 살기를 품고 서로를 노려보고 있었다. 황용은 애가 타기 시작했다.

'저 두 동강 난 뗏목을 한 번만 더 갈라놓으면 파도에 뒤집혀버릴 텐데……'

구양봉은 구양봉대로 입술이 타 들어갔다.

'머리만 내밀어라. 파도를 사이에 두고라도 장력을 날리기만 하면 저 계집애를 끝장내기에는 충분하니까. 고것을 없애고 나면 남은 곽가 놈쯤이야 아무것도 아니지.'

두 사람은 미동도 하지 않고 기회를 노리고 있었다. 그때 구양극이 왼쪽을 가리키며 외쳤다.

"배다, 배!"

상어를 타고 온 남자

　홍칠공과 곽정은 구양극이 가리키는 곳으로 고개를 돌렸다. 정말 용머리로 장식한 커다란 배가 돛에 바람을 한껏 안고 파도를 가르며 다가오고 있었다. 배를 바라보고 있던 구양극의 눈에 선두에 선 사람이 들어왔다. 큰 키에 붉은 가사袈裟를 걸친 모습이 영지상인 같았다.

　배가 좀 더 가까이 다가오자 구양극은 눈을 가늘게 뜨고 주의 깊게 살펴보았다. 틀림없는 영지상인이었다. 구양극은 숙부에게 이 사실을 알렸다. 구양봉은 단전에 기를 모은 후 소리 높여 외쳤다.

　"여기 당신 친구가 있소! 어서 이리 오시오!"

　황용은 물속에서 상황을 알아차리지 못하고 있었다. 곽정은 아무래도 상황이 이상하게 돌아가는 것을 보고는 황급히 물속으로 들어가 황용의 손을 잡아끌며 적이 왔음을 알렸다. 황용은 곽정이 뭐라고 말하는지 정확히 알 수 없었지만 뭔가 잘못되었다는 것은 눈치챌 수 있었다. 황용은 곽정에게 손짓해 구양봉의 장력을 받아내면 그사이에 자신은 뗏목을 갈라놓겠다는 뜻을 전했다.

곽정은 자신의 무공이 적만 못하다는 것을 잘 알고 있었다. 게다가 지금 자신은 물속에 있고 적은 뗏목 위에 있으니, 그 차이는 더욱 클 것이었다. 황용의 말대로 할 경우 자신의 목숨을 장담할 수 없을 것이나, 워낙 긴박한 상황이고 보니 그 외에는 다른 방법이 없을 듯했다. 그래서 양어깨에 힘을 모으고 불쑥 고개를 수면 위로 내밀었다.

"하앗!"

기합 소리와 함께 구양봉은 쌍장을 날려 수면을 내리쳤다. 곽정도 쌍장으로 대응했다. 수면 위로는 물 한 방울 튀지 않았다. 그러나 물속에서 부딪친 두 힘은 팽팽하게 맞섰다. 갑자기 두 동강 난 뗏목이 치솟는가 싶더니 몇 장 거리까지 밀려갔다. 황용이 재빠르게 다가가 뗏목을 묶은 밧줄을 잘라버렸다. 큰 배는 이미 뗏목 가까이 다가와 있었다.

황용은 밧줄을 자른 후 곧장 뗏목 밑으로 들어가 구양봉을 찌르려 했다. 그런데 그 옆으로 곽정이 정신을 잃은 채 저 아래로 가라앉고 있는 것이 보였다. 황용은 아차 싶었다. 서둘러 곽정에게 다가가 그의 팔을 잡아끌며 앞으로 헤엄쳐 갔다. 수면으로 떠올랐지만 곽정은 두 눈을 감은 채 창백한 얼굴로 의식이 없었다. 그러는 사이 큰 배에서 비상용 배를 내리고 수부水夫 몇이 노를 저어 뗏목으로 다가가 구양봉과 홍칠공을 데려갔다.

"오빠!"

황용이 울부짖는데도 곽정은 깨어날 줄 몰랐다. 황용은 적선이라고 해도 올라타는 수밖에 없다는 생각에 곽정의 뒤통수를 받치고 배를 향해 헤엄쳐 갔다. 배 위에 있던 수부들이 곽정을 끌어 올린 후 황용에게 손을 내미는 순간, 황용은 왼손으로 배의 모서리를 짚고는 튀어 오르는 물고기처럼 수면 위로 떠올라 눈 깜짝할 새에 배 안에 섰다. 수부들은 놀라 할 말을 잃었다.

잠시 기절했던 곽정이 깨어나보니 황용의 품 안이었다. 그러나 정체 모를 배 안에 있는 것을 깨닫고 어리둥절했다. 심호흡을 몇 번 해보니 다행히 내상은 없는 듯했다. 곽정은 마음이 놓이는 듯 황용에게 씩 웃어 보였다. 황용도 마주 보고 웃었다. 그제야 놀라움과 걱정이 사라지면서 배 안의 인물들을 돌아볼 여유가 생겼다.

주위를 둘러본 황용은 그만 비명을 지를 뻔했다. 뱃전에 서 있는 다섯 사람은 바로 몇 개월 전 조왕부에서 만났던 고수들이 아닌가! 작은 키에 다리는 짧고 눈빛이 형형한 사람은 천수인도 팽련호, 머리가 벗겨져 반질반질한 사람은 귀문용왕 사통천, 또 이마에 세 개의 혹이 돋아 있는 삼두교 후통해, 백발에 동안인 삼선노괴 양자옹, 붉은 가사를 걸친 장승 대수인 영지상인, 나머지 몇몇은 처음 보는 사람들이었다.

'오빠와 나의 무공이 요즘 들어 더욱 강해졌으니 팽련호 등과 일대일로 겨룬다면 나는 몰라도 오빠는 승산이 있는데…… 노독물과 저들이 모두 함께 있으니 오늘 이 위기를 빠져나가기는 아무래도 틀렸군.'

큰 배에 있던 이들은 구양봉이 뗏목에서 외치는 소리를 듣고 이상하다고 생각하고 있었는데, 곽정 무리까지 만나자 더욱 영문을 알 수가 없었다. 구양봉은 구양극을, 곽정과 황용은 홍칠공을 각각 안고서 두 무리로 나뉘어 작은 배에서 큰 배로 옮겨 탔다.

그중 한 사람이 비단으로 수놓은 옷을 입고 이들을 맞이하기 위해 나왔다. 그와 곽정은 눈이 마주치자마자 깜짝 놀랐다. 그 사람은 턱수염이 조금 났으나 여전히 맑고 준수한 대금국 여섯째 왕야, 조왕 완안홍열이었다.

완안홍열은 보응 유씨 사당에서 도망친 뒤 곽정이 쫓아와 복수를 할까 봐 북방으로 돌아가지 못하고 팽련호, 사통천 등과 합류해서 〈무 목유서〉를 훔치기 위해 남하하던 길이었다.

이즈음 몽고가 거병해 금을 토벌하니 중도中都 연경은 수개월째 포 위되어 있는 상태였고, 연운燕雲 16주는 이미 몽고의 수중에 떨어진 뒤였다. 대금국은 그야말로 나날이 쇠퇴를 거듭하고 있었다.

이쯤 되니 완안홍열은 마음이 급해졌다. 몽고군은 사납고 날래기 그지없었다. 금나라 병력이 그들에 비해 열 배가 넘어도 전투를 벌일 때마다 일패도지할 뿐이었다. 도무지 뾰족한 수가 없는 상황에 처한 완안홍열은 이제 국가 중흥의 기대를 악무목이 남긴 유서에 걸었다. 그 병서를 얻기만 하면 과거 악비처럼 귀신같은 용병술로 승승장구하 며 몽고병을 쓸어버릴 수 있을 것 같았다. 고수들을 이끌고 남하하면 서도 그는 남조南朝에서 미리 알고 방비를 할까 봐 여정을 극비에 부 쳤다. 그래서 굳이 해로를 택해 절강 연안에 상륙한 후 귀신도 모르게 임안으로 잠입해서 유서를 빼낼 속셈이었다.

완안홍열은 이 계획을 위해 구양극이 필요했으나 아무리 찾아도 행 방이 묘연했다. 찾는 일을 포기하고 계획대로 여정에 올랐다. 그런데 이 바다에서 그를 만나게 되다니 매우 뜻밖이었다. 그는 구양극이 곽 정과 함께 있는 것을 보고 곽정이 복수를 하려 들지 않을까 두렵기도 하고, 혹시 비밀이 새어나간 것은 아닌지 걱정되었다.

곽정은 곽정대로 아버지를 죽인 원수를 만나 마음속에 불길이 치솟고 있었다. 강적들에게 둘러싸여 있는 중에도 여전히 타는 듯한 눈으로 완안홍열을 쏘아보았다. 이때 누군가 선창에서 올라와 그들의 모습을 확인하고는 슬며시 돌아가는 것이 보였다. 황용은 눈치가 빨라 곁눈으로도 그가 양강이라는 것을 알아보았다.

구양극이 입을 열었다.

"숙부님, 이분이 바로 인재를 중히 여기는 대금국 여섯째 왕야이십니다."

구양봉이 두 손을 모으고 예를 표했다. 완안홍열은 구양봉이 무림에서 얼마나 위세를 떨치는지는 잘 모르지만 보아하니 자신감이 넘치는 표정이고, 또 구양극의 체면을 봐서 공손히 예를 갖추었다. 팽련호, 사통천 등은 그 말을 듣고 일제히 허리를 구부리며 예를 올렸다.

"무림의 태산북두泰山北斗이신 구양 선생의 명성은 자주 들어왔습니다. 오늘 이렇게 뵙게 되니 참으로 영광입니다."

구양봉은 가볍게 허리를 굽혀 예에 답했다. 대수인 영지상인은 줄곧 서장에만 있어 서독의 명성을 잘 알지 못하였으므로 손을 모아 예를 표할 뿐 별말이 없었다.

완안홍열은 사통천 등의 자부심이 얼마나 강한지 잘 알고 있었다. 그런 사람들이 구양봉에게 이렇게 공손하게 인사를 올리고, 두려워하는 모습을 보이자 적잖이 놀랐다. 그뿐만 아니라 비위를 맞추려고 애쓰는 기색까지 보여 더욱 놀라웠다. 완안홍열은 즉시 헝클어진 머리에 맨발 차림인 노인이 보통 인물이 아니라는 것을 눈치채고 당장 공손히 맞이하며 예를 갖추어 인사를 올렸다.

이들 중 양자옹은 자기가 아끼던 뱀의 보혈을 마신 곽정이 눈앞에 나타나자 또다시 애가 탔다. 그러나 평소에 가장 무서워하는 홍칠공이 그 옆에 있으니 속으로만 끙끙 앓을 뿐이었다. 그는 얼굴에 짐짓 미소를 지어 보이고 얼른 앞으로 나서 허리를 굽혀 절하며 인사를 올렸다.

"양자옹, 홍 방주께 인사드립니다. 그간 안녕하셨는지요?"

이 말에 사람들은 또 한 번 놀랐다. 서독, 북개의 명성은 모두 익히 들어 알고 있었지만 다만 직접 만나보지 못해 아쉬웠는데, 이 양대 무림의 고수가 함께 나타났으니 놀라는 것이 당연했다. 서로 앞다퉈 나서며 절을 올리려 하는데 홍칠공이 웃음을 터뜨렸다.

"이 늙은 거지가 재수가 없어 못된 개에게 물리는 바람에 몸도 성치 않은데 절은 해 뭘 하겠소? 어서 먹을 거나 좀 가져다주면 고맙겠소이다."

모두들 놀라 걸음을 멈추며 같은 생각이 들었다.

'어쩐지 홍칠공이 꼼짝 않고 누워만 있더라니, 부상을 입은 것이었군. 그렇다면 뭐 두려워할 것도 없겠는걸?'

일제히 시선을 구양봉에게 옮겨 그의 표정을 보고 눈치를 살폈다. 구양봉은 세 사람을 처리할 방법을 생각하며 반드시 홍칠공을 먼저 처치해야겠다고 결정했다. 그래야 은혜를 원수로 갚은 자신의 악행이 남들에게 알려지지 않을 테니 말이다. 곽정은 우선 〈구음진경〉 중 괴문의 뜻을 알아낸 후에 없애도 괜찮을 듯싶었다. 황용은 조카가 좋아하는 여자이긴 하지만 살려두면 엄청난 화근이 될 게 틀림없었다. 그러나 자기가 직접 손을 썼다가 나중에 황약사가 알게 되는 날에는 일이 복잡해질 게 뻔했다. 그러니 반드시 다른 사람의 손을 빌려 처치해야 했다. 일단 모두 배에 올라탔으니 날개가 달리지 않은 이상 도망갈 걱정은 없었다.

구양봉은 완안홍열의 귀에 대고 가만히 속삭였다.

"저 세 사람은 교활하기 짝이 없는 자들입니다. 무공도 제법 뛰어나니 사람을 시켜 잘 감시하시는 것이 좋겠습니다."

양자옹은 그 말을 기다렸다는 듯 사통천 옆을 지나며 손을 뻗어 곽정의 팔을 당겼다. 곽정이 팔을 뒤집으며 쳐내자 양자옹은 어깨를 얻어맞고 말았다. 곽정이 사용한 현룡재전은 빠르면서도 큰 충격을 줄 수 있는 공격이었으니, 무공이 만만치 않은 양자옹도 불의의 공격에 속수무책으로 당하고 두어 걸음 뒤로 밀려나고 말았다.

팽련호 등과 양자옹은 완안홍열 앞에서 경쟁하며 서로를 짓누르려는 앙숙이었다. 팽련호는 곽정에게 당하는 양자옹의 모습이 고소해 속으로 쾌재를 불렀다. 이들은 즉시 홍칠공 등 세 명을 가운데 두고 둥그렇게 둘러쌌다. 틈을 봐서 양자옹이 쓰러지고 나면 나설 속셈이었다.

양자옹이 방금 사통천 옆을 지나며 측면에서 곽정을 끌어당긴 것은 항룡유회에 대비한 것이었다. 정면에서 공격을 받으면 당해내기 어려울 것이라는 계산이었다. 그런데 약 한 달간 못 본 사이에 곽정이 항룡유회가 아닌 다른 공격을 익힌 듯했다. 그것도 아무렇게나 팔을 뻗은 정도의 공격이었는데도 피하지 못하고 당했으니, 양자옹은 얼굴을 들 수가 없었다.

그는 곽정이 공격을 계속하지 않자 몸을 솟구쳐 쌍장을 잇따라 날리며 그가 평생의 장기로 삼는 요동야호권법遼東野狐拳法을 펼쳤다. 이 공격으로 곽정의 목숨을 빼앗음으로써 아까 당한 수모도 씻고 자신의 뱀을 죽인 원수도 갚을 속셈이었다.

과거 장백산에서 삼을 캘 때, 양자옹은 사냥개와 들여우가 눈 속에서 싸우는 것을 본 적이 있다. 들여우는 교활하고 꾀가 많아 이리저리 재빠르게 움직여 사냥개의 눈을 현혹시켰다. 싸움이 길어지자 사냥개는 발톱과 이빨이 예리한데도 끝내 들여우를 잡지 못했다. 양자옹은 그런 들여우의 움직임을 보면서 크게 깨달은 바가 있어 삼 캐는 것을 팽개치고 깊은 산속에 틀어박혀 수개월 동안 연구를 거듭해 야호권법을 만들어냈다.

이 권법은 영靈, 섬閃, 박撲, 질跌 네 글자를 요결로 하여 자기보다 강한 적을 상대하는 데 적합했다. 우선 적이 자신의 전진과 후퇴, 좌우 움직임을 예상하지 못하게 한 뒤 기회를 보아 공격하는 것이었다. 지금 양자옹이 이 권법을 쓰는 것은 곽정이 결코 가벼운 상대가 아님을 알기 때문이었다. 양자옹은 일단 공격을 삼가고 몸을 재빨리 움직이며 이리저리 피하기만 하다가 틈을 타 곽정에게 달려들었다. 이 권법은 공격 방법이 상당히 특이해 곽정도 본 적이 없었다.

'용이의 낙영신검장도 허초가 많은 편이어서 다섯 번이나 여덟 번은 허초를 쓰고 한 번 공격할 정도인데, 이 노인의 권법은 아예 다 허초 같은걸. 도대체 이게 무슨 권법이지?'

하지만 지난번 홍칠공이 미리 알려준 대로 곽정은 양자옹의 권법에는 더 이상 신경 쓰지 않고 시종 항룡십팔장으로 대응했다. 두 사람의 대결을 바라보며 고수들은 절레절레 고개를 흔들었다.

'양 노괴가 그래도 한 문파의 종사인데, 저런 애송이와 싸우면서도 공격 한번 못 하고 피하기만 하다니……'

싸움이 계속되자 양자옹은 곽정의 장력에 밀려 곧 바다로 빠질 지경에 이르렀다. 양자옹은 야호권으로 이기기 힘들겠다고 판단하고, 다른 권법을 사용하려 했지만 공격이 끊임없이 이어지자 손을 쓸 겨를이 없었다. 이때 갑자기 홍칠공의 외침이 들려왔다.

"잘 가시오!"

곽정이 전룡재야로 왼쪽 어깨를 강타하자 양자옹은 비명을 지르며 배 밖으로 떨어졌다. 모두가 깜짝 놀라 양자옹이 떨어진 쪽으로 우르르 몰려가 살펴보았다. 물속에서 웃음소리가 길게 울리는 듯하더니 양자옹의 몸이 공중으로 치솟았다가 털썩하는 소리와 함께 갑판에 떨어졌다. 양자옹은 뻣뻣하게 몸이 굳어 일어날 줄 몰랐다.

사람들은 놀라 할 말을 잃었다. 물속에서 몸을 튕겨 올라왔다는 말인가? 앞다퉈 난간으로 몰려들어 물속을 들여다보았다. 이때 한 백발노인이 수면 위로 질주하는 모습이 보였다. 눈을 비비고 자세히 보니 그는 커다란 상어를 말처럼 자유자재로 몰고 있었다. 무리 틈에 끼어 그 모습을 눈으로 좇던 곽정이 갑자기 기쁨에 겨워 고함을 쳤다.

"주백통 형님! 저, 여기 있어요!"

상어를 타고 있는 노인은 바로 노완동 주백통이었다. 주백통은 곽정의 외침을 듣고 뛸 듯이 기뻤다. 그가 상어의 오른쪽 눈을 때리자 상어는 왼쪽으로 방향을 틀어 배 가까이 다가왔다.

"곽정 아우이신가? 잘 지냈나? 앞에 큰 고래가 있어 하루 밤낮을 좇는 중이었어. 지금 멈추면 놓칠 것 같으니 난 가봐야겠네. 다음에 보세!"

곽정이 다급하게 외쳤다.

"형님, 어서 배에 오르세요. 여기 나쁜 사람들이 이 아우를 괴롭히고 있어요."

주백통이 수면을 가르며 다가오는 모습을 보고 사람들은 놀라 할 말을 잃었다.

"뭐야?"

주백통이 버럭 화를 냈다. 그가 오른손으로 상어 입속에 있는 무언가를 당기며 배 옆의 나무 기둥을 힘껏 잡아당기자 상어가 공중으로 솟구쳐 올랐다가 사람들 머리 위에서 그대로 갑판 위로 떨어졌다.

"누가 감히 내 아우를 괴롭히는 거냐?"

배 위에 있던 사람들은 모두 경험이 풍부하고 보고 들은 것이 많은 사람들이었다. 그러나 지금 눈앞에 있는 백발노인처럼 기괴한 형색은 난생처음이었다. 사람들은 입을 딱 벌린 채 할 말을 잃었고, 홍칠공과 구양봉조차 그저 바라만 볼 뿐이었다. 주백통은 황용을 보고 의아한 표정을 지었다.

"어찌 너까지 여기 있느냐?"

"예, 오늘 오실 줄 알고 미리 와서 기다리고 있었어요. 상어 타는 법이나 가르쳐주세요."

"그래, 가르쳐주마."

"아니, 우선 여기 못된 사람들을 혼내주시고 나서요."

주백통의 시선이 갑판 위에 있던 사람들을 훑다가 구양봉에게 가 멈추었다.

"다른 사람들은 이런 짓을 할 리가 없지. 역시 당신이 여기 있었군."

구양봉이 차갑게 내뱉었다.

"사람이 신의 없이 구차하게 살아가려 한다면 천하 영웅들의 비웃음거리가 될 거요."

"맞는 말이오. 다른 일은 몰라도 내뱉은 말에 대해서는 책임을 져야지. 도대체 입으로 하는 소리인지, 궁둥이로 뀌는 방귀인지 분명히 구분해야 하지 않겠소? 그러잖아도 당신과 확실히 따져보려던 참인데, 여기 있으니 참으로 잘됐소이다. 홍 형, 당신이 일어나 공정하게 이야기를 해보시구려."

홍칠공은 갑판에 누운 채 미소만 지었다.

"노독물이 죽을 뻔한 걸 사부님께서 아홉 번이나 구해주셨는데 은혜도 모르고 오히려 사부님께 부상을 입히고 혈도를 찍었어요."

홍칠공이 구양봉을 구한 것은 모두 세 차례임에도 황용은 이를 세 배나 부풀려 이야기했다. 하지만 구양봉도 이에 대해 사실대로 말할 처지가 못 되니 그저 말없이 화를 삭일 뿐이었다. 주백통은 허리를 구부리고 홍칠공의 곡지혈과 용천혈을 두어 번 문질러보았다.

"주 형, 소용없소."

홍칠공의 말은 사실이었다. 원래 구양봉의 점혈술은 악랄하기로 유명했다. 그 자신과 황약사 두 사람 외에는 이를 풀 수 있는 사람이 없었다. 구양봉은 득의양양한 얼굴로 주백통을 넘겨다보았다.

"재주가 있거든 어디 풀어보시구려."

황용은 직접 풀 줄은 몰랐지만 점혈 기술은 알고 있었기에 한마디 끼어들었다.

"이게 뭐가 어렵다고요? 우리 아버지는 투골타혈법透骨打穴法으로 힘 안 들이고도 푸시던데요."

구양봉은 황용이 타혈법의 명칭을 대자 가슴이 뜨끔했다.

'이 계집애가 보고 들은 것이 있어 역시 뭔가를 좀 아는군.'

짐짓 황용을 외면하고 주백통에게 고개를 돌렸다.

"졌으면 그만이지, 어찌 그런 방귀 뀌는 소리를 하시는 거요?"

주백통이 요란스레 코를 움켜쥐었다.

"방귀라고요? 고약하군, 고약해. 거 하나 물어봅시다. 내가 졌다는 건 무슨 소리요?"

"여기 계신 분들은 곽가 놈과 어린 계집애 빼고는 모두가 이름 높은 호걸들이시니 제 말씀을 한번 들어보시지요."

팽련호가 나섰다.

"거 좋은 생각이십니다. 어디 말씀해보십시오."

"이분은 전진파의 주백통입니다. 강호에서는 노완동이라고 부르기도 하지요. 연배도 상당하셔서 구처기, 왕처일 등 전진칠자의 사숙 되십니다."

주백통은 십수 년간 줄곧 도화도에 있었고, 이전에도 무공이 아주 대단한 것은 아니었다. 게다가 항상 짓궂은 장난이나 칠 뿐 이루어놓은 성과가 없어 강호에 이름을 날린 적이 없었다. 그러나 사람들은 그가 상어를 모는 것을 본 데다 전진칠자의 사숙이라는 말까지 듣자 무공도 뛰어나겠다며 자기들끼리 웅성거렸다. 팽련호는 8월 중추절 가흥 연우루에서 만나기로 한 약속에 주백통이 나타나면 상당히 힘들어지겠다는 생각에 은근히 걱정이 되기 시작했다.

구양봉이 말을 이었다.

"이분이 바다에서 상어 떼에 몰려 곤혹을 치르고 계실 때 제가 구해 드렸습니다. 제가 상어 떼를 몰살시키는 것쯤은 손바닥 뒤집기라고 말씀드렸더니, 주 형은 믿지 않으시더군요. 그래서 우리는 내기를 했습니다. 주 형, 제 말이 맞지요?"

주백통이 고개를 끄덕였다.

"모두 맞습니다. 무엇을 걸고 내기를 했는지도 말씀하시지요."

"그래야죠. 만일 제가 지면 주 형이 시키시는 일은 뭐든 하겠다고 했지요. 만일 하지 않으면 바다에 뛰어들어 물고기 밥이 되기로 했습니다. 주 형이 져도 마찬가지고요. 그렇죠?"

주백통은 역시 고개를 끄덕였다.

"맞습니다. 조금도 틀림이 없습니다. 그래서 어떻게 되었지요?"

"뭐요? 그래서 주 형이 지지 않았습니까?"

주백통은 이번에는 고개를 가로저었다.

"아니죠, 아닙니다. 진 사람은 구양 형이지, 제가 아닙니다."

구양봉이 얼굴이 벌게져 벌컥 화를 냈다.

"사내대장부가 어찌 그런 말도 안 되는 거짓말을 하는 거요? 내가 졌다면 그때 왜 주 형이 바다로 뛰어들었소?"

주백통은 조용히 한숨을 쉬더니 설명을 시작했다.

"그렇소. 그때는 내가 운이 없어 당신에게 졌다고 인정했소. 그런데 바다에 뛰어들고 나서 하늘의 도움으로 공교로운 일을 겪게 되었소. 그제야 진 사람은 당신, 노독물이라는 사실을 알게 되었지."

구양봉과 홍칠공이 입을 모아 외쳤다.

"무슨 말이오?"

주백통은 허리를 구부려 왼손으로 상어 입속을 받치고 있던 나무토막을 쥐고 상어를 끌어 올렸다.

"내가 타고 온 이 상어를 만나게 된 거요. 노독물, 당신도 보면 알 거요. 이건 당신 조카가 한 짓이 맞지요?"

그날 구양극은 나무토막으로 상어의 입을 받쳐놓고 바다에서 가장

탐욕스러운 이놈을 굶어 죽게 만들려고 했다. 그것은 구양봉도 직접 본 사실이었다. 커다란 상어와 나무토막의 모양, 낚시에 걸려 입가에 생긴 상처를 살펴보니 그날 바다에 놓아주었던 그 상어가 틀림없었다.

"그게 어쨌단 말이오?"

구양봉이 묻자 주백통은 손뼉을 치며 대답했다.

"그러니까 당신이 졌다는 것이오. 우리가 내기를 한 것은 상어 떼를 그 수대로 모조리 죽이는 것이었소. 그런데 이놈은 당신 조카 덕에 죽은 상어를 먹지 못해 독에 당하지 않고 살았소. 한 마리가 살아남았으니 내가 이긴 것이 아니고 뭐겠소?"

말을 마친 주백통이 껄껄 웃어젖히는 동안 구양봉은 얼굴빛이 변한 채 아무 말도 하지 못했다.

"형님, 그간 어디 계셨어요? 정말 뵙고 싶었어요."

곽정의 인사에 주백통도 미소를 지었다.

"그동안 아주 재미있게 놀았다. 바다로 뛰어들고 나서 이놈을 만났지. 수면으로 떠올라 힐떡이는 모양이 아주 고통스러운 것 같더구나. '상어야, 너나 나나 오늘은 동병상련이로구나' 하면서 이놈 등에 올라탔지. 그랬더니 글쎄, 엄청난 속도로 물속으로 들어가는 거야. 할 수 없이 숨을 꾹 참고 두 손으로 목을 잡고 있었지. 발로 배를 마구 찼더니 다행히 수면으로 떠오르더구나. 그런데 내가 숨을 고르기도 전에 이놈이 또 물속으로 들어갔단다. 그래서 내가 또 발로 배를 걷어찼지. 그렇게 한나절을 옥신각신 씨름을 하고 나서야 순순히 내 말을 듣기 시작하더구나. 이제는 동쪽으로 가라면 동쪽으로, 북쪽으로 가라면 북쪽으로 간다네."

손으로 상어의 머리를 가볍게 두드려주는 모습이 무척 흡족한 모양이었다. 주백통의 이야기에 가장 흥미를 느끼는 사람은 역시 황용이었다. 그녀는 눈빛을 반짝이며 주백통에게 한 걸음 다가섰다.

"저는 바닷속에서 몇 년을 놀았는데도 바보처럼 그렇게 재미있는 걸 몰랐네요."

"이놈 입속의 이빨을 보거라. 하나하나가 날카로운 칼 같지 않니? 입안에 이 나무토막이 받치고 있지 않았다면 탈 생각이나 했겠느냐?"

"요 며칠 계속 상어 등에 타고 계셨어요?"

"물론이지. 우리는 물고기를 무척 잘 잡는단다. 물고기를 발견하면 상어가 쫓고, 내가 권법과 장력으로 잡는 것이지. 잡아도 이놈이 거의 다 먹기는 하지만……."

황용은 상어의 배를 쓰다듬으며 계속 물었다.

"그럼 물고기를 이놈 목구멍으로 넣어주셨어요? 이빨을 못 쓰는데 먹을 수 있나요?"

"잘 먹지. 한번은 큰 오징어를 쫓은 적이 있는데……."

두 사람은 흥에 겨워 옆에 있는 사람들은 신경도 안 쓰고 떠들어댔다. 구양봉은 속으로 쓴 침을 삼키며 이 상황에서 벗어날 방법을 찾고 있었다. 갑자기 주백통이 구양봉을 돌아보았다.

"거, 노독물! 진 걸 인정할 거요, 말 거요?"

구양봉은 앞서 이야기한 것도 있는데 사람들 앞에서 식언할 수는 없는 일이었다.

"졌으니 어쩌라는 거요? 내가 당신이 시킨 대로 하지 않을까 걱정이 되어 그러시오?"

"음, 뭘 하라고 하면 좋을까? 그래, 아까 내가 방귀 뀌는 소리나 한다고 욕을 하셨으니 여기서 방귀나 한 번 뀌어달라고 해볼까? 다 같이 냄새나 맡아보게 말이야."

황용은 주백통이 방귀 얘기나 꺼내는 것을 보고 질겁을 했다. 갑자기 방귀를 뀌는 것이 평범한 사람에게야 어려운 것이지만, 내공이 깊은 사람들은 노상 하는 일이 운기를 조절하는 것이기 때문에 그 정도는 식은 죽 먹기였다. 교활한 구양봉이 얼른 방귀를 뀌고 얼렁뚱땅 넘어갈까 봐 황용은 마음이 다급해졌다.

"안 돼요, 안 돼. 우리 사부님 혈도를 풀어달라고 해야죠."

주백통이 피식 웃었다.

"구양 형, 우리 아가씨는 냄새나는 방귀가 싫은 듯하니 그건 관둡시다. 나도 뭐 어려운 일을 시킬 생각은 없으니 우리 홍 형의 부상이나 치료해주시오. 홍칠공의 재주가 당신보다 못할 것이 없는데 이렇게 부상당한 것을 보면 틀림없이 당신이 뭔가 흉계를 꾸민 거지. 일단 홍 형을 치료한 후에 두 사람이 정정당당하게 다시 겨루겠다면 이 노완동이 기꺼이 증인이 되어주리다."

구양봉은 홍칠공의 부상이 이미 치료할 수 없을 정도로 깊다는 것을 알고 있었으므로 그의 보복이 두렵지는 않았다. 다만 주백통이 갑자기 엉뚱한 생각을 해내 이상한 일을 시킬까 봐 걱정하던 참이었다. 여러 사람이 보는 가운데 약속한 일이니 거절할 수도 없는 일. 그는 대답도 하지 않고 몸을 숙여 손에 기를 모은 뒤 홍칠공의 혈도를 풀어주었다. 황용과 곽정이 얼른 다가가 홍칠공을 부축했다.

주백통이 갑판 위의 사람들을 한번 둘러보았다.

"내가 제일 싫어하는 것이 금나라 사람들의 양고기 누린내요. 어서 작은 배를 내려 우리 네 사람을 보내주시오."

구양봉은 주백통이 황약사와 싸우는 것을 직접 보았기 때문에 그의 무공이 얼마나 특이한지 잘 알고 있었다. 만일 여기서 안면을 바꿔 싸움이라도 벌인다면 자신이 이기는 것을 장담할 수 없었다. 그래서 일단 분을 삼키기로 했다. 나중에 〈구음진경〉의 무공을 충분히 연마한 뒤 오늘의 분을 풀면 그만이었다. 다행히 오늘은 내기에서 진 것을 구실 삼아 그의 말을 들어주어도 무방할 것 같았다. 한편으로는 차라리 이 지겨운 자를 빨리 다른 곳으로 보내는 것이 좋겠다는 생각도 들었다.

"좋소, 정말 운도 좋으시오. 이번 내기는 주 형이 이겼으니 하라는 대로 하겠소."

먼저 응낙하고 완안홍열 쪽으로 고개를 돌렸다.

"왕야, 작은 배를 내려서 이 네 사람을 보내주십시오."

완안홍열은 대답이 없었다.

'이들을 보내주면 내가 남하하는 비밀이 새어나갈지도 모른다.'

영지상인은 줄곧 차가운 눈으로 상황을 지켜보고 있었다. 구양봉의 거들먹거리는 태도가 영 아니꼽던 참이었다. 물에 빠진 생쥐 꼴로 배에 오르더니 주백통에게는 아무 말도 못 하고 시키는 대로 하는 양이 아무래도 쓸데없이 소문만 요란한 자일지도 모른다는 의심이 들었다. 또 정말 무공이 대단하다고 해도 여기 있는 많은 고수를 모두 상대할 수는 없으리라는 계산이었다. 그는 완안홍열의 얼굴에 망설이는 표정이 확연한 것을 보고는 두어 걸음 앞으로 나섰다.

"뗏목 위에서라면야 구양 선생 마음대로 하신다고 한들 누가 뭐라고 하겠습니까마는, 이 배에 타셨으면 왕야의 명령에 따라야지요."

영지상인의 말에 모두들 말 한번 잘했다는 얼굴로 구양봉의 안색을 살폈다. 구양봉은 차가운 얼굴로 영지상인을 아래위로 훑어보고는 먼 하늘을 바라보며 나직이 물었다.

"스님께서 내가 하는 일을 막으실 생각이시오?"

"어찌 그러겠습니까? 소승, 줄곧 서장에 있다 보니 재주가 미천하고 아는 것도 없습니다. 구양 선생의 명성도 오늘 처음 들었는데, 시비를 가리기야……."

말이 채 끝나기도 전에 구양봉이 한 발 나서며 왼손을 휘두르더니 어느새 오른손으로 영지상인의 육중한 몸을 잡아 올렸다. 그러곤 순식간에 반 바퀴를 돌려 거꾸로 들고 섰다. 워낙 순식간에 일어난 일이라 다른 사람들 눈에는 영지상인의 비대한 몸이 허공에 매달려 있는 것처럼 보일 뿐, 구양봉이 어떤 방법으로 그렇게 했는지 전혀 알 수 없었다. 영지상인이 원래 일반인보다 머리 하나는 큰 체구여서 구양봉은 그의 뒷덜미에 붙어 있는 살을 움켜쥐었다. 그는 두 다리를 공중에서 허우적대며 고래고래 소리를 질러댔다.

영지상인이 조왕부에서 왕처일과 싸울 때 사람들 모두 그의 장력이 얼마나 대단한지 확인한 터였다. 그런데 구양봉에게 잡혀 거꾸로 들리자 두 팔이 귀 옆으로 축 늘어져버렸다. 마치 부러지기라도 한 듯 전혀 반항할 기미가 없었다. 구양봉은 여전히 먼 하늘을 바라보며 담담하게 말했다.

"내 이름을 처음 들어서 무시하는 거로군?"

영지상인은 화가 치밀었다. 여러 차례 기를 모으며 빠져나가려고 발버둥쳤지만 아무 소용이 없었다. 팽련호 등은 이 모습을 보고 겁에 질려 얼굴색이 바뀌었다.

구양봉이 말을 이었다.

"나를 무시하는 거야 상관없겠지. 내 왕야의 얼굴을 봐서 당신처럼 무례하게 굴지는 않을 거요. 저기 노완동 주 형이나 구지신개 홍 형을 붙잡아두고 싶은 모양인데, 하하! 이 정도 재주로 저들과 어울리기나 할 수 있을 것 같소? 재주도 없고 아는 바도 없다더니, 제 분수도 모르는군. 흔 좀 나도 할 수 없겠소. 주 형, 이거 받으시오!"

구양봉의 손놀림은 보이지도 않았다. 그저 손바닥에 힘을 모아 뿜어냈을 뿐인데 영지상인은 바람에 날리는 구름처럼 갑판의 왼쪽 구석에서 오른쪽 구석까지 가볍게 날아갔다. 영지상인은 구양봉의 손에서 벗어나 잠시 몸이 자유로워진 틈을 타 몸을 곧추세우며 뒤집었다. 막 몸을 바로 세우려는 순간, 갑자기 뒷덜미에 통증이 느껴졌다.

아차, 하며 왼손으로 대수인을 펼치려 했지만 이번에는 팔이 마비되어버렸다. 결국 축 늘어진 채 몸이 다시 거꾸로 공중에 매달리는 신세가 되었다. 이미 주백통이 구양봉이 했던 대로 그의 몸을 낚아챈 까닭이다.

영지상인의 꼴을 본 완안홍열은 식은땀이 흘렀다. 구양봉은 말할 것도 없고, 주백통 한 사람만 해도 자기 수하에 있는 이들로는 도저히 붙잡을 수 없겠다는 생각이 들었다.

"주 선생, 그만두시오. 내 배를 내어 보내드리면 될 것 아니겠소?"

"좋소, 어디 한번 해보시겠소? 받으시오!"

역시 구양봉이 했던 대로 장심으로 힘을 뿜어 영지상인의 퉁퉁한 몸을 완안홍열 쪽으로 집어 던졌다. 완안홍열도 무예를 안다고는 하지만 검술, 창술, 궁술에 기마술 정도를 익혔을 뿐 주백통이 던진 비대한 몸집을 받아낼 만한 실력은 아니었다. 만일 부딪치기라도 하면 죽거나 크게 다칠 판이니 얼른 몸을 피해버렸다.

사통천은 상황이 불리하게 돌아가자 이보환형술移步換形術을 사용해 완안홍열의 앞을 가로막고 섰다. 그러나 영지상인이 날아오는 기세가 워낙 맹렬한지라 장력을 써 막다가는 영지상인이 다칠 것 같았다. 결국 구양봉, 주백통이 했던 대로 영지상인의 뒷덜미를 잡아 바로 돌린 후 내려놓는 수밖에 방법이 없을 듯했다. 그러나 무공이란 조금만 차이가 나도 크게 달라지는 법이다. 사통천은 구양봉과 주백통이 하는 모양이 쉬워 보여 자신도 힘들이지 않고 할 수 있으리라 생각했지만 영지상인의 뒷덜미를 잡는 순간, 손이 후끈해지더니 얼얼한 기운이 손끝에서 전해졌다. 이를 막지 않으면 오른팔이 부러질 판이었다. 다급한 나머지 사통천은 오른손을 움츠리며 왼손으로 파갑추破甲錐를 써 내리쳤다.

영지상인은 영지상인대로 구양봉과 주백통 사이를 날아다니느라 뜨거운 피가 거꾸로 몰려 머리가 어지러웠다. 화까지 치밀어 올라 있던 참에 주백통이 또 누군가에게 받으라며 제 몸을 던지자, 또 적이 받겠거니 하고 공중에서 기를 모았다. 그러다가 사통천의 손이 뒷덜미에 닿자 즉시 대수인으로 공격했다.

두 사람은 서로의 공력을 잘 알고 있었다. 사통천은 바로 서 있어 상황이 유리했으나 영지상인은 노리고 있다가 펼친 일격이었기 때문에 서로 대등한 입장이었다.

사통천은 퍽, 소리와 함께 뒤로 두어 걸음 물러나다가 주저앉았고, 영지상인은 사통천의 장력에 맞아 갑판에 쓰러졌다. 몸을 일으킨 영지상인은 그제야 자신을 때린 사람이 사통천이라는 것을 알게 되었다.

"네놈까지 나를 쳐?"

분한 마음에 영지상인은 버럭 소리를 지르며 사통천에게 덤벼들었다. 팽련호는 영지상인이 오해하고 있다는 것을 알고 중간에 끼어들었다.

"화내지 마시오. 사형은 도와주려 한 거요."

그러는 사이 한쪽에서는 이미 작은 배를 내리고 있었다. 주백통은 상어 입속에 있던 나무토막을 들어 거대한 상어를 배 바깥쪽으로 내던졌다. 그리고 장력으로 나무토막을 두 동강 냈다. 그러자 상어의 몸이 붕 떴다가 바다에 떨어졌다. 상어는 입안에 있던 나무토막이 사라지자 개운해졌는지 물속으로 깊이 잠수해 들어갔다.

"오빠! 우리, 다음에 주 선배님과 각자 상어 한 마리씩 타고 누가 제일 빠른지 시합해요."

곽정은 묵묵부답인데, 주백통이 손뼉을 치며 즐거워했다.

"역시 늙은 거지 선생께서 증인이 되어주셔야겠구나!"

완안홍열은 주백통 등 네 사람이 배를 저어 멀어져가는 것을 바라봤다. 그러곤 곧 얼굴을 돌리고 구양봉 정도의 무공을 지닌 사람이라면 책을 훔치는 일이 훨씬 수월해질 거라는 생각을 했다. 그는 영지상인의 손을 잡아끌고 구양봉에게 다가갔다.

"우리 모두 좋은 친구들 아닙니까? 선생께서 너무 탓하지 마시고, 영지상인께서도 마음에 두지 마십시오. 제 얼굴을 봐서라도 한바탕 재미있게 놀았다 칩시다."

구양봉이 웃으며 손을 내밀었지만, 영지상인은 여전히 속이 부글부글 끓었다.

'금나법 하나는 쓸 만한 모양인데, 내가 방심한 틈을 타 갑자기 공격했으니까 통한 것이지 그러지 않았다면 내가 수십 년 걸려 연마한 대수인이 네 재주만 못할까!'

속마음을 감추면서 영지상인도 손을 내밀어 어깨에 기를 모아 구양봉의 손을 힘주어 잡았다. 막 힘을 쓰려는 순간, 갑자기 자기도 모르게 펄쩍 뛰어올랐다. 마치 벌겋게 달군 쇳덩이를 쥔 듯 손이 후끈 달아올라 얼른 손을 놓았다. 구양봉은 아무 일도 없다는 듯 빙그레 웃기만 했다. 영지상인이 자기 손바닥을 내려다보니 아무런 이상이 없었다.

'젠장, 이 늙은이가 사술邪術까지 부릴 줄 아는구나.'

영지상인은 구양봉의 대단함을 눈치채고 더 이상 나서지 않았다. 구양봉은 양자옹이 갑판에 뻗어 꼼짝도 못 하는 것을 보고는 다가가 살펴보았다. 그리고 양자옹이 곽정에게 얻어맞고 바다로 떨어질 때 주백통에게 잡힌 혈도를 풀어주었다. 이렇게 해서 구양봉은 자연스럽게 이들의 우두머리가 되었다. 완안홍열은 술상을 차려 구양봉을 융숭하게 대접했다.

술을 마시는 동안 완안홍열은 〈무목유서〉를 훔치려는 자신의 계획을 털어놓고 도움을 청했다. 구양봉은 조카에게 이 사실을 이미 들어 알고 있었지만, 짐짓 처음 듣는 듯한 표정으로 완안홍열을 대했다. 그러나 속으로는 전혀 다른 생각을 품고 있었다.

'내가 어떤 사람인데 당신의 계략을 순순히 들어주겠나? 하지만 소문에는 악무목이 귀신같은 용병술뿐만 아니라 무공도 대단하다고 하던데……. 듣기로는 그가 전한 악가 산수散手도 무학의 절기라지? 그렇다면 그 유서에는 병법 외에도 무공에 대한 내용이 담겨 있을지 몰라. 우선 도와주겠다고 해놓고 기회를 엿봐 그 책을 가져야겠다. 그냥 넘어갈 노독물이 아니지…….'

그야말로 동상이몽인 두 사람이었다. 완안홍열은 대송 명장의 유서를 차지하겠다는 일념으로 분수를 모르고 날뛰다 호랑이를 끌어들인 격이었다. 그러나 두 사람은 서로 추어올리고 화답하며 전혀 내색하지 않았다. 게다가 옆에서 양자옹이 흥을 돋우자 술이 동이 나도록 질펀하게 마셨다. 구양극은 중상을 입어 술을 마시지 못하고 음식만 조금 집어 먹다 부축을 받고 선실로 들어갔다.

한창 떠들썩하게 먹고 마시는 가운데 구양봉이 술잔을 든 손을 멈추고 표정을 엄숙하게 바꾸었다. 모두들 놀라 그의 눈치를 살폈다. 완안홍열이 막 무슨 일인지 물으려는 순간, 구양봉이 외쳤다.

"저 소리를 한번 들어보시오!"

사람들이 귀를 기울여 들어보려 애썼지만 바람 소리, 파도 소리 외에는 아무 소리도 들리지 않았다. 잠시 후, 구양봉이 다시 물었다.

"이제 들리시오? 퉁소 소리요."

사람들도 다시 한번 숨을 죽이고 잘 들어보았다. 정말 파도 소리 사이에 퉁소 소리가 이어질 듯 끊어질 듯 희미하게 들려왔다. 구양봉이 말하지 않았다면 아무도 듣지 못했을 소리였다. 구양봉은 뱃머리로 다가가 길게 휘파람을 불었다. 휘파람 소리가 멀리까지 퍼져 나갔다. 다른 사람들도 그를 따라 뱃머리에 앞에 섰다. 저 멀리 세 개의 푸른 돛이 파도를 가르며 빠르게 다가오고 있었다.

'설마 퉁소 소리가 저 배에서 난 것은 아니겠지? 거리가 저렇게 먼데 여기까지 들릴 리가 없지.'

모두들 이런 생각을 하는 사이 구양봉은 수부에게 배를 맞이하러가까이 다가가라고 명령했다. 다가오는 뱃머리에는 푸른 장포를 입고손에는 퉁소를 든 한 남자가 서 있었다.

"구양 형, 혹시 내 딸을 보셨소?"

"영애께서 배포가 대단하던데, 설마 내가 어떻게 했겠소?"

두 배의 거리가 아직 몇 장이 남아 있는데 갑자기 맞은편 배에 서있던 사람이 보이지 않았다. 눈앞이 번쩍하는가 싶더니 그 사람은 이미 갑판에 올라와 있었다. 완안홍열은 갑자기 나타난 이 사람의 재주가 대단한 것을 보고 또다시 자신의 계획에 끌어들이고 싶은 마음이굴뚝같았다. 그래서 얼른 앞으로 나서 그를 맞이했다.

"이 어른은 누구십니까? 이렇게 뵙게 되어 참으로 영광이올시다."

대금국의 왕야 신분으로 이 정도로 몸을 낮춘다는 것은 흔한 일이아니었다. 그러나 황약사는 상대가 금나라 관복을 입고 있는 것을 보고는 상대도 하지 않았다. 구양봉은 왕야가 무안당하는 것을 보고 직접 나섰다.

"황 형, 내가 소개하리다. 이분은 대금국의 조왕이신 여섯째 왕야요."

이어 완안홍열에게 고개를 돌렸다.

"이분은 도화도 황 도주입니다. 무공은 천하제일이요, 예능 또한 따를 자가 없지요."

팽련호 등은 화들짝 놀라 자기들도 모르게 주춤주춤 뒷걸음쳤다.

파도 소리 사이에 통소 소리가 이어질 듯 끊어질 듯 희미하게 들려왔다.

그들은 황용의 아버지가 대단한 무공을 지닌 대마두大魔頭라는 것을 이미 알고 있었다. 그에게 파문당한 흑풍쌍살도 강호에 널리 이름을 떨쳐 무림을 떨게 만들었으니, 그 사부는 오죽하랴 싶었다. 나타나는 모습부터 범상치 않은 이 인물 앞에서 그의 딸을 괴롭힌 자들은 뒤가 켕겨 끽소리도 내지 못했다.

황약사는 딸이 곽정을 찾아 바다로 나갔을 것이라고 생각했다. 처음에는 화가 나 내버려두려고 했지만, 며칠이 지나자 걱정되기 시작했다. 혹여 딸이 자신이 특별히 만든 그 배가 가라앉기 전에 올라탄다면 생명이 위험할 것이기 때문이었다. 그러나 망망대해에서 배 한 척을 찾기란 쉬운 일이 아니었다. 이술異術에 뛰어난 황약사였지만, 아무리 이곳저곳을 헤매고 다녀도 그 배는 좀처럼 눈에 띄지 않았다. 이날은 뱃머리에 나와 내공을 조절하느라 통소를 불며 딸이 듣지 않을까 기대하던 참이었다. 황약사는 팽련호 등과 일면식도 없었다. 게다가 구양봉이 금나라 관복을 입은 사람을 왕야라고 소개하는 말을 듣고는 더더욱 눈길조차 주지 않았다.

"구양 형, 나는 딸을 찾던 길이니 그만 실례하겠소."

손을 모아 예를 표하고 몸을 돌렸다. 영지상인은 방금 구양봉, 주백통에게 당하고 잔뜩 화가 나 있던 터였다. 그런데 지금 배에 오른 사람도 오만불손하기 짝이 없으니 구양봉의 말을 들으며 딴생각을 품게 되었다.

'천하에 고수가 이렇게 많단 말인가? 이자들은 사술을 가지고 대단한 척하며 남들을 놀라게 하는 것이 틀림없다. 내가 좀 혼내줘야지.'

그는 황약사가 가려는 것을 보고 얼른 말을 꺼냈다.

"찾는 사람이 열대여섯 살쯤 되는 어린 낭자 아닙니까?"

황약사가 걸음을 멈추고 몸을 돌렸다. 만면에 기뻐하는 표정이 역력했다.

"그렇습니다. 대사님께서 보셨습니까?"

"보기는 보았습니다만, 산 사람이 아니라 시체였소이다."

영지상인의 차가운 목소리에 황약사는 마음이 얼어붙는 듯했다.

"뭐요?"

목소리마저 떨리고 있었다. 영지상인이 말을 이어갔다.

"3일 전, 바다에 떠 있는 소녀의 시체를 본 적이 있습니다. 하얀 옷을 입고 머리에는 금환을 묶고 있었지요. 살았다면 얼굴도 예쁘장했을 것 같습디다. 아, 아까운 일이지요. 하지만 몸이 온통 바닷물에 퉁퉁 불어 있었습니다."

영지상인이 말하는 차림새가 황용과 완전히 일치했다. 황약사는 정신이 아득해지며 비틀비틀 몸을 가눌 수가 없었다. 창백한 얼굴로 말을 잇지 못하더니 한참 만에 겨우 한마디 내뱉었다.

"정말입니까?"

모두들 황용이 배를 떠난 지 얼마 되지 않았는데 영지상인이 거짓말하는 것을 들으며 이것이 앞으로 복이 될지, 화가 될지 불안한 마음에 어찌할 바를 몰랐다. 그러나 황약사가 상심하는 모습을 보자 오히려 한마디도 꺼내지 못했다. 영지상인은 차갑게 할 말을 마저 내뱉었다.

"여자아이의 시체 옆에 또 다른 세 사람이 죽어 있더군요. 한 명은 젊은 사람인데 이목구비가 뚜렷했습니다. 또 한 명은 늙은 거지인 듯 등 뒤에 붉은 호로병이 매달려 있었소. 다른 한 사람은 백발의 노인이었습니다."

바로 곽정, 홍칠공, 주백통 세 사람이었다. 이쯤 되자 황약사도 믿지 않을 수 없었다. 눈을 치켜뜨며 구양봉을 쏘아보았다.

"내 딸을 알고 있지 않소? 왜 진작 말하지 않았소?"

구양봉은 황약사의 표정을 보고 그의 상심이 얼마나 큰지 짐작할 수 있었다. 당장 사람이라도 죽일 기세였다. 싸움이 붙어도 자기야 어찌 되지는 않겠지만, 그 기세를 막아내기는 힘들 것 같았다.

"나도 오늘 이 배를 타 여기 있는 분들과도 처음 만난 것이오. 또 이 대사님께서 본 시체가 꼭 영애라고 할 수는 없지 않겠소?"

한술 더 떠 한숨을 쉬며 말을 이었다.

"영애처럼 훌륭한 규수가 정말 요절했다면 무척이나 안타까운 일이오. 조카가 들으면 가슴이 찢어질 듯 아플 거요."

영지상인에게도, 황약사에게도 트집 잡힐 일이 없는 말이었다. 구양봉은 이렇게 교묘하게 자기 짐을 내려놓았다.

황약사는 영지상인의 말이 사실이라는 확신이 들자 만감이 교차했다. 그는 원래 옆에 있는 사람에게 화풀이를 잘하는 사람이었다. 과거 흑풍쌍살이 그의 경서를 훔쳤을 때 아무런 잘못도 없는 육승풍 등의 두 다리를 부러뜨리고 사문에서 쫓아낸 것만 보아도 알 수 있다.

그의 가슴속은 텅 비어버린 듯 갑자기 서늘해졌다가 또 뭔가가 끓어오르는 듯했다. 사랑하는 아내를 잃었을 때도 이와 비슷한 감정이었다. 두 손은 부들부들 떨렸고, 얼굴빛은 창백해졌다가 또 붉게 달아올랐다.

그를 바라보는 사람들은 모두 두려움에 숨소리조차 내지 못했다.

구양봉조차도 불안한 마음에 기를 단전에 모으고 만약의 사태에 대비했다. 갑판 위에는 잠시 정적이 흘렀다.

갑자기 황약사가 웃음을 터뜨리며 정적을 깼다. 웃음소리는 한참 동안이나 길게 이어졌다. 너무 뜻밖의 일이라 사람들은 어찌할 바를 모르며 하늘을 우러러 미친 듯 웃고 있는 황약사를 망연히 바라볼 뿐이었다. 황약사의 웃음소리는 점점 커지는 듯하더니 사이사이 차가운 기운이 섞여 들었다. 어느새 웃음소리는 통곡으로 변했다. 목 놓아 우는 황약사의 모습은 애절하기 짝이 없었다. 사람들도 어느새 눈물을 떨구었다.

구양봉만이 황약사의 슬픔을 이상하게 여기지 않았고, 그저 비통하게 울고 있는 모습을 바라보고만 있었다.

'저렇게 울어대면 몸이 상할 텐데……. 과거 완적이라는 사람이 어머니를 잃고 통곡하다가 피를 한 말이나 토해냈다더니, 황약사는 정말 진晉대의 유풍遺風을 지니고 있구나. 배가 뒤집힐 때 쟁을 잃어버린 것이 아쉽군. 지금 쟁을 켜 황약사의 슬픔을 달래주면 원래 충동적인 사람이라 완전히 빠져들어 내상을 입힐 수 있을 텐데……. 그럼 제2차 화산논검대회의 강적이 또 하나 사라지는 것 아닌가. 아, 좋은 기회를 이렇게 놓치다니…… 정말 아깝구나!'

황약사는 한참 울고 나더니 옥통소를 들어 뱃전을 때리며 노래를 부르기 시작했다.

하늘의 뜻을 어찌 마음대로 할 수 있을까?
백발이 되도록 장수를 누리는가 하면

어머니 배 속에서 생을 마치기도 한다네.

슬픔에서 깨어나기도 전에

또 다른 재앙이 밀려오기도 하지.

아침이 오는가 하면 저녁놀이 하늘을 덮고,

새벽이슬보다도 빨리 사라진다네.

떠난 자를 따를 수 없음에 마음이 공허하나,

하늘은 높고 오를 길이 없으니

가슴의 한을 누구에게 호소할꼬?

伊上帝之降命 何修短之難裁

或華髮以終年 或懷姙而逢災

感前哀之未闋 復新殍之重來

方朝華而晚敷 比晨露而先晞

感逝者之不追 情忽忽而失度

天蓋高而無階 懷此恨其誰訴

   노래를 마치고 옥통소를 내리치자 통소가 두 동강이 나버렸다. 황약사는 뒤도 돌아보지 않고 그대로 뱃머리로 걸어갔다. 영지상인이 앞으로 나서며 두 손을 들어 그를 막고 섰다.

"울다 웃다, 미친 사람처럼 이게 무슨 난리요?"

"영지상인, 저……."

완안홍열이 말리려 했지만 이미 늦었다. 그의 말이 채 끝나기도 전에 황약사는 오른손을 뻗어 영지상인 뒷덜미를 잡고 반 바퀴를 돌려 몸을 거꾸로 세워 집어 던졌다. 뚱뚱한 체구의 대머리가 배의 갑판에 부딪치며 어깨까지 묻히고 말았다.

영지상인의 약점은 그의 뒷덜미에 있었다. 구양봉, 주백통, 황약사 등 고수들은 그의 몸놀림을 잠깐 보고도 약점을 파악한 것이다.

"유구한 시간 속에 인생은 얼마나 된다더냐? 앞서거니 뒤서거니 곧 만날 날이 올 것이니 天長地久 人生幾時 先後無覺 從爾有期……."

황약사는 노래를 부르며 푸른 도포를 펄럭이는가 싶더니 어느새 타고 왔던 배에 올라 방향을 바꿔 멀어졌다. 사람들은 영지상인이 아직 살아 있는지 살펴보기 위해 우르르 몰려갔다. 그때 갑자기 선창 문이 삐걱하고 열리더니 양강이 나왔다.

그는 목염자와 사이가 틀어진 뒤, 완안홍열이 약속한 '한량없는 부귀영화'를 되새기며 회북淮北에서 금나라 관아에 연락을 취했다. 그리고 부왕을 찾아내 그와 함께 남하하는 길이었다. 그는 곽정, 황용이 배에 오를 때 한눈에 알아보고는 선창 아래로 몸을 숨겼다. 모두가 술을 마시며 떠들어댈 때도 곽정과 함께 왔던 구양봉이 있어 술자리에 끼지 못하고 선창 아래서 사람들을 지켜보고만 있었다. 그러다 황약사가 떠나고 나서야 상황을 파악하고 선창 밖으로 나온 것이다.

한편 영지상인은 갑판 바닥에 구멍이 뚫릴 만큼 제대로 떨어졌다. 그래도 무공이 견실하고 머리가 단단해 부상을 입지는 않았고 그저 조금 어지러운 정도였다. 그는 정신을 가다듬으며 두 손으로 배의 바닥을 짚고 솟구쳐 일어났다. 모두 배 바닥에 뚫린 구멍을 보고 놀라면서도 비죽비죽 웃음이 나왔다. 하지만 마음껏 웃지는 못하고 영지상인의 눈치를 보며 웃음을 참느라 잠시 분위기가 어색해졌다.

완안홍열이 양강을 보고는 손짓을 하며 불렀다.

"얘야, 이리 와 구양 선생께 인사드리거라."

양강은 이미 구양봉에게 인사를 올리기 위해 다가오고 있었다. 구양봉 앞에 선 양강은 공손히 네 차례나 절을 올렸다. 갑자기 나타난 양강이 이처럼 극진한 예를 갖추자 사람들은 어리둥절해졌다. 양강은 조왕부에 있던 시절 영지상인의 재주를 존경했다. 그런데 오늘 구양봉, 주백통, 황약사 세 사람이 그를 집어 던지며 장난감 가지고 놀 듯 하는 모습을 보고 세상에 뛰어난 고수가 얼마나 많은지 실감했다. 이제 이런 고수가 제 눈앞에 나타났으니 사부로 모실 만하다는 생각이 들었다. 양강은 구양봉에게 공손히 예를 올리고 완안홍열을 돌아보았다.

"아버지, 이분을 제 사부님으로 모시고 싶습니다."

완안홍열은 크게 기뻐하며 몸을 일으켜 구양봉에게 두 손을 모으고 읍을 올렸다.

"제 아들놈이 어려서부터 무학을 좋아했으나 훌륭한 사부님을 만나지 못했습니다. 선생께서 내치지 않으시고 거두어 가르쳐주신다면 저희 부자, 평생의 홍복으로 생각하겠습니다."

세자의 사부가 되는 것은 하늘의 별 따기만큼 어려운 일이었다. 그러나 구양봉은 오히려 담담하게 입을 열었다.

"저희 문파는 오직 한 사람에게만 무공을 전수하게 되어 있습니다. 이미 제 조카에게 무예를 전수했으니, 규율을 어기고 제자를 거둘 수는 없습니다. 왕야께서 양해해주십시오."

구양봉이 거절의 뜻을 밝히자 완안홍열은 체념하고 술상을 다시 차리게 했다. 양강도 실망한 기색이 역력했다. 구양봉이 미소를 지으며 한마디 덧붙였다.

"소왕야의 사부가 되는 것은 감당키 어려우나, 몇 가지 재주를 가르쳐드리지요. 그러니 천천히 배워보십시다."

양강은 구양극의 첩들이 떠올랐다. 모두 구양극에게 무예를 배웠지만, 정식 제자가 아니어서인지 무공은 대단치 않았다. 그래서 어차피 제자가 될 수는 없다는 생각에 그다지 내키지 않았지만 입으로는 감사를 표했다. 그러나 구양봉과 그 조카의 무공은 하늘과 땅만큼의 차이가 있었다. 그러니 구양봉에게 조금이라도 무공을 배운다면 무림에 명성을 드날리기에는 충분한 수준이 될 수 있었다. 구양봉은 양강이 자기에게 무공을 배울 의사가 없음을 간파하고 더 말하지 않았다.

술자리가 이어지는 동안, 황약사의 방약무인한 태도가 화제에 오르자 모두 영지상인이 그를 잘 속였다고 칭찬했다. 후통해가 입을 열었다.

"그자의 무공은 참으로 대단했습니다. 고 계집애의 무공에 사파의 기술이 섞여 있다 했더니 바로 그자의 딸이었군요."

후통해는 영지상인의 번쩍이는 대머리를 잠시 바라보다가 고개를 돌려 그의 뒷덜미에 있는 살덩이를 살펴보았다. 그러다 오른손으로 자신의 뒷덜미를 만져보고는 웃음을 흘렸다.

"사형, 그 세 사람이 모두 이걸 잡던데, 그건 무슨 무공입니까?"

"닥쳐라!"

사통천이 면박을 주었다. 그러나 영지상인은 분을 참지 못하고 갑자기 왼손을 뻗어 후통해 이마에 달린 혹을 움켜쥐었다. 후통해는 얼른 몸을 움츠려 탁자 아래로 숨어버렸다.

모두들 한바탕 웃음을 터뜨리고는 서로 술을 주거니 받거니 하며 연회를 즐겼다. 잠시 후, 후통해가 탁자 아래에서 나와 의자에 앉더니 구양봉에게 물었다.

"구양 선생, 무공이 대단하십니다! 제게 뒷덜미의 살덩이를 잡는 재주를 가르쳐주실 수 없을까요?"

구양봉은 미소만 지을 뿐 대답이 없고, 영지상인은 눈을 치켜뜨고 후통해를 쏘아보았다. 후통해는 이번에는 사통천 쪽으로 고개를 돌렸다.

"사형! 황약사라는 사람, 울다 웃다 하더니 거 무슨 노래를 부른 겁니까?"

사통천은 눈만 끔뻑거리며 대답할 말을 찾지 못하다가 대충 얼버무렸다.

"누가 그런 미친 짓거리에 신경이나 쓴다더냐?"

이때 양강이 나서 대신 대답했다.

"그건 삼국시대 조자건曹子建이 지은 시입니다. 조자건은 딸이 죽자 이를 애도하기 위해 시 두 수를 남겼지요. 그는 '어떤 사람은 백발이 되도록 사는데, 어떤 사람은 어려서 요절하는구나. 하늘은 어찌 이리 불공평한가? 하늘이 높고 계단이 없어 가슴 가득 비통함에도 하소연하지 못하는 것이 원통하구나'라고 했습니다. 또 '내 마음이 너무도 아프니, 너와 함께 있을 날도 머지않은 듯하다' 하고 끝을 맺었지요."

그의 말에 모두들 탄성을 올리며 침이 마르게 칭찬했다.

"소왕야는 공부를 많이 해서 학문이 참으로 깊으십니다. 저희 같은 것들이 어찌 시를 알겠습니까?"

황약사는 끓어오르는 비분강개를 견디지 못하고 세상을 원망하고 귀신들에게 욕을 퍼부었다. 그는 너무도 잔인한 운명을 저주하며 배를 육지 쪽으로 돌렸다. 해안에 내려서도 또다시 분노를 터뜨리며 하늘에 대고 고래고래 소리 질렀다.

"누가 내 딸을 죽였느냐? 누가 우리 용이를 죽였어?"

정신이 나간 듯 외치다 불현듯 곽정이 떠올랐다.

'곽가 놈…… 그래, 바로 그놈이다! 그놈만 아니라면 용이가 그 배에 타지 않았을 것이다. 그놈이 용이를 죽인 거야. 도대체 이 분노를 누구에게 푼단 말인가?'

곽정을 증오하다 보니 또 그의 사부라는 강남육괴도 떠올랐다.

"그놈들이 우리 용이를 죽인 원수들이다! 그 곽가 애송이에게 무예를 가르치지 않았다면 그놈이 어찌 우리 용이를 만났겠는가! 육괴 놈들의 팔다리를 하나하나 잘라놓아야만 내 한이 풀리리라."

증오와 분노가 극에 달하자 비통함이 조금 누그러졌다. 그는 시장으로 들어가 밥을 먹으며 강남육괴를 어떻게 찾을지 생각해보았다.

'그 육괴 놈들, 무공은 별것 아닌데, 명성은 제법 얻고 있단 말이야. 뭔가 남보다 뛰어난 점이 있는 같은데……. 아마도 약은 수를 잘 쓰는 모양이군. 곧이곧대로 찾아가 덤비면 만나지 못할 수도 있을 테니, 야밤에 기습해 놈들의 식솔까지 깨끗이 없애버려야겠다.'

그렇게 마음을 정한 황약사는 북쪽으로 방향을 잡고 가흥을 향해 성큼성큼 걸음을 옮겼다.

바보 소녀

  홍칠공, 주백통, 곽정, 황용 네 사람은 작은 배에 올라타고 육지로 향했다. 곽정은 배 끝에서 노를 젓고 황용은 주백통에게 어떻게 상어를 타고 바다를 여행했는지를 연신 캐물었다. 한껏 흥이 오른 주백통은 당장 상어를 잡아서 보이겠다고 설치면서 한바탕 법석을 떨었다. 그러나 곽정은 사부의 안색이 좋지 않자 걱정스러운 듯 물었다.

  "사부님, 좀 어떠십니까?"

  홍칠공은 대답도 하지 못하고 그저 숨만 거칠게 몰아쉬었다. 홍칠공은 구양봉의 투골타혈법에 치명타를 입은 뒤 혈도는 풀렸지만 내상은 더욱 깊어졌다. 황용이 구화옥로환 여러 알을 먹였어도 호흡은 여전히 거칠었다.

  황용은 이런 홍칠공이 전혀 안중에도 없는 듯 여전히 바다로 뛰어들어가 상어를 잡겠다며 소란을 피우는 주백통이 심히 못마땅했다. 조용히 하라고 계속 눈짓을 주었지만 신바람이 난 주백통은 전혀 아랑곳하지 않았다. 황용이 미간을 찌푸리며 핀잔을 주었다.

"미끼도 없으면서 상어를 어떻게 잡는다고 그러세요?"

본래 격식을 따지지 않는 주백통은 어린 후배가 욕하고 꾸짖어도 전혀 개의치 않았다. 황용의 말을 듣고 잠시 생각하더니 갑자기 좋은 생각이 떠오른 듯 손뼉을 치며 말했다.

"맞다. 곽 아우, 내 손을 잡고 바닷속으로 반만 들어가보게."

의형을 존경하는 곽정은 왜 그런지 영문도 모른 채 그저 시키는 대로 하려 했다.

"오빠, 듣지 마세요. 오빠를 미끼로 삼아 상어를 잡으려는 거예요."

주백통이 박수를 치며 대꾸했다.

"바로 그거야. 상어가 오면 바로 끌어 올려줄게. 절대 다치지는 않을 거야. 아니면 반대로 하자. 내가 바다로 내려가서 상어 미끼가 될 테니까 배에서 내 손을 잡고 있어."

황용이 면박을 줬다.

"이렇게 작은 배에서 둘이 난리를 치니 배가 안 뒤집히는 게 다행이에요."

"배가 뒤집히면 더 좋지. 그럼 물속에 들어가서 놀면 되지."

"그럼 사부님은요? 사부님더러 죽으라는 말이에요?"

황용의 말에 주백통은 귀와 얼굴을 붉적이며 할 말을 잃었다. 그러다 잠시 뒤 오히려 구양봉에게 부상당한 홍칠공을 책망하기 시작했다. 주백통이 구시렁거리자 황용이 소리쳤다.

"더 이상 헛소리하면 우리 셋은 3일 동안 주 선배님과 이야기하지 않겠어요."

주백통은 혀를 쏙 내밀고는 입을 다문 채 곽정의 손에서 노를 빼앗아 힘껏 젓기 시작했다. 육지는 지척에 있는 듯 보였지만 막상 노를 저어보니 날이 저물어서야 겨우 도착할 수 있었다. 네 사람은 모래사장에서 밤을 지새웠다. 홍칠공의 병세는 더욱 위중해 보였다. 곽정은 안타까운 마음에 눈물이 났다.

"100년을 더 산다 한들 죽는 건 마찬가지다. 얘야, 한 가지 소원이 있는데, 이 늙은 거지의 목숨이 붙어 있는 동안 좀 들어주렴."

황용도 눈물을 글썽이며 대답했다.

"사부님, 어서 말씀하세요."

이때 주백통이 또 끼어들었다.

"그 독사 같은 구양봉 놈, 항상 눈에 거슬렸어. 사형도 전에 그 독사 놈 때문에 죽은 척하고 관에 들어갔었잖아. 그놈 때문에 두 번 죽은 셈이니 사형도 좋지는 않았겠지. 홍칠공, 마음 푹 놓고 그냥 죽는 데만 전념하시오. 내가 그놈을 꼭 죽여서 복수해드리리다."

홍칠공이 웃으며 말했다.

"복수가 무슨 소원이랄 게 있겠소? 내 소원은 황제의 주방에서 만든 원앙오진회鴛鴦五珍膾를 먹어보는 것이오."

어떤 거창한 소원을 말하려나 잔뜩 귀를 기울이고 있던 사람들은 음식 먹는 게 소원이라는 말에 기가 찼다.

"사부님, 그게 뭐가 어렵다고요? 임안이 그리 멀지 않으니 황궁에 가서 몇 솥 훔쳐다가 실컷 드시게 해드릴게요."

황용이 말하는 중에 주백통이 또 끼어들었다.

"나도 먹을 거야."

황용은 그런 주백통을 흘겨보았다.

"좋은 음식, 나쁜 음식을 구별할 줄이나 아세요?"

"원앙오진회는 황제의 주방에서도 쉽게 만들 수 있는 음식이 아니다. 예전에 황궁에서 3개월 동안 숨어 살 때도 두 번밖에 맛보지 못했어. 그 맛이라니…… 생각만 해도 절로 군침이 도는구나."

"나, 주백통에게 좋은 생각이 있소. 간단하게 황제의 요리사를 잡아와서 만들라고 시키면 되지 않겠소?"

"그리 나쁘지 않은 생각인걸요."

황용이 칭찬하자 주백통은 으쓱해졌다. 그러나 홍칠공은 고개를 내저었다.

"안 돼. 원앙오진회는 주방의 도구, 불, 찬기 등을 모두 특제품으로 제대로 갖추어야만 만들 수 있어. 하나라도 빠지면 제맛을 낼 수 없단 말이야. 황궁에 가서 먹는 수밖에 없어."

황궁이 뭐 그리 대단하냐며, 모두 거리낌 없이 찬성했다.

"좋아요. 그럼 구경도 할 겸 황궁에 가지요, 뭐."

곽정은 즉시 홍칠공을 업고 동쪽으로 출발했다. 읍내에 도착하자 황용은 머리 장식을 팔아 노새가 끄는 수레를 하나 사서 홍칠공을 눕혔다.

그들은 길을 나선 지 하루도 되지 않아 전당강을 건너 임안 교외에 도착했다. 이미 저녁 안개가 어슴푸레 깔리기 시작하고 집으로 돌아가는 까마귀가 밤이 왔음을 알려주었다. 날이 어두워지기 전에 성안으로 들어가기는 틀렸고, 인가를 찾아 하룻밤 묵어야 하는 상황이었다. 멀리 물이 굽어 흐르는 곳에 10여 채의 인가가 모여 있었다.

"저 마을이 좋겠어요. 우리, 저기 가서 쉬어요."

황용의 말에 주백통이 눈을 부라렸다.

"좋긴 뭐가 좋아?"

"보세요. 풍경이 그림 같잖아요?"

"그림 같은 게 뭐가 어쨌다고?"

황용은 기가 막혀서 할 말을 잃었다.

"그림에는 좋은 그림도 있고, 괴상한 그림도 있어. 나 같은 노완동이 그린 그림이라면 퍽도 좋겠다."

"하긴, 천지신명한테 주 선배님이 그린 그림대로 풍경을 만들라고 하면 천지신명 할아버지라도 못 할 거예요."

황용이 웃으며 대꾸하자 주백통은 더욱 득의양양해졌다.

"그럼! 못 믿겠으면 내가 그림을 그릴 테니까 천지신명한테 한번 만 들라고 해봐."

"믿고말고요. 이 마을 풍경이 싫다면 여기서 쉬지 마세요. 우리 세 사람은 더 이상 안 갈 테니까요."

"너희 세 사람이 안 간다는데 내가 왜 가겠냐?"

이런 말을 주고받으며 걷다 보니 네 사람은 어느새 마을에 도착했 다. 멀리서 보던 정경과 달리 마을은 여기저기 깨지고 으스러져 있었 다. 동쪽에 찢어진 술집 깃발이 있는 것으로 보아 거기가 주막인 듯싶 었다. 네 사람은 주막으로 들어섰다. 처마 밑에 탁자 두 개가 놓여 있 었는데, 탁자 위에는 먼지만 뿌옇게 쌓여 있었다. 주백통이 큰 소리로 "여보시오" 하고 여러 번 부르자 열일곱 살 정도 되어 보이는 소녀가 나왔다. 헝클어진 머리에 옷도 엉망이고, 머리에는 가시나무로 된 비 녀를 꽂고서 큰 눈을 멀뚱거리며 그들을 바라보았다.

황용이 술과 밥을 달라고 했으나 고개만 내저었다. 주백통은 화가 났다.

"술도 없고 밥도 없으면서 무슨 주막이라고 문을 여나?"

그러나 소녀는 여전히 고개를 흔들며 대답했다.

"몰라요."

"에이, 이런 바보."

그러자 그 소녀는 입을 헤벌리고 웃었다.

"맞아요. 제가 바로 바보예요."

모두들 어이가 없어 그저 웃음만 나왔다. 황용은 안쪽 방과 주방으로 가서 살펴보았다. 먼지와 거미줄투성이인 주방의 가마솥에는 식은 밥뿐이었고, 안방의 침상에는 찢어진 이부자리만 놓여 있었다. 황용은 자신도 모르게 처량한 마음이 들었다.

"이 집엔 너밖에 없니?"

황용이 묻자 바보 소녀는 웃음을 띠며 고개를 끄덕였다.

"어머니는?"

"죽었어!"

소녀는 손으로 눈을 훔치며 우는 시늉을 했다.

"아버지는?"

소녀는 고개를 흔들며 모른다는 시늉을 했다. 소녀의 얼굴과 손은 몇 개월 동안 전혀 닦지 않은 듯 온통 까맸고 길게 자란 손톱에는 때가 잔뜩 끼어 있었다.

'밥을 준다 해도 안 먹겠네.'

"쌀은 있니?"

소녀는 웃으며 고개를 끄덕이더니 쌀 한 바구니를 가지고 왔다. 그나마 반은 꽁보리였다. 황용은 쌀을 씻어 밥을 하고 곽정은 마을 서쪽 인가로 가서 생선 두 마리와 닭 한 마리를 사 왔다. 음식을 만들고 나니 날은 이미 완전히 저물어 컴컴해졌다. 황용이 밥과 반찬을 탁자 위에 놓고 등불을 달라고 하자 소녀는 또 고개를 절레절레 흔들었다.

황용은 소나무 장작을 가지고 부뚜막에 불을 지핀 후 그릇과 젓가락을 찾으러 찬장으로 갔다. 찬장 문을 열자 쾨쾨한 먼지 냄새가 코를 찔렀다. 소나무 장작불로 비춰보니 예닐곱 개의 깨진 밥그릇이 뒹굴고 있었는데, 밥그릇 안팎에는 10여 마리 넘는 벌레가 죽어 있었다. 곽정은 황용을 도와 그릇을 꺼냈다.

"오빠가 그릇을 좀 씻어주세요. 그리고 젓가락으로 사용하게 나뭇가지도 좀 가지고 오세요."

곽정은 알았다고 대답하고 그릇을 들고 나갔다. 황용은 맨 밑에 있는 그릇 하나를 잡았다. 이상한 느낌이 들어서 보니 차가운 것이 보통 사기그릇과는 달랐다. 위로 들어보았으나 바닥에 딱 붙어서 떨어지지 않았다. 이상한 생각이 들었지만 깨질까 봐 힘을 주지 못하고 다시 들어보았으나 여전히 들리지 않았다.

'너무 오래돼서 그릇 밑의 얼룩이 들러붙어 떨어지지 않는 걸까?'

자세히 살펴보니 그릇에 녹슨 흔적이 있었다. 쇠로 만든 그릇이었던 것이다. 황용은 키득 웃음이 터져 나왔다.

'금그릇, 은그릇, 옥그릇은 본 적이 있지만 쇠로 만든 그릇은 듣도 보도 못 했네.'

다시 힘을 주어 들어보았으나 쇠그릇은 꼼짝도 하지 않았다.

'이 그릇이 찬장 바닥에 못 박혀 있다 하더라도 내가 이렇게 힘을 주면 바닥이 부서져야 하는데……'

이상하다 여기며 이리저리 궁리하다 갑자기 이런 생각이 들었다.

'설마, 바닥도 쇠로 만든 건 아닐까?'

가운뎃손가락으로 바닥을 튕겨보니 쩽하는 소리가 났다. 생각대로 철판이었다. 황용은 호기심이 생겨 다시 들어보았으나 쇠그릇은 여전히 꿈쩍하지 않았다. 왼쪽으로 돌려도 움직이는 느낌이 없어 다시 오른쪽으로 돌려보았다. 그때 약간 움직이는 것 같아 손에 더욱 힘을 주어 돌렸다. 그러자 갑자기 우르르하는 소리가 나더니 찬장 벽이 두 쪽으로 갈라지면서 검은 동굴이 나타났다. 동굴에서 나는 역겨운 악취가 코를 찔렀다. 황용은 윽, 하며 황급히 옆으로 피했다.

곽정과 주백통은 벽이 갈라지는 소리를 듣고 일제히 주방으로 뛰어들어왔다. 그때 뭔가 황용의 뇌리를 스치고 지나갔다.

'설마, 이곳은 도둑 소굴? 그럼 그 소녀는 일부러 바보인 척하고 있었던 걸까?'

황용은 들고 있던 횃불을 곽정에게 건네주고 소녀 곁으로 몸을 날려 손목을 꽉 잡았다. 소녀는 황용의 손을 홱 뿌리치고 어깨에 일장을 날렸다. 그런데 이게 어찌 된 일인가. 소녀의 장법은 바로 황용과 똑같은 문파의 것이었다.

황용은 왼손을 갈고리 모양으로 낚아채고 오른손을 휘둘러 연속으로 두 장을 발했다. 황용은 역근단골편을 익힌 후 공력이 훨씬 강해졌다. 황용의 맹렬한 공격에 오른쪽 팔을 정통으로 맞은 소녀는 비명을 질렀다. 황용은 전혀 공격을 늦추지 않고 연이어 두 장을 전개했다. 몇 초식 만에 황용은 소녀의 장법을 모두 파악했다. 이 바보 소녀가 사용하는 초식은 모두 도화도 무학의 입문인 벽파장법碧波掌法이었다. 비록 소녀의 장법이 서툴긴 하지만 도화도 무학의 기본 이치를 모두 담고 있어 척 보면 같은 문파의 장법이라는 것을 알 수 있었다.

황용은 그녀의 무공이 어느 문파의 것인지 좀 더 확실히 알아보려고 손에 전혀 힘을 주지 않고 소녀가 마음껏 장법을 펼칠 수 있도록 했다. 소녀는 6~7초식을 전개했다. 일전에 곽정은 항룡유회 한 초식 만으로도 양자옹과 대결하면서 체면을 유지할 수 있었다. 그러나 소녀는 6~7초식을 마음껏 전개해도 당시 곽정의 한 초식만도 못했다. 장법의 가장 기본적인 변화를 전혀 모르고 있었던 것이다.

이런 황량한 촌구석에 도적의 비밀 통로가 있고, 검정투성이의 초라한 소녀가 무공으로 황용과 10여 초식을 겨루는 것을 보고 모두들 어리둥절했다. 황용의 맹렬한 장풍에 바보 소녀는 연신 아야, 소리를 지르며 물러났다. 주백통은 본래 신기하고 재미있는 일을 좋아하는 사람이라 신이 났다.

"죽이지 마. 나도 한번 겨뤄봐야 할 것 아냐."

곽정은 소녀와 같은 패거리들이 숨어 있다가 갑자기 튀어나올까 봐 홍칠공 옆에 바짝 붙어 경계를 늦추지 않았다.

다시 몇 초식을 겨루자 소녀는 왼쪽 어깨에 또 일장을 맞고 팔을 힘없이 축 늘어뜨리더니 다시 들지 못했다. 황용이 일장만 날리면 목숨을 앗는 것은 쉬운 일이나 그렇게 하지 않았다.

"어서 무릎을 꿇어라. 목숨은 살려주겠다."

"그럼 너도 꿇어."

바보 소녀가 갑자기 두 장을 날렸다. 모두 벽파장법의 기본적인 초식이었으나 손놀림이 둔해 이 장법에서 가장 중요한 민첩함이 빠져 있었다. 그러나 파도와 같이 손을 날리는 장법이나 자세 등은 확실히 도화도의 무공이 틀림없었다. 황용은 더욱 확신이 들어 손을 뻗어 소녀의 공격을 밀쳐내고 소리쳤다.

"벽파장법은 어디서 배운 것이냐? 네 사부는 누구냐?"

바보는 웃으며 말했다.

"넌 날 이기지 못해. 히히!"

황용은 왼손을 위로 올리며 오른손을 횡으로 긋고, 왼쪽 팔꿈치로 치는 척하다가 오른쪽 어깨를 옆으로 끌어당기는 등 연달아 네 번의 허초를 구사했다. 다섯 번째 초식에서는 두 손을 구부려 낚아챘다. 그러나 이것 역시 허초였고, 손으로 낚아채는 척하며 발을 거는 것이 바로 진짜였다. 소녀는 황용의 발에 걸려 그만 땅에 고꾸라지고 말았다.

"속임수를 쓰다니…… 인정할 수 없어. 다시 싸우자."

소녀는 소리치며 일어나려 했으나 황용이 그냥 둘 리 없었다. 즉시 소녀의 몸을 덮쳐 누르고는 옷을 찢어 손을 뒤로 묶었다.

"내 장법이 너보다 한 수 위지?"

"넌 속임수를 썼어. 그러니 인정할 수 없어. 속임수를 썼으니 인정할 수 없어."

소녀는 몸을 뒤척이며 소리를 질렀다. 곽정은 황용이 이미 소녀를 제압한 것을 보고 문밖을 나가 지붕으로 뛰어올라갔다. 사방을 둘러보았으나 사람 그림자도 얼씬하지 않았다. 다시 내려와서 주막을 한 바퀴 빙 둘러보았으나 이곳만 뚝 떨어져 있었다. 수십 장 밖에야 다른 집들이 있으니 근처에 몸을 숨길 만한 곳은 없었다. 곽정은 그제야 안심하고 주막으로 돌아왔다. 주막 안에서는 황용이 단검으로 소녀의 두 눈을 겨누며 위협하고 있었다.

"누가 너에게 무공을 가르쳤지? 빨리 말해. 말하지 않으면 죽여버리겠다."

말을 하는 동안 두어 번 단검으로 찌르는 시늉을 했으나 소녀는 입을 히쭉 벌린 채 웃기만 할 뿐 전혀 두려워하는 기색이 없었다. 황용이 다시 캐묻자 바보 소녀는 히죽거리며 말했다.

"네가 나를 죽이면 나도 너를 죽이지."

황용은 미간을 찌푸렸다.

"이 계집이 정말 바보인지 바보인 척하는지 알 수가 없네. 오빠와 저는 동굴로 가볼 테니 주 선배는 사부님과 이 계집을 잘 지키고 계세요."

주백통은 두 손을 마구 흔들며 안달했다.

"나더러 여기서 저 계집을 지키라니, 난 싫어. 내가 동굴에 가겠어. 황 낭자, 나하고 가자고."

"주 선배랑은 절대 같이 가지 않을 거예요."

주백통은 나이 많은 선배이고 무공도 높았지만, 이상하게 황용의 말이라면 꼼짝도 못 했다.

"착한 낭자, 다음부터는 낭자와 말다툼하지 않을게."

황용이 웃으며 고개를 끄덕이자, 주백통은 얼굴이 환해지며 소나무 장작 두 개에 불을 붙인 뒤 동굴 입구에 대고 한참 동안 연기를 피워 악취를 제거했다. 황용은 소나무 장작을 동굴 입구에 던져 넣었다. 장작은 탁, 하는 소리를 내며 건너편 벽에 부딪치고는 땅에 떨어졌다.

동굴이 그리 깊지 않은 모양이었다. 주백통은 소나무 장작 불빛에 의지해 지체 없이 먼저 안으로 들어갔고, 황용이 그 뒤를 따랐다. 들어가 보니 그냥 작은 방 하나였다. 주백통이 중얼거렸다.

"이런, 뭐야? 재미없잖아."

그때 황용이 갑자기 비명을 질렀다. 땅에 죽은 사람의 해골이 반듯이 하늘을 보고 누워 있는 것이 아닌가. 옷은 이미 다 썩어 있었다. 동쪽 모서리에 또 하나의 해골이 큰 철상자 위에 엎드려 있었는데, 길고 날카로운 검이 갈비뼈를 관통해 철상자 덮개에 꽂혀 있었다.

주백통은 방이 너무 작고 더러우며 죽은 사람의 해골은 전혀 새롭거나 재미있지도 않은 것이라 금세 싫증이 났다. 그러나 황용이 자세히 해골을 관찰하자 화를 낼까 봐 가자는 소리도 하지 못하고 잠시 억지로 참고 있었다. 그러나 곧 인내력이 한계에 도달했다.

"황 낭자, 난 나가고 싶은데."

"좋아요. 그럼 곽정 오빠를 대신 불러주세요."

주백통은 신이 나서 쏜살같이 뛰쳐나가서 곽정을 불렀다.

"빨리 들어가봐. 안에 재미있는 게 굉장히 많아."

주백통은 황용이 다시 부를까 봐 얼른 곽정을 안으로 들여보냈다. 황용은 불붙은 장작을 들고 곽정에게 두 구의 시체를 보여주었다.

"오빠, 두 사람이 어떻게 죽은 것 같아요?"

곽정은 철상자 위에 엎드려 죽은 사람의 해골을 가리키며 말했다.

"이 사람이 상자를 열려고 하는데 누군가 뒤에서 칼로 찔렀군. 땅 위에 누워 있는 사람은 가슴의 갈비뼈 두 개가 나란히 부러져 있는 걸로 봐서 장풍으로 죽은 것 같다."

"나도 그렇게 생각해요. 근데 한 가지 풀리지 않는 게 있어요."

"뭔데?"

"저 바보가 사용한 초식은 도화도의 벽파장법이 분명해요. 6~7초식밖에 모르고 그것마저 정통하지 않았지만, 초식의 방법은 벽파장법이 틀림없어요. 두 사람은 왜 여기에서 죽었을까요? 저 바보와는 무슨 관련이 있는 걸까요?"

"우리, 가서 그 낭자에게 물어보자."

곽정은 자신이 바보라는 소리를 자주 들어온 터라 그 소녀를 바보라고 부르고 싶지 않았다.

"제가 볼 때 그 계집은 정말 바보인 듯하니 물어봤자 소용없을 것 같아요. 여기서 좀 더 자세히 살펴봐요. 혹시 무슨 단서를 찾을지도 모르잖아요."

황용은 장작을 들고 다시 두 해골을 살펴보았다. 그때 철상자 다리에 뭔가 번쩍 빛나는 것이 보였다. 손으로 집어서 보니 황금패였다. 패에는 엄지손가락만 한 마노瑪瑙가 박혀 있고, 금패를 뒤집으니 '흠사무공대부欽賜武功大夫 충주방어사忠州防禦使 대어기계帶御器械 석언명石彦明'이라는 글자 한 줄이 새겨져 있었다.

"이 패가 이 사람의 것이라면 관직이 상당히 높은 관리였군요."

"고관대작의 관리가 이런 데서 죽다니, 참 이상하네?"

황용은 땅에 누워 있는 해골을 다시 살펴보았다. 등 한복판 갈비뼈에 어떤 물건이 솟아 있는 게 보였다. 장작을 들고 몇 번 쑤시니 먼지가 풀썩 걷히면서 철편이 드러났다. 황용은 나지막이 탄식하고 철편을 쥐었다. 곽정도 그 물건을 보고 탄성을 내질렀다.

"알아보겠어요?"

"그래! 이건 귀운장 육 장주의 팔괘 아냐?"

"그래요, 철팔괘지요. 그렇다고 이게 꼭 육 사형의 것이라고 볼 수는 없어요."

"그래, 물론 아닐 거야. 이 두 해골은 옷과 살이 모두 썩어서 없어져 버렸으니, 죽은 지 적어도 10년은 더 되었을 거야."

황용은 잠시 생각하다가 급히 철상자에 꽂힌 칼을 뽑아 들고 횃불에 비추어보았다. 칼날 위에 '곡曲'이라는 글자가 새겨져 있었다.

"땅에 누워 있는 해골은 바로 곡 사형이에요."

곽정은 어찌 된 일인지 여전히 영문을 몰라 대꾸하지 못했다.

"육 사형이 일전에 곡 사형은 아직 살아 있다고 했는데……. 여기서 이렇게 죽었군요. 오빠, 이 해골의 다리를 좀 보세요."

곽정은 몸을 굽혀 살펴보았다.

"두 다리가 모두 부러져 있구나. 아, 네 아버지께서 부러뜨린 거야."

황용은 고개를 끄덕였다.

"이분의 이름은 곡영풍이에요. 아버지가 예전에 여섯 제자 중에서 곡 사형의 무공이 제일 뛰어났고, 가장 아끼던 제자라고 말씀하셨는데……."

황용은 말하다 말고 갑자기 밖으로 뛰쳐나갔다. 곽정도 영문을 모른 채 따라나갔다. 황용이 바보 소녀 앞으로 가더니 다그쳤다.

"네 성이 곡씨지? 그렇지?"

그러나 소녀는 헤헤, 웃기만 했다. 곽정이 부드러운 목소리로 물어보았다.

"낭자, 존함이 어떻게 되시오?"

"존함? 헤헤…… 존함이래!"

두 사람이 다시 물어보려는데 주백통이 소리를 질러댔다.

"배고파 죽겠어! 배고파 죽겠다고!"

"알았어요. 우리, 먼저 식사부터 해요."

황용은 소녀의 손을 풀어주고 함께 밥을 먹자고 했다. 바보 소녀는 전혀 사양하지 않고 히죽거리며 밥그릇을 들고 먹기 시작했다. 황용은 밀실에서 본 것을 홍칠공에게 이야기했다. 홍칠공도 이상하게 여겼다.

"그럼 성이 석石가인 대관이 너의 곡 사형을 죽였는데, 곡 사형이 아직 숨이 붙은 채 칼로 대관을 찌른 모양이로구나."

"아마 그런 것 같아요."

황용은 밀실에서 가져온 칼과 철팔괘를 바보 소녀에게 보여 주었다.

"이게 네 거니?"

소녀는 안색이 약간 변하면서 고개를 갸우뚱하더니 뭔가를 떠올리려는 듯 곰곰이 생각했다. 그러나 한참 뒤 다시 멍청한 표정을 지으며 고개를 흔들었다. 그러나 칼을 잡고 있는 손만은 놓지 않았다.

"이 칼을 본 것 같은데, 너무 오래전이라 기억이 안 나나 봐."

황용은 식사를 마치고 홍칠공의 잠자리를 돌본 뒤 곽정과 함께 다시 밀실로 들어갔다. 두 사람은 철상자 속에 분명 실마리가 있을 것이라 생각하고 상자의 해골을 치우고 뚜껑을 당겼다. 뚜껑에는 열쇠가 채워져 있지 않아 쉽게 열렸다. 순간 눈앞이 환해지더니 온갖 금은보화가 쏟아져 나왔다. 곽정은 보물에 대해 무지했지만 황용은 하나하나 매우 귀한 것들임을 금방 알아챘다. 황용의 아버지 역시 귀한 보물을 많이 모았지만 이 상자에 담긴 것에는 미치지 못했다. 황용은 보물 한 움큼을 쥐고 있다가 손가락을 폈다. 보석이 경쾌한 소리를 내며 주르르 떨어졌다. 황용은 탄식했다.

"이 보물들은 모두 무슨 내력이 있을 거예요. 아버지가 여기 계셨더라면 알 수 있었을 텐데……."

곽정에게 "이건 옥팔찌, 이건 코뿔소 가죽으로 만든 상자, 저건 마옥으로 만든 잔, 또 저건 비취 쟁반" 하면서 하나하나 설명해주었다. 황량한 사막에서 자란 곽정에게는 이런 보물이 그저 이상하게만 보였다.

'뭐 하러 갖은 노력을 들여 이런 장난감들을 모은담?'

황용은 보물들에 대해 한참을 설명하다가 상자에 손을 넣어 더듬어보았다. 뭔가 딱딱한 판이 만져지는 것으로 보아 상자 안에 또 다른 상자가 있는 것 같았다. 보석들을 꺼내보니 상자 안에 가로판이 걸쳐 있고 좌우에 둥근 고리가 달려 있었다. 양 손가락을 고리에 걸고 판을 들자 그 아래에서 푸르스름하게 녹이 슨 청동제 골동품들이 나왔다.

황용은 부친에게 구리로 만든 골동품의 형상에 대해 들은 적이 있었다. 그 기억을 더듬어 이 골동품들이 발이 세 개 달린 솥, 상商대 제기, 주周대의 술잔이라는 것은 알겠는데 구체적으로 무엇인지는 알 수 없었다. 이런 청동기들은 가치를 따질 수 없는 귀한 것들로 금은보화에 비할 바가 아니었다. 황용은 볼수록 놀라울 따름이었다. 다시 그 아래 판을 열어보니 둘둘 말린 서화 다발이 나왔다. 황용은 곽정의 도움을 받아 서화 다발을 펴보고는 또 한 번 놀랐다.

그 서화들은 오도자吳道子가 그린 〈송자천왕도宋子天王圖〉와 한간韓幹이 그린 〈목마도牧馬圖〉, 남당 이후주李後主의 〈임천도수인물林泉渡水人物〉

이었다. 상자 안에는 길이가 다른 20여 개의 두루마리가 있었는데, 모두 대가의 그림과 글씨였다. 휘종徽宗의 서예와 그림도 있었고, 시인의 서화도 있었다. 그중 화원대조畵院待詔 양해梁楷의 발묵감필법潑墨減筆法으로 그린 인물화 두 폭이 있었는데, 생동감 넘치는 인물의 모습이 주백통과 비슷한 느낌을 주었다. 황용은 두루마리들을 절반 정도 보고 다시 상자에 넣은 후 뚜껑을 닫았다. 그리고 그 위에 무릎을 세우고 앉아 생각에 잠겼다.

'아버지가 평생을 바쳐 모은 골동품과 서화가 많다고는 하지만, 이 상자의 10분의 1도 안 될 거야. 곡 사형은 어떻게 이렇게 많은 보물들을 모았을까?'

황용이 생각에 잠길 때마다 곽정은 방해될까 봐 잠자코 있었다. 그때 밖에서 주백통이 시끄럽게 부르는 소리가 들렸다.

"어이! 너희들, 빨리 나와. 황제 어르신 댁에 원앙오진회를 먹으러 가야지!"

"오늘 밤 갑니까?"

곽정이 묻자, 홍칠공이 대답했다.

"하루라도 빨리 갈수록 좋지. 늦으면 버티지 못할 것 같아."

"사부님, 주백통 아저씨가 멋대로 꼬드기는 말을 듣지 마세요. 오늘 저녁은 갈 수 없다고요. 우리, 내일 아침 일찍 가요. 노완동 아저씨! 다시 한번 허튼소리로 정신을 빼놓으면 내일 안 데리고 갈 거예요."

"흥! 또 내가 잘못했군."

황용의 핀잔에 주백통은 심통이 난 듯 입을 다물었다.

네 사람은 땅에 볏짚을 깔고 아무렇게나 누워서 잠을 청했다. 다음 날 새벽, 황용과 곽정이 밥을 지어 바보 소녀까지 다섯 명이 함께 아침 식사를 했다. 황용은 쇠그릇을 돌려서 찬장 벽을 닫고 깨진 그릇들을 찬장 안에 넣었다. 소녀는 못 본 척하며 칼만 가지고 놀았다. 황용이 은전 한 닢을 주었으나 소녀는 아무렇게나 탁자 위에 휙 던져버렸다.

"배고프면 은전으로 쌀과 고기를 사다 먹어."

소녀는 아는지 모르는지 바보 같은 웃음만 지었다. 황용은 마음이 아팠다. 이 소녀는 필시 곡영풍 사형과 깊은 관계가 있을 것이다. 가족이 아니면 제자일지도 모른다. 비록 장법이 서툴긴 하지만 소녀의 벽파장법도 곡영풍 사형이 전수해주었을 것이라는 생각이 들었다. 어릴 때부터 바보였을까, 아니면 나중에 어떤 충격을 받아 머리가 이상해졌을까? 마을에 가서 알아보고 싶었지만 주백통이 재촉하는 바람에 그냥 가기로 했다. 네 사람은 수레에 올라 임안성으로 향했다.

달이 밝을 때 돌아가리

임안은 아주 번화한 곳이다. 송이 남하하면서 이곳을 수도로 정한 뒤에는 사람이 더욱 늘어나고 활기찬 곳이 되었다. 네 사람은 동쪽의 후조문後潮門으로 입성해 황궁의 정문인 여정문麗正門 앞까지 왔다.

홍칠공은 수레에 앉아 있고 세 사람은 번화한 거리를 이리저리 둘러보느라 정신이 없었다. 금빛으로 번쩍이는 집, 그림이 조각된 호화로운 건물, 동 기와로 얹은 지붕, 봉황과 용이 날아가는 형상이 새겨진 기둥, 장엄하게 우뚝 솟은 건물들이 실로 눈부실 정도였다.

"와! 놀기 좋겠다!"

주백통은 신이 나서 성큼성큼 궁으로 걸음을 옮겼다. 궁궐을 지키는 금어禁御 병사 네 사람은 늙은이 하나와 젊은이 둘이 노새가 끄는 수레를 에워싸고 궁궐 앞에서 소란을 피우는 걸 보고는 무기를 들고 기세등등하게 다가왔다. 주백통은 떠들썩한 것을 무엇보다 좋아하는 사람이었다. 번쩍이는 갑옷을 입고 신체 우람한 병사들이 다가오자 더욱 신이 나서 몸을 날려 앞으로 나아갔다.

"빨리 가요!"

황용의 만류에 주백통은 눈을 둥그렇게 떴다.

"뭐가 겁나? 저런 허수아비들로 나 주백통을 어찌할 수 있을 것 같으냐?"

"곽정 오빠, 우리끼리 가요. 노완동 주 선배는 말을 안 들으니까 다시는 알은척하지 말아요."

황용이 채찍을 휘둘러 수레를 서쪽으로 빠르게 몰아가자 곽정도 그 뒤를 따랐다. 주백통은 그들이 자신만 남겨두고 가버리자 소리를 지르며 급히 뒤쫓아갔다. 금어 병사들은 무지렁이 촌부들이 놀러 왔다고 생각하곤 걸음을 멈추고는 큰 소리로 웃더니 돌아갔다. 황용은 수레를 한적한 곳까지 몰고 간 뒤 아무도 쫓아오지 않자 그제야 멈추었다. 주백통이 물었다.

"왜 궁궐로 안 들어가는 거야? 그런 밥통 같은 놈들이 우리 앞길을 막을 수 있다고 생각하냐?"

"궁궐로 들어가는 건 어렵지 않아요. 하지만 우리가 싸우러 가는 거예요, 아니면 주방에 음식을 먹으러 들어가는 거예요? 그렇게 뚫고 들어가서 소란을 피우면 어떻게 원앙오진회를 사부님께 드릴 수 있겠어요?"

"싸우고 사람을 잡는 건 병사와의 일이니 주방과는 상관이 없어."

주백통의 말이 꽤 이치에 맞는 것 같아 황용은 잠시 반박할 말을 잃었다. 그러나 멋대로 이야기하기로 했다.

"황궁의 주방은 음식도 만들지만 사람을 잡는 일도 한다고요."

주백통은 눈을 휘둥그레 뜨고 어떻게 대답해야 할지 몰라 잠시 망설이다 입을 열었다.

"좋아, 내가 틀렸다고 치지 뭐."

"틀렸다고 치긴 뭘 틀렸다고 쳐요? 분명히 선배님이 틀린 거예요."

"좋아, 좋아. 관두자, 관둬."

주백통은 곽정에게 고개를 돌렸다.

"아우, 천하의 여자들은 모두 흉악하기 짝이 없어. 그래서 나 주백통
은 누가 뭐래도 마누라를 안 얻는 거야."

"안 얻는 게 아니라 못 얻는 거죠. 선배님이 그렇게 멋대로 행동하고
말썽 부리기만 좋아하니까 장가를 못 가는 거예요. 아님 왜 마누라를
못 얻겠어요?"

주백통은 고개를 갸우뚱하며 잠시 생각하더니 잔뜩 화난 얼굴이 되
었다. 황용은 갑자기 이렇게 정색을 하고 화가 난 주백통이 이상하기
만 했다.

"먼저 객점을 찾아서 쉬다가 저녁에 다시 궁으로 가요."

곽정의 제안에 황용이 맞장구를 쳤다.

"좋아요. 사부님, 객점에 가면 제가 먼저 요리를 두어 가지 해서 입
맛을 돋워드릴게요. 저녁에 우리 실컷 먹어요."

홍칠공은 신이 나서 연신 좋다고 했다. 네 사람은 거리 서쪽에 위치
한 크고 호화로운 객점을 찾아 들어갔다. 황용이 홍칠공을 위해 요리
세 가지와 탕 하나를 만드니, 군침 도는 향긋한 냄새가 사방에 진동했
다. 객점의 손님들은 모두 어느 유명한 요리사가 이렇게 맛있는 요리
를 만드냐고 점원에게 물었다. 주백통은 자신이 마누라를 못 얻는 것
이라는 황용의 말에 잔뜩 부아가 나서 음식은 손도 대지 않았다. 곽정

이 밖에 나가 거리 구경이나 하자고 꼬여도 주백통은 여전히 화가 풀리지 않아 들은 척도 하지 않았다. 황용이 웃으며 말했다.

"그럼 얌전히 사부님 곁에 계세요. 나갔다 올 때 재미있는 물건 사다 드릴게요."

"정말이지?"

"그럼요. 저는 한번 입 밖에 낸 말은 반드시 지킨다고요."

지난해 봄, 황용은 집을 떠나 북쪽을 향하면서 항주에서 하루 머무른 적이 있었다. 그러나 그때는 도화도와 너무 가까워 혹시 아버지가 찾으러 올까 봐 불안해서 더 지내지 못하고 맘껏 구경하지도 못했다. 이번엔 이렇게 오랫동안 아무 일도 없으니 안심하고 곽정의 손을 잡고 서호西湖로 갔다. 황용은 곽정이 계속 우울해하자 사부님의 병이 걱정되어 그럴 것이라 짐작했다.

"사부님은 자신의 병을 낫게 해줄 사람이 있다고 하셨어요. 그런데 누구인지는 묻지 못하게 하셨죠. 제 생각에는 그 사람이 아마 단황야인 것 같은데, 어디 있는지 모르겠단 말이에요. 무슨 수를 써서라도 그 사람을 찾아서 사부님을 고치도록 해야겠어요."

"그래? 그것참 다행이다. 근데 찾을 수 있을까?"

"지금 방법을 생각하는 중이에요. 오늘 식사하면서 빙 돌려서 사부님께 여쭤 봤는데, 말을 하려다 갑자기 입을 닫아버리셨어요. 하지만 어쨌든 사부님의 입을 열도록 할 거예요."

황용의 현명함에 추호의 의심도 없는 곽정은 크게 안심했다. 그렇게 말을 주고받는 사이, 어느새 서호 10경의 하나인 단교잔설斷橋殘雪

(다리 위에 눈이 오면 가운데 부분부터 녹기 시작하는 모습에 붙은 이름)까지
왔다. 때는 바야흐로 무더운 여름이라 다리 아래에 연꽃이 흐드러지게
피어 있었다. 황용은 근처의 우아하고 정갈한 주점을 보고 말했다.

"우리, 저기 가서 술 한잔 마시면서 연꽃 구경해요."

"그거 좋지."

두 사람은 주점으로 들어가 자리에 앉았다. 곧 향긋한 술과 안주가
나왔다. 술을 마시며 연꽃을 구경하니 마음이 더할 나위 없이 푸근하
고 상쾌해졌다. 황용은 동쪽 창문 근처에 푸른 비단으로 덮인 병풍을
보았다. 주인이 아주 아끼는 물건인 것 같았다. 호기심이 일어 다가가
살펴보니, 병풍에 〈풍입송風入松〉이라는 제목의 사詞가 적혀 있었다.

> 기나긴 봄날, 술과 여자를 사서 날마다 강변에 취해 있네.
> 서호 길이 익숙한 옥마는 주루 앞에 당도하여
> 오만한 울음을 내뱉네.
> 향긋한 살구나무 향기 속에 가무를 즐기며,
> 초록빛 버드나무 그늘 아래 그네를 타고
> 10리 따뜻한 바람이 부는 아름다운 봄날,
> 꽃 모양 구름 모양의 머리 장식이 흐트러지고
> 화선은 봄을 싣고 돌아가며
> 남은 흥취를 호소와 아지랑이에 묻네.
> 다음 날 남은 취기에 의지하여
> 길 위의 꽃 비녀를 찾아오리.

春長費買花錢 日日醉江邊

玉鷗慣識西湖路 驕嘶過沽酒樓前

香杏香中歌舞 綠楊影里秋千

暖風十里麗人天 花壓鬢雲偏

畫船載取春歸去 餘情付湖水湖烟

明日重扶殘醉 來尋陌上花鈿

"사는 참 좋군."

곽정이 사의 뜻을 풀이해달라고 하자 황용이 설명했다. 곽정은 들을수록 못마땅했다.

"대송국의 수도에서 책을 읽고 벼슬을 하는 이들이 어찌 종일 술을 마시고 꽃을 감상한단 말인가? 중원 수복에는 전혀 신경도 쓰지 않는단 말인가?"

황용이 그의 말에 동조했다.

"그러게요. 정말 양심도 없는 작자들이에요."

그때 뒤에서 누군가 한마디 내뱉었다.

"두 분이 무얼 안다고 함부로 말하는 거요?"

곽정과 황용은 동시에 뒤를 돌아보았다. 문인 차림새의 40대 남자가 냉소를 짓고 있었다. 곽정은 읍을 했다.

"소인, 이해가 되지 않으니 선생께서 깨우쳐주십시오."

"이것은 순희淳熙년 태학생太學生인 유국보兪國寶가 쓴 수작이오. 당시 고종 태상황께서 이곳에서 술을 드시다가 이 사를 보고 크게 칭찬하며 유국보란 이름을 하사하셨소. 서생이 시운을 만나지 못함을 한탄하는 사인데, 두 분은 어찌 함부로 폄하하는 것이오?"

황용이 물었다.

"이 병풍을 황제께서 보셨기 때문에 주인장이 비단으로 덮어놓은 것인가요?"

"어디 그뿐이겠소? 병풍의 명일중부잔취明日重扶殘醉란 구절에서 두 글자는 고쳐 쓴 것이오."

황용과 곽정은 다시 자세히 보았다. 과연 부扶 자는 원래 휴携 자였고, 취醉 자도 주酒 자를 고쳐 쓴 것이었다.

"유국보가 원래 쓴 것은 명일중휴잔주明日重携殘酒(다음 날 남은 술을 들고)였는데 태상황께서 보고 웃으시며, "사는 참으로 좋으나 이 구절은 기백이 너무 작구나" 하시며 두 글자를 친히 고치신 것이오. 점철성금點鐵成金(쇳덩어리로 황금을 만든다는 말로, 나쁜 것을 고쳐 좋은 것으로 만드는 것을 의미함)이라! 실로 하늘이 내린 총기이지 않소?"

문인은 연신 고개를 흔들며 감탄을 거듭하고 있었다. 곽정은 말을 듣자니 화가 치밀어 올라 벌컥 소리를 질렀다.

"고종 황제는 진회를 중용하고 악비 장군을 죽인 폭군이오!"

그는 즉시 발로 병풍을 차서 산산조각을 만들고 그 세상 물정 모르는 유생을 잡아 밖으로 내던져버렸다. 퍽, 하는 소리와 함께 향긋한 술 향기가 사방에 퍼졌다. 그 유생은 술독에 머리가 거꾸로 박혀버렸다. 황용은 환호성을 질렀다.

"저도 글자를 바꿔보겠어요. 금일단정잔주今日端正殘酒, 빙군입항침취憑君入缸沈醉라! 오늘 잔주殘酒 자를 바꾸려다가 황제 때문에 독에 빠져 깊이 취하네."

유생이 술독에서 머리를 빼내자 머리에서 술이 뚝뚝 떨어졌다.

"취醉 자는 측성仄聲이니 압운을 할 수 없소."

"풍입송風入松(바람이 소나무로 들어간다)은 압운이 안 되지만 내가 쓴 인입항人入缸(사람이 독으로 들어간다)은 압운을 할 수 있어요!"

황용은 다시 그 사람의 머리를 술독에 처박고 마구 주먹을 휘둘렀다. 주점 안의 손님과 주인은 무슨 연유인지도 모르고 서둘러 밖으로 달아났다. 두 사람이 마구 주먹을 휘둘러대는 바람에 술독이며 솥이 깨지고 찌그러졌다. 마지막으로 곽정이 항룡십팔장으로 몇 번 힘을 주니 대들보가 부러지고 지붕이 무너지면서 주점은 삽시간에 흙더미로 변해버렸다. 두 사람은 큰 소리로 웃고는 손을 잡고 북쪽으로 길을 떠났다. 중인들은 그 둘이 어디서 온 미치광이인 줄 알고 쫓아갈 엄두도 내지 못한 채 망연자실했다.

"이번에 정말 통쾌하게 싸웠다. 마음속의 화가 다 풀리는 듯하구나."

"우리, 거슬리는 것이 있으면 또 한번 신나게 싸워 혼내줘요."

"좋지!"

두 사람이 도화도를 떠난 후 모든 일이 순조롭지만은 않았다. 비록 다시 만나기는 했지만 사부님의 병세가 날로 악화되어 계속 우울하던 터에 이렇게 주점에서 한바탕 싸우고 나니 우울한 기분이 좀 풀리는 것 같았다. 두 사람은 서호를 따라 마음 내키는 대로 걸어 다녔다. 주변에 돌과 나무, 정자와 건물 벽 곳곳에 시와 사가 가득 적혀 있는 곳이 보였다. 봄의 홍취에 겨워 쓴 것이 아니면 기녀에게 주려고 쓴 것 같았다. 곽정은 제대로 알아보지 못했지만 모두 풍화설월風花雪月 같은 글자들이 있자 한숨을 내쉬었다.

"천 번 주먹을 휘둘러도 다 쳐내지 못하겠군. 용아, 이런 쓸데없는 것을 왜 시간 들여 배우는 거지?"

"시와 사 중엔 좋은 것도 있어요."

황용이 웃으며 대답하자, 곽정은 고개를 내저었다.

"내가 보기엔 권법이 훨씬 나은 것 같아."

이런저런 말을 주고받으며 두 사람은 비래봉飛來峰까지 왔다. 비래봉 중간에 정자가 있었는데, 현판에 '취미정翠微亭'이라는 글자가 적혀 있었다. 현판을 쓴 사람은 한세충韓世忠으로 곽정은 그의 명성을 익히 들어 알고 있었다. 금나라에 항거한 명 장군의 필체를 본 곽정은 매우 반가워하며 정자에 들어섰다. 정자의 비석에 시구가 새겨져 있었다.

> 온통 먼지 묻은 군복을 입고
> 향기를 좇아 취미정에 오르네.
> 아름다운 산수는 보아도 끝이 없으니,
> 말발굽을 재촉하여 달이 밝을 때 돌아가리.
>
> 經年塵土滿征衣 特特尋芳上翠微
>
> 好山好水看不足 馬蹄催趁月明歸

필체를 보니 역시 한세충의 글씨였다.

"참 좋은 시로구나."

곽정은 원래 시가 좋은지 나쁜지 알 턱이 없으나 한세충이 쓴 것이니 분명 좋은 시일 거라는 생각이 들었다. 더군다나 군복이니, 말발굽이니 하는 친숙한 단어가 나오니 더 말할 바 없었다.

"이건 악비 장군이 쓴 시예요."

"어떻게 알아?"

"아버지가 이 시와 관련된 고사를 말씀해주셨어요. 소흥紹興 11년 겨울, 악비 장군이 진회의 모함으로 죽자 그다음 해 봄 한세충이 그를 그리며 이곳에 정자를 짓고 이 시를 비석에 새겨 넣었대요. 그때는 진회의 권세가 하늘을 찌를 듯했으니 악비 장군이 쓴 것이라 밝히지 못했대요."

곽정은 송조의 명장을 생각하며 손가락으로 비석에 새겨진 필체를 따라 더듬었다. 그렇게 유유히 사색하고 있는데 갑자기 황용이 옷소매를 끌어당기며 정자 뒤, 울창한 나무 속으로 곽정을 끌고 들어갔다. 잠시 뒤, 어떤 사람의 목소리가 들렸다.

"한세충은 과연 영웅호걸입니다. 그의 부인 양홍옥梁紅玉은 비록 기생 출신이나 후에 북을 치고 사기를 북돋우며 지아비를 도와 전쟁을 승리로 이끌었으니 역시 여걸이지요."

아주 귀에 익은 목소리였으나 곽정은 누군지 생각나지 않았다.

"악비와 한세충이 영웅일지는 모르나, 황제가 죽으라고 명하고 병권을 빼앗으면 그냥 따를 수밖에 없었지요. 황제의 위엄은 제아무리 영웅호걸이라도 거스를 수 없는 것 같습니다."

분명 양강의 목소리였다. 곽정은 어째서 양강이 이곳에 있는지 의아할 따름이었다. 그때 날카로운 금속성 목소리가 들리자 곽정은 더욱 대경실색했다.

"맞습니다. 어리석은 군주가 재위해 조정을 장악하면 아무리 많은 영웅이라도 모두 무용지물이 되고 말지요."

이 목소리는 분명 서독 구양봉이었다. 제일 먼저 말을 한 사람이 대답했다.

"만약 현명한 군주가 나라를 다스리면 구양 선생님 같은 영웅호걸이 포부를 펼칠 수 있겠지요."

곽정은 이 목소리를 듣고 갑자기 누구인지 생각이 났다. 바로 자신의 부친을 살해한 원수이자 대금국의 여섯째 왕야인 완안홍열이었다. 비록 그와 몇 번 면식이 있었지만 잠깐 목소리만 듣고는 그를 떠올릴 수 없었던 것이다.

세 사람은 웃으며 몇 마디 주고받고는 정자를 나갔다. 곽정은 그들이 멀리 사라지기를 기다렸다가 황용에게 물었다.

"왜 저자들이 임안에 온 거지? 양강 아우는 왜 저자들과 같이 있는 거야?"

"그것 보세요. 제가 나쁜 놈이라니까 오빠는 양강이 영웅의 후예라면서 나중에는 대의를 깨닫게 될 거라고 하더니……. 정말 좋은 사람이라면 왜 저 두 놈들과 같이 어울려 다니겠어요?"

황용은 예전 조왕부의 향설청簪雪廳에서 들었던 말을 꺼냈다.

"완안홍열이 팽련호 무리들을 불러 모은 것은 악무목의 유서를 훔치기 위해서예요. 오늘 여기로 온 걸 보면 그 유서가 임안성에 있을지도 몰라요. 유서가 그자의 수중에 들어가면 우리 대송국의 백성들은 큰 화를 당할 거예요."

"절대로 성공하도록 내버려두면 안 돼."

곽정이 결연히 말했다.

"그렇지만 서독이 그자와 함께 있는 게 문제지요."

"뭐가 무섭니?"

"그럼 오빠 무섭지 않단 말이에요?"

"서독은 나도 두려워. 그러나 이건 대단히 중요한 일이야. 아무리 무섭더라도 절대 그냥 둬선 안 돼."

"오빠가 하겠다면 저도 따라야지요."

황용이 웃으며 말했다.

"좋아, 저들을 쫓아가자."

정자를 나오니 완안홍열 등 세 사람은 이미 자취를 감추고 없었다. 넓디넓은 항주성에서 그들의 모습을 찾기란 쉬운 일이 아니었다. 한참을 헤매고 돌아다니다 보니 날은 이미 어두워졌다. 두 사람은 무림원武林園 앞까지 왔다. 그곳에서 황용은 가면이 잔뜩 걸려 있는 가게를 발견했다. 익살스러운 표정의 살아 있는 듯한 가면을 바라보자니 주백통에게 재미있는 물건을 사다주겠다고 한 약속이 생각났다. 황용은 5전을 주고 종鐘 귀신, 판관, 조왕신, 토지신, 군마신 등 10여 개의 가면을 샀다. 점원이 종이로 가면을 포장하고 있는데 옆에 있는 주루에서 향긋한 술 향기가 솔솔 풍겨왔다. 두 사람은 하루 종일 걷느라 지치고 허기진 상태였다.

"무슨 주루예요?"

황용의 말에 점원이 웃으며 말했다.

"두 분은 이곳에 처음 오시는 거라 모르는군요. 삼원루三元樓라는 곳인데, 임안성에서는 아주 유명합니다. 술과 음식 맛으로 천하제일인 곳이지요. 한번 가보세요."

황용은 호기심이 발동해 가면을 받자마자 곽정을 끌고 삼원루로 갔다. 화려한 그림이 그려진 삼원루의 대문에는 붉은색과 초록색의 갈고리가 세워져 있고, 누각 위에는 치자나무 화등이 높게 걸려 있었다. 안에는 꽃나무가 무성하고 운치 있는 정자가 보이는 게 과연 유명한 주루라 할 만했다. 두 사람이 주루 안으로 들어가자 하인이 웃음으로 환대했다. 하인의 안내에 따라 회랑을 지나 자리에 앉은 두 사람은 가지런하게 정돈된 잔과 젓가락을 집어 들었다. 황용이 술과 요리를 주문하자 하인은 내려가서 다시 한번 주문을 외쳤다.

등불 아래 회랑에 곱게 치장한 수십 명의 기녀가 한 줄로 쭉 앉아 있는 것을 보고 곽정은 신기해 황용에게 물어보려 했다. 그때 맞은편 방에서 완안홍열의 목소리가 들렸다.

"그것 좋다. 그럼 사람을 불러 노래를 부르고 술을 따르게 하라."

황용과 곽정은 놀라 서로를 바라보았다.

'신발이 닳도록 안 가본 곳 없이 찾으러 돌아다녔는데, 헛수고는 아니었구나.'

하인이 "예" 하고 길게 대답하자 기녀 중 한 명이 요염하게 일어나서 아판牙板(상아로 만든 타악기)을 쥐고 건너편 방으로 들어갔다. 잠시 뒤 기녀의 노랫소리가 들려왔다. 황용이 귀를 기울여 방의 동정을 살폈으나 기녀의 노랫소리만 들릴 뿐이었다.

동남쪽 지세는 아름답고, 강호는 도회지,
전당강은 자고로 번화한 곳.
하늘거리는 버드나무 그림 같은 다리,
주렴과 비취가 걸려 있는 이곳은
도합 10만 인가가 넘는다네.

구름 같은 나무는 호수를 에워싸고,

성난 파도는 흰 포말을 일으키니,

천지 호수가 아득히 끝이 없네.

시장엔 호화로운 보석이 진열되어 있고,

집집마다 비단이 넘쳐 부를 다투네.

호수 너머 호수요, 겹겹이 산봉우리며,

깊은 가을 계수나무에 10리 연꽃이 만발하네.

맑은 피리 소리와 노랫소리

깊은 밤 유유히 울려 퍼지고,

노인은 낚싯줄을 드리우고 아이는 춤을 추네.

관은 술에 취해 퉁소 소리를 듣고

이 기이하고 아름다운 경치를,

황제가 있는 봉지에 가서 말하리라 생각하네.

東南形勝 江湖都會 錢塘自古繁華

煙柳畵橋 風簾翠幕 參差十萬人家

雲樹繞堤沙 怒濤捲霜雪 天塹無涯

市列珠璣 戶盈羅綺競豪奢

重湖疊巘清佳 有三秋桂子 十里荷花

羌管弄晴 菱歌泛夜 嬉嬉釣叟蓮娃

千騎擁高牙 乘醉聽簫鼓 吟賞烟霞

異日圖將好景 歸去鳳池誇

곽정은 기녀가 뭐라고 노래하는지 알아들을 수 없었지만 아판이 가볍게 부딪치는 소리와 은은히 울려 퍼지는 퉁소 소리에 도취되었다.
한 곡이 끝나자 완안훙열과 양강이 동시에 탄성을 질렀다.

"참으로 좋구나."

기녀는 연신 고맙다는 인사를 하더니 희희낙락거리며 악사와 함께
방을 나왔다. 아마 완안훙열에게 두둑이 돈을 받은 모양이었다.

"얘야, 유영柳永의 〈망해조望海潮〉라는 사는 우리 대금국과 깊은 인연
이 있단다. 알고 있느냐?"

"소자, 무지해 알지 못하오니 아버지께서 깨우쳐주십시오."

양강이 완안훙열을 '아버지'라 부르고 그 말투도 친근하기 이를 데
없자 곽정과 황용은 어이가 없어 할 말을 잃었다. 곽정은 화가 치밀어
오르면서 왠지 슬퍼졌다. 바로 달려가서 왜 그러느냐고 따져 묻고 싶
었다.

"대금국 융년隆年에 금나라 4대 황제이신 금주량金主亮께서는 유영
의 이 사를 보고 서호의 풍경을 동경하게 되었다. 그리하여 사신을 남
쪽으로 내려보냈고, 또 유명한 화공을 보내 임안성의 산수를 묘사하게
했다. 황제의 위엄을 세우며 말을 타고 임안성의 오산 정상에 오르려
하셨단다. 황제는 그림에 이런 시를 적으셨지. 만 리의 수레와 책은 모
두 일치하는데, 강남의 국경은 어찌 다른가? 100만 병사를 이끌고 서
호를 정복해 말을 타고 오산 제일봉에 오르리萬里車書盡混同 江南豈有別疆封
提兵百萬西湖上 立馬吳山第一峰."

"참으로 웅장한 기백이군요."

양강이 탄성을 내질렀다. 곽정은 그들의 대화를 듣자니 속이 부글
부글 끓어 손가락 관절만 뚝뚝 소리 내어 꺾고 있었다.

"병마를 이끌고 남방을 정벌해 말을 타고 오산에 오르겠다 하신 금주량의 웅대한 뜻은 실현되지 못했으나 그 기백만큼은 우리 후손들이 본받아야 할 것이다. 금주량께서는 부채에 이런 시를 쓰신 적도 있지. 대권이 손에 들어오면 청풍이 만천하에 불게 되리大柄若在手, 淸風滿天下."

양강은 연신 그 시를 읊조렸다.

"대권이 손에 들어오면 청풍이 만천하에 불게 되리. 이 얼마나 높은 기상인가!"

양강의 말에는 동경의 빛이 가득했다. 그때 구양봉이 마른 웃음을 내뱉으며 입을 열었다.

"후일 왕야께서 대권을 쥐시면 말을 타고 오산에 오르시고자 하는 뜻이 반드시 실현될 것입니다."

완안홍열은 갑자기 목소리를 낮추었다.

"선생께서 말씀하신 대로 되면 얼마나 좋겠소만, 이곳은 눈과 귀가 많은 곳이니 그냥 조용히 술이나 마십시다."

세 사람은 화제를 바꿔 산수풍경이며 인물에 대해 이야기했다. 황용이 곽정의 귀에 대고 속삭였다.

"지금은 아주 멋대로 유유자적 술을 마시고 있지만, 절대 그냥 두지 않을 거예요."

두 사람은 방을 빠져나가 후원으로 갔다. 황용이 등불을 흔들어 장작 창고의 장작에 불을 붙이자 불길이 사방으로 번지기 시작했다. 잠시 뒤, 삽시간에 불꽃이 피어오르자 사람들은 "불이야!" 외치며 뛰어나오고 징 소리가 사방에 울려 퍼졌다.

"빨리 앞으로 가보세요. 저자들을 놓치면 안 돼요."

"내 오늘 밤 완안홍열 저 교활한 놈을 죽이고야 말겠다."

"먼저 사부님을 궁으로 데리고 가서 실컷 잡수시게 하고, 서독과 대적하겠다는 주백통 선배님의 약조를 받은 다음에 나머지 두 놈을 상대해야 해요."

"용아, 네 말이 맞아."

두 사람은 인파를 뚫고 주루 앞으로 갔다. 완안홍열과 구양봉, 양강 세 사람이 마침 주루를 빠져나오고 있었다. 두 사람은 멀리서 미행하며 그들이 거리를 가로지르고 항구를 지나 서쪽 시장의 객점으로 들어가는 것을 확인했다. 곽정과 황용은 객점 밖에서 한참 동안 기다려도 완안홍열 등이 나오지 않자 그들이 이곳에서 하룻밤 묵을 것이라 짐작했다.

"돌아가요. 이따가 주백통 선배님에게 저놈들을 혼내주라고 하자고요."

두 사람은 다시 홍칠공이 묵고 있는 객점으로 돌아왔다. 객점 근처에서 주백통이 시끄럽게 고함치는 소리가 들렸다. 사부님의 병세가 더 위독해지셨나 하는 생각에 곽정은 덜컥 걱정이 되어 급히 뛰어갔다. 그러나 주백통은 땅에 쭈그리고 앉아서 예닐곱 명의 아이와 말싸움을 하고 있었다. 주백통은 객점 앞에서 아이들과 동전 던지기 놀이를 하면서 무공을 사용해 백전백승하고 있었다. 몇몇 아이가 떼를 쓰며 그만하겠다고 말하자 주백통이 소란을 피우며 말싸움을 벌이게 된 것이다. 주백통은 황용을 보자 또 핀잔을 들을까 봐 고개를 푹 숙이고 얌전히 객점으로 들어갔다. 황용이 가면을 꺼내 주백통에게 주자 판관 가면을 썼다, 귀신 가면을 썼다 하면서 아이처럼 마냥 즐거워했다. 그리고 서독을 물리쳐달라는 황용의 부탁에도 흔쾌히 승낙했다.

"걱정 마. 두 손으로 서로 다른 권법을 사용해서 서독 놈을 혼내줄 테니까."

황용은 예전 도화도에서 주백통이 자신도 모르게 〈구음진경〉의 무공을 사용하는 걸 막기 위해 두 손을 꽁꽁 묶고 아버지와 싸운 것을 기억해냈다.

"서독은 아주 나쁜 놈이에요. 〈구음진경〉으로 서독을 혼내줘도 선배님 사형의 유지를 어기는 것은 아닐 거예요."

"그건 안 돼. 난 〈구음진경〉이 이제 필요 없어. 다른 무공을 익혔거든."

주백통은 눈을 휘둥그레 뜨고 황급히 말했다. 그는 자신만만했다.

홍칠공의 마음은 이미 황궁의 주방에 가 있었다. 2경이 되자 곽정은 사부를 부축해 지붕들을 건너서 황궁으로 갔다. 황궁은 민가보다 훨씬 높고 지붕이 황금빛으로 찬란하게 빛나서 쉽게 찾을 수 있었다.

궁내에는 칼을 든 호위병들이 삼엄한 경비를 펴고 있었지만 뛰어난 무공을 지닌 그들이 호위병들 눈에 발각될 리 없었다. 홍칠공은 주방의 위치를 발견하고 조용히 길을 가르쳐주었다. 순식간에 네 사람은 육부산六部山 뒤에 있는 주방에 당도했다. 주방은 전중성展中省 관할이라 가명전嘉明殿 동쪽에 있었다. 수라상을 담당하는 가명전은 황제의 침소인 근정전勤政殿과 이웃하고 있어서 금위병들이 가까이 있고 주위의 경비가 아주 삼엄했다.

그러나 이때는 황제가 이미 침소에 들고 주방의 하인들도 모두 돌아간 뒤라 네 사람은 손쉽게 주방으로 들어갈 수 있었다. 주방 안에는 촛불만이 어둠을 밝히고 있고, 그 아래에서 주방을 지키는 몇 명의 소태감小太監이 꾸벅꾸벅 졸고 있었다.

곽정은 홍칠공을 부축해 대들보 위에 앉히고 황용과 주백통은 찬장에서 음식을 찾아 모두 한바탕 게걸스럽게 먹었다. 주백통이 먹다 말고 투덜거렸다.

"홍칠공, 이곳의 음식은 황용의 음식보다 훨씬 못하구려. 억지로 끌고 오더니 이게 뭐요? 에이, 재미없어."

"나는 원앙오진회를 한번 맛보고 싶을 뿐이오. 요리사가 어디 있는지는 모르지만, 내일 그놈을 잡아다가 요리를 해서 한번 먹어보면 알게 될 것이오."

"황용만큼 잘할 것 같지는 않은데요."

주백통은 황용이 가면을 선물해준 답례로 연신 칭찬의 말을 내뱉었다. 이런 사실을 이미 알고 있는 황용은 가만히 웃기만 했다.

"나는 용이와 함께 여기서 요리사를 기다릴 테니 주백통 당신은 재미없으면 정이와 둘이서 궁을 나가시구려. 내일 저녁에 나를 데리러 오면 되오."

주백통은 성황城隍 보살의 가면을 쓰고 웃으며 말했다.

"아니, 내가 여기서 당신과 함께 있겠소. 내일 이 가면을 쓰고 황제를 깜짝 놀라게 해야지. 곽 아우, 용아! 너희들은 가서 노독물 구양봉을 지켜보거라. 악비의 유서를 절대 훔치지 못하도록 해야 한다."

홍칠공도 거들었다.

"주백통의 말도 일리가 있다. 너희들은 빨리 가거라. 몸조심해야 한다."

황용과 곽정은 알았다고 대답했다. 주백통이 말했다.

"오늘 저녁은 구양봉과 싸우면 안 돼. 내일 내가 싸울 거니까."

황용이 대꾸했다.

"우리가 싸워봤자 이기지도 못할 텐데요, 뭘. 당연히 안 싸워요."

황용과 곽정은 완안홍열 등의 동정을 살피기 위해 주방을 빠져나가 그들이 묵고 있는 객점으로 가려 했다. 한데 어둠 속에서 황궁 건물 두 채를 지날 때 갑자기 시원한 바람이 옷깃을 스치며 멀리서 물소리가 들리고 은은한 향기가 퍼져왔다. 깊은 황궁 속에 숲이 있는 듯했다. 황용은 이 향기를 맡고 근처에 꽃밭이 있으리라 짐작했다. 황궁의 내원은 필시 기이한 꽃이 많을 거라는 생각이 들어 곽정의 손을 끌고 꽃향기를 따라갔다.

물소리가 점점 가까이 들려왔다. 꽃길을 따라가다 보니 울창하게 뻗은 교송과 대나무가 하늘을 뒤덮고 있었다. 겹겹이 에워싼 기이한 산봉우리들과 깊고 울창한 숲이 한데 어울려 장관을 이루었다.

황용은 속으로 경탄을 금치 못했다. 배치는 도화도만큼 기이하지 않지만 꽃나무들은 도화도에 비할 바가 아니었다. 한참을 걸어가니 한 줄기 폭포가 큰 못으로 쏟아지고 있었다. 못에는 물 빠지는 곳이 있는 듯 전혀 물이 넘치지 않았다. 연못에는 수없이 많은 붉은 연꽃이 피어 있고, 못 앞에는 '취한당翠寒堂'이라는 아름다운 정자가 있었다.

황용은 정자 앞으로 다가갔다. 계단이며 처마에는 온통 사향 넝쿨, 옥계수나무, 붉은 파초 등 여름 꽃들이 만발하고, 정자 뒤에는 향나무가 우거져 향기가 온 정자 가득 퍼졌다. 그리고 정자 안을 들여다보니 탁자 위에 참외, 비파, 능금 등 신선한 과일과 의자 위에 놓인 부채가 눈에 띄었다. 황제가 잠자기 전에 이곳에서 더위를 식힌 것 같았다.

"황제는 정말 좋겠다."

곽정이 탄식하며 말하자 황용이 웃으며 말했다.

"그럼 오빠도 황제 하세요."

황용은 곽정의 손을 끌어 중앙에 있는 의자에 앉히더니 과일을 두 손으로 공손히 바치며 무릎을 꿇었다.

"황제 폐하, 과일을 드시지요."

곽정은 웃으며 비파 하나를 집어 들었다.

"일어나거라."

"저더러 일어나라고 하시다니요? 성은이 망극하옵니다."

이렇게 낮은 소리로 키득거리며 장난을 치고 있는데 멀리서 사람 소리가 들렸다.

"웬 놈이냐?"

곽정과 황용이 화들짝 놀라 급히 몸을 가산假山 뒤로 숨겼다. 무거운 발소리가 들리더니 두 사람이 고함을 치며 달려오는 것이 보였다. 발소리를 들으니 필시 무공이 낮은 사람들인 것 같아 안심이 되었다. 두 명의 호위병이 단도를 쥐고 정자 앞으로 달려왔다. 호위병들은 사방을 두리번거리며 살폈으나 아무 낌새도 발견하지 못했다.

"너, 귀신을 본 거야."

"요 며칠 눈이 계속 침침하네."

호위병들은 웃으며 정자를 떠났다. 황용이 터지는 웃음을 억지로 참으며 곽정을 잡고 나오려는데 갑자기 윽윽, 하는 소리가 들렸다. 나지막했으나 분명 두 호위병이 혈도가 찍혀 내뱉는 소리였다.

'주 형님이 벌써 싫증이 나서서 놀러 나왔나?'

곽정이 이렇게 생각하고 있는데 소곤거리는 사람 목소리가 들렸다.

"황궁 지도에 따르면 폭포 근처에 있는 정자가 바로 취한당이렷다. 우리 저곳으로 가보자."

이 목소리는 분명 완안홍열이었다. 곽정과 황용은 깜짝 놀라 서로의 손을 꼭 움켜쥐고는 가산 뒤에 꼼짝도 않고 숨었다. 어슴푸레한 별빛 아래 취한당으로 향하는 사람의 그림자가 드문드문 보였다. 완안홍열 외에도 구양봉, 팽련호, 사통천, 영지상인, 양자옹, 후통해 등이 모두 있었다. 곽정과 황용, 두 사람은 영문을 알 수 없었다.

'저들이 황궁에는 웬일이지? 주방의 음식을 훔쳐 먹으러 왔을 리도 없고…….'

악비의 유서

완안홍열은 목소리를 낮추어 말했다.

"짐이 악비의 사(詞)를 자세히 살펴보고 고종, 효종 때의 문헌도 고찰해본 결과 〈무목유서〉는 취한당에서 동쪽으로 열다섯 보 떨어진 곳에 있다는 결론을 내렸소."

일순간 모두의 시선이 완안홍열의 손가락 끝으로 모아졌다. 그러나 분명 폭포가 있는 곳이었다.

"폭포에 어떻게 유서를 숨길 수 있는지 짐도 의아할 따름이오. 그러나 문헌을 참조해보면 분명 이곳이 틀림없소이다."

사통천은 귀문용왕이라는 별호가 붙을 정도로 수영을 잘하는 사람이었다.

"제가 폭포에 들어가서 한번 살펴보겠습니다."

말이 끝나자마자 사통천은 두어 번 훌쩍 뛰어서 폭포로 들어갔다가 다시 나왔다. 사람들이 폭포 쪽으로 다가갔다.

"왕야께서는 과연 혜안이십니다. 폭포 뒤에 철문으로 닫힌 동굴이 있습니다."

사통천의 말에 완안홍열은 들뜬 목소리로 말했다.

"악비의 유서는 필시 그 동굴 안에 있을 것이오. 여러분이 철문을 열고 들어가보시오."

이들 중에는 예리한 보검을 지니고 있는 자도 있었다. 모두들 먼저 공을 세우고 싶어서 즉시 폭포로 달려갔다. 그러나 구양봉만은 냉소를 머금고 완안홍열 옆에 서 있었다. 그의 신분에 뭇 무리를 그대로 따라가자니 체면이 서지 않았던 것이다.

사통천이 가장 앞장서서 고개를 숙이고 급류를 헤치고 나갔다. 그때 강한 바람이 그의 얼굴을 강타했다. 아까 살펴볼 때는 분명 어떤 수상한 낌새도 없었기 때문에 갑자기 적이 나타나리라고는 상상도 하지 못했다. 급히 몸을 피했으나 왼쪽 손목을 이미 붙잡히고 커다란 힘에 떠밀려 획 날아가서 하필이면 양자옹에게 떨어지고 말았다. 두 사람은 무공이 높은 터라 살짝 피해 부상은 입지 않았다.

모두들 어안이 벙벙한 가운데 사통천이 또다시 폭포 속으로 뛰어들었다. 이번에는 미리 방비해 두 손으로 얼굴을 방어했다. 그러나 폭포 뒤에서 주먹이 또 날아왔다. 그는 왼손을 들어 막고 오른손으로 다시 주먹을 날렸다. 적이 누군지 보려는데 양자옹이 폭포 뒤로 뛰어들었다. 순식간에 방망이 하나가 횡으로 공격해오는데, 그 공격이 기이하고 변화무쌍해 양자옹은 연신 뒤로 피하다가 정강이를 얻어맞고는 폭포 쪽으로 넘어졌다. 몸이 폭포를 등지고 있던 상황에서 떨어지니, 온 가슴으로 폭포를 받고 다리도 방망이에 맞아 휘청하는 바람에 그대로 폭포 밖으로 나가떨어지고 말았다. 사통천도 역시 거센 장력을 맞고 폭포 밖으로 밀려났다.

삼두교 후통해는 사형의 무공과 자신의 무공이 천지 차이라는 것은 생각지도 않은 채 수영 실력만 믿고 눈을 크게 뜨고 폭포 속으로 뛰어들었다. 그러나 그도 역시 실패했다. 팽련호는 사태가 심상치 않다는 것을 파악하고 자신도 나가서 가세하려 했다. 그런데 갑자기 시커먼 그림자가 머리 위로 휙 날아오더니 픽, 하고 땅에 떨어졌다. 바로 후통해였다. 그는 땅에 엎드린 채 아프다며 큰 소리로 신음했다. 팽련호는 급히 그의 앞으로 뛰어가 소리를 낮추어 말했다.

"후 형, 조용히 하시오. 대체 왜 그러시오?"

"이런, 제길. 엉덩이가 네 쪽이 났네."

팽련호는 놀랍기도 하고 우습기도 했다.

"어찌 된 영문이오?"

팽련호가 후통해 엉덩이를 만져보니 여전히 두 쪽으로 멀쩡했다. 더 이상 자세히 캐묻지 않고 상황을 살펴보니, 감히 위험을 무릅쓰고 폭포 속으로 들어갈 엄두가 나지 않았다.

"안에 누가 있소?"

후통해는 아파서 화가 잔뜩 나 있는 터라 말이 곱게 나오지 않았다.

"내가 어떻게 알겠소? 당신이 들어가서 얻어맞고 나와보시오. 이런, 젠장."

그때 영지상인이 붉은 가사를 펄럭이며 성큼 폭포 속으로 들어갔다. 그때 폭포 안에서 싸우는 소리가 들렸다. 모두들 서로를 마주 보며 어안이 벙벙해졌다. 사통천과 양자옹은 폭포 안에 있는 누군가에게 얻어맞고 나왔지만, 정체를 알 수 없었다. 너무 어두워서 폭포 안에 남자

한 명과 여자 한 명이 있고, 남자는 장권을 사용하고 여자는 몽둥이를 사용한다는 것만 짐작할 뿐이었다. 그때 영지상인의 고함 소리가 들려왔다. 아마 그도 당한 것 같았다.

완안홍열은 미간을 찌푸리며 말했다.

"영지상인은 참으로 사리 분별이 없는 사람이군. 그렇게 천하가 떠나갈 듯 소리를 지르면 황궁 안의 호위병들이 모두 몰려올 텐데, 어떻게 책을 훔친단 말인가?"

말이 끝나자마자 눈앞에 붉은색이 펄럭이더니 영지상인의 붉은 가사가 폭포를 타고 연꽃 못까지 떠내려왔다. 또 땅, 하는 소리가 나더니 그가 병기로 사용하는 동발銅鈸이 폭포에서 날아왔다. 팽련호는 동발이 떨어지면서 소리가 날까 봐 급히 손으로 잡았다. 알아들을 수 없는 서장 말로 욕하는 소리가 들리더니 뚱뚱한 몸뚱이가 폭포를 뚫고 날아왔다. 그러나 영지상인의 무공은 후통해와 달라 땅에 가볍게 착지하며 엉덩방아도 전혀 찧지 않았다.

"배에서 만났던 그 연놈들이야."

곽정과 황용은 가산 뒤에서 동굴로 들어가 유서를 훔쳐오라는 완안홍열의 말을 들었다. 〈무목유서〉가 그의 손에 들어간다면 금국의 병사들이 그 유서의 방법대로 송을 침범할 터였다. 구양봉을 절대 이길 수는 없겠지만 그래도 자신들이 나서지 않으면 송나라가 위험해지니 나서지 않을 수 없었다.

황용은 사람들을 놀라게 해서 도망가게 만들 계책을 생각해내려 했으나, 곽정은 사태가 위급함을 보고는 주저 없이 황용의 손을 잡아끌고 몰래 폭포 뒤로 숨어들었다. 몰래 숨어서 구양봉이 방심하는 틈을 타 공격할 생각이었다. 다행히 폭포에 가려 아무도 두 사람이 있는 것을 눈치채지 못했다.

두 사람은 힘을 모아 사통천 등을 물리치니 스스로도 놀랍고 기뻤다. 〈구음진경〉의 역근단골편이 그렇게 신묘할 줄은 생각지도 못했다. 또한 황용의 타구봉법은 변화무쌍하고 신묘해 사통천, 영지상인 등이 맥을 못 추고 당황했고, 곽정이 그 틈을 타서 힘껏 장풍을 날리니 모두 나가떨어지고 말았다. 두 사람은 사통천 등이 모두 패했으니 이제 구양봉이 나설 차례라는 것을 알았다. 그러나 그를 이길 방법이 없었다.

"우리, 빨리 나가서 큰 소리로 소란을 피워요. 그럼 호위병들이 우르르 몰려올 테니 저놈들도 손을 대지 못할 거예요."

"좋아, 네가 나가서 고함을 쳐. 난 여기서 지키고 있을게."

"절대 노독물과 싸우지 마세요."

"알았어. 빨리 가. 어서."

황용이 폭포 뒤로 빠져나가는데 갑자기 기합 소리와 함께 거대한 힘이 폭포 앞에서 덮쳐왔다. 두 사람은 정면으로 받아내지 않고 좌우로 피했다.

구양봉의 합마공을 맞은 폭포의 물줄기가 안으로 바뀌면서 철문을 내리쳤다. 사방으로 물보라가 튀고 무시무시한 굉음이 울렸다. 황용은 겨우 피하긴 했지만 등에 합마공을 살짝 비켜 맞고 말았다. 호흡이 가빠지고 눈앞이 노래지는 것 같았다. 겨우 다시 정신을 수습하고 급히 밖으로 뛰쳐나가면서 소리를 질렀다.

"자객 잡아라! 자객 잡아!"

황용은 소리를 지르며 앞으로 뛰어나갔다. 이 소리를 듣고 취한당 주변의 호위병들이 사방에서 모여들었다. 명령을 내리는 소리, 고함을 치는 소리가 들려왔다. 황용은 지붕 위로 뛰어올라가 기와를 마구 던졌다.

"먼저 저 계집부터 죽여주지."

팽련호는 욕을 해대며 경신법으로 황용의 뒤를 따랐다. 양자옹도 왼쪽에서 측면 협공을 펴기 시작했다. 이런 상황에서 완안홍열만은 냉정을 잃지 않았다.

"강아, 구양 선생을 따라가서 유서를 가져오너라."

구양봉은 이미 폭포 속으로 들어가 좌정을 하고 앉아 있었다. 다시 "얍!" 하는 소리와 함께 진력을 발하니 동굴 입구의 철문이 안쪽으로 나가떨어졌다. 동굴 안으로 들어가려는데 갑자기 사람 그림자가 옆에서 덮치더니 장풍이 날아왔다. 초식을 보니 비룡재천이었다. 구양봉은 어두워서 적의 얼굴을 보지 못했지만 초식을 보고 금세 곽정이라는 것을 알아차렸다.

'〈구음진경〉의 경문은 오묘하기 그지없어 10구 중 2구도 해석을 못했다. 오늘 저 녀석을 잡아서 해석을 들어야겠군.'

구양봉은 이런 생각으로 몸을 옆으로 살짝 비켜 곽정의 비룡재천을 피한 후 손을 뻗어 그의 등 한복판을 움켜쥐려 했다. 곽정은 무슨 수를 써서라도 그들이 동굴 안으로 들어가지 못하도록 지켜야겠다는 생각밖에 없었다. 잠시만 더 버티면 황궁의 호위병들이 몰려올 테고, 저놈들이 아무리 무공이 높다 하더라도 도망갈 수밖에 없을 것이라 생각했다. 뜻밖에 구양봉이 살수를 쓰지 않고 금나수로 자신을 잡으려 하자 왼손으로 금나권을 막고 오른손으로 공명권을 써서 반격했다. 공명권의 힘은 항룡십팔장에는 미치지 못하지만 장풍이 가볍고 날렵하며 손놀림이 기이했다.

"훌륭하군."

구양봉은 어깨를 낮추며 금나권으로 뻗은 손을 거두고 곽정의 오른팔을 향해 손을 뻗었다. 번개같이 빠르고 바람같이 강했지만 진력이 전혀 실리지 않은 공격이었다. 구양봉은 무인도에서 곽정이 써준 경문을 수련해보았다. 그러나 수련을 할수록 점점 뭔가 이상하다는 느낌이 들었다. 곽정이 경문을 뒤죽박죽 바꿔놓은 줄은 생각지도 못하고, 그저 경문의 뜻이 심오해 쉽게 이해하지 못하는 것이라 여겼다. 또 나중에 홍칠공이 뗏목에서 중얼중얼 기괴한 문구를 외우는 것을 듣고는 〈구음진경〉은 원래 그런 것이라고 확신하게 되었다.

구양봉은 곽정과 대결할 때마다 그의 공력이 진일보하는 것을 보며 두렵고 기쁜 마음이 동시에 들었다. 어린 녀석이 그처럼 빠르게 발전하는 것은 다 〈구음진경〉 덕분이라는 생각에 두려웠고, 한편으로는 자신도 이미 〈구음진경〉을 손에 넣었으니 자신의 탄탄한 기초 무공에 〈구음진경〉을 더하면 훗날 무공이 끝도 없이 높아질 것이라는 생각에 기뻤다.

그는 곽정과 여유롭게 한 초식 한 초식을 겨루며 〈구음진경〉을 풀이해보려 마음먹었다. 그러니 악비의 유서를 얻든 말든 그에게는 전혀 중요하지 않았다. 마음속에 오로지 〈구음진경〉의 무학을 익혀야겠다는 생각밖에 없었다.

취한당은 횃불과 등불로 대낮처럼 환하게 밝아졌고, 호위병들이 속속 모여들었다. 완안홍열은 구양봉과 양강이 한참이 지나도 나오지 않고 호위병들이 구름처럼 몰려들자 큰일이다 싶었다. 다행히 모두들 지붕 위에서 벌어진 황용과 팽련호, 양자옹의 싸움을 보느라 폭포 뒤에서 더 큰일이 벌어지고 있다는 사실은 전혀 눈치채지 못했다. 그러나 조만간 곧 발각될 것이 자명하니, 완안홍열은 연신 손을 비비고 발을 동동 구르며 소리를 쳤다.

"빨리, 빨리."

"왕야께서는 당황해지 마십시오. 소승이 다시 들어가 보겠습니다."

영지상인은 왼쪽 장을 몸 앞에서 흔들며 폭포를 헤치고 안으로 들어갔다. 취한당을 밝힌 등불이 폭포까지 환히 비추자 동굴 입구에서 구양봉과 곽정이 초식을 주고받는 모습이 보였다. 양강은 수차례 그들을 뚫고 안으로 들어가려 했으나 두 사람의 장풍과 권풍에 번번이 실패하고 말았다.

영지상인은 둘의 초식을 보고 분을 참을 수 없었다.

'이렇게 급박한 상황에서 구양봉은 태연자약하게 무공 연마를 하고 있다니, 정말 천하의 몹쓸 놈이 아닌가!'

"구양 선생, 제가 도와드리리다."

구양봉은 오히려 화를 냈다.

"어서 저 멀리 비키시오!"

'여기서 무슨 영웅호걸 흉내를 내고 싶은 거냐? 지금이 대종사라고 거들먹거릴 상황이야?'

영지상인은 속으로 욕을 해대며 몸을 굽혀 곽정 왼쪽을 파고든 후 대수인으로 곽정의 태양혈을 찍으려 했다. 구양봉은 크게 노해 왼손을 뻗어 그의 목덜미를 움켜쥐고 밖으로 던져버렸다. 구양봉에게 목덜미를 잡히자 영지상인은 화가 머리끝까지 치밀어 가장 심한 욕을 퍼부어댔다. 그러나 모두 서장어로 하는 말이라 구양봉은 전혀 알아듣지 못했다.

"빠리씨미홍⋯⋯."

영지상인이 다시 욕을 하고 있는데 한 줄기 급류가 입안으로 쏟아져 물과 함께 욕을 삼켜버리고 말았다. 구양봉에게 내던져질 때 얼굴이 하늘을 향하는 바람에 폭포 물이 그의 입으로 그대로 떨어진 것이다. 완안홍열은 영지상인이 허수아비처럼 휙 던져지면서 요란한 소리와 함께 취한당의 화분이 산산조각나자 당황스러워 안절부절못했다. 과연 호위병들이 그 소리를 듣고 속속 몰려들었다.

완안홍열은 급히 장포 자락을 쥐고 폭포 속으로 뛰어 들어갔다. 비록 무공을 익히긴 했지만 얕은 실력이라 폭포에 떠밀려 발이 미끈하면서 앞으로 고꾸라지고 말았다. 양강은 그런 그를 급히 부축했다. 완안홍열은 정신을 차리며 주변 상황을 지켜보다가 구양봉에게 물었다.

"구양 선생, 저 아이를 물리칠 수 있겠소?"

완안홍열은 구양봉에게는 어떤 호소나 위협도 통하지 않는다는 것을 알고 있었다. 아무렇지도 않은 듯 슬쩍 이렇게 물으면 구양봉은 필시 전력을 다해 곽정을 쫓아버릴 것이라 판단했다. 이른바 '새로 장수를 보내는 것보다 기존의 장수를 고무시키는 전략'을 쓴 것이다. 이 방법은 구양봉에게 제대로 먹혀들었다.

"못 할 이유가 뭐 있겠습니까?"

구양봉은 몸을 웅크리더니 "얍!" 하고 고함을 치며 합마공의 기운을 두 손바닥에 모아 장력을 앞으로 뻗었다. 이것은 구양봉이 평생을 바쳐 이룬 무공의 절정으로, 홍칠공과 황약사가 이곳에 있다 하더라도 정면으로 대응하지 못할 터였다. 그러니 곽정은 두말할 나위도 없었다. 구양봉은 곽정과 초식을 주고받으면서 공명권을 매 초식 모두 사용하도록 압박했다. 초식의 정교함과 변화무쌍함에 속으로 경탄하던 그는 곽정으로 하여금 〈구음진경〉의 이 권법을 모두 사용하고, 그걸 잘 살펴볼 심산이었다.

그런데 완안홍열이 끼어들어 자존심을 건드리니 어쩔 수 없이 전력을 다했다. 그에게 곽정은 아직 쓸모가 있었으므로 더 이상 공격은 하지 않고 지레 겁먹고 도망가도록 할 작정이었다.

그러나 바보스럽도록 고지식한 곽정은 악비의 유서를 반드시 지켜내리라 단호한 결심을 한 터였다. 자신이 피하면 동굴 입구가 비어 유서는 적의 수중으로 떨어지고 말 것이다. 밖에 호위병이 아무리 많아도 구양봉을 막지 못할 테니 자신 말고는 여길 지킬 사람이 없다는 생각이 들었다. 그러나 눈앞에 살기등등하게 뻗어오는 구양봉의 장력을 보니 막을 능력은 안 되고 피할 수도 없는 처지라 두 발을 굴러 4척 높이로 몸을 띄워 피한 뒤 다시 내려와 동굴 입구를 막아섰다. 그때 몸 뒤에서 텅, 하고 굉음이 들리면서 흙이 무너져 내렸다. 구양봉의 장력이 동굴의 석벽을 맞춘 것이다.

"좋다!"

구양봉은 소리를 지르며 두 번째 장력을 발했다. 두 번째 장풍은 빠르고 기괴해 첫 번째 힘이 쇠하기도 전에 연달아 몰아쳤다. 곽정은 굉장한 장풍이 자신의 몸을 덮치는 것을 느끼고 운경백리雲驚百里 초식을 전개하는 동시에 쌍장을 앞으로 뻗었다. 이것은 항룡십팔장에서 가장 위력 있는 초식이었다. 강공을 강공으로 되받아치며 두 사람은 일순간 꼼짝도 하지 않고 서로를 마주하고 섰다. 곽정은 이런 상황에서는 다른 방도가 없다는 걸 잘 알고 있었다.

완안홍열은 두 사람이 뛰어오르고 옆으로 파고들어 치고받으며 격렬하게 싸우다가 갑자기 꼼짝도 하지 않고 팽팽히 맞서자 제대로 숨조차 쉬지 못했다. 잠시 뒤 곽정의 몸에서 빗물 같은 땀이 줄줄 흘러내리기 시작했다. 구양봉은 계속 겨루다가는 곽정이 중상을 입을 것 같아 반 초식 양보해주려고 진력을 약간 늦추었다. 순간, 가슴에 격렬한 통증이 느껴졌다. 곽정의 장력이 치고 들어온 것이다. 구양봉의 공력이 깊지 않았더라면 필시 큰 부상을 입을 만한 힘이었다. 구양봉은 놀라지 않을 수 없었다. 그는 숨을 한 번 깊게 들이쉬고 장풍으로 곽정의 장력을 받아냈다. 여기서 구양봉이 한 번 더 장력을 발하면 곽정을 너끈히 쓰러뜨릴 수 있었다. 이미 둘의 장력은 최고조로 올라가 있어 승부를 내려고 공격하면 상대는 큰 중상을 입을 게 자명했다.

구양봉의 입장에서 곽정을 죽이는 것은 어렵지 않았다. 그러나 곽정은 〈구음진경〉 무학의 결정체라 할 수 있으니, 조금만 더 버티다 진력을 거두어 생포해야겠다고 생각했다. 얼마 지나지 않아 승패는 구양봉 쪽으로 확연히 기울었지만 옆에서 지켜보고 있는 완안홍열과 양강은 그 변화를 눈치채지 못한 채 이 상황이 끝나기만을 초조하게 기다렸다. 사실 곽정과 구양봉이 서로 맞서고 있는 시간은 아주 짧았지만 폭포 주위로 불빛이 점점 더 모여들고 고함 소리가 높아지는 긴박한 상황이라 완안홍열과 양강에게는 아주 길게만 느껴졌다. 그때 갑자기 픽, 하는 소리가 나더니 폭포 속으로 두 명의 호위병이 뛰어들었다. 양강이 즉시 앞으로 뛰어나가 양손으로 그 둘의 정수리에 손을 꽂았다.

그들의 몸에서 붉은 피가 뿌려졌다. 구음백골조가 일거에 성공한 것이다. 비릿한 피 냄새를 맡자 양강은 살기가 동해 신발에서 비수를 꺼내 들고 원숭이처럼 재빠르게 달려가 곽정의 허리를 향해 비수를 꽂았다. 곽정은 구양봉의 장력을 막는 데 여념이 없어 그의 비수를 피할 틈이 없었다. 몸을 약간만 움직여도 장력이 약해져서 서독의 합마공에 목숨을 잃을 것이 분명했다. 그러니 예리한 칼날이 자신을 향해 돌진하는 것을 빤히 보고도 피할 수 없었다.

곽정은 허리에 격렬한 통증을 느꼈다. 갑자기 숨이 턱 멎는 것 같았다. 곽정은 무의식중에도 주먹을 휘둘러 양강의 손목을 쳤다. 곽정과 양강, 두 사람의 무공은 이미 하늘과 땅 차이로 벌어져 있었다. 곽정의 주먹 한 방에 양강은 뼈가 으스러지는 고통을 느끼며 급히 손을 움츠렸다. 그러나 이미 비수는 절반 이상 곽정의 허리 깊숙이 박힌 상태였다. 곽정은 가슴에 합마공을 맞고 신음 소리도 내지 못한 채 앞으로 고꾸라졌다. 구양봉은 곽정이 필시 죽을 것이라 생각하고 연신 고개를 저었다.

"아깝다! 아까워!"

안타까운 마음이 들었지만 이미 목숨을 구하기는 틀린 것 같아 그냥 내버려두고 악비의 유서를 가지러 갈 수밖에 없었다. 구양봉은 양강을 매서운 눈초리로 한 번 노려보았다.

'저놈이 내 일을 다 망쳐놓았군.'

양강은 눈앞에서 곽정이 쓰러지자 잠시 혼란스러웠다. 그들의 관계

양강은 곽정과 구양봉이 장을 맞대고 싸우는 사이 곽정의 허리에 비수를 꽂았다.

는 결코 평범하지 않았던 것이다.

'기어코 넌 죽고 난 살았다.'

만감이 교차하는 양강의 손을 완안홍열이 잡아끌었다. 그들 부자는 구양봉의 뒤를 따라 동굴 안으로 성큼 들어갔다. 황궁의 호위병들이 폭포 속으로 계속 뛰어들었다. 구양봉은 몸도 돌리지 않은 채 손을 뒤로 뻗어 한 명씩 손에 잡히는 대로 밖으로 내던졌다. 등을 돌린 채 아무렇게나 잡아서 던지는데도 병사들은 한 명도 동굴 안으로 들어오지 못했다.

양강은 횃불을 들고 동굴 안을 자세히 살펴보았다. 땅에 먼지가 수북이 쌓여 있는 것으로 보아 오랫동안 인적이 없었던 듯했다. 정중앙에 돌 탁자 하나가 외롭게 놓여 있고, 그 위에 2척 정도의 네모난 돌 상자가 있었다. 상자 안을 보니 봉인된 석갑만 있을 뿐 다른 물건은 없었다. 양강은 횃불을 들고 가까이 비추어보았다. 봉인된 석갑 위의 글씨는 너무 오래되어 알아볼 수가 없었다.

"〈무목유서〉는 바로 석갑 안에 들어 있을 것이다."

완안홍열의 말에 양강은 희색이 만면해 손을 뻗었다. 그때 구양봉의 왼팔이 어깨를 가볍게 치자 양강은 중심을 잃고 몇 걸음 휘청거렸다. 양강이 당황하는 사이, 구양봉은 이미 석갑을 옆구리에 끼고 있었다.

"대업을 완성했으니, 모두 갑시다!"

완안홍열의 말에 구양봉이 앞장서고 세 사람은 함께 동굴을 나섰다. 동굴 입구에는 곽정이 온몸에 피를 흘리며 병사들과 함께 죽은 듯 쓰러져 있었다. 그런 곽정의 모습에 양강은 다소 양심의 가책이 느껴져 중얼거렸다.

"분수도 모르고 여기저기 끼어들어 설쳐대더니 이 꼴이 됐지. 의형제의 연을 끊었다고 나를 탓하지는 마라."

문득 자신의 비수가 아직 곽정의 몸에 꽂혀 있다는 생각이 들어 몸을 굽혀 뽑으려는데, 폭포 너머로 사람 그림자가 어른거리더니 누군가 들어왔다.

"오빠! 거기 있어요?"

양강은 황용의 목소리를 듣고 흠칫 놀라 비수를 뽑을 겨를도 없이 곽정의 몸을 뛰어넘어 구양봉 등을 따라 폭포를 빠져나갔다.

한편 황용은 사방을 뛰어다니며 팽련호, 양자옹 등과 지붕 위에서 술래잡기를 했다. 얼마 후 호위병들이 점점 많이 몰려왔다. 그들의 고함 소리가 하늘을 찌를 듯했다.

팽련호와 양자옹은 황궁이란 장소에 위축되어 더 이상 황용을 쫓지 못하고 폭포 옆으로 몸을 숨겨 완안홍열이 나오기만을 기다렸다. 동굴 입구에서 호위병 몇 명이 죽어나간 후, 구양봉이 석갑을 손에 들고 동굴을 빠져나오는 것이 보였다.

황용은 곽정이 걱정되어 폭포 안으로 급히 들어갔다. 그녀는 여러 번 곽정을 불렀으나 아무 대답도 들리지 않자 당황하기 시작했다. 등불을 비추어보니 곽정이 온몸에 피를 흘리며 자신의 발치에 쓰러져 있지 않은가. 그녀는 너무 놀라서 혼비백산했다. 손이 벌벌 떨려 들고 있던 등불을 놓치고 말았다.

동굴 밖에서는 호위병들이 "자객 잡아라!" 하며 고함을 치고 있었다. 그러나 10여 명의 호위병이 구양봉의 손에 내동이쳐져 목이 부러지고 뼈가 부러지자 아무도 감히 들어갈 엄두를 못 내고 밖에서 소리만 질러대고 있었다.

황용은 몸을 굽혀 곽정을 안고 아직 피가 따뜻한지 손을 더듬어보고는 다소 안심했다. 몇 번 곽정을 불러보았지만 여전히 대답이 없자 그를 업고 폭포를 몰래 빠져나와 꽃동산 뒤로 몸을 숨겼다.

취한당 일대는 이미 등불과 횃불로 환하게 밝혀져 있고, 다른 곳의 호위병들도 소식을 듣고 속속 몰려들고 있었다. 황용의 신법이 제아무리 빨라도 이 많은 눈을 속이고 도망갈 수는 없었다. 이미 발각되어 호위병들이 고함을 지르며 뒤쫓아왔다.

'멍청한 놈들! 나쁜 놈들은 안 쫓고 우리 뒤를 쫓다니……'

황용은 속으로 욕하며 이를 악물고 뛰었다. 호위병 중 몇몇 무공 높은 자들이 바싹 뒤쫓아오자 황용은 금침을 던졌다. 뒤에서 비명 소리가 나며 여러 명이 쓰러졌다. 남은 사람들은 감히 뒤쫓지 못하고 눈을 뻔히 뜬 채 황용이 궁궐 담을 넘는 걸 지켜보고만 있었다.

그들이 떠나고 난 뒤 황궁 안은 한바탕 난리가 났다. 어두운 밤에 누군가 역모를 꾸미며 황제의 제위를 찬탈하려 했다는 둥, 민란이 일어났다는 둥 하며 호위병들과 어림군御林軍, 금군禁軍 등은 모두 놀라서 정신을 못차렸다. 장수들은 밤새도록 소란을 피우더니 날이 밝아서야 병사를 풀어 모든 성안을 수색했다. 수없이 많은 사람을 잡아들여 심문했으나 하나같이 거리의 부랑자이거나 좀도둑이었다. 어쩔 수 없이 억지로 거짓 자백을 받아냈다. 그렇게 한바탕 살육전을 벌인 후에야 성은에 보답하고, 자신의 자리도 지킬 수 있었다.

제아무리 무공이 강한 황용이라도 곽정을 등에 업고 밤새 달린 데다 크게 놀라고 당황한 터라 지치지 않을 수 없었다. 그녀는 바보 소녀의 주막에 당도하자 문 앞에 털썩 주저앉았다. 숨쉬기도 힘들고 온몸이 떨어져 나가는 듯했다. 자리에 앉아 정신을 추스르고 호흡을 고를 겨를도 없이 억지로 버둥거리며 장작에 불을 붙여 곽정의 얼굴을 비추었다. 곽정의 모습을 본 그녀는 황궁에서보다 더욱 놀랐다. 곽정의 얼굴은 백지장처럼 파리해 죽었는지 살았는지도 판별하기 힘들었다. 그가 부상당한 것을 여러 번 봤지만 이렇게 심각한 경우는 처음이었다. 황용은 심장이 터질 것만 같았다. 장작을 들고 멍청히 서 있는데, 갑자기 옆에서 손 하나가 튀어나오더니 장작을 낚아챘다. 고개를 돌려보니 바보 소녀였다.

황용은 숨을 깊게 들이쉬었다. 옆에 한 사람이 더 있으니 훨씬 힘이 나고 담대해지는 것 같았다. 곽정이 어디에 부상을 입었는지 살펴보려는데 불빛 아래로 허리 쪽에 검은 막대 같은 것이 눈에 띄었다. 바로 비수의 검은색 나무 손잡이였다. 고개를 숙여 자세히 보니 비수가 곽정의 왼쪽 허리에 꽂혀 있었다. 황용은 또다시 크게 놀랐지만 이상하게도 마음은 더욱 차분해졌다. 조심조심 허리 쪽의 옷을 찢었다. 살이 드러나면서 비수 양쪽으로 피가 응고되어 있는 게 보였다. 예리한 칼날이 살 속으로 몇 촌 정도 깊이 박혀 있었다.

'이 비수를 뽑으면 바로 죽게 될 거야. 그렇다고 뽑지 않고 놓아두면 더욱 위험해. 어떡하지?'

황용은 이를 악문 채 손잡이를 움켜쥐고 뽑으려 했다. 그러다 다시 마음이 어지러워져 자신도 모르게 손을 움츠렸다. 이렇게 수차례 반복했지만 도무지 뽑을 자신이 서지 않았다. 바보 소녀는 옆에서 계속 지켜보다가 황용이 손을 네 번째 움츠리자 갑자기 손을 뻗어 손잡이를 움켜쥐더니 비수를 힘껏 뽑아버렸다.

"으악!"

"아!"

곽정과 황용은 동시에 비명을 질렀다. 그러나 바보 소녀는 재미있는 장난을 친 듯 킬킬거리며 웃었다. 황용은 곽정의 상처에서 붉은 피가 샘솟듯이 펑펑 솟고 있는데도 바보 소녀가 킬킬거리며 웃자 화가 치밀었다. 일장을 날려 소녀를 고꾸라뜨린 뒤 즉시 수건으로 상처 부위를 힘껏 눌렀다.

소녀가 넘어지면서 소나무 장작의 불이 꺼져 사방은 다시 암흑 속으로 빠져들었다. 소녀는 있는 대로 화가 치밀어 황용을 힘껏 발로 찼다. 황용은 피할 생각도 하지 않고 소녀의 발길질을 그대로 받았다. 바보 소녀는 황용이 일어나서 자신을 때릴까 봐 발로 한 번 찬 뒤 바로 도망갔다. 그러나 황용이 흐느끼는 소리만 들리자 이상하게 생각하며 다시 돌아와 황급히 장작에 불을 붙였다.

"내가 너무 아프게 찼어?"

비수가 뽑힐 때 격렬한 통증을 느낀 곽정은 혼수상태에서 깨어났다. 불빛 속에 무릎을 꿇고 앉아 있는 황용의 모습이 보였다.

"악비 장군의 유서는…… 도, 도둑맞았어?"

곽정의 목소리를 듣고 황용은 너무 기뻤다. 그러나 지금은 유서를 걱정하는 곽정을 안심시키는 게 우선이라는 생각이 들었다.

"걱정 말아요. 그놈들 손에 넘어가지 않았어요."

상처가 어떤지 물으려는 순간, 손이 뜨끈해지는 느낌이 들었다. 자신의 두 손에 온통 피가 묻어 있었다. 곽정의 음성은 힘이 없었다.

"왜 울어?"

황용은 처량하게 웃음을 지으며 말했다.

"안 울어요."

그때 바보 소녀가 끼어들었다.

"얘, 울고 있어요. 왜 잡아떼니? 보세요. 얼굴에 눈물이 흐르잖아요."

"용아, 걱정 마. 〈구음진경〉에는 상처를 치유하는 방법도 적혀 있으니까 난 안 죽을 거야."

이 말을 듣자 황용은 캄캄한 밤에 등불을 본 듯 마음이 환해지면서 검은 두 눈에 생기가 돌았다. 자세히 묻고 싶었지만 기력이 소진될까 봐 묻지 못하고 기쁜 마음에 바보 소녀의 손을 덥석 잡았다.

"방금 아팠지?"

그러나 바보 소녀는 아직도 황용이 울었는지 안 울었는지에만 관심이 있었다.

"네가 우는 걸 분명히 봤단 말이야. 시치미 떼지 마."

"그래, 나 울었어. 넌 안 우니까 참 착하구나."

바보 소녀는 자신을 칭찬하자 기뻐 어쩔 줄 몰랐다. 곽정은 천천히 운기조식을 했으나 고통을 참기가 힘들었다. 황용은 마음을 가라앉히고 정신을 차린 다음, 금침 하나를 뽑아 들고 상처 부위의 위아래 혈도를 찔러 피를 통하게 했다. 통증을 가라앉힌 뒤 상처 부위를 깨끗이 씻고 약을 바르고 붕대로 동여맸다. 또 구화옥로환 몇 알을 먹여 통증을 완화시켰다.

"칼이 깊게 박히긴 했어도…… 그, 그래도 급소를 찔리진 않았으니까 괜찮을 거야. 노독물의 합마공에 맞은 게 더 큰일이야. 다행히 진력이 실려 있지 않아서 살 수는 있을 것 같아. 7일 밤낮으로 네가 수고 좀 해줘야겠다."

"오빠를 위해서라면 70년이라도 기꺼이 하겠어요."

황용의 따뜻한 말에 곽정은 마음이 녹는 듯했다. 그때 갑자기 어지러워지면서 잠시 정신을 잃었다가 다시 눈을 떴다.

"사부님이 부상을 당하시고 며칠 뒤에야 만나서 상처를 치유할 시기를 놓쳐버린 것이 너무 아쉽구나. 그러지 않았다면 아무리 치유하기 힘든 뱀독이라도…… 이렇게 속수무책으로 손 놓고 있지는 않을 텐데……."

"그 섬에서 사부님의 상처를 치유할 수 있었다 하더라도 구양 숙질 놈들이 그냥 두었겠어요? 그런 생각 하지 말고 빨리 오빠의 상처를 치유할 방법이나 말해보세요."

"조용한 곳을 찾아 우리 둘이 〈구음진경〉의 방법대로 동시에 운공조식해야 돼. 우리 둘이 손바닥을 서로 맞대어 너의 공력을 불어넣어 내 상처를 치유하는 거야."

곽정은 잠시 말을 멈추고 눈을 감은 채 숨을 몇 번 몰아쉬더니 말을 이었다.

"운공조식을 하는 동안에는 우리 둘의 손바닥이 잠시도 떨어져서는 안 돼. 너와 나의 기가 서로 통해야 해. 우리 둘은 서로 말을 해도 되지만 다른 사람과는 한마디도 해서는 안 돼. 더욱이 일어나서 한 발짝이라도 걸으면 안 되고, 만약 누군가 우리를 방해하면…… 그러면……."

황용은 이 치유법이 좌정해 수련하는 방법과 비슷하다고 생각했다. 수련할 때도 무공을 완성하기 전에 잠시라도 외부의 방해를 받거나 마음속에 잡념이 생겨 집중하지 못하면 주화입마가 된다. 그러면 모든 무공이 사라질 뿐만 아니라 작게는 부상을 입고 크게는 목숨까지 잃게 되는 것이다. 그래서 수련자가 기와 무공을 연마할 때는 황무지나 야산 등 인적이 없는 곳을 찾아 틀어박히거나, 무공이 높은 사부나 사형이 옆에서 보호하며 방해 요소를 제거하곤 한다.

'당장 조용한 곳을 찾는 것도 어렵거니와 내가 오빠를 도와 기를 나누면 바보 소녀가 외부의 침입을 막아야 하는데…… 그것도 말이 안 되지. 오히려 계속 방해만 할 거야. 그럼 주 선배님을 불러와야 하는데, 그는 절대 7일 동안 집중해서 우리를 지켜줄 수 없어. 성공할 확률보다 실패할 확률이 훨씬 높으니 이 일을 어찌한다?'

황용은 한참을 고민하던 중 갑자기 찬장이 보였다.

'맞다. 저기 밀실로 가서 치료하면 되겠구나. 매초풍이 무공을 연마할 때도 지켜줄 사람이 없어 지하 동굴에서 숨어 했다지…….'

이미 날이 어슴푸레 밝아왔다. 바보 소녀는 주방으로 가서 죽을 끓여 내왔다.

"곽정 오빠, 잠시 좀 쉬고 있어요. 전 먹을 걸 사러 갈게요. 제가 돌아오면 바로 운공요상運功療傷을 시작해요."

무더운 여름이라 밥과 요리를 7일 동안 놓아두면 썩을 것이라 생각하고 황용은 수박을 사러 마을로 갔다. 수박 장수는 수박을 주막 안까지 가지고 와서 땅에 내려놓았다. 돈을 받고 나가면서 한마디 했다.

"저희 우가촌의 수박은 맛있고 사각사각하답니다. 드셔보시면 아실 거예요."

황용은 우가촌이라는 말을 듣고 흠칫 놀랐다.

'이곳이 바로 우가촌? 오빠의 부모님이 살던 곳이구나.'

곽정이 들으면 정신이 산만해질까 봐 적당히 몇 마디 대꾸해 돌려 보내고는 내당으로 들어갔다. 곽정은 이미 깊이 잠들었고, 이제 허리에 동여맨 붕대에도 피가 묻어나지 않았다. 황용은 찬장을 열고 쇠 밥그릇을 돌려서 밀실 문을 연 후 수박을 하나하나 안으로 옮겼다. 마지막 하나를 바보 소녀에게 주면서 절대 자신들이 이곳에 있다는 말을 하지 말고, 아무리 큰일이 일어나도 밖에서 부르거나 소리치지 말라고 신신당부했다. 바보 소녀는 무슨 뜻인지 알아듣지는 못했으나 황용이 정색하고 말하자 입으로는 알았다고 하면서 고개를 끄덕였다.

"이 안에 숨어서 몰래 수박 다 먹으면 나올 거지? 나, 얘기 안 할게."

"그래, 바보 낭자가 말을 안 하면 착한 낭자야. 하지만 말을 하면 나쁜 낭자가 되는 거야."

"말을 안 하면 바보 낭자는 착한 낭자야."

바보 소녀는 연신 중얼거렸다. 황용은 곽정에게 죽을 한 그릇 마시게 하고 자신도 한 그릇 마시고는 밀실로 같이 들어갔다. 안에서 찬장 문을 닫으면서 바보 소녀를 바라보니 순박한 얼굴에 미소를 띤 채 중얼거리고 있었다.

"바보 낭자, 말 안 할 거야."

'저 바보는 저러다 누군가를 만나면, 두 사람이 찬장 안에 숨어서 수박을 먹고 있는데 바보 낭자는 말 안 해요, 하고 떠벌릴지도 몰라. 차라리 죽여서 후환을 없애자.'

황용은 어릴 때부터 아버지의 영향을 받아 인의 도덕과 옳고 그른 것을 전혀 개의치 않았다. 바보 소녀가 곡영풍과 깊은 관계가 있다는 것은 알지만, 곽정의 생명이 위태로워진다면 얼마든지 죽일 수 있었다. 황용은 곽정의 허리에서 뽑은 비수를 들고 찬장을 뛰쳐나가 손을 쓰려 했다.

밀실에서 병을 고치다

황용은 밖으로 나가려다 문득 곽정을 의식하고 뒤를 돌아보았다. 곽정의 눈빛이 의심으로 가득했다. 자신의 얼굴에 살기가 어린 것을 눈치챈 듯했다.

'저 바보를 죽이는 거야 별거 아니지만, 오빠가 다 나으면 이 일로 나를 나무랄 게 틀림없어. 몇 마디 나무라고 끝나면 다행이지만, 겉으로 내색은 안 하면서 속으로는 평생 나를 미워할 수도 있지. 그건 너무 끔찍해. 아…… 됐어, 됐어. 그냥 관두자. 한번 모험을 해보는 거야. 말을 안 할 수도 있잖아.'

황용은 찬장 문을 닫고 방 안을 자세히 살펴보았다. 방의 천장에 1척 크기의 사각 천창天窓이 나 있었다. 그 창을 통해 희미하게나마 방 안의 사물을 알아볼 수 있을 정도로 햇빛이 들어왔다. 그 옆의 통풍구는 이미 먼지로 막혀 있었다. 황용은 비수를 들어 통풍구를 뚫었다. 방 안은 악취로 가득 차 머리가 아플 지경이었다. 그래도 방금 걱정스러워 미칠 것 같았던 순간을 생각하면 먼지로 가득 찬 이 좁은 방이 오히려 천당 같았다. 곽정은 벽에 기대앉아 미소를 지었다.

"상처를 치료하기에는 더할 나위 없이 좋은 장소로군. 시체 둘과 함께 있어야 하는데, 무섭지 않겠어?"

아닌 게 아니라 황용은 내심 겁이 나던 참이었다. 그러나 짐짓 아무렇지도 않은 표정을 지으며 웃어 보였다.

"한 명은 사형이니 나를 해칠 리 없고, 또 한 명은 밥통 같은 관리인걸요. 살아 있다고 해도 무서울 것 없는 자이니 죽은 귀신이야 아무것도 아니죠."

황용은 부지런히 시체 두 구를 방의 북쪽 구석으로 옮겨놓고 바닥에는 수박을 받치고 있던 짚을 넓게 펼쳤다. 그리고 열 개가 넘는 수박을 손만 뻗으면 닿는 곳에 두었다.

"어때요?"

"좋아, 그럼 우리 시작하자."

황용은 곽정을 부축해 짚 위에 앉히고 자신은 무릎을 세우고 그의 왼쪽에 앉았다. 그런데 고개를 드니 정면 벽에 동전만 한 구멍이 뚫려 있었다. 몸을 숙여 그 안을 들여다본 황용은 깜짝 놀랐다. 벽 안쪽에 작은 거울이 박혀 있어 밖의 광경이 모두 보였다. 아마도 이 밀실을 지은 사람이 적을 피해 방 안에 숨어 있으면서도 용의주도하게 밖의 동정을 살필 수 있도록 해놓은 모양이었다. 그러나 거울에는 먼지가 가득 내려앉아 있었다. 황용은 손수건을 꺼내 식지로 감싼 다음 구멍 속의 거울을 깨끗이 닦았다. 바보 소녀가 땅바닥에 앉아 돌멩이를 던지고 있는 모습이 보였다. 입은 벌렸다 다물었다 하는데, 뭐라고 하는지는 알 수 없었다. 황용이 귀를 구멍에 바싹 갖다 대자 바보 소녀가 부르는 자장가 소리가 뚜렷이 들렸다.

"흔들, 흔들, 흔들…… 우리 아가, 우리 아가, 할머니가 부르시네……."

황용은 처음에는 우스운 생각이 들었지만, 잠시 가만히 듣고 있었다. 왠지 노랫가락이 구슬피 들리며 연민의 정이 샘솟듯 넘쳤다.

"자기 엄마가 불러주던 노래인가? 우리 엄마도 일찍 돌아가시지 않았으면 저렇게 노래를 불러주셨을 텐데……."

엄마 생각을 하다 보니 어느새 눈가가 젖어왔다. 황용의 얼굴에 어두운 그늘이 지는 것을 보고 곽정이 말을 걸었다.

"무슨 생각을 하는 거야? 내 상처는 별거 아니니까, 너무 걱정하지 마."

황용은 얼른 눈물을 훔치고 밝은 표정으로 돌아왔다.

"어서 부상을 치료하는 연공법을 가르쳐줘요."

곽정은 〈구음진경〉에 있는 '요상療傷' 편을 천천히 외웠다.

"무학 중에는 '사람 때리는 것을 배우기 전에 맞는 것부터 배워라'라는 말이 있다. 처음 무공을 배우기 시작하면 반드시 맞아도 중상을 입지 않는 방법을 먼저 익히고, 무공이 깊어지면 스스로를 보호하는 방법, 혈도를 풀고 부상을 치료하는 방법, 부러진 뼈를 붙이고 독을 치료하는 방법 등을 익혀야 하는 것이다. 여기서 반드시 주지해야 할 것은 세상에는 고수가 많으니 아무리 강한 무공을 지니고 있다 하더라도 한순간의 실수는 피할 수 없다는 사실이다. 〈구음진경〉의 '요상' 편에서는 고수가 기를 공격해 부상을 입었을 경우 운기를 통해 원기를 회복하고 내상을 치료하는 방법 등을 설명하고 있다. 골절이나 자상 등 외상 치료는 〈구음진경〉을 연구한 사람이라면 배우지 않아도 할 수 있다."

황용은 단 한 번 듣고도 내용을 전부 외워버렸다. 경문 중 잘 이해 안 되는 몇 구절은 둘이서 함께 머리를 맞대고 연구했다. 곽정은 전진 파의 내공을 충실히 익혔고 황용은 머리가 비상하니 서로 의견을 주 고받자 얼추 모든 게 정리됐다. 이윽고 황용이 오른손을 내밀어 곽정 의 왼손과 마주 댔다. 그리고 각자 기를 조절해 운공을 시작했다. 그렇 게 두 시진을 운공한 후 둘은 잠시 쉬기로 했다. 황용은 왼손에 칼을 들고 수박을 잘라 곽정과 나누어 먹었다. 그러는 중에도 두 사람의 손 바닥은 떨어지지 않았다.

미시未時까지 운공을 하고 나자 곽정은 가슴을 짓누르던 있던 기운 이 조금 가벼워지는 것을 느꼈다. 황용의 손바닥에서 전해지는 열기가 천천히 자신의 몸을 돌아 퍼지는 듯하더니 허리의 통증도 좀 나아졌 다. 그는 속으로 〈구음진경〉의 신묘함에 감탄하며 앞으로도 게으름 피 우지 말고 연마하리라 결심했다.

세 번째 휴식 때가 되어서는 천창으로 기울어 들어오던 햇빛도 점 차 어두워졌다. 황혼 무렵이 되자 곽정만 가슴의 기운이 편안해지는 게 아니라 황용도 머리가 맑아지는 듯했다.

둘이서 잠시 잡담을 나누다가 막 다시 운공을 시작하려는 순간, 밖 에서 다급한 발소리가 들려오더니 주막 앞에서 딱 멈추었다. 곧이어 몇 사람이 주막 안으로 들어서는 소리가 들렸다. 누군가 거친 목소리 로 외쳤다.

"빨리 밥과 음식을 가져와! 나리들 배가 고파 돌아가실 지경이다."

이 목소리는 삼두교 후통헤였다. 곽정과 황용은 깜짝 놀라 서로 얼굴을 마주 보았다. 황용은 후다닥 일어나 발을 땅에서 떼지 않은 채 아까 발견한 작은 구멍에 눈을 대고 들여다보았다. 정말 원수는 외나무다리에서 만난다더니 거울에 비친 사람은 완안홍열, 구양봉, 양강, 팽련호 등이었다. 바보 소녀는 어디로 놀러 나갔는지, 후통해가 탁자가 부서져라 내리치며 고함을 질러도 나타나지 않았다. 양자옹이 주막을 한 바퀴 돌아보고는 양미간을 찡그렸다.

"사람 사는 집이 아니군."

후통해가 벌떡 일어나 직접 음식을 구하러 나섰다. 구양봉은 내당의 바람이 닿지 않는 곳에 짚을 깔고 다리가 아직 낫지 않은 조카를 눕힌 뒤 안정을 취하도록 해주었다. 갑자기 팽련호가 웃음을 터뜨렸다.

"거 어림군이네, 금군이네, 아무짝에도 쓸모없는 놈들이 이리저리 쑤시고 다니기는 잘하더구먼. 끈질기게 쫓아오는 통에 하루 종일 굶었잖아. 그런데 왕야께서는 북방인이신데 어찌 전당강 주변에 이런 궁벽한 촌이 있는 것을 알고 저희를 데리고 오셨습니까? 하여튼 모르는 것도 없으시고, 못 하시는 것도 없으십니다."

완안홍열은 자신을 추어세우는 말을 듣고도 기꺼워하는 기색 없이 오히려 길게 한숨을 내쉬었다.

"19년 전, 이곳에 와본 적이 있습니다."

사람들은 완안홍열의 얼굴에 슬픈 표정이 떠오르자 의아해했다. 그들은 완안홍열이 과거 이곳에서 포석약이 자신의 목숨을 구한 일을 회상하고 있다는 것을 알 리 없었다. 황량한 마을 모습은 변함이 없는데 소박한 옷차림에 자신에게 닭죽을 떠먹이던 그 마음 따뜻한 여인은 이제 다시 볼 수가 없었다. 이야기를 나누는 사이, 후통해가 마을에서 술과 음식을 사 가지고 돌아왔다. 팽련호가 모두에게 술을 따르며 완안홍열 쪽으로 고개를 돌렸다.

"왕야께선 오늘 병법의 기서를 손에 넣으셨으니 대금국의 위세를 천하에 떨치고 천하를 평안케 할 일만 남았습니다. 참으로 축하드립니다."

그는 이어 술잔을 들고 단숨에 들이켰다. 팽련호가 워낙 큰 소리로 떠들어댔으므로 곽정은 벽 하나를 사이에 두고도 내용을 또렷하게 알아들을 수 있었다.

'악비 장군의 병서가 저들의 손에 있단 말인가?'

크게 놀라 마음이 다급해지니 기가 가슴으로 역류했다. 그러자 황용의 손바닥이 진동하기 시작했다. 밖에서 하는 말들 때문에 곽정의 단전호흡이 흔들렸던 것이다. 여기서 안정시키지 못하면 자칫 목숨을 잃을 수도 있는 상황이었다. 다급해진 황용이 곽정의 귀에 대고 속삭였다.

"저들이 병서를 훔쳤다면 우리라고 못 훔치겠어요? 오빠의 둘째 사부 묘수서생께서 나서면 열 권이라도 훔쳐다 주실 거예요."

곽정이 듣기에도 일리가 있었다. 곽정은 얼른 눈을 감고 마음을 진정시켜 저쪽의 이야기에는 더 이상 마음을 쓰지 않았다. 황용은 다시 구멍을 들여다보았다. 완안홍열이 술잔을 들어 단숨에 비우고 밝은 목소리로 외쳤다.

"모두 여러분께서 도와주신 덕이지요. 특히 구양 선생께서 수훈감이십니다. 그 곽가라는 놈을 쫓아주시지 않았다면 일이 어려워졌을 것입니다."

구양봉이 소리 내어 웃었다. 귀를 찌르는 듯한 웃음소리에 곽정의 마음이 또 한차례 동요를 일으켰다.

'노독물이 여기서 쟁을 켜지 않는 게 천만다행이다. 쟁을 켜는 날엔 오빠는 목숨을 부지하기 어려울 거야.'

황용이 안도의 한숨을 쉬는 사이, 구양봉이 입을 열었다.

"이곳은 외진 곳이라 송나라 군사도 찾아내지 못할 것입니다. 그 〈무목유서〉라는 게 어떤 것인지 다 같이 한번 보기나 하지요."

그러곤 품 안에서 석갑을 꺼내 탁자에 내려놓았다. 이 유서에 심오한 무공의 법문이 적혀 있으면 주저 없이 그 자리에서 제 것으로 만들어버릴 속셈이었다. 물론 병법만 적혀 있다면 자신에게는 별 쓸모가 없으므로 인정을 베풀 듯 완안홍열에게 넘겨줄 수도 있었다. 순식간에 모두의 시선이 석갑으로 쏠렸다.

'유서가 비록 없어지더라도 저 간적들의 손에 들어가는 것을 막아야 할 텐데……'

황용이 마른침을 삼키는데, 완안홍열의 목소리가 들려왔다.

"저는 악비가 남긴 수수께끼 같은 시구와 관아가 역대로 황궁을 축조한 기록을 보면서 이 병서는 틀림없이 취한당에서 동쪽으로 열다섯 걸음 떨어진 곳에 있으리라 생각했습니다. 오늘 보니 그 추측이 요행히 맞아떨어졌군요. 송조에는 참 인물이 없습니다. 궁 안에 이런 보물이 숨겨져 있다는 것을 생각해내는 사람이 하나도 없으니 말입니다. 우리가 오늘 저녁 이렇게 즐거워하고 있는데도 그 이유를 아는 사람이 없지 않습니까?"

자신만만한 목소리였다. 그런 완안홍열에게 앞다퉈 공치사를 올리느라 좌중이 떠들썩해졌다. 완안홍열이 수염을 천천히 꼬며 만족스러운 듯 미소를 지었다.

"강아, 석갑을 열어보거라."

양강이 앞으로 나와 봉인을 떼어내고 석갑을 열었다. 모두의 눈이 일제히 석갑으로 쏠리는가 싶더니 얼굴빛이 변하며 아무 소리도 내지 못했다. 일순 정적이 흘렀다. 석갑에는 병서는커녕 백지 한 장 들어 있지 않았다. 황용은 사람들의 표정을 보고 어찌 된 일인지 눈치채고 내심 쾌재를 불렀다. 완안홍열은 풀이 죽은 채 탁자를 짚으며 자리에 털썩 앉더니 떨리는 손으로 턱을 괴고 말없이 생각에 잠겼다.

'아무리 생각해봐도 알 수 없는 일이로군. 악비의 유서는 반드시 여기 있어야 하는데, 어찌 감쪽같이 사라졌단 말인가?'

갑자기 뭔가 떠오른 듯 얼굴이 밝아지며 석갑을 빼앗아 들고는 돌바닥에 힘껏 집어 던졌다. 퍽, 소리와 함께 석갑이 산산조각 났다.

'아, 석갑이 이중으로 되어 있는 건가?'

석갑 깨지는 소리가 들리자 눈치 빠른 황용은 완안홍열의 생각을 재빨리 간파했다. 정말 이중으로 되어 있는지 알아보기 위해 자세히 살펴보며 발을 동동 굴렀다. 잠시 후, 완안홍열이 힘없이 자리로 돌아가며 중얼거렸다.

"석갑이 이중으로 되어 있을까 했는데, 아니구려."

자리에 있는 사람들이 저마다 자기 생각을 이야기하느라 일대 소란이 일었다. 엉뚱한 생각이 속출하자 황용은 웃음을 참지 못하고 곽정에게 이야기해주었다. 곽정은 악무목의 유서가 없다는 말을 듣고 크게 안심했다.

'이자들이 여기서 포기할 리가 없어. 다시 궁으로 들어가려 할 거야.'

황용은 아직 궁에 남아 있는 홍칠공이 말려들까 걱정되었다. 주백통에게 맡기기는 했지만, 노완동은 도무지 어디로 튈지 모를 인물이라 마음이 놓이지 않았다. 아니나 다를까, 구양봉의 목소리가 들려왔다.

"별일 아니올시다. 오늘밤 다시 가서 찾아보면 되지요."

완안홍열이 말리고 나섰다.

"오늘 밤은 안 됩니다. 어젯밤 우리가 궁을 발칵 뒤집어놓았으니 경비가 삼엄할 겁니다."

"경비야 당연히 삼엄하겠지요. 그러나 그게 무에 걱정입니까? 왕야와 소왕야께서는 오늘 밤에 가실 필요 없습니다. 제 조카 녀석과 여기서 쉬고 계시지요."

완안홍열이 두 손을 모으고 읍했다.

"선생께서 이렇게 수고를 해주신다니, 그저 좋은 소식만 기다리고 있겠습니다."

모두들 바닥에 짚을 깔고 누워 휴식을 취하며 기운을 회복했다. 한 시진 정도 잤을까, 구양봉이 다른 사람들을 이끌고 다시 성으로 들어갔다. 완안홍열은 뒤척이며 도통 잠을 이루지 못했다.

자시가 지나자 강 쪽에서 물결 이는 소리가 들리더니 마을 쪽에서 개 짖는 소리가 밤하늘에 울려 퍼졌다. 끊어질 듯 끊어질 듯 마치 누군가 우는 듯한 소리가 적막한 밤공기를 갈랐다. 그러자 완안홍열의 마음이 더욱 산란해졌다. 한참이 지나고, 문밖에서 발소리가 들리더니 누군가 들어왔다. 완안홍열은 후다닥 일어나 앉으며 검을 뽑아 들었다. 양강은 한발 앞서 문 뒤로 몸을 날려 숨어서 지켜보았다.

달빛에 웬 봉두난발을 한 소녀가 노래를 흥얼거리며 문을 밀고 들어오는 것이 보였다. 바로 바보 소녀였다. 숲속에서 실컷 놀고 집에 돌아온 모양이었다. 그녀는 집에 낯선 사람이 있는 것을 보고도 별로 개의치 않고 항상 잠을 자던 나뭇더미로 가 누웠다. 잠시 후, 드르렁드르렁 코 고는 소리가 들렸다.

양강은 그저 시골 처녀라는 것을 확인하고는 피식 웃고 다시 잠을 청했다. 그러나 완안홍열은 온갖 상념에 잠을 이룰 수 없었다. 끝내 자리에서 일어나 주머니에서 초를 꺼내 불을 붙이더니 책을 꺼내 읽기 시작했다. 빛이 구멍으로 새어 들어오자, 황용은 다시 눈을 갖다 대고 밖을 살펴보았다. 불나방 한 마리가 불타는 초 주위를 날다가 갑자기 불로 날아들었다. 날개에 불이 붙으며 탁자 위로 떨어지자 완안홍열이 나방을 주워 들었다.

'포包 부인이 여기 있었다면 너를 치료해주었을 거다.'

품에서 작은 은장도와 약병을 꺼내 손에 들고는 가만가만 만져보았다. 황용은 곽정의 어깨를 툭툭 가볍게 치고는 구멍을 내주며 한 번 보라는 눈짓을 했다. 곽정은 밖을 내다보더니 순식간에 분노가 치밀었다. 그 역시 양강의 어머니인 포석약이 가지고 있던 은장도와 약병을 알아본 것이다. 조왕부에서 그녀가 토끼를 치료할 때 쓰던 물건이었다. 완안홍열의 나직한 목소리가 들려왔다.

"19년 전, 이 마을에서 당신을 처음 봤지. 아…… 당신의 옛집은 어찌 되었는지 모르겠구려……."

그는 중얼거리며 일어나더니 초를 들고 방을 나갔다. 곽정도 잠시 얼떨떨했다.

"여기가 우리 부모님의 고향인 우가촌이란 말이야?"

황용의 귀에 대고 묻자, 그녀가 고개를 끄덕였다. 곽정은 뜨거운 피가 거꾸로 치솟으며 온몸이 떨려왔다. 오른손을 곽정의 왼손에 대고 있던 황용은 그가 동요하고 있음을 금방 알아챘다. 계속 마음이 격동할 경우 내상을 입을 수 있으므로 황용은 왼손을 뻗어 곽정의 오른손에 갖다 댔다. 두 사람이 함께 공력을 쓰자 곽정의 마음이 천천히 가라앉았다. 한참 후, 불빛이 흔들리며 한숨 소리와 함께 완안홍열이 들어왔다. 곽정은 이미 마음의 동요를 억제하고 왼손을 황용의 오른손에 댄 채 구멍을 들여다보았다. 완안홍열은 깨진 기와 조각을 몇 개 들고 촛불 옆에 앉아 생각에 잠겼다.

'저놈과 나의 거리는 열 걸음도 되지 않아. 내가 단도를 던지기만 하면 저놈의 목숨을 끊어놓을 수 있어.'

곽정은 허리춤으로 손을 뻗어 테무친에게 하사받은 금도를 뽑아 들고 황용의 귀에 속삭였다.

"문을 열어줘."

"안 돼요. 놈을 죽이는 거야 쉽겠지만, 그러면 우리가 숨은 곳을 들키고 말 거예요."

"또 엿새 후면 저놈이 어디에 있을지 알 수 없잖아."

곽정의 목소리가 떨리고 있었다. 황용은 그를 설득하기 힘들겠다는 생각이 들었다.

"오빠 어머니와 저는 오빠가 살아 있기를 바라요."

곽정은 마음이 움직여 고개를 끄덕이고는 칼을 다시 허리에 꽂았다. 구멍으로 내다보니 완안홍열은 탁자에 엎드려 잠이 들었다. 이때 누군가 몸을 일으켰다. 촛불이 흔들려 누군지 똑똑히 보이지는 않았다. 그는 조용히 일어나더니 완안홍열의 뒤로 걸어갔다. 탁자 위에 있던 은장도와 약병을 들어 잠시 바라보고는 다시 내려놓으며 고개를 돌리는데, 바로 양강이었다.

'그래, 부모님의 원수를 갚으려면 지금이 기회야. 한칼이면 불구대천의 원수를 없애버릴 수 있어. 노독물 구양봉 일당이 돌아오면 그땐 기회가 없을 거야.'

곽정은 이런 생각을 하며 손에 땀을 쥐고 지켜보았다. 양강이 어서 칼을 들기를 바라는 마음뿐이었다. 그러나 양강은 탁자 위의 은장도와 약병을 멀거니 바라보고만 있었다. 바람이 살랑 불어오며 촛불이 깜빡깜빡 흔들렸다. 양강은 입고 있던 장포를 벗어 완안홍열의 몸에 가만히 덮어주었다. 곽정은 피가 끓어올랐다. 양강이 부모의 원수에게 왜 그리도 자상한 것인지 도무지 알 수가 없었다. 황용이 가만히 곽정을 위로했다.

"서두르지 말아요. 상처를 치료하고 나면, 놈이 땅끝까지 도망가도 쫓아갈 수 있을 거예요. 놈은 구양봉과 다르니까 단번에 없앨 수 있어요."

곽정은 고개를 끄덕이고 다시 운공에 전념했다. 날이 밝아오고 있었다. 마을 쪽에서 닭 울음소리가 희미하게 들려왔다. 두 사람 체내의 기가 이미 일곱 번을 순환해 훨씬 편안해진 느낌이었다. 황용이 식지를 세우며 웃어 보였다.

"하루가 갔네요."

"위험했어. 나를 말리지 않았다면 분을 이기지 못하고 일을 그르쳤을 거야."

"아직 꼬박 엿새가 남았어요. 내 말을 듣겠다고 약속해요."

"내가 언제 네 말을 안 들은 적이 있던가?"

곽정이 웃자, 황용도 마주 웃어 보이며 고개를 갸웃거렸다.

"생각해보죠."

햇빛이 천창을 통해 쏟아져 들어오며 황용을 비추었다. 백옥 같은 피부에 홍조를 띠고 웃는 모습이 아침에 하늘을 물들이는 태양빛처럼 아름다웠다. 곽정은 갑자기 그녀의 손이 무척 따뜻하다고 느끼며 가슴이 조금씩 일렁이기 시작했다. 마음을 진정시켜보려고 했지만 얼굴이 온통 붉게 물들었다. 두 사람이 함께 지낸 이후, 곽정은 황용에 대해 이런 생각을 품어본 적이 없어 스스로 놀라면서도 죄책감이 들었다. 황용은 곽정의 얼굴이 갑자기 귓불까지 붉어진 것을 보고 의아하게 생각했다.

"오빠, 왜 그래요?"

곽정이 고개를 푹 숙였다.

"미안해. 나, 갑자기……."

"갑자기 뭐예요?"

"지금은 안 그래."

"아까는 어땠는데요?"

곽정은 더 이상 피할 수가 없어 조용히 대답했다.

"너를 안고 입 맞추고 싶었어……."

황용은 마음이 따뜻해지면서도 얼굴은 붉게 달아올랐다. 수줍어하는 듯한 모습이 더욱 아름다워 보였다. 황용이 고개를 숙인 채 말이 없자, 곽정은 더 참을 수가 없었다.

밀실에서 병을 고치다

"용아, 화난 거야? 그런 생각을 하다니…… 나, 구양극처럼 못됐지?"

황용은 살포시 웃으며 부드러운 목소리로 대답했다.

"화나지 않았어요. 언젠가는 오빠가 나를 안고 입 맞춰줄 거라고 생각했어요. 나는 오빠의 아내가 될 거니까요."

곽정은 너무 기뻐 아무 말도 나오지 않았다. 황용이 말을 이었다.

"그런데…… 지금도 입 맞추고 싶어요?"

곽정이 막 대답하려는데 밖에서 발소리가 들렸다. 두 사람이 주막으로 들어오는 듯하더니 후통해의 목소리가 들렸다.

"이런, 빌어먹을! 그러게 내가 귀신이 있다는데, 사형은 안 믿었죠?"

화가 잔뜩 난 듯 다급한 목소리였다. 뒤이어 사통천의 목소리도 들려왔다.

"귀신은 무슨 귀신이야? 우린 고수를 만난 거야."

황용이 구멍으로 내다보니 후통해는 얼굴이 온통 피투성이고, 사통천이 입은 옷에도 피가 묻어 있었다. 두 사람은 뭔가 낭패를 당한 듯했다. 완안홍열과 양강이 두 사람을 보고 크게 놀라 어찌 된 영문인지를 물었다. 후통해가 먼저 대답했다.

"운이 나빴습니다. 어젯밤, 황궁에서 귀신을 만났습니다. 젠장, 귀신이 제 귀를 뜯어갔다니까요."

완안홍열이 그의 얼굴을 보니 정말 어디 갔는지 귀가 보이지 않았다. 그가 놀라는 사이 사통천이 후통해를 윽박질렀다.

"아직도 귀신 타령이냐? 뜯긴 놈이 덜떨어진 거지."

사형을 몹시도 무서워하는 후통해였지만, 이번에는 지지 않고 대꾸했다.

"내 두 눈으로 똑똑히 봤다니까요. 푸르뎅뎅한 얼굴에 수염 달린 판관이 왁, 소리를 지르면서 덤벼듭디다. 내가 고개를 돌리니까, 그 판관이 내 뒷덜미를 잡고는 두 귀를 뜯어가지고 사라진 거예요. 그 모습이 사당 안에 있던 신령의 초상하고 아주 똑같았는데, 그래도 귀신이 아니란 말이오?"

사통천도 그 판관과 맞서 세 초식 정도를 겨루다가 옷을 갈가리 찢기고 말았다. 그 솜씨는 분명 무림의 고수이지, 귀신은 아닌 듯했다. 다만 어찌 판관의 모습을 하고 나타났는지 아무리 생각해도 모를 일이었다.

네 사람은 서로 제 생각을 이야기하며 그 정체를 밝혀보려 했다. 부상으로 누워 있는 구양극에게까지 물어보았지만 도무지 알 수가 없었다. 의견이 분분한 동안 영지상인, 팽련호, 양자옹 세 사람이 앞서거니 뒤서거니 들어왔다. 영지상인은 쇠사슬에 두 손이 등 뒤로 묶여 있고, 팽련호는 누구에게 맞았는지 두 뺨이 퉁퉁 부어 올랐다. 양자옹이 특히 우스꽝스러운 모습이었으니, 하얗게 센 머리카락이 모조리 뽑혀 까까머리가 되어 있었다.

세 사람은 궁에 들어간 뒤 서로 갈라져 각자 악무목의 유서를 찾아 다녔는데, 웬 귀신같은 자와 맞닥뜨렸다. 그런데 이들이 만난 자가 각각 달랐으니 하나는 저승사자, 하나는 관복 입은 관리, 또 하나는 보살의 모습이라고 했다. 양자옹은 제 머리를 쓰다듬으며 욕지거리를 퍼부었는데, 그 입이 어찌나 험하던지 부처님도 귀를 막고 돌아앉을 것 같았다.

팽련호는 아무 말도 하지 않고 묵묵히 영지상인의 손을 풀어주었다. 그러나 쇠사슬이 살 속까지 깊숙이 박힌 데다 아주 단단히 묶여 있어 팽련호가 한참을 끙끙거리며 손을 온통 피로 적신 뒤에야 비로소 풀 수 있었다. 모두들 서로 얼굴만 바라보며 할 말을 잃었다. 지난밤 고수를 만나 이런 꼴이 되고 보니 도무지 면목이 서지 않았다. 후통해는 죽어도 귀신을 만난 것이라고 우겨댔지만, 아무도 그에게 대꾸조차 하려 들지 않았다. 한참이 지나 완안홍열이 입을 열었다.

"구양 선생은 어찌 돌아오시지 않을까요? 정말 귀신이라도 만난 것이 아닌지 모르겠습니다."

"구양 선생은 무공이 뛰어나시니 귀신을 만났다고 해도 별일은 없을 겁니다."

양강의 말을 듣고 보니 팽련호 등은 더욱 기가 죽었다. 여럿이 모여 풀이 죽은 채 귀신 운운하는 모습을 보고 황용은 신이 났다.

'내가 주 선배님에게 사다드린 가면이 이런 큰 힘을 발휘할 줄은 정말 몰랐는걸. 그런데 노독물도 주 선배님과 싸웠는지 모르겠네.'

이때 곽정의 기가 천천히 유동하는 것을 느끼고 얼른 함께 공력을 쓰기 시작했다. 팽련호 등은 꼬박 하룻밤 동안 요란을 떨고 난 뒤라 배가 고팠다. 각자 장작을 팬다, 쌀을 산다 하며 음식 준비에 나섰다. 밥이 다 되자 후통해가 찬장 문을 열고 쇠그릇을 발견했다. 무심코 꺼내려는데 잘 움직이지 않자 얼떨결에 비명을 질렀다.

"귀신이다!"

힘을 주어 비틀며 억지로 꺼내보려 했지만, 좀처럼 빠지지 않았다. 황용은 후통해의 비명에 가슴이 덜컥 내려앉았다. 이 장치가 저들에게 들키는 날이면 맞서 싸워도 이길 수 없을 뿐만 아니라, 두 사람이 조금만 움직여도 곽정은 목숨을 잃을 판이니 어찌해야 좋을지 알 수가 없었다.

황용이 밀실 안에서 안절부절못하는 사이, 밖에 있던 사통천이 사제의 비명을 듣고는 별일 아닌 일로 요란을 떤다고 면박을 주었다. 후통해는 볼멘소리로 말했다.

"그럼 사형께서 이 그릇을 꺼내보시죠."

사통천이 손을 뻗어 그릇을 들어보았지만 역시 들리지 않았다.

"이익!"

이번에는 팽련호가 들어와 잠시 살펴보았다.

"이 안에 뭔가 장치가 되어 있소. 사 대형, 그릇을 좌우로 움직여보시죠."

상황이 긴박해졌다. 황용은 이제 붙어보는 수밖에 없겠다 싶어 비수를 곽정의 손에 건네주고 손을 뻗어 홍칠공이 준 죽봉을 집어 들었다. 두 사람의 목숨이 경각에 달려 있었다.

이때 문득 방 한구석에 있는 시체 두 구를 돌아본 황용은 뭔가 생각이 떠오른 듯 부산스레 움직였다. 일단 시체를 끌어다 각각의 머리와 다리에 큰 수박 덩이를 박아 넣었다. 콱, 콱, 소리가 몇 번 들리더니 밀실 문이 조금씩 열리기 시작했다. 황용은 수박 껍질을 머리 위에 쓰고 얼굴을 덮었다.

사통천이 문을 열고 들어서는 순간, 찬장에서 웬 머리 두 개 달린 괴물이 뛰쳐나와 소리를 질러댔다. 괴물은 머리 두 개가 나란히 달렸고, 몸에는 뼈만 남은 것이 아래는 푸른 공처럼 생긴 몸을 하고 있었다. 또 그 아래는 까마귀처럼 검은 수염이 흔들렸다.

어제 그 곤혹을 치르고 아직 놀란 가슴이 진정되지 않은 터에 또 이런 괴물과 맞닥뜨린 후통해 등은 너무 놀라 비명을 내지르며 줄행랑을 놓았다. 다른 이들도 이유를 모른 채 함께 도망을 갔고, 구양극만 짚 위에 남아 꼼짝도 못 하고 있었다. 황용은 길게 한숨을 내쉬고 얼른 찬장 문을 닫았다. 터지는 웃음을 억지로 참았다. 일단 위기는 넘겼지만 앞으로가 걱정이었다. 그들은 모두 강호의 고수들이니 다시 돌아올 것이 분명했다. 마음을 가라앉히고 생각해보니 그들이 두 번은 속지 않을 것 같았다. 이런저런 생각을 하는 사이, 정말 그들이 다시 돌아왔는지 누군가의 발소리가 들렸다.

황용은 아미강자를 힘주어 움켜쥐고 죽봉을 옆에 둔 채 숨을 죽이고 기다렸다. 누군가 찬장 문을 열기만 하면 일단 칼을 날릴 셈이었다.

"주인장, 주인장!"

밖에서 들려오는 소리는 뜻밖에 나긋나긋한 여자 목소리였다. 황용은 깜짝 놀라 얼른 구멍을 들여다보았다. 주막 안에 앉아 있는 사람은 비단옷을 입은 여자였다. 옷차림이 화려한 것이 부귀한 집안의 아가씨인 듯했다. 그러나 거울을 등지고 앉아 있어 얼굴은 보이지 않았다. 잠시 후, 그 여자가 또 사람을 찾았다.

"주인장, 주인장."

'목소리가 귀에 제법 익은데……. 나긋나긋하고 부드러운 목소리. 꼭 보응현의 정 낭자 같단 말이야.'

이때 그 여자가 몸을 돌렸다. 황용의 예상대로 그녀는 정 낭자, 즉 정요가였다. 황용은 깜짝 놀랐다.

'왜 여기까지 왔을까?'

한편 바보 소녀는 아까 후통해 등의 비명 소리에 잠이 조금 깨기는 했지만, 비몽사몽 상태로 여전히 잠에 빠져 있더니 정 낭자의 소리를 듣고 나뭇더미에서 기어 내려왔다. 정요가가 그녀를 보고 말을 붙였다.

"주인장, 여기 식사 좀 부탁해요."

바보 소녀는 밥이 없다는 뜻으로 고개를 저었다. 그러더니 갑자기 밥 익는 냄새를 맡은 듯 냉큼 부엌으로 달려가 솥뚜껑을 열었다. 솥 안에는 하얀 밥이 가득했다. 바보 소녀는 히히 웃으며 어찌 생긴 밥인지 생각해보지도 않고 얼른 두 그릇을 퍼 담았다. 정요가에게 한 그릇을 내밀고는 자기도 탁자에 앉아 게걸스럽게 먹기 시작했다. 다른 반찬이 없는 데다 밥도 거친 쌀로 지은 것이어서 정요가는 몇 입 삼키다가 그릇을 내려놓았다.

바보 소녀는 눈 깜짝할 사이에 세 그릇을 먹어치우고는 배를 두드리며 무척 흡족한 표정을 지었다. 식사가 끝나길 기다렸던 정요가가 바보 소녀에게 물었다.

"낭자, 뭘 좀 물어보려고 하는데요……. 우가촌이 여기서 얼마나 걸리는지 아시나요?"

"우가촌? 여기가 우가촌인데? 얼마나 걸리는지는 몰라요."

정요가의 얼굴이 발그레 물들더니 고개를 숙이고 옷고름을 한참 만지작거리다 또 물었다.

"여기가 우가촌이군요. 그럼 사람을 찾고 싶어서 그러는데…… 저, 그러니까……."

그녀의 말이 채 끝나기도 전에 바보 소녀는 지겹다는 듯 고개를 흔들고는 밖으로 뛰어나갔다. 안에서 듣고 있던 황용은 고개를 갸웃거렸다.

'우가촌에 와서 누굴 찾는 거지? 아! 그래, 정 낭자는 손불이 선배님의 제자니까 사부님, 사백님의 명을 받고 구처기 선배의 제자인 양강 오빠를 찾아온 것이로구나.'

계속 지켜보고 있자니, 정요가는 얌전히 앉아 옷매무새를 다듬고 머리의 장신구를 매만지고 있었다. 발그레한 얼굴에 입가에는 미소까지 떠올라 도대체 무슨 생각을 하고 있는지 알 수가 없었다. 황용은 호기심이 일어 눈을 떼지 못했다. 이때 갑자기 발소리가 들리더니 누군가 또 주막 안으로 들어왔다. 훤칠한 키에 믿음직한 외모를 지닌 남자였는데, 단정한 걸음걸이로 문을 열고 들어와서는 주인을 찾았다. 황용은 또 한 번 깜짝 놀랐다.

'참, 이상도 하다. 세상 아는 사람들을 다 여기서 만나려나? 우가촌은 풍수가 좋은가 봐. 돈은 안 모여도 사람들은 이렇게 모여드니…….'

지금 들어온 남자는 바로 귀운장의 소장주, 육관영이었다. 그는 정요가를 보고는 놀라 걸음을 멈추었다.

"주인장……."

젊은 남자가 들어오자 정요가는 부끄러운 마음에 얼굴을 돌렸다. 육관영은 의아한 생각이 들었다.

'아리따운 아가씨가 어찌 이런 곳에 혼자 있을까?'

안으로 들어가 둘러보아도 사람이 보이지 않았다. 하지만 배가 몹시 고팠으므로 일단 솥에서 밥을 퍼 담아가지고 왔다.

"배가 고파 밥을 먹겠으니, 낭자께서는 개의치 마십시오."

육관영의 말에 정요가는 고개를 숙이고 미소를 지으며 기어들어가는 목소리로 겨우 대답했다.

"제 밥은 아닙니다만…… 그냥 드시지요."

육관영은 두 그릇을 후딱 비우고 손을 모아 감사의 뜻을 표하고는 입을 열었다.

"뭘 좀 여쭈어봤으면 하는데…… 여기서 우가촌이 얼마나 멉니까?"

정요가와 황용은 동시에 깜짝 놀랐다.

'하하! 이 사람도 우가촌을 물어보네.'

정요가는 공손히 답례를 올리며 수줍은 듯 대답했다.

"여기가 바로 우가촌입니다."

"거 잘됐군요. 그렇다면 어떤 사람을 아시는지 좀 여쭙겠습니다."

정요가는 자신은 여기 사람이 아니라고 이야기를 하려다가 갑자기 생각을 바꿨다.

'누굴 찾는지 들어나 보자.'

"이곳에 곽씨 성을 가진 곽정이라는 분이 있습니까? 혹시 어느 댁에 사는지 아시는지요?"

정요가와 황용은 또 한 번 놀랐다.

'왜 그를 찾는 걸까?'

정요가는 말없이 고개만 숙인 채 부끄러워 귀까지 붉게 물들었다. 황용은 정요가의 행동을 보고 내심 짐작 가는 바가 있었다.

'오빠가 보응에서 그녀를 구해주고부터 남몰래 오빠를 좋아하고 있었구나.'

사실 황용의 생각은 조금도 틀림이 없었다. 정 낭자가 구양극에게 붙들렸을 때 개방의 여생 등이 도움을 주기는 했지만 모두 구양극의 상대가 되지는 못했다. 만일 곽정과 황용이 구해주지 않았다면 치욕을 당했을지도 모른다.

그녀의 눈에 곽정은 젊은 나이에 재주가 뛰어나고 인품도 후덕한 사람으로 비쳤고, 그에 대한 연모의 정이 조금씩 생기기 시작한 것이다. 그녀는 대부호 집안의 딸로 규방 문을 나서본 적이 없었다. 그러나 이성이 끌리는 나이인지라 젊은 남자를 접하게 되자 금방 그를 연모하는 마음을 품게 되었다.

곽정이 떠난 후, 정요가는 그를 잊지 못하고 애를 태우다가 마음을 다잡고 밤에 몰래 집을 빠져나왔다. 무공을 익혔다고는 하지만 혼자서 집을 떠나본 적이 없고, 강호에 대해서도 별로 아는 바가 없는 터였다. 그저 그날 곽정이 제 입으로 임안부 우가촌 사람이라고 했던 말만 믿고 무작정 집을 나와 이 사람 저 사람에게 길을 물어가며 이곳까지 왔다. 다행히 차림새가 화려하고 귀한 신분으로 보이는 몸가짐 때문에 해코지하는 사람은 없었다.

앞서 다른 마을에서 우가촌을 물었을 때 거의 다 왔다는 말을 듣고 한량없이 기뻤지만, 막상 이곳에 도착하고 보니 마음이 오히려 산란해졌다. 곽정을 보고 싶어 멀리서 찾아왔건만 이제는 곽정이 집에 없기만을 바랐다.

'밤에 몰래 한번 보기만 하고 집으로 돌아가자. 만일 들키기라도 하면 창피해서 견딜 수 없을 거야.'

그러던 참에 육관영이 곽정을 아느냐고 묻자, 정요가는 마음을 들킨 것 같아 뜨끔했다. 잠시 정신이 아득해지더니 몸을 일으켜 도망가려고 했다. 그때 갑자기 문밖에서 흉측한 얼굴이 튀어나오더니 이내 사라졌다. 정요가는 깜짝 놀라 두어 걸음 뒤로 물러났다. 그 얼굴이 다시 튀어나와 소리를 질렀다.

"머리 둘 달린 귀신아! 재주가 있거든 밝은 곳으로 나와봐라. 삼두교 후 나리가 상대해주마. 내 머리가 너보다 하나 더 많으니 밝은 곳에서는 무서울 것 없다!"

육관영과 정요가는 어찌 된 영문인지 알 수 없어 우두커니 바라볼 뿐이었다. 안에 있던 황용은 코웃음을 쳤다.

"쳇, 올 것이 왔군."

육관영과 정요가는 무공이 그리 높다고 할 수 없었다. 그들이 팽련호 패거리를 상대하는 것은 무리였다. 만일 황용이 그들에게 도움을 청한다면 그것은 두 생명을 헛되이 희생시키는 것이나 다름없으니 두 사람은 빨리 달아나는 것이 상책이었다. 그러나 내심 그들이 남아 잠시라도 시간을 끌어주기를 바랐다. 이런 다급한 상황에서 두 명이라도 자기편이 있다면 훨씬 마음이 놓일 것 같았다.

머리 둘 달린 귀신을 보고 줄행랑을 놓았던 팽련호 등은 모두 어제 저녁에 만난 고수가 또 나타나 귀신 놀음을 하고 있는 것이라 생각하고는 멀리 마을 밖까지 도망가 돌아올 엄두를 내지 못했다. 그러나 후통해는 사람이 어수룩해서 정말 귀신이라고 생각했다. 도망을 치다 보니 강한 햇빛이 내리쬐어 머리가 후끈거리고 피부는 따끔거리는데 일행은 그림자도 보이지 않았다. 그제야 욕을 퍼부으며 투덜거렸다.

"귀신은 낮에는 아무것도 아니란 말이야. 다들 그것도 모르면서 강호에 있었나? 나, 후통해 님은 안 무서워. 돌아가 귀신을 없애버리고 내가 어떤 사람인지 보여주고 말 테야."

그길로 성큼성큼 주막으로 돌아왔다. 그러면서도 속으로는 전전긍긍 겁이 났다. 가슴을 졸이며 얼른 안을 들여다보니 정요가와 육관영이 있었다.

"이런, 머리 둘 달린 귀신이 남녀로 변했구나. 조심해야겠다."

육관영과 정 낭자는 후통해의 엉뚱한 소리에 어안이 벙벙할 뿐이었다. 그저 지나가는 미친 사람의 헛소리로 여기고 거들떠보지도 않았다. 후통해는 한참 욕을 퍼부었다. 그런데도 자신에게 덤벼들지 않는 것을 보고 역시 귀신은 햇빛을 무서워하는 것이라고 믿어버렸다. 그러나 입으로만 들어가 귀신을 잡겠다고 떠들어댈 뿐 감히 그러지는 못하고 머뭇거리면서 한참이 흘렀다.

후통해는 두 요괴가 다시 변하기를 기다렸지만 안에서는 아무런 기척이 없었다. 갑자기 귀신이나 요괴는 똥을 무서워한다고 누군가 말했던 것이 기억나 냉큼 몸을 돌렸다. 시골 마을이라 똥 구덩이는 여기저기에 있었다. 주막을 끼고 돌자 그 모퉁이에도 큰 구덩이가 하나 있었다. 귀신을 잡겠다는 일념으로 그는 더러운 줄도 모르고 웃옷을 벗어 똥을 한 보퉁이를 싸가지고 주막으로 돌아왔다. 육관영과 정 낭자는 여전히 주막 안에 앉아 있었다. 후통해는 손에 넣은 귀신 퇴치용 무기를 믿고 기세가 등등해 벼락같이 소리를 지르며 뛰어들었다.

"이런, 대담한 요괴 같으니라고! 후통해 님이 너희들의 본색을 벗겨주마!"

육관영과 정 낭자는 아까 그 미친 사람이 또 나타나자 흠칫 놀랐다. 게다가 왼손에는 짤랑거리는 삼고차를, 오른손에는 지독한 악취를 풍기는 똥 보퉁이를 들고 있는 모습에 더욱 기가 찼다.

'사람은 남자가 무섭지만, 귀신은 여자가 독하다지?'

후통해는 또 어디서 주워들은 말을 떠올리며 똥 보퉁이를 정요가의 얼굴을 향해 냅다 던졌다. 정요가가 비명을 지르며 옆으로 피하려고 했으나 육관영이 이미 긴 의자를 들어 똥 보퉁이를 막았다. 보퉁이가 땅에 떨어지며 똥이 사방으로 튀었다. 주막 안에 진동하는 악취 때문에 구역질이 날 지경이었다.

"머리 둘 달린 귀신은 정체를 밝혀라!"

후통해는 그래도 호통을 치며 삼고차를 들어 정 낭자를 찔렀다. 비록 미련한 데가 있기는 하지만 무예는 뛰어난 사람이라 공격이 신속하면서도 매서웠다. 육관영과 정 낭자는 기겁을 했다.

'이 사람은 분명 무림의 고수다. 그냥 미치광이가 아니야.'

육관영이 보아하니 정요가는 대가댁의 규수인 듯 가녀린 몸이 바람 불면 쓰러질 것 같았다. 그는 그녀가 혹시 다치기라도 할까 봐 얼른 긴 의자를 들어 삼고차를 막고 나섰다.

"당신은 누구요?"

후통해는 대꾸도 하지 않고 연거푸 세 차례 공격을 퍼부었다. 육관영은 의자로 공격을 막으며 계속 이름을 물었다. 후통해는 육관영의 무예가 약한 것은 아니지만 지난밤 만났던 귀신과는 확연히 다른 것을 보고 똥 보퉁이 공격이 주효했던 것이라고 생각했다. 스스로 득의양양해져서 그제야 대꾸를 했다.

"요괴야, 내 이름을 알아낸 뒤 요술로 나를 저주하려고 그러냐? 나리는 절대 속지 않는다!"

그는 꾀가 생겨 자신의 이름을 말하지 않았다. 요괴가 제 이름을 이용해 요술을 부릴 거라 생각한 것이다. 삼고차에 달려 있는 쇠고리가 짤랑짤랑 소리를 내며 더욱 맹렬하게 다가왔다. 육관영은 무공이 후통해보다 강하지 못했다. 게다가 무기로 삼고 있는 의자가 손에 익숙지 않아 더욱 궁지에 몰렸다. 그는 허리에 찬 칼을 빼려고 했지만 그럴 틈도 없었다. 몇 합을 겨루자 그는 벽으로 밀리고 말았다. 그런데 하필이면 황용이 들여다보는 구멍을 막고 서 있는 꼴이 되어버렸다. 후통해의 삼고차가 육관영을 노리고 파고들자 육관영은 급히 몸을 돌려 공격을 피했다.

퉁! 삼고차의 날이 벽에 박혔다. 구멍에서 1척도 되지 않는 자리였다. 후통해가 잘 빠지지 않는 날을 빼려고 힘쓰는 사이, 육관영은 의자를 휘둘러 후통해의 머리를 내리쳤다. 그러나 후통해는 발을 날려 육관영의 팔목을 치고 왼쪽 주먹으로 얼굴을 가격했다.

육관영의 손에서 의자가 떨어지고 고개를 숙여 주먹을 피하는 동안 후통해는 삼고차를 벽에서 뽑아냈다. 정요가는 상황이 위급한 것을 보고 몸을 날려 육관영의 허리에서 칼을 뽑아 건네주었다.

"고맙습니다."

이런 다급한 상황에서 연약한 아가씨가 싸움에 달려들어 칼을 뽑아줄 줄은 미처 몰랐다. 육관영은 고마운 마음에 그 와중에도 인사를 잊지 않았다. 그는 번쩍이는 삼고차가 가슴으로 파고드는 것을 보고 칼로 가로막았다. 쩽강, 소리와 함께 불꽃이 사방으로 튀었다. 삼고차가 뒤로 물러나자 손아귀가 찌릿하며 통증이 느껴졌다. 이 광인의 완력이 대단하다 싶었지만 칼을 쥐고 있으니 그나마 마음이 놓였다. 몇 초식을 겨루고 나자 두 사람의 발밑은 온통 똥투성이로 변했다. 발을 디디는 곳마다 똥이 밟혔다.

처음 대결을 시작했을 때, 후통해는 가슴이 두근거려 싸우다가 여차하면 도망갈 생각으로 처음부터 전력을 다하지 않았다. 그러나 시간이 길어지면서 이 요괴의 실력이 그리 대단치 않다는 것을 느끼며 아마도 똥으로 그 힘을 묶었을 것이라 믿었다. 그러자 점점 대담해지면서 공격도 갈수록 험악해졌다. 결국 육관영도 더 이상 버틸 수 없는 지경에까지 몰렸다.

정요가는 발밑의 똥이 더러워 방 한쪽 구석에서 대결을 지켜보았다. 그러나 이 준수한 용모의 젊은이가 미친 자의 공격에 몰리는 것을 보고는 잠시 망설이다가 결국 품에서 장검을 뽑아 들었다.

"공자님, 제가 돕겠습니다. 죄송합니다."

그녀 역시 예의가 바르다 보니 같은 편이 되어 도우면서도 먼저 인사부터 올렸다. 장검이 빛을 발하며 후통해의 등을 향했다. 그녀는 청정산인 손불이의 제자였으니 역시 전진교파 적통의 검술을 쓰고 있었다. 이런 공격은 후통해도 예상하고 있었다. 머리 둘 달린 귀신이 둘로 나뉘었으니, 여자 귀신도 나설 것이라 생각한 것이다.

육관영은 놀라면서도 어쩐지 기분이 좋았다. 또 정 낭자의 몸놀림이 민첩하고 검법이 정교한 데 내심 감탄했다. 한참 후통해에게 밀린 나머지 검법이 흐트러지고 온몸이 땀으로 범벅되어 있던 육관영은 뜻밖에 아군이 생기고 보니 부쩍 힘이 솟는 듯했다.

후통해는 귀신은 여자가 무섭다고 믿고 있었으므로 정요가가 싸움에 끼어들었을 때 조금 겁을 먹었다. 그러나 몇 초식 겨루고 보니 검술이 정교하기는 하지만 공력이 부족한 것을 알 수 있었다. 게다가 당황하는 기색이 역력한 것을 보니, 아무래도 나쁜 짓을 오래 한 늙은 귀신은 아닌 듯했다. 그래서 후통해는 훨씬 편한 마음으로 삼고차를 사납게 놀렸다. 혼자서 둘을 상대하면서도 방어보다 공격을 많이 퍼부어댔다.

황용은 밀실에서 가슴을 졸였다. 계속 싸우다간 육관영과 정 낭자가 질 것이 뻔했다. 뛰쳐나가 돕고 싶은 마음이 굴뚝같았지만 곽정 곁을 떠날 수는 없었다. 삼두교 후통해를 놀려주는 일이라면 자기를 따를 사람이 없는 데다 경험 또한 풍부한데 안타깝기만 했다. 육관영의 목소리가 들려왔다.

"낭자, 가십시오. 계속 상대하실 필요 없습니다."

정요가는 육관영이 자기를 걱정해 혼자서 싸우려는 것을 알고 고마운 마음이 들었다. 그러나 그 혼자의 힘으로는 도저히 적을 막을 수 없을 것 같아 고개를 가로저으며 물러서지 않았다. 육관영은 한층 힘을 내 후통해를 공격했다.

"사내대장부라면 여자를 괴롭혀서는 안 될 것이다. 나 하나 상대하면 그만이니 낭자는 놓아주어라!"

후통해가 미련하기는 하나 두 사람이 요괴가 아닐지도 모른다는 생각은 진작부터 하고 있었다. 그러나 정 낭자의 미모가 뛰어나고 자신이 싸움에서 유리한 상황에 놓이고 보니 그녀를 놓아주고 싶은 마음이 전혀 들지 않았다.

"하하하! 남자 귀신을 잡으려면 더더욱 여자 귀신부터 잡아야지."

삼고차가 바람 소리를 내며 공격해 들어왔다. 그나마 정 낭자에게는 사정을 보아가면서 공격했기에 망정이지, 그러지 않았다면 그녀는 상처를 입고 말았을 것이다. 육관영이 황급히 외쳤다.

"낭자, 어서 나가십시오. 저희 육가 집안은 이미 낭자께 큰 은혜를 입은 셈이올시다."

"공자님, 성이 육씨이신가요?"

"그렇습니다. 낭자의 성은 무엇입니까? 누구 문하에 계십니까?"

"제 사부님은 성이 손씨이시고, 사람들은 청정산인이라고들 합니다. 저는…… 저는…….'"

그녀는 이름을 말하려다 갑자기 수줍어져 입을 다물었다.

"낭자, 제가 이놈을 붙잡고 있을 터이니 어서 도망가십시오. 제 목숨이 붙어 있는 한 꼭 낭자를 찾아 오늘 도와주신 은혜에 감사를 드리겠습니다."

정요가는 얼굴이 붉어졌다.

"저…… 저는…… 공자님…….'"

말을 잇지 못하고 고개를 돌리더니 후통해에게 호통을 쳤다.

"이 포악한 미치광이야! 이 공자님에게 상처를 입힐 수 없을 것이다! 내 사부님은 전진칠자의 손 진인이시고, 곧 이곳에 도착하실 거다!"

전진칠자는 이미 천하에 잘 알려진 이름이었고, 게다가 철각선 옥양자 왕처일이 조왕부에서 후통해 일당을 상대한 일은 그 자신도 지켜본 바 있었다. 정요가의 말을 들은 후통해는 조금 꺼림칙한 생각이 들었다. 잠시 멀거니 바라보다 갑자기 욕을 퍼부었다.

"전진칠자 일곱 명이 죄다 한꺼번에 몰려온다고 해도 하나씩 없애 줄 테다!"

이때 갑자기 문밖에서 낭랑한 목소리가 들렸다.

밀실에서 병을 고치다

"누군지 살기가 싫은 거로구나. 무슨 헛소리냐?"

한창 다투던 세 사람은 이 소리를 듣고 일제히 뒤로 물러섰다. 육관영은 후통해가 독수를 사용할까 봐 정 소저의 손을 끌고 물러서며 칼로 그녀의 앞을 가로막은 뒤 밖을 내다봤다. 문 앞에는 젊은 도인이 한 명 서 있었다. 반듯한 옷차림에 용모가 수려하고 손에는 불진拂塵(먼지떨이)을 든 채 차가운 미소를 띠고 있었다.

젊은 협객들

"누가 전진칠자를 죽이겠다고 하는 거냐?"

후통해는 오른손으로 삼고차를 꼬나들고 왼손을 허리에 댄 채 눈을 부릅떴다.

"내가 말씀하셨다. 어쩔 테냐?"

"그래, 어디 한번 죽여보거라."

말을 마치기가 무섭게 몸이 기우뚱하더니 순식간에 불진으로 후통해의 얼굴을 갈겼다. 곽정은 일단 운공을 끝내고 바깥에서 들려오는 시끄러운 소리에 궁금증이 일어 구멍에 눈을 갖다 댔다. 황용이 물었다.

"저 젊은 도사도 전진칠자 중 한 사람이에요?"

곽정이 자세히 보니 그 사람은 구처기의 제자 윤지평이었다. 2년 전 사부의 명을 받고 강남육협에게 서신을 전하기 위해 몽고에 와 곽정과 무예를 겨뤘던 바로 그 사람이었다. 곽정은 황용에게 조용히 그때 일을 이야기해주었다. 황용은 그가 후통해와 겨루는 모습을 몇 초식 지켜보더니 고개를 저었다.

"저 사람도 삼두교를 이기지 못해요."

윤지평이 약간 밀리자 육관영이 즉시 칼을 들고 싸움을 도왔다. 윤지평의 무공은 과거 곽정과 무예를 겨루었을 때에 비해 장족의 발전을 이루었지만, 육관영과 함께 덤벼도 후통해와 비슷한 수준밖에 되지 않았다.

정요가는 방금 육관영에게 잠시 왼손을 붙잡히고는 가슴이 두근거렸다. 옆에서는 세 사람의 대결이 긴박하게 돌아가고 있건만, 그녀는 손을 모으고 멍하니 정신이 빠져 있었다.

쨍강, 소리와 함께 육관영의 외침이 들렸다.

"낭자, 조심하십시오!"

그제야 정요가는 제정신으로 돌아왔다. 싸우는 중에도 후통해가 틈을 타 정요가를 찌르려 하자, 육관영이 칼로 공격을 막고 경고를 해준 것이었다. 정요가는 얼굴을 다시 한번 살짝 붉히더니 정신을 집중해 검을 들고 혼전 중에 뛰어들었다. 정요가의 무예가 출중한 것은 아니나, 혼자서 세 명을 상대하려 후통해도 점차 힘에 부치기 시작했다. 삼고차를 휘둘러 밖으로 뛰쳐나가 무리를 불러오려 했지만 윤지평의 불진이 눈앞에서 이리저리 흔들리며 그의 얼굴을 쓸어댔다. 눈앞이 어른거려 잠시 집중력을 잃은 사이 육관영의 칼이 다리를 찍었다. 후통해는 화가 나 욕이 터져 나왔다.

"이런, 찢어죽일 놈!"

싸움이 계속되고 수 합을 더 겨루자 후통해의 움직임이 둔해지기 시작했다. 후통해는 다시 힘을 내어 삼고차를 힘차게 휘둘렀다. 그러나 윤지평의 불진에 삼고차가 툭 걸려버렸다. 두 사람이 힘을 주며 서로의 무기를 빼려는데, 힘이 좋은 후통해 쪽으로 점차 무게중심이 쏠렸다. 결국 윤지평은 불진을 손에서 떨어뜨리고 말았다. 그러는 사이, 정요가가 두요성하斗搖星河로 후통해의 왼쪽 어깨를 찔렀다. 후통해는 삼고차를 쥐고 있을 힘이 없어 그냥 땅에 떨어뜨렸다.

윤지평이 그 기세를 타고 발을 날리자, 후통해가 몸을 뒤집으며 나가떨어졌다. 육관영은 얼른 덤벼들어 그를 꼭 붙잡고 허리에서 혁대를 풀어 손을 뒤로 묶었다. 윤지평이 미소를 지었다.

"전진칠자의 제자도 이기지 못하면서 전진칠자를 이기겠다고?"

후통해는 고래고래 소리 지르며 세 사람이 한 사람을 상대하는 것은 영웅이 할 일이 아니라고 욕지거리를 해댔다. 윤지평은 옷자락을 찢어 후통해의 입을 틀어막았다. 후통해는 잔뜩 화가 난 얼굴로 소리도 못 내고 앉아 있었다. 윤지평은 허리를 숙여 정요가에게 예를 갖추었다.

"사저는 손 사숙의 문하이시지요? 사제 윤지평, 인사 여쭙겠습니다."

정요가도 얼른 허리를 마주 굽혔다.

"아닙니다. 사형께서 어느 문하이신지 모르겠습니다. 제가 인사 올리겠습니다."

"저는 장춘 문하입니다."

정요가는 제 사부 외에는 전진칠자 중 다른 여섯 사람을 아직 만나보지 못했다. 그저 사부님의 여러 사백 중 장춘자 구처기가 가장 의협심 강하고 무공도 가장 뛰어나다고 들은 적이 있었다. 이제 윤지평이 구처기의 문하라고 하니 마음속으로 존경심이 생겼다.

"제게는 사형 되시니 저를 사매라고 불러주십시오. 성은 정가입니다."

윤지평은 오랫동안 사부 곁에 있어서인지 성격도 사부와 비슷해졌다. 이렇게 가냘픈 여자가 어찌 의협의 도를 익히겠다는 것인지 속으로 우스운 생각이 들었다. 우선 정 낭자와 사문의 예에 따라 인사를 나누고 육관영과도 통성명을 나누었다. 육관영은 자신의 이름만 이야기하고 부친의 이름은 대지 않았다.

"이 미치광이가 무예는 뛰어나니, 어떤 사람인지 모르겠습니다. 놓아주면 안 되겠지요?"

윤지평의 말에 육관영이 나섰다.

"제가 한칼에 베어버리겠습니다."

육관영은 태호 도적 떼의 수령이었다. 사람 하나 죽이는 것쯤은 일도 아니었다. 그러나 마음 약한 정요가가 이들을 만류했다.

"아…… 죽이지는 마세요."

윤지평이 미소 지었다.

"죽이지 않을 수도 있겠지요. 그런데 정 사매는 이곳에 온 지 얼마나 되었소?"

정요가가 얼굴을 붉혔다.

"방금 왔어요."

윤지평은 두 사람을 흘깃 쳐다보았다.

'이 두 사람은 서로 좋아하는 사이인가 본데, 괜히 끼어들 필요가 없겠지. 인사나 하고 가자.'

"저는 사부님의 명을 받고 사람을 찾아 이곳 우가촌까지 왔습니다. 급한 소식을 전할 것이 있어 저는 이만 실례하겠습니다. 다음 기회에 뵙지요."

짐짓 얼굴빛을 고치고 손을 모아 예를 올린 뒤 돌아섰다. 정요가는 여전히 얼굴을 붉힌 채 혹시나 하는 생각으로 물었다.

"윤 사형, 누구를 찾으시는지요?"

윤지평은 대답을 해야 할지 잠시 망설였다.

'정 사매는 우리 문중의 사람이고, 육가라는 사람도 그녀의 동행이니 말해줘도 괜찮겠지.'

"성이 곽이라고 하는 친구요."

말이 떨어지자 벽을 사이에 두고 양쪽에 있던 네 명이 모두 깜짝 놀랐다. 육관영이 물었다.

"혹시 이름은 외자로 정이 아닌지요?"

"맞소. 육 형도 그분을 알고 계신가요?"

"저도 곽 사숙을 찾아왔습니다."

이번에는 윤지평과 정요가가 동시에 물었다.

"사숙이라고요?"

"가친이 그분과 동배라 저는 사숙이라고 부릅니다."

육승풍과 황용이 동배이고, 곽정과 황용은 혼인을 약속한 사이이기 때문에 육관영은 그를 사숙이라 높여 불렀다. 윤지평이 다급히 물었다.

"그럼 그분을 보셨습니까? 어디 계십니까?"

"저도 지금 막 도착해 알아보던 중이었는데, 저 미치광이를 만나 영문도 모르고 싸움을 하게 되었습니다."

"그럼 우리 함께 찾아보십시다."

세 사람은 나란히 문을 나섰다. 황용과 곽정은 서로 마주 보며 쓴웃음을 지었다.

"용아, 찬장 문을 열고 부르자."

"그건 안 돼요. 저 두 사람이 온 걸 보면 뭔가 중요한 일이 있는 게 틀림없지만 오빠는 상처를 치료하는 데만 정신을 쏟아야 할 때예요."

"중요한 일일 거야. 무슨 방도가 없을까?"

"하늘이 무너져도 문은 열 수 없어요."

아니나 다를까, 잠시 후 윤지평 등 세 사람이 다시 주막으로 돌아왔다.

"고향까지 와서도 찾을 수가 없다니, 어쩌면 좋을까요?"

육관영이 답답하다는 듯 한숨을 쉬자, 윤지평이 입을 열었다.

"육 형은 무슨 일로 곽 형을 찾으시는지 여쭈어봐도 될까요?"

육관영은 내키지 않았지만 문득 정 낭자의 얼굴을 보니 궁금해하는 표정이어서 차마 거절하지 못하고 사정을 털어놓았다.

"이야기가 깁니다. 일단 바닥의 오물을 좀 치우고 천천히 말씀드리지요."

윤지평과 육관영은 장작과 풀로 바닥에 널린 오물을 대충 치웠다. 세 사람은 탁자 주위에 둘러앉았다. 육관영이 막 이야기를 꺼내려는데, 정요가가 입을 막았다.

"잠깐만요."

정요가는 후통해 옆으로 가 그의 귀를 막기 위해 검으로 옷자락을 잘랐다.

"이자가 들어서는 안 되잖아요."

"낭자, 정말 생각이 깊으십니다. 어디서 온 사람인지도 모르는데 우리 이야기를 듣게 할 수는 없지요."

황용은 밀실에서 소리 죽여 웃었다.

'우리 두 사람이 여기서 듣는 거야 어쩔 수 없다고 해도, 안에는 구양극이 누워 있는데 그것도 모르면서 무슨 생각이 깊다는 거야?'

정요가는 강호에 나와본 적이 없었고, 윤지평은 사부님을 따라다니며 호방하고 통이 큰 것을 미덕으로 알았으며, 육관영은 태호에서 남들에게 명령만 내리는 지위에 있다 보니 세세한 일에 대해서는 무관심했다. 정요가는 고개를 숙여 후통해의 귀를 막으려다가 그의 귀가 잘려 나가고 없는 것을 보고 소스라치게 놀랐다. 잠시 정신을 가다듬은 후, 들고 있던 옷 조각으로 귀를 막고는 미소를 띠며 육관영을 돌아보았다.

"이제 말씀하세요."

육관영은 잠시 망설이다가 마침내 입을 열었다.

"아…… 어디서부터 이야기를 꺼내야 할지 모르겠습니다. 제가 곽 사숙을 찾고는 있지만, 사실 도리를 따지자면 그분을 찾아서는 안 됩니다. 그렇다고 찾지 않을 수도 없었지요."

"그것참, 이상하군요."

윤지평이 끼어들었다.

"그렇습니다. 제가 곽 사숙을 찾는 것은 사숙의 여섯 사부님 일 때문입니다."

윤지평이 탁자를 탁 쳤다.

"강남육괴 말씀이십니까?"

"그렇습니다."

"아하! 육 형께서 오신 이유가 아무래도 저와 비슷한 것 같습니다.

우리 각자 누군가의 이름을 써서 서로 같은지 다른지 정 사매에게 봐 달라고 하지요."

육관영이 대꾸를 하기도 전에 정요가가 호호 웃었다.

"그래요, 서로 등지고 앉아 쓰세요."

윤지평과 육관영은 각자 막대기를 하나씩 들고 서로를 등진 채 바닥에 글씨를 썼다.

"정 사매, 우리가 쓴 글자가 같은가요?"

윤지평이 웃으며 묻자, 정 낭자는 두 사람이 바닥에 쓴 것을 살펴보았다.

"윤 사형, 잘못 생각하셨나 본데요. 쓴 게 달라요."

윤지평이 놀라 일어났다.

"사형이 쓰신 건 황약사 석 자이고요, 육 공자는 복숭아꽃을 그리셨어요."

황용은 깜짝 놀랐다.

"저 두 사람이 오빠를 찾는 게 어찌 우리 아빠와 관계가 있는 것일까?"

육관영이 입을 열었다.

"윤 형께서 쓰신 글자가 제 부친 사부님의 존함이어서 제가 감히 직접 쓰지는 못하겠더이다."

"부친의 사부님? 아, 그렇다면 결국 같은 이름을 쓴 것이군요. 황약사가 바로 도화도주니까요."

윤지평의 말에 정요가도 고개를 끄덕였다.

"그랬군요."

윤지평이 말을 이었다.

"육 형이 도화도 문하라면 뭔가 해를 입히기 위해 강남육괴를 찾는 것 아닙니까?"

"그런 것은 아닙니다."

육관영이 우물쭈물하며 말을 할 듯 말 듯 망설이자 윤지평은 심히 불쾌해졌다.

"육 형께서 저를 친구로 여기지 않는 듯하니 더 말할 것이 없겠군요. 그만 실례하겠습니다."

몸을 일으켜 나가려는 순간, 육관영이 그를 붙잡았다.

"윤 사형, 잠깐 기다리십시오. 제가 말씀드리고 도움을 청하고자 하는 일이 있습니다."

윤지평은 누군가 자신에게 도움을 청하는 것을 무척 좋아했다.

"좋습니다. 어디 말씀해보시죠."

"윤 사형은 전진파에 계시니 남에게 위험을 알려 예방하도록 하는 것이 의협의 이치라고 생각하실 겁니다. 그러나 만약 귀파의 사장師長께서 무고한 사람을 해치려고 한다면, 그리고 그 사실을 사형께서 미리 알게 되었다면 그 무고한 사람에게 알려 피하도록 해야 할까요?"

윤지평이 무릎을 쳤다.

"그렇군요. 도화도의 문인이시니 이런 상황이라면 난처할 수도 있겠군요. 계속 말씀하시지요. 이 일을 수수방관한다면 그것은 불의입니다. 또 나서서 끼어든다면 문파를 배신하는 일이지요. 제가 사형께 부탁드리고 싶은 일이 있으나, 도무지 입이 떨어지지 않는군요."

윤지평은 육관영의 마음을 어느 정도 이해할 수 있었다. 그러나 확실하게 이야기해주지 않으니 어떻게 도와야 할지 알 수 없었다. 곤혹스러운 표정으로 머리만 긁적였다.

듣고만 있던 정요가에게 한 가지 방법이 떠올랐다. 그녀는 윤지평에게 자신이 생각한 방법을 이야기했다.

"윤 사형께서 물어보시고 육 공자는 맞으면 고개를 끄덕이고, 틀리면 가로저으세요. 그러면 육 공자께서는 한마디도 안 했으니 사문을 배반했다고 할 수 없잖아요."

윤지평이 옳거니 하고 무릎을 쳤다.

"그러는 것이 좋겠군요. 육 형, 우선 제 이야기를 해드리지요. 저희 사부님 되시는 장춘 진인께서 어디선가 도화도주가 강남육협을 미워해 그들의 가족까지 몰살시키려 한다는 소식을 듣게 되었습니다. 사부님께서는 이를 알리기 위해 서둘러 가흥으로 가셨는데, 육협은 그곳에 계시지 않았습니다. 하여, 사부님께서는 일단 그 가족을 뿔뿔이 흩어져 피해 있도록 하셨습니다. 황 도주가 도착했을 때는 아무도 없었지요. 그는 화가 머리끝까지 나서는 한참 동안 성질을 부리다가 북쪽으로 갔는데, 그 후 어찌 되었는지는 알 수 없습니다. 육 형은 이 일을 알고 계신가요?"

육관영이 고개를 끄덕였다.

"음, 그렇다면 황 도주는 아직도 육협을 찾고 있나 보군요. 사실 저희 사부님과 육협 사이에는 사연이 있답니다. 그런데 이 사연을 생기게 한 문제가 풀려버렸지요. 또 육협은 다른 이의 어려움에 발 벗고 나서 돕는답니다. 그래서 사부님은 육협의 의협심에 내심 감탄하고 계시지요. 게다가 이번 일에 육협은 잘못이 없다고 생각하십니다. 마침 전진칠자가 강남에 모여 있던 참이라 모두 흩어져 육협을 찾아보았습니

다. 미리 알려 주의하도록 이르고, 가능하다면 황 도주가 찾지 못할 곳
으로 피하도록 하기 위해서지요. 그리한 것이 옳았을까요?"

육관영은 연방 고개를 끄덕였다. 듣고 있던 황용은 의아한 생각이
들었다.

'오빠가 도화도에 가서 약속을 지켰는데, 아빠는 왜 강남육괴를 그
렇게 찾아다니시는 걸까?'

황용은 황약사가 영지상인의 거짓말에 속아 딸이 죽은 것으로 오인
해 강남육괴에게 분풀이하려는 것을 알 리 없었다. 윤지평의 목소리가
계속 이어졌다.

"육협을 끝내 찾지 못하자 사부님은 육협의 제자인 곽정을 생각해
내신 겁니다. 임안부 우가촌 사람이니까 아마도 고향에 돌아가 있을
것이라고 하시더군요. 그래서 그분을 찾기 위해 저를 이곳으로 보내
셨지요. 그분이라면 여섯 사부님이 어디에 계시는지 알고 있을 거라고
하셨어요. 육 형도 그 일로 이곳에 왔습니까?"

육관영은 역시 고개를 끄덕였다.

"그런데 곽 형이 집에 없을 줄이야……. 제 사부님은 할 수 있는 일
은 다 하신 셈입니다. 그분들을 못 찾는 데야 어찌할 수 없지 않겠습니
까? 보아하니 황 도주도 그들을 찾았을 것 같지는 않군요. 육 형이 제
게 부탁하려던 일도 이 일과 관련이 있습니까?"

육관영이 고개를 끄덕였다.

"육 형이 무엇을 해야 하는지 말씀하셔도 괜찮습니다. 제 힘이 닿는
데까지 도와드릴 생각입니다."

육관영은 난처한 표정을 지으며 대답이 없었다. 정요가가 웃으며

끼어들었다.

"윤 사형, 서두르지 마세요. 육 공자는 말을 할 수 없잖아요."

윤지평도 씩 웃었다.

"그러게요. 제가 여기 남아 곽 형을 기다리면 될까요?"

육관영이 고개를 가로저었다.

"아, 그렇군. 제가 강호에 이 일을 알리면 되겠습니까? 이 여섯 분은 강남에서 유명하신 분들이니까 곧 소식이 있을 겁니다."

육관영은 여전히 고개를 저었다. 윤지평이 잇따라 이것저것 생각나는 방도를 말해보았지만, 육관영은 고개만 가로저을 뿐이었다. 정요가도 두어 가지 생각해 물어보았지만, 역시 맞히지 못했다. 이제는 윤지평뿐만 아니라 벽 너머에 있던 황용까지도 조바심이 났다. 세 사람은 한참을 그렇게 애를 태웠다. 종국에는 윤지평이 포기한 듯 쓴웃음을 지으며 자리를 털고 일어났다.

"정 사매, 천천히 이야기하고 계세요. 벙어리 수수께끼 같은 짓도 더는 못 하겠습니다. 나가서 좀 걷다가 한 시진쯤 뒤에 오겠습니다."

말을 마치고는 휑하니 나가버렸다. 주막 안에는 후통해와 육관영, 정요가만 남았다. 정요가는 고개를 숙인 채 말이 없었다. 잠시 후, 기척이 없어 살짝 고개를 들어보니 육관영도 마침 그녀를 바라보고 있었다. 두 사람은 눈이 마주치자 화들짝 놀라며 시선을 피했다. 정요가는 수줍은 나머지 얼굴이 온통 붉게 달아올라 고개를 푹 숙인 채 손으로 검 자루에 달린 장식만 만지작거리고 있었다. 육관영은 천천히 일어나 아궁이 근처로 갔다.

"조왕신(부엌을 맡고 있다는 신)께 고합니다. 소인이 걱정이 있으나 남에게 말을 할 수가 없습니다. 여기서 조왕신께 고하니, 부디 영험을 발휘하시어 소인을 도와주십시오."

그는 아궁이 머리에 그려진 조왕신을 바라보고 있었다.

'정말 영리한 사람이구나.'

정 낭자는 그의 지혜에 감탄하며 고개를 들고 귀를 기울였다.

"소인 육관영, 태호 호반 귀운장 육 장주의 아들이올시다. 가친의 존함은 승乘 자, 풍風 자를 쓰십니다. 일찍이 도화도 황 도주를 스승으로 모셨지요. 며칠 전, 황 사조師祖님께서 저희 집에 오시어 강남육괴를 가족까지 몰살시키겠다 말씀하시며 제 부친께는 부친의 사매 되시는 매초풍과 함께 육괴의 행방을 찾으라고 명하셨습니다. 매 사백은 육괴와 깊은 원한이 있으셔서 흔쾌히 명을 받았습니다. 그러나 제 부친께서는 강남육괴가 충의가 깊고 천하에 이름이 높은 영웅호걸이라는 것을 알고 계시는지라, 그분들을 죽이는 것은 불의라고 생각하십니다. 게다가 부친과 육괴의 제자 되시는 곽 사숙은 친구로 의를 맺은 관계이니 그냥 두고 볼 수 없게 되었습니다."

그는 또박또박 말을 이어갔다.

"황 도주의 명으로 부친께서는 처지가 참으로 난처하게 되었습니다. 소인을 보내 강남육괴에게 먼 곳으로 피하라 소식을 전하고 싶으면서도 또 사문을 배반할 수는 없는 것입니다. 그날 밤, 저는 부친께서 하늘을 우러러 장탄식하시는 소리를 들었습니다. 부친께서는 혼자서 걱정을 털어놓으셨습니다. 소인은 숨어서 그 말씀을 들으며 부친의 걱정을 함께 나누는 것이야말로 효를 다하는 것이라 생각했습니다. 어찌 되었든 황 도주는 제가 모시는 스승은 아니니, 그리 큰 죄를 짓는 일은 아닐 것이라 생각하고 밤을 낮 삼아 육괴를 찾아 이곳까지 오게 되었습니다."

'아버지를 닮아 능청스러운 면이 있군. 들으라고 이야기하면서도 사문을 배신했다는 죄는 짓기가 싫은 거지.'

황용과 정요가는 똑같은 생각을 하고 있었다.

"육괴를 찾을 수 없어 저는 생각을 고쳐먹고 그분들의 제자인 곽 사숙을 찾기로 했습니다. 그러나 그분도 역시 어디에 계시는지 알 수가 없습니다. 곽 사숙은 황 사조님의 사위 되시며……."

"아!"

정 낭자는 자신도 모르게 낮은 비명을 지르고는 얼른 손으로 입을 막았다. 그녀는 원래 곽정을 연모해 스스로 그 정이 매우 깊다고 생각했다. 그런데 오늘 육관영을 만나고 보니 풍류가 넘치고 용모가 준수해 어디를 보나 곽정보다 나은지라, 곽정이 황약사의 사위라는 말을 듣고 조금 놀라기는 했지만 가슴이 아프거나 안타깝지는 않았다. 오히려 마음이 한결 가벼워졌다. 보응에서 곽정과 황용이 유난히 가까워 보였던 것을 생각하면 조금도 이상할 것이 없다고 여기기까지 했다. 사실은 자신도 모르는 사이, 그녀의 마음은 이미 다른 사람에게 옮겨가 있었다. 정 낭자가 내뱉은 탄식을 들은 육관영은 고개를 돌려 그녀의 표정을 살피고 싶은 생각이 간절했다.

'내가 지금 고개를 돌려 그녀가 내 말을 듣고 있는 모습을 본다면, 더 이상 이야기를 계속할 수 없게 된다. 그녀가 멋대로 엿들은 것이니 나는 상관할 바 없어.'

끝내 꾹 참고 앞만 바라보며 말을 이어갔다.

"곽 사숙을 찾으면 황 사조님과 그 따님을 찾아가 사정을 하게 할 참이었습니다. 황 사조께서 엄격하시다고는 하나 딸과 사위는 아끼실 터이니 사위의 여섯 사부를 끝까지 죽이겠다고 하시지는 않겠지요. 다만, 부친께서 혼잣말을 하시던 중 곽 사숙과 황 사조님의 따님이 무슨 변을 당했다고 하셨는데, 그 진상에 대해서는 제가 여쭈어볼 수가 없었습니다."

황용은 고개를 갸웃거렸다.

'설마, 오빠가 다친 것을 아빠가 알고 계시지는 않겠지? 아니야, 절대 아실 수 없어. 아마 우리가 무인도에서 겪은 일을 아신 모양인데……'

육관영이 이야기를 계속했다.

"윤 사형은 후덕하신 분이고, 정 낭자는 총명하고 자상한 분이신데……"

육관영이 자기 앞에서 칭찬하자 정 낭자는 기쁘면서도 부끄러워 견딜 수가 없었다.

"제 생각이 너무 엉뚱해서인지 그분들이 제 마음을 알아채지 못하고 계십니다. 강남육괴는 황 사조님보다 무공은 못할지 모르지만, 천하에 이름이 높은 영웅호걸이십니다. 멀리 도망가라는 이야기가 그분들을 겁쟁이로 만드는 것일 수도 있지 않겠습니까? 그런 짓은 아마 절대로 하지 않으실 것입니다. 이런 소식이 전해지기라도 하는 날엔 그분들은 도망은커녕 오히려 황 사조님을 찾아오실 것입니다. 이거야말로 사람을 구하려다가 오히려 해를 끼치는 일이 아니고 무엇이겠습니까?"

황용은 가만히 고개를 끄덕였다. 육관영이야말로 명실상부한 태호

군웅의 우두머리요, 강호 영웅들을 잘 이해하는 사람이라는 생각이 들었다.

"소인, 전진칠자의 의협심을 흠모해왔습니다. 강호에 명성을 떨치고 있을 뿐만 아니라 무공도 훌륭한 분들입니다. 윤 사형과 정 낭자께서 그분들에게 이번 일에 나서 중재를 맡아주시도록 청한다면 황 사조께서도 그분들의 생각을 존중해주실 것이라 믿습니다. 황 사조께서 강남 육괴에게 어떤 깊은 원한을 품은 것도 아니요, 그저 작은 오해로 본의 아니게 노여움을 산 모양이니 이름 높은 사존께서 나서서 잘 말씀해주신다면 풀어지지 않을 이유가 없습니다. 조왕신께 아룁니다. 소인, 처지가 난처한 나머지 하찮으나마 방도를 생각해보고도 누구에게 알릴 수가 없어 드리는 말씀이오니 보살펴주십시오."

말을 마치고는 거푸 읍하며 예를 올렸다. 정요가는 그의 말을 다 듣고 나서 서둘러 몸을 일으켰다. 윤지평에게 알리기 위해 문을 나서려는 순간, 육관영의 목소리가 또 들려왔다.

"조왕신께 기원하오니, 전진칠자께서 나서주시겠다면 참으로 좋은 일이 되겠습니다만 그분들께서 중재하실 때 공손히 예를 갖추시도록 해주십시오. 사조님의 노여움이라도 사게 된다면 또 한차례 분란이 생겨 오히려 일을 그르칠 것입니다. 하고자 하는 말씀을 다 드렸습니다."

정요가는 가만히 미소를 지었다.

"말씀이 끝나셨다니, 제가 그리 도와드리겠습니다."

곧장 주막을 나서 윤지평을 찾아나섰다. 그런데 마을을 몇 바퀴나 돌아보았지만 그의 모습은 보이지 않았다. 몸을 돌려 주막으로 돌아오려는데, 윤지평이 부르는 소리가 나직이 들렸다.

"정 사매!"

소리 나는 쪽을 보니 윤지평이 담 모퉁이에서 몸을 빼고 손짓하고 있었다.

"아, 여기 계셨군요."

윤지평이 아무 소리 말라는 손짓을 하고는 손가락을 들어 서쪽을 가리켰다. 그리고 그녀에게 다가와서 낮은 목소리로 속삭였다.

"저쪽에 누군가 있습니다. 수상쩍게 기웃거리는데, 모두 무기를 가지고 있어요."

정요가는 서둘러 육관영의 이야기를 전하고자 하는 마음에 건성으로 대답했다.

"그냥 지나가는 사람이겠지요."

그러나 윤지평은 여전히 진지한 얼굴이었다.

"몸놀림이 참으로 빠른 사람들이었습니다. 무공도 대단하고요. 조심하는 것이 좋겠어요."

윤지평의 눈에 띈 사람들은 바로 팽련호 무리였다. 그들은 한참을 기다려도 후통해가 돌아오지 않자 무슨 일이 생긴 것이 틀림없다고 생각했다. 그러면서도 지난밤 황궁에서 귀신으로 변장한 사람에게 당한 것을 떠올리며 아무도 나서지 못하고 있다가 윤지평을 보고는 황급히 몸을 피한 것이었다. 윤지평이 한참을 기다려도 앞쪽에 기척이 없자 천천히 다가가 살펴보았지만, 그들은 이미 흔적도 없이 사라지고 난 뒤였다. 정요가는 육관영의 이야기를 그대로 윤지평에게 전했다. 다 듣고 난 윤지평은 가볍게 웃었다.

"그런 생각이었으니 어찌 맞힐 수 있었겠소? 그렇다면 정 사매는 손 사숙께 말씀드리고, 나는 사부님께 말씀드리면 되겠구려. 전진칠자가 나선다면야 해결 안 될 일이 뭐가 있겠소?"

"하지만 신중하게 해야 합니다."

정요가는 육관영이 마지막에 덧붙인 이야기도 그대로 옮겼다. 윤지 평의 웃는 표정이 조금 냉랭해졌다.

"쳇, 황약사가 어쨌다는 거요? 그가 전진칠자보다 강하답니까?"

정요가는 오만하게 굴어서는 안 된다는 말을 하려다가 그의 쌀쌀한 표정을 보고는 그만 입을 닫고 말았다. 두 사람은 함께 주막으로 돌아 왔다. 육관영은 두 사람을 보고 작별을 고했다.

"저는 이만 실례하겠습니다. 나중에 태호를 지날 일이 있으시거든 귀운장에 오셔서 며칠 묵으시지요."

육관영이 떠나려 하자 정 낭자는 못내 아쉬운 마음이 들었다. 마음 속으로는 한 줄기 연모의 정이 피어오르는데도 그것을 드러낼 수가 없었다. 윤지평은 몸을 돌려 아궁이 쪽을 향해 말했다.

"조왕신께 고합니다. 전진교는 다른 이들의 어려움을 돕는 사람들 입니다. 강호의 평온치 않은 일을 전진교 문하에서 알게 되면 절대 외 면하지 않습니다."

육관영은 자신에게 하는 말이라는 것을 알아채고 다음과 같이 화답 했다.

"조왕신께서 보살피시어 일이 평안히 풀릴 수 있도록 해주십시오. 도와주신 분들의 은혜는 절대 잊지 않을 것입니다."

윤지평이 육관영의 말을 다시 받았다.

"조왕신께서는 염려 놓으십시오. 전진칠자의 명성이 하늘을 찌르니, 몇 분 나서주시기만 하면 아무리 큰일이라도 못 할 일이 없을 것입니다."

육관영은 놀라 잠시 멍하니 윤지평을 바라보았다.

'전진칠자가 힘을 믿고 중재에 나선다면 사조님께서 승복하실 리 없지 않은가?'

"조왕신께서는 황 사조님이 평소 혼자서만 행동하고 옆 사람은 상관하지 않으신다는 것을 아셔야 합니다. 정에 호소한다면 받아들이실 테지만, 이치를 따지고만 든다면 분명히 싫어하실 것입니다."

다급히 외치는 육관영의 말에 윤지평도 지지 않고 나섰다.

"하하! 조왕신께서는 전진칠자가 다른 사람을 무서워할 것 같으십니까? 이번 일은 원래 저희와는 전혀 상관이 없고, 저희 사부님께서도 그저 소식을 전해주라고 하셨을 뿐입니다. 그러나 이것이 전진교의 일이 된다면 황약사건 흑약사건 전진교의 힘을 보게 될 것입니다."

육관영은 화가 치밀어 올랐다.

"조왕신께 아룁니다. 방금 소인이 드린 말씀은 그냥 잠꼬대라 여기십시오. 아무리 큰 인정을 베푼다고 해도 우리를 무시하는 것이라면 받을 수 없습니다."

두 사람이 서로 등을 지고 조왕신에게 고한다며 날카로운 말을 주거니 받거니 하는 사이 분위기가 점점 험악해졌다. 정요가가 말려보려고 했지만 두 사람 모두 혈기왕성한 젊은이로 성격이 급하고 말이 앞서는 탓에 끼어들 여지가 없었다. 윤지평이 다시 입을 열었다.

"조왕신께 아뢰오니, 전진파의 무공은 천하 무공의 정종입니다. 다른 이단 문파의 무공이 아무리 대단하다고 한들 전진파에 견줄 수 있을는지요?"

"조왕신께서는 제 말씀을 들어주십시오. 전진파의 무공은 저도 익히 들어 알고 있습니다. 전진교에 고수가 물론 적지 않으나, 그중에 경거망동하는 경솔한 제자가 전혀 없다고는 할 수 없습니다."

윤지평은 분노가 폭발해 일장을 아궁이 모서리에 때리며 눈을 부릅떴다.

"이 애송이가 어디서 욕질이냐?"

펑! 하는 소리와 함께 육관영도 아궁이의 다른 한쪽을 때렸다.

"내가 언제 당신을 욕했소? 나는 안하무인의 무례한 문도를 욕했을 뿐이오!"

윤지평은 아까 본 육관영의 무예가 자신만 못하다는 것을 알고 내심 믿는 구석이 있었다. 육관영을 향해 차가운 미소를 지으며 다가섰다.

"그래, 여기서 한번 겨루어 봅시다. 도대체 누가 안하무인인지 봐야겠소."

육관영은 자신이 상대가 되지 않는다는 것을 알고 있었지만 사문을 무시하는 것은 참을 수 없었다. 이 지경이 되었으니 물러설 수 없는 법. 칼을 뽑아 들고 손을 모아 예를 갖추었다.

"전진파의 높으신 무공을 한 수 배우겠소."

정요가는 다급한 나머지 눈물이 얼굴을 타고 흘러내렸다. 몇 번이나 나서서 막아보려 했지만 그럴 만큼 담이 크지 못했다. 그저 윤지평이 불진을 흔들며 걸음을 내디며 싸울 태세를 취하는 모습을 바라볼 뿐이었다. 육관영은 자신이 이기는 것은 바라지도 않았다. 그저 탈

이 없기를 바라며 고목선사에게 전수받은 나한도법을 펼쳐 방어를 단단히 한 자세로 공격을 기다렸다. 윤지평은 단숨에 공격 기세를 잡았으나 예상외로 상대의 칼에 무게가 실리고 기세가 맹렬해 가볍게 다가가다 왼쪽 팔을 찍힐 뻔했다. 순간 간담이 서늘해졌으나 급히 정신을 집중해 사부님에게 전수받은 심법心法으로 마음을 다스렸다. 그런 다음 천천히 발을 놀리며 빠른 공격을 펼쳐 점차 우위를 점하게 되었다.

육관영은 지난 몇 개월간 아버지에게 지도를 받아 무공이 크게 늘기는 했지만, 역시 시일이 너무 짧아 장춘자 문하의 적통 제자를 상대하기에는 역부족이었다. 황용은 거울을 통해 두 사람의 싸움을 지켜보았다. 윤지평이 점차 전세를 제압해가자 황용은 자기도 모르게 주먹을 불끈 쥐었다.

'저 녀석이 아버지를 욕하다니……. 오빠가 다치지만 않았으면 우리 도화도 무공의 뜨거운 맛을 보여주었을 텐데…… 아, 이런!'

육관영의 칼이 파고들었으나 너무 평범한 초식이라 윤지평은 불진으로 칼을 밀어내며 역공을 가해 귀신처럼 날랜 몸놀림으로 육관영의 어깨를 찍었다. 육관영은 팔이 마비되는 듯하더니 그만 칼을 놓치고 말았다. 윤지평은 이 기회를 놓치지 않고 불진을 육관영의 얼굴에 대고 흔들었다.

"이것이 전진파의 뛰어난 무공이오. 기억하시오!"

그의 불진은 말총에 은사銀絲를 섞어 만든 것이었다. 이 불진에 얻어맞는다면 육관영의 얼굴은 피투성이가 되고 말 터였다. 육관영은 급히 고개를 숙여 피하려 했으나 불진도 그를 따라 내려왔다.

"윤 사형!"

정요가가 검을 들고 막아섰다. 육관영은 윤지평이 주춤한 사이 얼른 바닥에 떨어진 칼을 주워 들었다. 윤지평이 싸늘한 웃음을 흘렸다.

"그래, 정 사매께서는 외인을 돕겠다는 거요? 어디 둘이 덤벼보시오."

"아니, 사형……."

정요가는 얼굴이 온통 붉어지며 말을 잇지 못했다.

쉭, 쉭, 쉭! 윤지평이 세 초식을 연달아 펼치며 정 낭자를 몰아붙였다. 정 낭자가 위험한 상황에 빠진 것을 보고 육관영도 칼을 들고 덤비니 2대1의 싸움이 되었다. 정 낭자는 사형과의 대결을 원치 않았으므로 그저 검을 늘어뜨리고 이리저리 피하기만 했다. 윤지평이 정 낭자에게 외쳤다.

"덤비시오. 저자 혼자서는 나를 이길 수 없으니까!"

황용은 세 사람의 싸움이 우스웠다. 그리고 결과가 어떻게 될지 자못 궁금하기도 했다. 그때 갑자기 문소리가 나더니 팽련호, 사통천 등이 완안홍열, 양강을 호위하며 들어왔다. 그들은 밖에서 한참을 기다리다가 후통해와 동문인 사통천이 걱정스러워 마음을 다져먹고 살금살금 주막으로 와 안을 살펴보기로 했다. 와서 보니 두 사람이 싸우고 있는데, 무예가 대단치 않은 자들이었다. 그래도 잠시 기다려보다가 아무래도 혼자서는 들어갈 마음이 내키지 않아 다른 사람들을 불러 함께 들어왔다.

윤지평과 육관영은 누군가 들어오는 것을 보고는 싸움을 멈추고 서로 떨어졌다. 뭐라 묻기도 전에 사통천이 다가와 두 손으로 각각 윤지평과 육관영의 팔목을 잡아챘다. 팽련호는 허리를 숙여 후통해의 결박을 풀어주었다. 반나절이나 묶여 있던 후통해는 진작부터 속이 부글부글 끓고 있었다. 그는 입을 틀어막은 헝겊을 빼지도 않고 씩씩거리며 달려가 정요가의 얼굴을 몇 차례 후려갈겼다. 정요가가 옆으로 돌아 피하려고 했지만, 후통해는 얼굴이 시뻘겋게 상기된 채 두 주먹을 번갈아 날렸다.

"잠깐! 사정이나 알아보고 때리시오."

보다 못한 팽련호가 외쳤으나 후통해는 귀를 틀어막고 있어 듣지 못했다. 육관영은 팔의 맥문을 잡혀 반신이 마비된 상태로 꼼짝도 할 수 없었다. 그러나 정 낭자가 위험에 처한 데다 미친 호랑이처럼 날뛰는 후통해가 자칫 독수라도 쓸까 염려되어 어디서 힘이 솟았는지 사통천의 손아귀를 빠져나와 후통해에게 와락 달려들었다. 그러나 다시 팽련호의 다리에 걸려 털썩 넘어지고 말았다. 팽련호는 그의 뒷덜미를 잡아 올리고 매섭게 쏘아보았다.

"너는 누구냐? 귀신 놀음하던 그놈은 어딜 갔느냐?"

끼익! 갑자기 주막 문이 천천히 열렸다. 일제히 고개를 돌려보았지만 아무도 들어오는 이가 없었다. 팽련호 무리는 자기들도 모르게 가슴이 서늘해졌다. 그때 웬 산발을 한 여자가 문밖에서 안을 들여다보았다. 양자옹과 영지상인이 벌떡 일어나 비명을 질러댔다.

"으악! 여자 귀신이다!"

팽련호는 그저 시골 처녀라는 것을 알아보고 소리를 내질렀다.

"들어와라!"

바보 소녀는 히히, 웃으며 걸어 들어와 혀를 쏙 내밀었다.

"와! 사람 많다."

앞서 '여자 귀신'이라고 비명을 질렀던 양자옹은 이제 보니 남루한 옷차림에 바보스러운 표정의 시골 처녀인지라 민망하기 짝이 없었다. 그는 이를 무마하려는 듯 화를 벌컥 내며 바보 소녀 앞으로 튀어나와 팔을 낚아채려 했다.

"너는 누구냐?"

뜻밖에도 바보 소녀는 팔을 재빨리 거두며 반대로 일장을 날리니, 바로 도화도 무학의 벽파장법이었다. 그녀가 무학을 제대로 배우지는 못했지만 이 장법만은 정통해 있었다. 양자옹은 아무런 방비도 없이 나섰다가 손등을 제대로 얻어맞고 말았다. 양자옹은 놀랍기도 했지만 그보다는 화가 더더욱 치밀었다.

"아니, 이게 바보인 척하더니!"

몸을 날려 뛰어들며 두 주먹을 동시에 뻗었다. 바보 소녀는 뒷걸음질로 피하고는 양자옹의 대머리를 손가락으로 가리키며 깔깔대고 웃었다. 갑작스레 터져 나온 웃음이라 양자옹은 어이가 없어 어찌할 바를 모르고 있다가 잠시 후에야 오른쪽 주먹을 맹렬하게 뻗어 공격했다. 바보 소녀는 손을 들어 막으며 몸을 몇 차례 흔들더니 안 되겠다는 듯 뒤로 돌아 도망치려 했다. 그러나 놓칠 양자옹이 아니었다. 양자옹은 왼쪽 다리를 성큼 내디뎌 퇴로를 막고 팔꿈치를 뒤로 향해 가격하더니 주먹을 돌려 내질렀다. 바보 소녀는 코를 된통 맞고는 뒤로 꽈당 넘어졌다.

"수박 먹는 언니, 나와서 구해주세요! 나를 때려요!"

황용은 가슴이 철렁 내려앉았다.

'죽이려다 살려두었더니 끝내 화근이 되는구나.'

애를 태우는 사이 누군가 흥, 하고 코웃음 치는 소리가 들려왔다. 소리는 희미하게 들려왔지만 황용은 가슴이 뛰며 한 가닥 빛이 보이는 듯했다.

'아버지가 오셨구나!'

구멍을 다시 들여다보니 과연 황약사가 인피 가면을 쓰고 문 앞에 서 있었다. 그가 언제부터 있었는지 아무도 알아채지 못했다. 금방 온 것 같기도 하고, 자신들보다 일찍부터 와 있었던 것 같기도 했다. 미동도 하지 않는 무표정한 얼굴의 그를 보며 모두들 등에 식은땀이 흘렀다. 험상궂은 얼굴도 아니고, 어떠한 악의도 드러나지 않았다. 그러나 살아 있는 사람의 얼굴 같지가 않았다. 아까 바보 소녀와 양자옹이 세 초식 정도 겨루는 동안 황약사는 그녀가 자기 문하의 제자라는 것을 알아보았다. 스스로도 어찌 된 일인지 궁금하기 짝이 없었다.

"처녀의 사부는 누구인가? 지금 어디 계시는가?"

바보 소녀는 고개를 살래살래 내젓고는 멀거니 황약사의 얼굴을 바라보다가 갑자기 손뼉을 치며 웃기 시작했다. 황약사의 미간이 살짝 찌푸려졌다. 자신의 제자가 가르친 게 아니라면 필시 문파와 깊은 관계가 있을 것이라는 생각이 들었다. 그는 문파의 제자들끼리는 서로 돕고 보호할 것을 강조했다. 절대 외부인이 속이거나 업신여기도록 내버려두지 않았다. 그래서 매초풍이 스승을 배반한 죄를 지었음에도 곽정에게 패하자 보호해주었던 것이다. 하물며 이런 천진무구한 바보 소녀라면 더더욱 보호해주어야 한다고 믿었다.

"얘야, 다른 사람이 때리는데 왜 되갚지 않고 맞고만 있느냐?"

얼마 전 황약사가 배에 올라 딸의 행방을 물었을 때는 가면을 쓰고 있지 않았기 때문에 모두들 지금의 그를 알아보지 못했다. 다만 목소리를 듣고 완안홍열과 양강, 팽련호 세 사람만 혹시 그가 아닐까 짐작할 뿐이었다. 팽련호는 이런 지독한 고수를 만났으니 멀쩡히 벗어나기는 어려울 것 같았다. 게다가 지난밤 황궁에서 만난 사람도 황약사가 아닌가 하는 생각이 들었다. 결국 나서지 말고 있다가 기회만 생기면 삼십육계 줄행랑을 놓는 것이 상책이겠다 싶었다.

"저는 이길 수 없어요."

바보 소녀의 말에 황약사가 자상하게 일러주었다.

"네가 못 이긴다고 누가 그러더냐? 네 코를 때리면 너도 코를 때려주고, 한 대를 때리면 세 대로 갚아주어야지."

"예!"

바보 소녀는 활짝 웃으며 대답했다. 그녀도 양자옹의 재주가 자기보다 훨씬 뛰어나다고 생각지는 않았다. 그래서 양자옹에게 다가가 그의 눈앞에서 큰 소리로 외쳤다.

"내 코를 때렸으니까, 나도 코를 때려야겠어요!"

양자옹의 코를 겨누고는 한 대 쥐어박았다. 양자옹은 팔을 들어 막으려 했지만, 갑자기 팔꿈치의 곡지혈曲池穴이 저리는 듯하더니 팔을 반쯤 들어 올리고 나서는 아예 움직일 수가 없었다.

픽! 그만 코를 한 대 얻어맞고 말았다. 바보 소녀는 숫자를 큰 소리로 세며 다시 주먹을 날렸다.

"둘!"

양자옹은 허리를 깊이 숙이고 가슴을 움츠리며 등을 한껏 곧추세웠다. 왼손을 수평으로 바깥쪽을 향해 뒤집으니, 이것은 금나법 중 고도의 초식이었다. 이제 바보 소녀의 팔뼈가 탈골되려는 순간이었다. 그러나 그의 손가락과 바보 소녀의 팔이 닿기도 전에 이번에는 팔의 비유혈臂儒穴에 통증이 느껴졌다. 손을 뒤집지 못하고 쩔쩔매는 사이 퍽, 소리와 함께 또다시 코를 한 대 얻어맞았다. 이번 공격에 힘이 상당히 실려 있었던 탓에 양자옹은 몸이 뒤로 꺾이며 휘청거렸다.

팽련호는 암기가 일으키는 바람 소리를 잘 들었다. 그 때문에 양자옹이 공격을 막으려는 순간마다 모두 가벼운 바람 소리가 나는 것을 들을 수 있었다. 그 소리를 듣고 황약사가 날린 금침 같은 작은 암기가 양자옹의 혈도에 적중했을 것이라 추측할 뿐, 양자옹의 팔이 왜 움직이지 않는지는 정확히 알 수 없었다. 그는 황약사가 소매 속에서 손가락을 튕겨 금침으로 적을 맞힌다는 사실은 상상도 하지 못했다. 어떠한 움직임도 없이 순식간에 이루어지는 공격이라 상대는 그야말로 속수무책일 수밖에 없었다.

"셋!"

바보 낭자의 외침이 울렸다. 양자옹은 두 팔이 말을 듣지 않는 데다 주먹이 눈앞에 날아오자 뒷걸음쳐 피할 수밖에 없었다. 막 발을 떼려는데 이번에는 또 오른쪽 다리 안쪽의 백해혈白海穴이 따끔했다. 아차 하는 사이 눈앞에 불꽃이 튀는 듯하더니 눈언저리가 얼얼하며 눈물이 쏟아지려고 했다. 코를 맞은 충격이 누혈淚穴까지 전해진 것이다.

싸움에서 지는 거야 대수롭지 않지만 눈물이 떨어지기라도 하면 평생의 명성이 무너질 게 뻔했다. 양자옹은 황급히 소매를 들어 눈을 닦으려 했다. 그러나 팔이 움직이지 않았다. 결국 두 줄기 눈물이 뺨을 타고 흘러내리고 말았다. 바보 소녀는 양자옹이 눈물을 흘리는 것을 보고 그를 달래기 시작했다.

"울지 마세요. 이제 괜찮아요. 더 안 때릴게요."

이 세 마디가 코에 맞은 세 번의 공격보다 더 참을 수 없었다.

"왁!"

양자옹은 분을 이기지 못하고 선혈을 뿜어내더니 고개를 들어 황약사를 쏘아보았다.

"넌 누구냐? 몰래 사람을 공격하다니, 그러고도 진짜 영웅호걸이란 말이냐?"

"네까짓 게 내 이름을 물어?"

황약사는 차갑게 웃으며 양자옹을 내려보다가 갑자기 소리 높여 모두에게 외쳤다.

"모두 여기서 꺼져라!"

모두들 이미 사지가 굳어 엉거주춤한 채 나가지도 못하고 있던 참이었다. 어찌 될지 몰라 가슴을 졸이던 터에 그의 고함을 듣고는 이때다 싶었다. 팽련호가 앞장서 나가려고 했으나 두어 걸음 걷고 보니 황약사가 문을 막고 선 채 비켜줄 생각이 없는 듯했다. 할 수 없이 걸음을 멈추고 황약사의 말을 기다렸다.

"가라는 데도 가지 않는 것을 보니, 내가 전부 죽여주기를 바라는 거로구나."

황약사가 분명하다는 것을 확신한 팽련호는 그의 성정이 괴팍하여 일단 입으로 내뱉은 일은 반드시 해내고 만다는 것을 익히 들어 알고 있었다.

"선배님께서 모두 나가라고 하시니 어서 나갑시다."

그때 입에서 헝겊을 빼낸 후통해가 나서서 거칠게 고함을 쳤다.

"그럼 비켜!"

그는 황약사 면전으로 성큼 나서더니 눈을 부릅뜨고 정면으로 쏘아보았다. 황약사는 거들떠보지도 않고 냉랭하게 말했다.

"나더러 비키라는 것도 너희들에게는 주제넘은 말이다. 살고 싶으면 내 가랑이 밑으로 기어가라."

모두 서로 얼굴을 바라보았다. 표정마다 노기가 가득했다. 그들은 모두 힘을 합쳐 황약사를 공격할 태세였다. 후통해가 버럭 소리를 지르며 먼저 덤벼들었다. 그러나 가벼운 비웃음과 함께 황약사의 왼손은 이미 후통해의 몸을 들어 올리고, 오른손은 그의 팔뚝을 잡아채 끌어당겼다. 동시에 황약사의 소매가 펄럭였다.

후통해의 팔이 뼈와 살이 붙은 채 두 동강 났다. 황약사는 끊어진 팔을 몸뚱이와 함께 바닥에 내던지고 더 이상 쳐다보지도 않았다. 후통해는 끔찍한 비명을 내지르다 고통으로 정신을 잃었고, 끊어진 팔에서는 피가 샘솟듯 쏟아졌다. 사람들은 얼굴빛이 새파랗게 질려버렸다. 황약사는 천천히 고개를 돌려 둘러선 사람들을 쭉 둘러보았다. 사통천, 팽련호 등도 눈 하나 깜짝하지 않고 사람을 죽이는 자들이었지만 황약사의 눈빛이 자신에게 옮겨오자 소름이 끼치며 온몸의 털이 쭈뼛 곤두섰다.

"기어갈 테냐?"

모두들 황약사의 고함에 이미 기가 죽어 더 이상 힘을 합쳐 맞설 생각은 감히 하지도 못했다. 팽련호가 고개를 숙이고 먼저 그의 가랑이 밑을 기어 빠져나갔다. 다음으로 사통천이 윤지평과 육관영을 풀어주고 사제를 안은 채 빠져나갔고, 양강이 완안홍열을 부축해 그 뒤를 따랐다. 마지막으로 양자옹과 영지상인이 빠져나갔다. 하나씩 황약사의 가랑이 밑을 지나온 그들은 주막 문을 나서자 서로 외면한 채 걸음을 재촉할 뿐, 아무도 뒤돌아볼 엄두조차 내지 못했다.

〈6권에서 계속〉